KB043610

일러스트 꽁

폐하의 소꿉친구 3

송주희 장편소설

Emperor's Childhood Friend

폐하의 3
소꿉친구

가하epic

폐하의 소꿉친구 3

지은이 송주희
펴낸이 이형기
펴낸곳 도서출판 가하

초판인쇄 2015년 7월 17일
초판발행 2015년 7월 24일
출판등록 2008년 10월 15일 제 318-2008-00100호

주소 서울 영등포구 양평로 67, 1209 (당산동5가, 한강포스빌)
전화 02-2631-2846 **팩스** 02-2631-1846

www.ixbook.co.kr

ISBN 979-11-295-4022-5 04810
     979-11-295-4019-5 04810(set)

값 12,000원

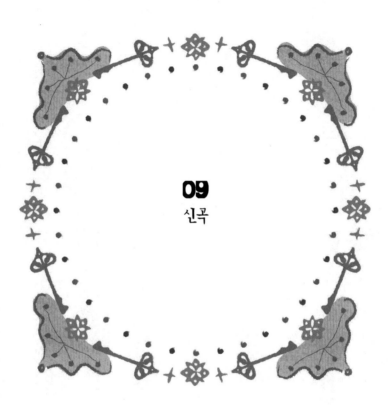

09
신곡

그 뒤로도 식사 때마다 루아가 준 약을 꼬박꼬박 챙겨 먹은 덕분에 감기 증세는 빠르게 호전되었다. 이상하다 싶을 정도로 서두른 완쾌였다. 설마 약에다가도 수작을 부린 건지 의심스럽긴 했으나, 내가 캐물을 걸 미리 눈치 챘는지 루아는 며칠 동안 바쁘다며 얼굴도 잘 비추지 않았다.

나는 방학이 코앞까지 찾아왔는데도 소문에 시달려야 했고, 하필 황제와 데이트를 즐긴 다음에 열병이 난 것으로 보아 그게 상사병이 아닌가 하는 헛소리까지 퍼져서 창피해 죽을 것 같았다.

다행히 방학식은 간단한 유의사항만 전달한 뒤 금방 끝났다. 나는 학생들이 소문의 진위를 파악하고자 우르르 몰려들 것을 대비해 쏜살같이 강당을 빠져나왔다. 방학이 반갑지 않았던 적은 없었지만, 이번만큼 반가웠던 적도 없었다. 개학할 때쯤엔 이 소문도 좀 사그라들어 있겠지.

상사병이라니. 세상에. 진짜 미친 거 아니야? 절로 이가 갈렸다. 내, 내가 아무리 루아를 좋아하기는 해도 이런 소문이 달갑지는 않은데!

새벽에 부어내린 비로 사방이 축축했다. 비 개인 하늘엔 아직 흐릿한 안개가 맺혀 있었다. 젖은 나뭇잎은 평소보다 진한 청록색을 띠는 반면 꽃들은 기운을 잃은 듯 줄기를 수그렸다. 나는 인적 없는 길을 이용하여 학교를 뛰쳐나왔다. 벨모트에 사는 모든 사람이 나와 루아의 연애담에 귀를 기울였으므로, 고개를 똑바로 들고 다니는 것도 고역이었다. 나는 성장하지 못하는 병에 걸렸을 때보다 더 주목받고 있었다.

어차피 기숙사에 있는 내 짐은 레뮤시가 가져올 테니 루아의 심장만 챙겨서 곧장 집으로 돌아갈 생각이었는데, 발소리 한번 내지 않고 나를 뒤따라온 이가 있었다.

"보니."

화들짝 놀라 뒤를 돌아봤다가 나는 안도했다.

"아, 체르지안."

내가 경계를 풀자 마법을 풀고 막 땅에 내려선 체르지안이 뜻 모를 표정으로 나를 응시했다. 그의 얼굴에서 재미있다는 것도, 흥미롭다는 것도, 혹은 곤란하다는 것도 같은 기미가 보였다.

체르지안이 나와 속도를 맞춰 걷기 시작하며, 들어준다는 말도 하지 않고 내 가방을 빼앗다시피 가져갔다. 그러더니 내가 불만을 표시할 새도 없이 입을 열었다.

"황실 마법단장이 나를 만나러 왔었어."

나는 눈을 깜박였다.

"펠레스가?"

"응. 나를 제자로 삼고 싶다던데. 자기가 나를 도울 수 있다고 말이야."

그 말에 노골적인 의심이 섞여 있었다. 펠레스가 직접적으로 이유를 밝히진 않은 것 같았으나, 전후 사정이 너무 뻔하니 눈치 채지 못할 체르지안이 아니었다. 애당초 펠레스에게 마법을 배우고 싶어 하는 사람들이 줄을 섰는데 그가 아무런 목적도 없이 벨모트까지 와서 제자를 구할 필요가 없었으니까.

거절했다는 말이 나올까 봐 나는 죄 지은 사람처럼 불안하게 흠 칫했다.

"자, 잘됐네. 너한테도 좋은 기회잖아."

긴장한 나머지 말을 살짝 더듬고 말았다. 민망해진 나는 재빨리 하늘을 보는 척 머리를 위로 들었다. 덕분에 딱딱한 돌부리를 못 보고 모퉁이를 돌다가 하마터면 넘어질 뻔했는데, 나를 잡아주면 서 체르지안이 눈을 가늘게 떴다.

"그렇긴 한데……, 자기한테 시간이 별로 없으니 좀 서둘러야 한다던걸. 곧 떠날 거라더라?"

돌부리에 부딪힌 발가락이 비명을 질러서 나는 얼굴을 찡그렸 다. 떠나다니? 그럼 제국으로 다시 돌아간다는 말인가?

"펠레스는 정식으로 찾아온 게 아니잖아. 굳이 루아랑 같이 돌 아갈 필요는 없을 텐데."

"아니. 제국보다 더 먼 곳으로 갈 생각이래."

뭔가 이상한 말이었다.

의구심을 느낀 내가 입을 다물자 체르지안이 어깨를 으쓱였다.

"황실에 충성을 바친 마법사가 한 말이라기엔 이상하지? 황명 때문도 아닌 것 같던데."

나는 곰곰이 체르지안의 말을 곱씹었다. 루아가 펠레스를 못마 땅하게 여기기는 해도 곁에서 멀리 떨어뜨리진 않았다. 펠레스는 타락한 악마였으며, 파우스트를 위해 목숨을 바쳤다. 하지만 파우스트는 선황제 폐하를 살해한 데다가 루아의 삶을 망가뜨린 장본인이었다. 그 사실을 전부 아는 주제에 묵인하는 것만 봐도 그가 루아에게 얼마나 중요한 존재인지 짐작할 수 있었다.

루아에게 있어 메피스토펠레스는, 파우스트를 감당하면서까지 옆에 둬야 할 악마였다. 그러고 보면 펠레스는 루아를 떠났던 적이 한순간도 없었다. 어쩌면 루아를 가장 잘 아는 사람은 선황제 폐하나 그렌트헨이 아닌, 그리고 나도 아닌 펠레스일 수도 있었다.

하지만 그는 결정적인 순간이 오면 루아를 배반할 거다.

"펠레스가 다녀갔던 시간이 언제야?"

"어젯밤이었어. 이 근처에 머물고 있다는데, 위치 알려줄까?"

나는 고개를 가로저었다.

"아니야. 내가 만나서 뭘 어쩌겠어. 우리가 가까운 사이도 아니고. 근처에 있다면 됐어."

펠레스와 마주하는 장면을 상상하는 것만으로도 어색함이 밀려왔다. 분명 그에게 따질 것도 많고 물어볼 것도 많은데 막상 만날 기회가 찾아오니 심히 꺼려졌다. 루아에게도 명확한 대답을 주지 않는 그인데 나라고 뭔가를 얻을 수 있을지 확신이 서질 않았다. 설령 펠레스를 회유하는 데 성공하더라도 그 뒤가 문제지. 무슨 이유에서건 내가 펠레스를 만나러 간다는 것 자체를 루아는 달갑게 여기지 않을 터였다.

단칼에 잘라내는 거절이 의외였던 건지 체르지안이 천천히 내 얼굴을 뜯어보았다.

"정말 그렇게 생각해? 단장 말은 좀 다르던걸."

나는 의아해서 걷는 속도를 늦췄다. 펠레스가 체르지안한테 내 얘기를 했나? 설마!

"무슨 소리야?"

갑작스러운 긴장감이 그저 떨떠름했다. 목소리 톤이 올라가자 체르지안이 피식 웃었다.

"나야 모르지."

내가 그럴 줄 알았다.

"안 가르쳐주겠다 이거지."

체르지안이 얄미운, 그러나 한없이 장난스러운 소년 같은 미소를 지었다.

"어쨌든 좋은 기회이기도 하니까 마법단장의 제안은 수락할 생각이야. 내가 이렇게 대답하면 너도 조금은 마음이 놓일 거 아니야. 안 그래?"

"마음이 놓이고 말고의 문제가 아니야. 나는 십 년 뒤에도 네 얼굴을 보고 싶거든? 시체 말고 살아 있는 얼굴을 말이야."

나는 입술을 삐죽였다. 그레이스가의 사유지에 들어서고 나니 가문의 사병들이 드문드문 보였다. 그들이 나에게 가볍게 목례하며 지나갔다.

"그래도 한 가지 확실히 해두자면, 넌 정말로 나한테 미안해할 필요 없어."

발이 무거웠다. 나는 걸음을 멈추고 체르지안을 올려다보았다. 그가 내 가방을 돌려주었다.

"방학 잘 보내, 보니."

"너도."

체르지안이 허리를 숙여 내 뺨에 가볍게 키스했다. 단순한 인사인지, 아니면 더한 의미가 있는지는 알 수 없었다.

하나의 작은 성이라고 일컬어도 무방할 만큼 사치스러운 그레이스 가문의 저택은 언제나처럼 반갑게 나를 맞이했다. 그러나 곡선과 돔에 열광하는 아카시아의 건축 양식으로 꾸민 감각적인 홀에서 나를 기다리고 있는 사람은 전혀 반갑지 않았다.

"오셨군요, 안젤리크 양."

나는 건성으로 어깨에 걸쳤던 가방을 떨어뜨리지 않으려 애를 써야만 했다.

"당신이 왜 여기 있어?"

우유를 넣은 홍차와 주방장이 직접 만든 수제 쿠키까지 대접받은 걸 보면 아주 당당하게 대문으로 걸어 들어온 모양이었다. 심지어 엄마가 아끼는 가죽 소파에 앉았잖아.

나는 아카시아의 황실 마법단장으로 알려져 있지만 실상은 타락한 악마인 메피스토펠레스를 경계심 가득한 눈으로 노려보았다. 그는 파우스트를 위해 신의 사자라는 사명까지 버린 전례가 있었다. 모든 것은 오직 파우스트를 위해. 어째서 내가 이 사실에 배신감을 느끼는지 모를 일이었다.

"앉으세요."

펠레스가 부드럽게 말했다.

나는 뻣뻣하게 굳은 발을 억지로 움직여 펠레스의 맞은편에 자리했다. 당황했다는 기색을 보이지 않으려고 평소처럼 다리를 꼬자 내가 먹을 홍차를 가져오던 메리가 얼굴을 일그러뜨렸다. 물론 나는 가볍게 무시했고. 알 게 뭐람. 악마한테 차려줄 예의 따위는 없다. 하물며 그가 파우스트의 연인인지 뭔지를 자처한다면 더더욱.

나는 여차하면 낮잠에 취한 브리싱가멘이라도 흔들어 깨울 기세로 턱을 들었다.

"이제 대답해."

"미가엘이 이곳에 있다기에 잠시 방문했습니다. 그레이스 가문의 정원이 마음에 들었는지 잠에서 깰 생각을 안 하는 덕분에 대화는 시도도 하지 못했지만 말이에요."

구실도 좋다. 나는 코웃음을 쳤다. 미가엘은 현재 성물인 검의 형태로 돌아가서 이슬과 풀이 가득한 정원 지면에 푹 박혀 있었다. 아픈 나를 대신해 미가엘을 여기까지 데려다준 루아의 말론 오자마자 꼼짝도 하지 않았다더니 그냥 그대로 잠이 든 모양이었다.

"……또 안젤리크 양에게 부탁할 것이 있기도 하고."

두 번째로 코웃음을 치지 않을 수 없었다.

"루아가 별로 좋아하지 않을 거야."

내 말에도 펠레스는 그저 웃기만 했다. 빌어먹게도 그 웃음이 이전과 다를 바 없이 근사했다. 낮게 깔리는 이지적인 음성 또한 마찬가지였고.

"폐하께선 지금 밀린 업무를 처리하느라 상당히 바쁘시답니다. 앞으로 몇 시간은 눈을 돌리지 못할 거예요."

미묘한 기분에 사로잡혀 나는 조심스럽게 찻잔을 들었다. 시간을 벌려고 느리게 한 모금 삼킨 다음, 찻잔으로 얼굴이 절반 이상 가려진 틈을 타 펠레스를 훔쳐보았다.

흘러내리는 비단 같다는 표현이 어울릴 만큼, 참 곱게 아름다운 사람이었다. 아니, 진짜 사람은 아니지만, 뭐 어쨌든 간에. 그의 주변에는 악마라는 사실이 의심스러울 정도로 절제된 부드러운 분위기가 감돌았고, 그건 눈에 보일 듯이 선명하게 전달되어와 마음을 건드렸다. 나는 여전히 펠레스가 불편했다. 싫었고, 원망하는 감정도 들었으며, 어느샌가 당연히 경계하게 되었다. 이 경각심을 죽어도 허물 생각이 없었다.

나는 펠레스를 좋아하고 싶지 않았다. 친구든, 첫사랑이든, 그 어떤 방식으로든. 루아가 펠레스를 곁에 둔다고 해서 나까지 그를 수용하고 좋아해야 할 이유는 없었다.

그의 얼굴을 직접 마주하고 나자 더욱더 분명해졌다.

"나한테 부탁할 게 뭔데?"

소리 없이 찻잔을 내려놓으며 나는 말했다. 평소에 안 하던 짓을 하니 예삿일이 아닐 거라곤 짐작했지만 이윽고 펠레스의 입에서 나온 말은 실로 충격이었다.

"소중한 사람에게 선물을 하고 싶은데 무엇을 사야 할지 잘 모르겠더군요. 안젤리크 양에게 도움을 받고 싶습니다만. 제가 아는 영애라고는 안젤리크 양뿐이어서요."

소중한…… 사람.

하. 기가 차서 폭소라도 하고 싶었다.

"선물? 파우스트의?"

주먹을 쥐었다. 이를 악물고, 혀뿌리까지 올라온 화를 눌러 삼키며, 어떻게든 침착함을 유지해보려 노력하는데 펠레스가 희미한 미소를 머금었다. 그 눈에 담긴 그리움이 선연했다.

"요안나에게요. 여교황 이야기는 요안나가 직접 빈민들에게 퍼뜨린 소문입니다. 그 사람은 교황이 되고 나서도 자기 자신을 사랑하지 않았거든요."

"당신도 귀가 여러 개 달렸나 봐? 아니면 파우스트가 직접 얘기했나?"

단어 하나하나가 입안에서 불타고, 그을린 재가 되어 밖으로 빠져나갔다. 나는 배신감을 느꼈다. 극도로 강한 모멸감을 느꼈다.

항상 루아의 곁에 있었던 사람에게.

한때나마 호감을 품었던 사람에게.

루아가 내 것이고 내가 루아의 것이듯이, 그는 결국 파우스트의 소유물이었다. 이 빌어먹을 악마는 주인의 목을 물어뜯을 개였다.

애초에 그럴 목적으로 주인을 섬겼다.

"도와주지 않으실 건가요?"

"지금 장난해? 나더러 루아의 삶을 망가뜨린 놈한테 바칠 선물을 골라달라고? 그걸 내 앞에서 말이라고 지껄여?"

결국 참는다는 건 처음부터 불가능했다. 순간적으로 확 돌아버린 나는 소파와 같은 높이의 낮은 테이블을 발로 걷어찼다. 찻잔이 엎어지면서 바닥을 향해 굴렀다가, 기어이 요란한 소리를 내며 깨졌다. 산산이 박살 나면서 사방에 날카로운 파편을 튀겼다. 그러나 그걸로도 성에 차지 않아서 나는 쿠키를 담은 접시도, 테이블을 장식한 화병도 짓이겨 으스러뜨렸다. 펠레스에게 시선을 고정한 채, 눈 하나 깜박이지 않고 펠레스와 나 사이의 장애물을 전부 부숴버렸다.

그 요란한 소리에 메리가 기겁하며 달려왔다.

"아가씨!"

"물러나 있어."

나는 똑바로 서서 펠레스를 찢어 죽일 듯이 쏘아보았다. 펠레스가 나와 같은 공간에 있는 것조차 역겹기 이를 데 없었는데, 그는 당황한 기색도 없이 갈무리한 얼굴로 메리를 안심시켰다.

"저는 괜찮습니다. 오히려 제 얼굴에 집어 던질 줄 알았습니다만. 제가 방금 안젤리크 양을 희롱하는 발언을 했거든요."

"……예?"

"물러나라니까, 메리."

나는 한 번 더 경고했다. 잠시 동안 나와 펠레스를 번갈아 쳐다 보던 메리가 결국 고개를 조아리며 우리를 뒤로했다.

이윽고 찾아든 정적은 토할 것처럼 거북했다. 일단 뭔가를 부수고 나자 조금은 정신이 돌아오는 것 같았으므로, 나는 심호흡을 하며 흘러내린 머리카락을 쓸어 올렸다. 어째서 나는 그동안 펠레스가 남들과 다르다고 생각했던 걸까. 사람이 아니어서? 기묘한 분위기를 풍겨서? 미친 거지. 돌아도 백 번은 돌았고 정신이 나가도 천 번은 나갔던 거다. 그는 결코 높은 평가를 받을 만한 인물이 못 되었다. 사랑에 빠져 사리분별도 할 줄 모르고, 3년 전엔 어린 애를 쉽게 구슬릴 목적으로 현혹 마법까지 걸었다. 그런 놈이었는데 내가 너무 과하게 그를 인정했다.

경직된 목을 가까스로 틀었다. 보기 좋게 갸름한 얼굴이 보였다. 그늘에 잠긴 초록처럼 부드러운 눈. 검은 머리카락. 나를 조롱한 입술.

무의식중에 입이 열렸다.

"궁금한 게 있어."

"편히 말씀하세요."

펠레스가 신사적으로 말했다. 지금이라면 어떤 비밀도 털어놓겠다는 듯한 어조였으나, 이미 체르지안에게 전해들은 것이 있어 나는 꼬임에 넘어가지 않았다.

"지금 나한테 하는 이 부탁이 처음이자 마지막 부탁인 거야?"

우리는 서로를 마주 보았다. 펠레스가 웃음을 지었다.

"어쩌면 그럴지도요."

여상한 대답이었다. 가볍게 날씨 얘기나 주고받는 것처럼.

"아니, 틀림없이 그렇겠지요."

그 말로 유추할 수 있는 몇 가지의 경우를 지금 이 순간 당장 받아들이기엔 너무나 벅찼다. 내가 입술을 깨무는 것도 개의치 않고 펠레스가 몸을 일으켰다.

그가 나에게 먼저 다가왔다.

"브리싱가멘의 성력이 전보다 약해졌군요. 폐하께 도움을 청해 보시는 건 어떤지요?"

나는 고개를 비틀어 그의 시선을 피했다. 올렸던 시선을 내리깔면서 얼핏 보았던 펠레스의 얼굴엔 쓴웃음이 어려 있었다.

"폐하께서 실현하실 수 있는 권능엔 한계가 없습니다. 아직 조절하는 덴 미숙하신 것 같지만요."

"그렇다는 건 발두르에게도 그만한 권능이 있었단 얘기네. 그런데도 자살했고."

가시 돋친 대꾸에 펠레스가 뜸을 들였다.

"자살이라……. 사실 전 요즘 슬슬 의심스러워지기 시작한 바입니다."

그제야 나는 가까이서 그를 응시했다.

"뭐가?"

몽환적인 녹빛 눈이 바로 앞에서 보였다. 그의 눈은 달 없는 밤의 별처럼 기이하면서 신비로웠다. 그늘이 드리우면 정원을 감싼 황홀한 빛 같은 이채를 발산할 것만 같았다.

어렸을 때 꿈에 나왔던 그 괴물처럼.

"안젤리크 양, 부디 제 간청을 들어주시겠습니까? 허락해주신다면 답례로 제가 아는 모든 이야기를 들려드리지요."

나는 입술을 조금 벌렸다가 도로 다물었다. 이건 참으로 위험한 제의였다. 뱀의 도발이었다. 중심을 잡지 못하면 얻을 것보다 잃을 것이 압도적으로 많을.

나는 파우스트에게 증오와 환멸, 그리고 혐오감을 느꼈으며, 그 원망에 동정이 들어갈 자리는 없었다. 메피스토펠레스에게 받은 모멸감을 똑같이 되갚아주고 싶었다. 하지만 그게 전부는 아니었다. 오직 펠레스만이 말해줄 수 있는 진실을 알고 싶다는 욕구가 그것들과 한데 뒤섞여 올바른 대답을 내놓지 못한 채 휘몰아쳤다.

시간이 멈춘 것처럼 펠레스의 얼굴을 빤히 쳐다보았다. 한편으로는 역겨운 궁금증이 일기도 했다. 도대체 파우스트의 어떤 점이 신의 사자를 악마로 끌어내릴 만큼 매력적이었단 말인가. 그리고 펠레스는 무슨 이유로 나를 찾아왔는지.

어째서, 하필, 나한테.

왜 나한테 이런 소리를 하는지.

"왜 나야?"

그에게서 차가운 밤의 냄새가 났다. 펠레스가 고개를 비스듬히 숙였다.

그의 눈이 내 눈에 못처럼 꽂혔다.

“영애가 제게 과분한 호의를 보여주셨으니까요.”

내가 자신에게 품었던 호감을 알고 있었노라 간접적으로 시인한 꼴이었다. 그런데 이상하게도 이 이상 분노가 치밀어 오르지는 않았다. 이미 다른 데로 화살을 돌렸기 때문인 걸까.

아, 나는 그가 반드시 루아를 배신할 것이라 더 화가 났었던 거다. 그렇기에 선선히 고개가 끄덕여졌다.

“한때는.”

“한때는, 그랬었지요.”

펠레스가 미소 띤 얼굴로 화답했다.

자신감에 찬 펠레스의 말에 따르면 앞으로 몇 시간 동안 루아의 시선은 내게 닿지 않는다. 그럼 나는 펠레스로부터 나 자신을 온전히, 오로지 내 힘만으로 보호해야 했다. 그러나 그런 멍청한 짓을 저지를 생각은 없었다. 또다시 얼굴에 상처를 입느니 차라리 처음부터 다른 이에게 도움을 구하는 편이 나았다.

“여기서 잠깐 기다려.”

나는 대답을 기다리지 않고 저택 밖으로 나왔다. 소란에 놀랐던 게 메리만은 아니었는지 잠투정을 하던 브리싱가멘이 잠에서 깨어났다.

“으, 졸려. 옷 갈아입으러 가는 거야, 보니?”

손끝으로 브리싱가멘을 톡톡 토닥여주며 나는 빠르게 정원을 가로질렀다.

“아니. 이젠 너한테 부탁할 만큼 저놈한테 잘 보일 생각 없으니까 걱정 마. 오만 정이 다 떨어졌거든."

색색깔의 보석 같은 꽃들이 흐드러지게 피어오른 정원은 지극히 향기로웠다. 귀족 특유의 과시욕이 물씬 드러났는데 그럼에도 조화로웠다.

나는 나무를 손질하기 바쁜 정원사들을 지나쳐, 구석진 곳을 향해 내달렸다. 비가 올 때면 일시적으로 작은 연못이 생길 만큼 협소하고 경사진 곳이었다. 미가엘은 그 장소를 가장 마음에 들어 했다.

"지금 미가엘한테 가는 거야?"

내 의도를 알아차린 브리싱가멘이 부루퉁한 어조로 물었다. 길잡이 역할을 하는 벚나무가 보여와 나는 속도를 줄였다.

"응. 도움을 청하려고. 그냥 가기엔 영 미심쩍어서."

고른 길이로 보송보송하게 돋은 잔디를 깔아 만든 인공적인 언덕 밑에, 그늘밖에 없는 그 좁은 공간에 장검 한 자루가 박혀 있었다. 나는 숨을 몰아쉬며 장검 앞에 웅크리고 앉았다. 잘 보이지도 않는 작은 들꽃을 건드리지 않도록 주의하는 것도 잊지 않았다. 미가엘이 이곳을 선택한 건, 이 정원에서 딱 한 송이밖에 피지 않은 저 하얀 민들레 때문일 테니까.

나는 검집 부분을 손가락으로 톡톡 건드렸다.

"미가엘."

곧바로 대답이 들리지 않더라도 나는 할 말을 했다.

"메피스토펠레스가 나를 찾아왔어. 이곳에 다녀왔었다니 어차피 당신도 알고 있겠지만. 아무튼 그가 나한테 어디로 좀 같이 가 달라고 하는데, 지금 루아는 바빠서 나를 도와줄 수가 없거든. 그 렇다고 브리싱가멘이랑 둘이 가는 건 너무 무모한 행동이고……, 아예 안 갈 수도 없고. 펠레스가 자길 도와주면 무슨 얘기든 다 들려준대. 처음이자 마지막 부탁이라면서. 그러니까…… 진짜 위험한 일 아니면 귀찮게 하지 않을 테니까 같이 가주기만이라도 하면 안 될까? 으응? 부탁할게. 그래야 나중에 루아한테 변명할 여지라도 생기지.”

정확히 어떤 말이 미가엘의 마음을 움직이게 만든 건진 모르겠으나, 적어도 펠레스를 무시했던 것처럼 나를 무시하지는 않았다. 돌풍이 불거나 땅이 흔들린 것도 아닌데 갑자기 미가엘의 검이 기울어졌다. 박혔던 뿌리가 뽑힌 듯 부드럽게 내 쪽으로 쏠려서 나는 황급히 붙잡았다.

내 손이 직접 닿았는데도 거부반응은 일어나지 않았다. 나는 잔뜩 긴장한 채 검의 손잡이 부분을 신중하게 감싸 쥐었다. 이렇게 쉬울 줄 몰랐으므로 어리둥절하게 눈을 깜박였다.

“고, 고마워.”

“웬일이래. 그 성격에 순순히 도와주고.”

브리싱가멘 또한 의아하긴 마찬가지였는지 놀란 반응을 보였다.

나는 웅크렸던 자세를 바로 했다. 미가엘의 검 끝에 붙은 풍부한 갈색의 흙을 털어낼까 고민하다가, 왠지 미가엘이 별로 좋아하지는 않을 것 같아 그만두었다. 어차피 펠레스에게 잘 보일 생각도 없는데 치마에 흙이 좀 묻은들 어때. 드레스로 갈아입기도 귀찮을 따름이었다. 그냥 이대로 가야지.

나는 장검을 교복 치마 벨트에 끼워 고정시킨 다음, 결정적인 순간에 거치적거리지 않게 머리를 포니테일로 묶었다. 펠레스가 섣불리 나에게 위해를 가하진 않을 테지만 조심해서 나쁠 건 없었다. 단지 여자애가 왜 검을 들고 다니는지 궁금해하며 따라붙을 사람들의 시선이 벌써부터 짜증스러울 뿐이지.

처음이자 마지막 부탁이라. 어쩌면 펠레스는 더 이상 살 생각이 없는지도 몰랐다. 그 위화감 때문에 나는 그의 부탁을 거절하지 못했다.

나는 홀과 멀리 떨어진 뒷문을 통해 저택으로 다시 들어갔다. 동화책이 든 가방을 내 방 침대 밑에 숨기고, 다른 작은 손가방을 집어 들었다. 가방 안에 돈을 조금 넣은 뒤 아래층으로 내려가자 아까의 소란은 있지도 않았던 것처럼 말끔하게 깨끗해진 홀이 보였다.

"보니, 정말 교황의 선물을 고르러 갈 셈이야?"

싫은 기색이 역력한 말투로 브리싱가멘이 징징거렸다. 나는 표정을 가다듬었다.

"운이 좋으면 그 선물에 독을 탈 수 있을지도 모르잖아?"

나는 그렇게 중얼거리고선 입술을 꾹 다물었다. 펠레스가 미소를 지으며 다가왔기 때문이다. 참 뻔뻔스럽게도 호의적인 미소였다.

"만약 허튼 수작을 부릴 셈이면⋯⋯."

펠레스는 내 말이 끝나기도 전부터 매력적인 웃음을 흘렸다.

"해가 저물기 전까지 다시 이곳으로 안전하게 모셔드리겠습니다. 안젤리크 양께서 허락만 해주신다면 식사도 대접해드리고 싶은데요."

여유로워도 너무 여유로운 말이었다. 나는 얼굴을 찡그렸다.

"이거 정말 루아가 모르는 일 맞아?"

어째서 이렇게 놀림당하는 것 같은 기분이 드는 걸까. 내 목소리 톤이 점점 올라갔다.

펠레스의 시선이 내 허리에 묶인 장검에 잠시 머무르는가 싶더니, 미가엘의 동행 정도는 아무렇지 않다는 듯 얼굴로 올라왔다. 나를 바라보는 그의 시선이 나이차 많은 동생을 대하는 것처럼 알 수 없이 친근해서 심히 떨떠름했다.

"만약 폐하께서 알고 계시다면, 당신을 믿고 지켜보신다는 뜻이 되겠지요. 폐하께서 저를 신뢰하실 리는 없으니 말입니다."

루아가 나를 믿는다니. 나는 그럴 리가 없다고 즉각 단정 지었다. 3년의 시간이 흐른 뒤로, 정확히는 내가 어렸던 루아를 두고 떠난 뒤부터 루아는 나를 믿지 않았다. 노골적으로 불신을 드러내기 일쑤였다.

하지만⋯⋯ 만약 내 진심이 루아의 마음을 조금은 움직였다면? 정말로 어떤 긍정적인 변화가 찾아온 것일 수도 있잖아. 나는 감기에 걸린 나를 루아가 간호해줬을 때를 떠올렸다. 펠레스의 생각이 틀렸다고 확신하면서도 나는 결국 마지못해 혹시나 하는 일말의 기대감을 품었다. 괜히 가슴이 뛰었다.

얼굴이 화끈거렸다. 어찌할 바를 몰라 눈알만 굴리는데 펠레스가 희미하게 웃었다.

"가실까요?"

"아, 응."

나는 빠르게 몇 번 눈을 깜박이고서 밖으로 나왔다. 엄마도 못 보고 오자마자 바로 외출하는 것이 마음에 걸렸지만, 펠레스를 집 안에 계속 두는 위험을 감수하는 것보다야 나았다.

그레이스 가문의 사유지를 벗어나는 동안 나는 프릴이 붙은 실크 블라우스의 단추를 전부 다 채워서 브리싱가멘이 전혀 드러나지 않게 했다. 평소엔 교복을 헐렁하게 입는 편이라 불편했지만 펠레스에겐 어떤 틈도 보이기 싫었다.

나는 티 나지 않게 펠레스를 곁눈질했다. 브리싱가멘도 일어났고 미가엘도 있겠다, 만반의 준비를 갖추었으니 펠레스가 허튼 수작을 부려도 곱게 넘어가지 않을 자신이 있었다.

들을 얘기만 듣고 빨리 돌아와야지. 목표는 무조건 안전한 귀가였다. 그래야 루아도 나를 믿은 걸 후회하지 않을 테니까. 그런데 펠레스가 틀렸으면 어떡하지? 루아는 이 만남을 아직 모르는 것뿐이라 가만히 있는 거고, 나중에 엄청 화내면?

음, 아무래도 '안전한 귀가' 앞에 '빠른'도 추가해야겠다. 빠르고 안전한 귀가를 목표로 해야겠어.

펠레스는 묻지도 않고 나를 식당으로 안내했다. 내가 점심을 안 먹었다고 확신하는 모양새라 조금 불만스러웠어도—어쩐지 그 누구도 내 사생활을 보장해주지 않는 것 같다—나중을 위해 말을 아꼈다.

나는 아주 매운 메뉴들만 골라서 주문한 다음, 강렬한 맛과 향을 풍기는 소스와 향신료도 잔뜩 뿌리라고 지시했다. 혀에 구멍이 뚫리는 한이 있더라도 절대 방심하지 않겠다는 내 각오가 전해진 건지, 펠레스는 내가 주문하는 동안 내내 미소를 머금고 있었다.

"그렇게 긴장할 필요 없습니다만, 안젤리크 양."

나는 코웃음을 쳤다.

"내가 당신을 어떻게 믿고?"

메피스토펠레스는 악마다. 배신자다. 나는 이 사실을 한순간도 잊지 않으리라 다짐했으나, 펠레스가 유감스럽다는 얼굴로 미소를 짓자 껄끄럽지 않을 수 없었다.

"저는 안젤리크 양에게 해를 끼칠 생각이 추호도 없습니다. 정 믿지 못하겠으면 저와 계약을 맺으셔도 상관없습니다만."

나에게 이렇게까지 하는 이유가 뭘까. 나는 아닌 척 펠레스의 표정을 유심히 살폈다. 지극히 태연하게 웃으며, 스멀스멀 기어 올라오는 정체 모를 불안을 삼켰다.

"그건 내가 사양할게. 우리 엄마가 도장은 신중하게 찍는 거라고 했거든."

"그레이스 부인께서 이득이 되는 일도 마다하라 하셨습니까?"

상냥한 미소와 함께 건네오는 말에 나 역시 꾸며낸 미소로 화답했다.

"어머, 이게 어딜 봐서 나한테 이득인지 모르겠네. 지금 당신과 마주하고 있는 것만으로도 나한텐 크나큰 손해인걸."

"그 손해를 감수할 만큼 제 머릿속이 궁금하시단 의미군요."

귀를 파고드는 이지적인 미성엔 나를 향한 흥미와 큰 신뢰가 담겨 있었다. 차분하고, 어른스럽고, 또 자기 멋대로지.

나는 반항아가 된 것 같은 기분을 느꼈다. 이런 식의 말장난은 초조함을 더 부추기는 것밖에 되지 않았으며, 감각을 곤두서게 만드는 불안을 가중시킬 뿐이었다. 우위를 점하고 있는 게 펠레스인 이상 전혀 달갑지 않다는 얘기다.

나는 말로써 펠레스를 이길 자신이 없었다. 내가 펠레스를 좋아했던 이유는, 그가 나에게 없는 것을 가졌기 때문이어서도 있었으니까. 그는 내가 지닌 그 어떤 것으로도 찍어 누를 수 없는 사람이었다. 단지 져주는 척할 뿐이다.

종업원이 음식을 진열하는 동안 나는 긴장을 억누른 채 거만하게 다리를 꼬았다. 아, 도무지 펠레스의 의중을 모르겠다. 파우스트의 선물을 골라달라고? 기가 막혀서. 지금 당장 펠레스의 목을 조르지 않는 것만도 나는 충분히 양보한 셈이었다. 거기다 그는 파우스트를 요안나라고 불렀어!

종업원이 물러나자마자 나는 사나운 기세로 쏘아붙였다.

"난 보석이 좋아. 사실 진귀하고 값비싼 거라면 뭐든 좋아해. 세상에 하나밖에 없는, 이란 수식어가 붙은 세공품들의 목록도 꿰고 있어. 그런데 말이야, 파우스트는 어린 여자애라면 환장하지 않아? 물질적인 뭔가를 준다고 해서 좋아할 것 같지는 않은데."

다분히 비꼬는 어조였음에도 펠레스는 그저 미소 짓기만 했다.

"요안나는 자신이 못 가진 것을 당연하게 누리는 모든 사람을 증오합니다. 그들을 망가뜨리는 일을 더 좋아하긴 하지만요. 그녀는 몹시…… 비뚤어져 있어요."

요안나는 무슨 얼어 죽을.

아무래도 그는 파우스트를 여성으로 여기는 모양이었다. 부정해볼 여지도 없이, 완벽하게.

나는 말랑말랑한 치즈를 듬뿍 올린 파스타에 매운 소스를 들이붓다시피 하면서 말했다.

"그럼 당신은? 당신이 타락했을 때도 파우스트는 좋아했어?"

"잘 모르겠군요."

잘 모르겠다라. 아니라고 대답하지 않는 걸 보니 파우스트의 마음은 펠레스와 같지 않은 듯했다. 적어도 지금은.

나는 비스듬하게 고개를 기울였다.

"솔직히 나는 당신이 여기서 무슨 말을 지껄인들 기회만 온다면 파우스트를 죽여버릴 거야. 그가 얼마나 비참한 삶을 살았든 간에 전혀 동정할 생각 없거든? 그놈은 루아의 성장을 억제했고, 나한테 신벌을 내렸어. 설마 그 사실을 잊어버린 건 아니겠지."

지난 3년의 시간이 쐐기풀로 지은 밧줄처럼 목을 졸랐다. 나는 뻣뻣하게 경직된 손가락을 억지로 소스 병에서 떼어냈다. 천천히 손에서 힘을 빼고는, 굳이 이곳에서 펠레스에게 뭔가를 집어 던지지 않아도 복수할 방법이 있을 거라며 스스로를 달랬다.

"그럼 한번 시험해보시겠습니까? 제가 요안나의 과거를 보여드리고 난 뒤에도 안젤리크 양께선 그런 말을 할까요?"

그답지 않게 노골적인 미련이었다. 집요하다 싶을 정도로 내 머릿속에 파우스트를 밀어 넣었다.

나는 펠레스를 뚫어져라 바라보았다.

"나한테 이러는 이유가 뭐야?"

내가 파우스트를 안타깝게 여기고 동정하면 뭔가 달라지는 게 있나? 설마 내가 루아한테 파우스트를 용서하라고 말하길 원하는 거야? 하도 어처구니가 없어서 이젠 비웃음도 안 나왔다.

코끝을 간질이는 음식 냄새가 전혀 식욕을 돋우지 못했다. 소리 없는 한숨을 쉬는데 잠시 침묵하던 펠레스가 낮게 내리뜬 눈으로 혼잣말처럼 중얼거렸다.

"그저 시간이 얼마 남지 않았다는 것을 알기에 뭐라도 해보고 싶을 뿐입니다."

나는 뜸을 들여가며 그늘진 녹색을 띤 그의 매혹적인 눈을 망막에 머금었다. 그건 악마의 눈이었고, 한땐 신의 사자였던 천사의 눈이었다. 하지만 지금은 과연 어떨까.

나는 그와 얼굴을 마주하고 있으면서도 그가 다른 곳에 있는 것 같다는 느낌을 지울 수 없었다.

펠레스가 음식이 담긴 그릇을 내 쪽으로 밀었다. 나는 얼굴을 살짝 찡그린 채 파스타를 한입 먹고, 그가 밀어준 그릇은 무시했다.

"체르지안한테 곧 떠난다고 했다며."

"자의로든 타의로든 저는 이곳을 떠날 예정입니다."

나는 눈을 가늘게 떴다.

"파우스트와 같이?"

돌아오는 건 미소뿐이었다. 나는 화가 나서 파스타를 씹지도 않고 먹어치운 다음, 고운 밀가루로 반죽한 빵의 끄트머리를 조금 뜯어 먹다가 크림을 띄운 음료수를 벌컥벌컥 들이마셨다. 잠시 식사에 열중한 뒤에 어느 정도 배가 불렀다 싶을 때쯤에야 입을 열었다.

"파우스트한테 선물할 걸 추천해달라고 했지? 그럼 집을 사줘. 최고로 예쁘고 화려하고 완벽한 호화로운 집을. 궁전이면 더 좋지만. 그리고 내킬 때까지 부수라고 해. 그게 내가 추천하는 선물이야. 하지만 내가 이렇게 말했다고 황궁을 때려 부숴서 보답할 생각이라면 지금 당장 미가엘한테 네 눈알을 파버리라고 시킬 거야."

나는 화풀이 삼아 장식용으로 나온 시나몬 막대를 뚝뚝 부러뜨렸다. 펠레스가 저의를 알 수 없는 얼굴로 나를 주시했다.

"저는 요안나에게 모든 것을 해줄 수 있었습니다. 실제로 그렇게 했고요. 하지만 단 한 가지, 정작 그녀가 바라는 단 하나의 소망은 이루어주지 못했어요. 그건 제 능력으로도 불가능한 일이었습니다."

구역질나는 기분에 사로잡혀서 나는 그의 감정을 무시했다. 그도 그녀도 아닌 파우스트가 바랐던 단 하나의 소망은 성별을 갖는 것이었다. 그러나 어떻게 내가 그를 동정할 수 있겠어? 그는 나와 루아의 삶을 망가뜨렸다. 훼손시키고, 무너뜨리고, 짓밟았다.

"그 소망이 여태껏 이뤄지지 않은 걸 보면 발두르도 파우스트가 별로였나 봐?"

"달갑게 여기진 않았었다고 해두죠."

"그런 주제에 교황씩이나 해먹는 걸 보면 별일이야. 가장 불완전한 자가 가장 완벽해야 할 자리에 오르다니 이것 참 우습다고 해야 할지."

입안에 가시가 돋친 듯 빈정거리는 어조로 나는 말했다. 언제나 미소를 짓고 있는 펠레스의 가면 같은 얼굴을 뜯어버리고 싶은 충동이 일었는데, 펠레스는 자기가 만족할 때까지 나를 떠볼 심산인 듯했다.

"안젤리크 양."

나는 역시 무시했지만, 신경 쓸 펠레스가 아니었다. 그는 또다시 수를 던졌다.

"떠나기 전에 요안나는 그렌트헨 황태후를 해칠 생각입니다. 하지만 폐하는 알면서도 방관하시고 있죠. 안젤리크 양께서도 그리하실 건가요?"

핵심을 향해 빙글빙글 돌기만 할 뿐, 결코 다가가지 않는 것 같은 대화라 나는 짜증을 느꼈다.

"그걸 왜 나한테 물어? 내가 무슨 행동을 한다고 달라지는 게 있기는 해? 그렇게 황태후 폐하의 죽음이 싫으면 당신이 직접 막아. 나한테 명령하지 말고."

"여전히 쌀쌀맞으시군요, 영애는."

펠레스가 서글픈 듯이 웃었다. 지금까지와는 조금 다른 웃음이라 나는 입술을 깨물었다가 놓았다.

"나도 가능하다면 당신을 믿고 싶어. 하지만 당신은 처음부터 그럴 여지를 주지 않았잖아?"

그 말에 돌아오는 대답은 없었다.

나는 한숨을 쉬며 자리에서 일어났다. 차라리 음식을 먹지 말 걸 그랬다. 잔뜩 긴장한 상태에서 아무거나 집어 먹었더니 속이 울렁거렸다.

식당 밖으로 나오자, 제법 선선해진 바람이 나를 부드럽게 감쌌다. 상기된 뺨을 식히고 눈꺼풀을 나른하게 만드는 산들바람이었다. 햇살은 그리 따갑지 않았으며, 솜을 떼어 만든 것 같은 구름은 느릿느릿 굼뜨게 움직였다.

나는 빠져나온 잔머리를 귀 뒤로 넘겼다. 게으른 오후를 틈타 식당 근처를 서성이며 나를 힐끔거리는 사람들이 몇 있었는데 똑같이 쳐다봐주자 황급히 자리를 떴다. 나와 엮여서 좋을 것이 없을 것 같다는 눈치라, 조금 민망했다.

음. 나는 눈에 확 들어오는 내 장밋빛 머리카락과 한눈에 보기에
도 위험하고 고급스러운 미가엘의 검 중 무엇이 더 사람들의 시선
을 잡아끄는지 잠깐 고민했다.

"지켜보는 눈이 많군요."

아, 깜짝이야. 언제 따라 나왔는지 펠레스가 바로 등 뒤에 서 있
었다. 나는 황급히 물러나서 그와 거리를 두었다. 눈을 치켜뜨고
잔뜩 경계하는데 펠레스가 팁을 상당히 줬는지 우리 테이블을 맡
았던 여자 종업원이 가게 밖까지 나와서 그에게 감사 인사를 전했
다. 그러면서 얼굴을 붉히는 모양새가 영 아니꼬웠으므로 나는 눈
알을 굴렸다.

"아까 나한테 계약을 맺자고 했었지? 그건 얼마나 절대적인 거
야?"

내 질문이 제법 흥미로웠는지 펠레스가 종업원으로부터 즉시
고개를 돌렸다.

"어긴다는 것 자체가 불가능한 족쇄입니다."

나는 어이가 없었다.

"나한테 신뢰를 얻는 게 당신한테 그런 위험을 감수할 만큼 가치
있는 일이야?"

"물론이지요. 저는 언제나 안젤리크 양의 신뢰를 얻고 싶었습니
다."

내가 진짜 기가 막혀서.

"거짓말 좀 적당히 해."

"어째서 제 말을 거짓으로 치부하는 건지 모르겠군요."

펠레스가 부드럽게 웃더니 앞서서 걸었다. 나는 조금 빠른 걸음으로 그를 따라잡았다.

"나와 계약을 맺는다고 쳐. 그런데 만약 나와 한 계약이 파우스트와 맺은 계약과 충돌하면 어떻게 되지? 둘 중에서 어떤 계약이 더 우선시되는 거야?"

파우스트와 메피스토펠레스가 어떤 계약을 맺었는진 몰라도 필시 파우스트에게 아주 유리한 계약일 것이었다. 어쩌면 펠레스가 파우스트의 명령이라면 뭐든 따라야 하는 계약일 수도 있겠지. 또 계약에도 우선순위라는 게 있을지 모르는 일이었다.

그렇다면 내가 펠레스와 계약을 맺어도 그건 아무짝에도 쓸 데가 없었다. 펠레스가 나와 루아를 해치지 않는다고 맹세한들, 파우스트의 명령 한 번이면 깨질 유리 같은 것이니까. 그러니 이 제안은 친절이 아니라 기만일 확률이 다분했다.

메피스토펠레스는 인간이 아니었고, 따라서 인간의 윤리와 양심에 어긋나는 일도 별다른 가책 없이 받아들일 수 있었다. 그렇지 않고서야 파우스트가 저지른 악행을 뻔히 알면서 아직까지 마음에 품을 리가 없잖아.

그는 파우스트가 그렌트헨을 죽여도 감쌀 것이다. 루아를 죽여도 감쌀 것이고, 나를 죽여도 어떻게든 그를 지킬 것이었다.

그러니까 이 악마는 믿으면 안 돼. 무엇 하나도 믿어 좋을 게 없다.

무엇 하나도…….

불현듯 치미는 위화감이 있어 나는 뻣뻣하게 굳은 채 미친 듯이 눈을 깜박였다. 아까 펠레스가 뭐라고 했었지? 당당하게 그레이스 가문의 저택으로 찾아와서, 루아는 업무를 처리하느라 아주 바쁘기 때문에 몇 시간 동안 나를 살피지 못할 것이라고 했다. 그러니까 나와 이렇게 만나도 괜찮다는 듯이 말했어.

그리고 나는 그 말을 믿었다.

아.

어떤 말은 뿌리부터 불신한 주제에, 그 말은 그냥 듣고 넘겼었다.

"영애는 제게 무엇을 원하십니까?"

나는 그 질문을 무시했다.

"파우스트가 루아를 죽이라고 하면 어쩔 거야?"

"본디 좋은 주인을 거스를 수 없는 법입니다."

그것만큼 우스운 대답이 또 없었다. 나는 치마 벨트에 고정시켰던 미가엘의 검을 검집째 빼들고, 펠레스와 거리를 두었다.

"상황이 달라지거나 주인에게 문제가 생겼을 땐 또 모르는 일이지. 그리고 당신은 이미 발두르를 배반한 전적이 있잖아."

한참을 달린 것도 아닌데 숨이 가빴다. 갑작스럽게 엄습한 불안을 감당하지 못하고 나는 얼굴을 일그러뜨렸다. 분노를 억누르는 것보다 공포심을 억누르는 것이 배는 더 힘들다는 사실을, 정말, 뼈저리게 깨닫고 말았다.

"루아를 어떻게 한 거야?"

인적 없는 한적한 길에 들어서자 펠레스가 걷는 속도를 늦췄다. 그가 음울하고 퇴폐적인 악마보다는 타락한 천사에 가까운 얼굴로 나를 마주 보았다.

"제 대답을 듣고 싶으면 협박이라도 해보시는 게 어떻습니까?"

"아, 물론. 원한다면 미가엘의 검으로 창자를 찢어줄 수도 있어."

갈수록 입이 험해지는 게, 아무래도 루아의 영향을 심하게 받는 것 같았다. 펠레스가 웃음을 참는 얼굴로 나를 달래기 시작했다.

"많이 초조하신가 보군요. 영애께서 무엇을 우려하시는지 잘 압니다. 그 일이 벌어지지 않았다는 사실도 알고 있고요. 안젤리크 양, 황제 폐하께서는 지금 누구보다 안전하고 누구보다 무사하십니다. 맹세드리지요. 저는 폐하께 어떤 위해도 끼치지 않았어요. 애초에 저는 폐하를 상대할 수 없는 몸입니다."

느리게 눈을 깜박이던 것도 잠시였다. 바보가 된 기분을 느끼며 나는 이를 갈았다.

"루아를 상처 입히고 나도 죽이러 온 게 아니면 도대체 뭐야? 진짜 계약을 맺자고? 그런다고 뭐가 달라지는 것이 있기는 해? 설마 넌 내가 정말로 황태후 폐하를 돕길 바라는 거야?"

도무지 펠레스의 저의를 모르겠다! 답답해서 돌아버리기 직전이었다. 문제는 펠레스가 이런 내 반응을 조금도 신경 쓰지 않는다는 거지.

이젠 당신이란 호칭도 아깝기 그지없을 뿐이라 대놓고 비난하는데도 펠레스는 전혀 개의치 않았다.

"선황제 폐하의 죽음을 방관했듯이 폐하께선 그렌트헨의 죽음도 묵인할 생각이십니다. 가뜩이나 소란한 즉위였으니 이번 일이 몰고 올 여파 또한 만만치 않겠지요. 하지만 그렌트헨의 죽음을 묵인한다고 해서 폐하가 요안나를 살려두지는 않을 테니, 결국은 저도 살해당하겠지요. 저는 반드시 폐하를 막아설 테니까요."

더는 바람도 내 기분을 좋게 해주지 못했다. 나는 펠레스를 노려보며 딱딱한 말씨로 되물었다.

"문제되는 건 단지 그것뿐?"

"그렌트헨은 가여운 아이입니다."

"그렇게 만든 게 누군데?"

짐작했던 대로 펠레스는 또다시 파우스트를 감쌌다.

"물론 제 죄이지요. 어떻게 그렇지 않을 수 있겠습니까?"

결국 모든 대화의 끝은 파우스트였다. 어째서 전에는 몰랐을까. 나는 펠레스가 참으로 이기적인 사람이라고 생각했다. 그런 판단을 이제야 내렸다는 것이 도리어 우스웠다.

"정말 진절머리가 날 정도로 파우스트를 감싸고도는구나. 너 자신을 위해서 그를 감싸는 것이 아닌가 하는 생각까지 들 정도야."

중얼거림에 가까운 말에 펠레스가 버릇처럼 짓던 미소를 지워냈다.

"저는 모시던 주인도 버렸고, 형제들도 외면했습니다. 오직 요

안나의 행복만을 바라고 그녀의 곁에 머물렀지만 상황은 더 악화
되고 말았지요. 영애에게 이해를 구할 생각은 없습니다. 전부 제
가 자초한 일이니까요. 제 책임입니다."

"루아한테도 그렇게 말했어? 모든 게 너의 잘못이니 파우스트
는 좀 봐달라고?"

나는 웃었다. 기가 막혀서 웃었고, 화가 나서 웃었고, 그를 믿으
려는 시도를 했던 나 자신이 한심해서 웃었다. 나는 이제야 비로
소 이 남자를 제대로 보고 있었다. 전에는 그의 일면만을 보고 호
감을 품었거나 동정했지만 이제 보니 전부 그가 자초한 일이었다.

이 남자도 본질은 파우스트와 다를 바가 없었다.

"보니."

다른 사람도 아닌 펠레스의 입에서 나온 말이라, 귀를 의심하지
않을 수 없었다. 나는 당혹스럽게 인상을 썼다.

"왜…… 왜 갑자기 그런 식으로 불러?"

또 다른 수작을 부리려나 싶어 잔뜩 긴장했으나, 펠레스는 다시
평소처럼 돌아와 웃는 얼굴로 나를 바라보았다. 그 근사한 모습이
누구나 신사라고 느낄 법했다.

"영애께서 원하시는 것이 제 죽음입니까?"

"내 의견은 중요하지 않아."

나는 그렇게 중얼거리며 뒤로 조금 물러났다. 좁은 골목길에 드
리워진 검은 그늘 속으로 숨어들자, 햇빛에 감싸인 메피스토펠레
스가 더욱 이질적으로 느껴졌다.

"조금 섭섭하군요. 그간의 친분을 생각해서라도 저를 염려해주
시리라 믿었는데 말입니다."

내가 지금 당장이라도 도망갈 것처럼 느껴졌는지 펠레스가 한
발 물러섰다. 나는 혹여 놓칠세라 미가엘의 검을 꼭 붙들었다.

"그거야말로 오늘 들었던 말들 중 가장 어이없는 소린데. 너랑
우리 집 고양이가 동시에 물에 빠지면 나는 고양이만 구할 거거
든?"

"괜찮습니다. 저는 수영을 아주 잘하니까요. 만일 영애께서 고
양이를 구하는 데 실패하더라도 제가 기꺼이 도와드리지요."

펠레스가 웃으며 손을 내밀었다. 그게 무슨 의미인지 알고 싶
지도 않았을뿐더러, 손을 잡을 생각은 더더욱 없었으므로 나는 낮게
숨을 몰아쉬며 그를 노려보았다.

"황태후 폐하는 루아를 사랑하지 않아."

"그것이 그렌트헨이 죽어야 할 이유입니까?"

실로 점잖은 반문이었다. 나는 펠레스를 이해하지 못했고, 그는
나를 설득하려 했다. 하지만 나는 그에게 설득당할 생각이 추호도
없었다. 나는 파우스트도, 그렌트헨도, 눈앞의 타락한 천사도 이
해하거나 동정하지 않을 작정이었다.

너무나 이기적이고, 너무나 탐욕스럽다. 그리고 잔인할 만큼 아
이에게 비정하지. 이들에게 참회나 속죄를 바란 것은 아니었으나
뻔뻔해도 정도를 한참 넘어섰다. 루아에게 직접 빌 용기는 없으니
나를 이용하겠다는 속셈인가 본데 어림도 없었다. 애당초 이들 중

누구도 지난날의 잘못을 후회하고 있지 않잖아. 기회만 온다면 또다시 루아를 학대하고 나를 죽이려 들 사람들이었다.

미가엘의 검을 붙잡은 손이 떨렸다. 나는 심호흡을 하며 마음을 가라앉혔다.

"내가 줄 수 있는 대답은 그게 전부야."

루아가 보고 싶었다. 우리는 서로의 아픔을 공유할 수 있는 유일한 사이였다. 전부를 바치고 전부를 얻었다. 나는 기다리기만 하지 않기로 결심했다. 루아가 오지 않을 시엔 내가 직접 왕성으로 찾아가면 그만이었다. 루아의 얼굴을 보고 무사하다는 것만 확인해도 이 떨림이 가라앉을 것 같았다.

이제 그만 가보겠다고 말하려는데 새삼스러운 눈으로 나를 지켜보던 펠레스가 전처럼 여유롭게, 당황하거나 분노하거나 실망한 기색도 없이 입을 열었다.

"영애에게 드리고 싶은 선물이 있습니다."

펠레스가 손을 내밀었다. 나는 그의 손바닥에 놓인 둥근 물건을 보고 눈을 깜박였다.

"시계?"

그건 상당히 녹슨 회중시계였다. 금이나 은으로 만들어진 것도 아니었거니와 세공한 지 족히 수십 년은 지난 듯 보였다. 체인은 힘을 잃고 흐물거렸으며 칠이 다 벗겨져 있었다.

도대체 이런 건 왜 주려는 건지 모르겠다. 표면에 유려한 필기체로 글귀 같은 게 새겨져 있는 것 같기도 한데 빛이 바래서 알아보기도 힘들었다. 열리기는 할지 의문이었다. 초침 소리도 안 들리는 걸 보니 시곗바늘도 멈춘 것 같고. 골동품 가게에서도 비웃을 것 같은데.

떨떠름한 눈으로 녹슨 회중시계를 살펴보려니 펠레스가 웃으며 말을 이었다.

"저를 위해 시간을 할애해주셨으니 그에 대한 보답입니다. 이 안에 영애께서 궁금해하시는 모든 비밀이 들어 있습니다. 저와 요안나의 이야기를 포함해서, 신이 무슨 이유로 인간의 몸에 스며들었는지에 대한 이유까지도. 다만 여는 순간 자동으로 마법이 시전되어 영애를 깊은 잠에 빠뜨릴 테니, 위험한 상황에선 사용하지 마시길 바랍니다."

그렇게 말하면서 펠레스가 그늘 안으로 걸어 들어와 내 손에 회중시계를 쥐여주었다.

나는 숨을 삼켰다. 그의 손은 따뜻했고, 내리꽂히는 시선 또한 부드러웠다.

증오와 배신감이 느껴질 만큼 펠레스는 나에게 상냥했다.

누군가 머릿속을 불로 지지는 것처럼 고통스러웠다. 나는 고개를 들어 펠레스의 눈을 올려보았다. 그와의 거리가 몹시 가까웠다.

불처럼 번져드는 이 감정이 싫었다. 머리와 가슴이 서로 다른 결론을 내리는 것도, 참 이유 없이 그를 신뢰했었다는 사실을 인정하는 것도 마음에 들지 않았다. 따지고 보면 메피스토펠레스만큼 수상한 남자가 또 없는데.

3년 전에도 그는 모든 걸 알고 있었다.

모든 걸 아는 방관자였다.

멋대로 믿었다가 배신당한 기분에 사로잡혀서, 그 눈에 삼켜질 것만 같아서 나는 무심결에 본심을 얘기했다.

"너를 믿고 싶었어."

그는 친절했다. 늘 호의적이었고, 숨기는 것이 많을지언정 언제나 부드러운 투로 내 이름을 불렀다.

"그럼 믿으면 되질 않습니까?"

펠레스가 다분히 신사적인 어조로 반문했다. 정중하게까지 느껴지는 태도였다. 어째서 이 남자는 이토록 당당한 걸까. 후회는 커녕 부끄러움도 없다. 죄의식이란 감정을 느끼기는 하는 건지 의심스러웠다.

결국은 이 남자도 가해자나 마찬가지인데.

파우스트의 행동을 묵인했으니 이 남자도 결국은 적이었다.

"내 신뢰를 바라면서 파우스트를 들먹여? 무슨 자격으로? 넌 거짓으로라도 후회하는 척을 했어야 해."

"저는 원래가 이렇습니다. 그동안 영애께서 제 좋은 점만을 봐주셨기에 모르셨을 뿐이지요."

벌어지는 입을 다물기 힘들었다.

"그래서 일부러 이랬다? 내가 네 본심을 알길 바라서?"

기분이 더러웠다. 자꾸만 화가 치솟는데 이것을 풀 방법이 없었

폐하의 3
소꿉친구

다.

"보니."

이제 펠레스는 소리 내어 웃고 있었다.

"저는 요안나를 위해선 무슨 일이든 합니다. 그것이 진정으로 요안나를 위한 길이 아닐지라도 저는 할 수밖에 없어요. 이미 너무 먼 길을 돌아왔으니까요. 근본적인 결함이 있는 요안나도, 주인을 버리고 형제들을 배신한 저도 타인과 섞일 수 없는 몸입니다. 우리는 불행을 퍼뜨리는 전염병이에요. 어쩌면 누구와도 엮이지 말았어야 했는지도 모릅니다. 평온을 얻으려는 시도조차 하지 말았어야 했는지도……. 그저 구석에 숨어 누구의 눈에도 띄지 않도록 숨어 사는 것이 최선이었던 건지도 모르겠습니다."

나는 아무런 대답도 하지 않았다. 펠레스가 내 뺨에 스치듯이 가볍게 키스했다. 그의 입술이 잠시 귓가에 머무르며 낮은 말을 속삭였다.

"그대에게 너무나 추한 모습만 보여드려 송구합니다. 그대의 눈에 제가 어떻게 비칠지 알기에 더욱 심려스럽군요. 하지만 결국 해야 할 말이었고, 알아야 할 일이었습니다. 떠나기 전에 저는 어떻게든 영애에게 보답하고 싶었어요. 한때나마 제게 주셨던 감정을 어찌 외면할 수 있었겠습니까. 그러나 애석하게도 이것이 제 전부이며, 최대한의 예우입니다."

찰나의 순간 동안 그의 얼굴이 몹시 가까웠다. 숨결이 닿을 것 같은 거리였다.

그는 내 다른 쪽 뺨에 마저 입을 맞추고 물러나기 전에, 나를 아주 가까이서 들여다보았다. 처음인 듯, 마지막인 듯, 오랫동안 기억하고자 머릿속에 박아 넣으려는 듯이 섬세하게 살폈다.

나 역시 어찌할 바 없이 망막에 그를 박아 넣었다.

서로 마주 본 시간이 짧았는지 길었는지는 중요하지 않았다. 나는 녹색으로 가득할 줄 알았던 그의 눈에 미약한 숲의 갈색이 깃들었다는 사실을 처음 알았다.

"이게 너와 파우스트가 하는 짓이야? 주위 사람들을 병신으로 만들고, 짓밟아 망가뜨린 채 뒤도 돌아보지 않고 떠나는 게? 남은 사람들이 얼마나 비참한 말로를 맞이하는지는 관심 없고 오직 망가뜨렸단 사실 하나만 중요한 거야? 그럼 다음 목표는 도대체 누구지? 또 누구의 인생을 개같이 만들 셈이야?"

손에 쥐여진 회중시계를 집어 던지고 싶었다.

그를 이해하고 싶지 않다. 동정하고 싶지도 않고, 붙잡고 싶지도 않았다.

펠레스가 숙였던 자세를 바로 했다.

"부디 오늘이 저희의 마지막 만남이길 바랍니다."

이것은 작별인사였고, 경고나 다름없었다.

어쩌면 그는 다음번 만남에서 나를 죽이려 들 수도 있었다. 그 빌어먹을 요안나의 바람을 들어주고자.

나는 회중시계를 주머니 안에 밀어 넣으면서 펠레스가 먼저 떠나도록 내버려두었다. 어째서 그가 루아가 아닌 나에게 자신의 가장 큰 비밀을 맡겼는지 깊이 생각하고 싶지도 않았다. 최대한의 예우라고? 말은 번지르르하지.

한숨을 내쉬며 묶었던 머리를 풀자 기다렸다는 양 찾아든 바람이 머리카락을 마음껏 헝클어뜨렸다. 그 바람은 미가엘이 사람의 모습으로 변모하면서 만들어낸 것이었다.

"따라가겠다."

그는 펠레스가 떠난 방향을 주시하고 있었다. 나는 미가엘의 말이 펠레스와 동행하겠다는 뜻인지, 아니면 잠시 얘기만 나누고 돌아오겠다는 뜻인지 몰라 눈을 깜박였다.

"따라가?"

되묻는 목소리가 떨렸다. 긴장이 풀린 탓에 똑바로 서 있는 것도 힘들었는데, 그래도 속이 울렁거리는 것에 비하면 참을 만했다. 진짜 괜히 먹었네. 차라리 전부 게워내고 싶을 정도였다. 긴장한 상태로 누군가와 밥을 먹는 게 이렇게도 괴로울 줄이야.

다행히 미가엘은 펠레스와 함께할 생각은 없는 듯했다.

"돌아가 있어라. 곧 뒤따를 테니."

"아, 응."

나는 순순히 고개를 끄덕이곤 돌아섰다. 미가엘이야 브리싱가멘보단 훨씬 믿음직하니, 돌아온다고 하는 말도 신뢰가 갔다. 나한테 미가엘까지 신경 쓸 여력이 없기도 하고. 또 미가엘은 내가 간섭하는 걸 바라지도 않을 거였다.

하늘이 아직 환했다. 그 빛에 의지하여 좁은 길을 빠져나와 느긋하게 걷는데 웬일로 레뮤시가 불만 가득한 얼굴로 불쑥 튀어나왔다.

"아가씨."

"응? 따라왔었어?"

당황한 것도 잠시, 내 호위 기사라고는 해도 평범한 인간인 레뮤시의 기척을 펠레스가 못 느꼈을 리 없었으므로 그가 대화를 엿들었을지도 모른단 불안은 금세 날아갔다. 그러나 내가 순진하게 눈을 깜박이며 반기는데도 레뮤시의 굳은 표정은 펴질 줄을 몰랐다.

"다치신 곳은 없습니까?"

"나 멀쩡해."

나는 그렇게 대꾸하고서 의아한 눈으로 레뮤시를 좀 더 자세히 살폈다. 얼마나 뛰어다녔던 건지 레뮤시는 땀으로 범벅이 되어 있었다.

"아가씨를 따르는 도중에 갑자기 시야가 차단당하는 일이 있었습니다. 분명 마법단장의 짓이겠지요."

제국에 있었을 때도 레뮤시는 마법사를 싫어했고, 펠레스는 더더욱 마음에 들어 하지 않았다. 말리지 않으면 지금 당장이라도 사병을 부르거나 자기가 직접 펠레스를 잡으러 갈 것만 같은 기세여서 나는 침착한 어조로 레뮤시를 안심시켰다.

"난 아무렇지도 않아. 별일 없었어."

뭐라고 사족을 더 붙여야 레뮤시가 마음을 놓을지 몰라 고민하는데, 그가 못마땅한 듯 미간을 찌푸린 채 주위를 경계했다. 레뮤시는 펠레스를 향한 적의를 거둘 생각이 없는 듯했다.

"아가씨, 주제넘은 소리일진 모르겠으나 가급적 그와 거리를 두십시오. 마법사와 가까이해서 좋을 게 없습니다. 그처럼 진의를 알 수 없는 자라면 더더욱 멀리하셔야 합니다."

나는 레뮤시를 빤히 쳐다보았다. 그가 불편한 기억을 억지로 상기하듯이 이를 악물었다.

"저택에 찾아왔을 때 그자에게서 기름과 유황 냄새가 났습니다. 인신공양의 의식을 펼칠 때 피우는 특별한 향의 냄새가 진동했어요."

나는 머리카락을 쓸어 넘기다 말고 멈칫했다.

"인신공양?"

"이상하지 않습니까? 그건 제단을 실제로 사용하는 외지의 성전이 아니면 취급하지도 않는 특수한 향입니다. 백단나무를 정제한 것에 약한 마약 성분이 있는 민트색 씨앗을 섞은 것이라 아예 접해본 적도 없는 사제들이 태반이고요. 저 또한 주인마님을 만나기 전에 잠시 맡았던 용병 일이 아니었으면 알아차리지 못했을 겁니다. 사정이 그러한데 제국의 황실 마법사가 제물을 바칠 때 쓰는 향의 냄새를 달고 벨모트까지 왔다뇨, 뭔가 이상합니다."

"……교황이 시킨 일을 처리하다가 온 걸 수도 있지. 그 많은 처녀 제물을 교황 혼자 일일이 죽이는 것도 귀찮을 테니까."

나는 시큰둥하게 중얼거렸다. 파우스트가 교황이 된 뒤로 더욱 성행하는 것이 인신공양이니 놀랄 것도 없었다. 그는 성별이 없다는 것에 대한 트라우마가 극심했고, 평범함을 누리는 모든 사람을 증오했으니까. 특히 여자들을. 파우스트에게 있어 제물은 그저 화풀이 대상에 불과했다. 그는 발두르가 존재하지 않는다는 사실을 뻔히 알면서도 인간 제물을 받았다.

"예?"

"아무것도 아니야. 어쨌든 나는 멀쩡하니까 이만 집으로 돌아가자. 레뮤시도 내가 빨리 귀가하는 편이 마음 놓일 거 아니야."

"그렇긴 합니다만……. 그럼 마차를 부르는 편이 좋겠군요. 아가씨를 알아보는 눈이 많습니다."

나는 사람들의 인상착의 하나하나를 예의 주시하며 눈에 박아넣는 레뮤시를 슬쩍 곁눈질했다. 이미 잔뜩 땀에 젖었으면서 아직도 턱에 힘을 주고 있었다.

"그러지 말고 레뮤시가 업어주는 건 어때? 예전에 내가 넘어졌을 때 업어준 적 있잖아."

긴장을 덜어주고자 던진 농담에 레뮤시가 가당치도 않다는 듯 말했다.

"그땐 마차를 구할 수가 없었으니까요. 전 아직 아가씨의 호위 기사 일을 관둘 생각이 없습니다."

웃을 수밖에 없는 단호한 대답이었다. 레뮤시는 내가 태어나기도 전부터 그레이스 가문에 종속되어 있었고, 사람 고르는 데 까다롭기로 유명한 엄마의 신뢰를 받았다. 나와도 아주 오랜 시간 동안 함께했으니 한번 업어줬다고 해서 잘릴 턱이 없었다.

"그 말은 관둘 생각이 생기면 업어준다는 뜻이야?"

내가 또 놀린다는 걸 알아차린 레뮤시가 나를 쳐다보지도 않고 잡아끌었다.

"아쉽지만 죽을 생각 또한 없습니다. 근처에 솜씨 좋은 마부가 있으니 따라오십시오. 조금 불편하시더라도 저택에 도착할 때까지는 제 시선이 닿는 곳에 계셔주셔야겠습니다."

나는 입술을 삐죽였다.

"깐깐하기는. 그러다 메리 도망간다."

"전 누구와도 사귀거나 혼인할 생각이 없으니 도망가도 상관없습니다만. 그리고 저보단 아가씨 본인이나 더 걱정하시는 것이 어떻습니까? 황제 폐하의 일로 주인마님께서 단단히 화가 나셨습니다. 아가씨와 폐하께서 공개적인 만남을 즐기셨다는 소문이 파다하게 퍼졌잖아요."

예전엔 좀 져주더니 이젠 그런 것도 없네. 어쨌든 펠레스와 무슨 일이 있었는지 캐물을 것 같진 않아서 안심이었다. 아직 변명거리가 전혀 떠오르지 않아서.

레뮤시에게 붙잡혀 끌려가는 동안 나는 심술궂게 눈알을 굴렸다.

레뮤시가 구해 온 마차를 타고 집에 돌아가자마자 나는 소화제부터 찾았다. 맛은 고약해도 효과는 확실한 약을 먹고 나니 그럭저럭 속이 진정되어 다행이었다.

엄마와 아빠는 오늘도 왕실 무도회에 참석할 예정이었다. 레뮤시는 내가 적어도 오늘 밤 동안만이라도 안전하게 집에 붙어 있기를 바랐으므로, 나는 순순히 방으로 올라갔다. 루아가 보고 싶었지만 이 이상 레뮤시를 불안하게 만들었다간 정말로 외출 금지를 당할지도 몰랐다.

간단하게 씻은 나는 잠옷으로 갈아입은 뒤 침대에 누워서 펠레스가 준 회중시계를 만지작거렸다. 어찌나 녹슬었는지 손에 녹가루가 묻어나지 않는 것만도 다행일 정도였다.

"열어볼 거야?"

브리싱가멘이 호기심 어린 목소리로 물어와서 나는 회중시계를 뒤집어 뒷면을 살폈다. 글귀와 문양 같은 것이 새겨져 있었는데 칠이 벗겨지기 직전이라 알아보기란 불가능했다.

"글쎄…… . 브리 네가 보기엔 어때? 위험한 물건인 것 같아?"

"아주 강력한 마법이 걸려 있는 것만은 확실해. 너만 열 수 있을걸? 다른 사람한테는 그냥 녹슨 장신구에 불과하겠지."

나는 손톱을 물어뜯고 싶은 충동에 사로잡혀 중얼거렸다.

"펠레스를 믿을 순 없어."

"그럼 전에는 믿었고? 너 그 사람 좋아했었잖아."

누가 들으면 영혼을 바칠 정도로 사랑했었던 줄 알겠다. 나는 얼굴을 찡그렸다.

"그냥 호감만 조금 있었던 것뿐이거든? 이젠 알 바 없어. 파우스트랑 같이 떠나든, 죽으러 가든 내가 알 게 뭐야. 그것보다 난 브리

네가 걱정이야. 나랑 붙어 있으면 성력이 더 빨리 고갈되는 거 아니야? 나한테 있는 루아의 마력은 너랑 상극이라며."

더는 성력을 채워줄 발두르가 존재하지 않기에, 가진 힘을 전부 사용하면 브리싱가멘은 사라진다. 본디 신의 사자들은 주인인 발두르가 없으면 살 수 없는 몸이었다. 펠레스까지 이 점을 지적할 정도면 브리싱가멘의 상태가 정말로 심각하다는 뜻이 되었다.

"그러니까 더 어이없지. 나를 죽이는 것도 황제인데 살릴 수 있는 것도 황제라니. 으, 몰라. 난 황제가 싫어. 살려달라고 비나 봐라."

나는 위로하듯이 부드럽게 브리싱가멘을 쓰다듬었다. 단단한 금속임에도 불구하고 브리싱가멘의 목걸이는 차갑지 않았다.

"너무 걱정하지 마. 루아가 도와줄 거야."

"그 황제가 퍽이나 도와주겠다. 걘 너한테만 착하게 보이려고 하지 다른 사람들한텐 어림없거든? 발두르의 힘을 가졌다곤 해도 악마나 다름없다고."

발두르의 이름을 들을 때마다 이지스의 말이 떠오르는 건, 어떻게 보면 당연했다. 가만히 눈을 내리뜨고 있다가 나는 머뭇머뭇 입을 열었다.

"발두르가 진짜 돌아오면 어떡하지? 파우스트가 정말로 발두르를 되살릴 방법을 찾아낸 거면……, 루아는 어떡해?"

파우스트는 루아로부터 신을 분리하는 방법을 알고 있다며 이지스에게 협조를 부탁했다. 그것이 이지스에게 어떤 희망을 주었고. 그건 매달릴 수밖에 없는 달콤한 유혹이었을 터였다. 가장 늦게 태어나 발두르를 모르는 브리싱가멘과는 달리 이지스는 그에게 아주 깊은 유대감을 느꼈던 것 같았다. 또 그게 당연하기도 했다. 신의 사자에게 있어 발두르는 부모나 다름없을 테니까.

신의 사자라.

하지만 그건 그들의 사정일 뿐이었다. 나는 이해해서도 안 되고 연민을 품어서도 안 되는.

"최소한 메피스토펠레스는 아직 완전히 황제를 배신한 것 같진 않던데. 어쩌면 거기에 뭔가 단서가 있을지도 몰라."

펠레스가 남기고 간 회중시계를 두고 하는 말이었다. 나는 무심결에 깨물고 있던 입술을 느슨하게 놓았다. 이지스가 싫었고, 파우스트가 증오스러웠으며, 펠레스를 믿을 수 없었다. 하지만 브리싱가멘의 죽음을 바라지도 않았다.

"아까 펠레스가 이걸 열면 깊은 잠에 빠진다고 했었지? 어쩌면 그게 죽음을 은유적으로 표현한 걸 수도 있어."

옆으로 돌아 눕자, 긴 분홍색 머리카락이 물결 모양으로 흐트러졌다. 한숨을 쉬며 중얼거리는 말에 브리싱가멘이 조심스럽게 동의했다.

"뭐……, 그럴 가능성도 아주 없는 건 아니겠지. 만약 그렇더라도 황제가 무슨 수를 써서든 살려내겠지만 말이야."

그 대답이 지나치게 낙관적이어서 나는 눈살을 찌푸렸다.

"전부터 궁금했는데 너도 그렇고 펠레스도 그렇고, 왜 다들 루아의 능력을 그렇게나 높이 평가하는 거야? 루아는 신의 권능을 받은 것뿐이지 신은 아니잖아. 오히려 루아는 자기가 악마라고 했는걸."

생긴 건 천사처럼 예쁘장한 주제에 스스로를 악마나 다름없다고 칭하니 이해가 갈 턱이 없었다. 그 이유가 타락한 신의 힘을 받아들여서라고는 해도, 단지 머리로만 수용할 뿐이었다.

나에게 있어 루아는 어딘가 위태롭고, 불안정해서, 내가 곁에 있어주지 않으면 안 될 것만 같은 소년인걸. 무, 물론 실제론 루아가 나를 지켜주는 입장이지만 도무지 눈을 뗄 수가 없었다. 루아는 지나칠 만큼 나에게 의존했고, 그것을 숨길 생각이 전혀 없었으니까. 오히려 그 점으로 나를 붙들어두려고 했다.

"음, 그건……."

브리싱가멘이 조금 복잡하다는 듯이 설명을 망설였을 때, 갑자기 방문이 벌컥 열렸다. 내 눈이 휘둥그레졌다.

"어, 엄마?"

가장 먼저 나와 똑같은, 하지만 전혀 다른 느낌을 가져다주는 장미색 머리카락이 보였다. 당연하지만 내 방에 노크도 없이 들어올 수 있는 건 오직 엄마뿐이었다.

"우리 딸 뭐 하니?"

나는 반색하며 일어나 앉았다.

"오늘 늦는다고 들었는데 어떻게……."

내가 브리싱가멘과 얘기하는 소리를 들은 건지, 엄마는 곧장 나

를 바라보지 않고 미간을 찌푸린 채 방 안을 둘러보았다. 내가 정
신이 나가지 않은 이상 혼잣말을 할 턱이 없으니, 방 안에 초대받
지 못한 손님이라도 숨어들었나 싶어 의심스러워하는 눈치였다.

"……황실 마법단장이 왔었다길래 잠시 들렀어. 또 나가봐야
해. 무슨 일은 없었고?"

나는 긴장해서 살짝 말을 더듬었다.

"응. 나 완전 멀쩡해. 레뮤시 말은 믿지 마."

내 대꾸에 엄마가 부드러운 한숨을 쉬며 나를 응시했다. 엄마의
얼굴은 빛이 난다고 표현해도 과언이 아닐 정도로 아름다웠고, 우
아한 멋이 있었다. 새벽이슬을 떠 올려 빚은 아침 같았다.

침입자를 찾지 못한 엄마가 미심쩍다는 표정을 지으면서도 내
머리를 쓰다듬어주었다.

"최대한 빨리 돌아올 테니까 어디 나가지 말고 있으렴. 오늘 저
녁식사는 평소보다 신경 쓰라고 말해뒀으니까 남기지 말고."

"응응응."

섭섭한 마음을 들키지 않으려고 나는 일부러 밝게 대답한 다음
큰 동작으로 고개를 끄덕였다. 언제나처럼 내 뺨에 여러 번 뽀뽀
한 엄마가 평생을 봐도 부족하다는 듯이 나를 이리저리 살폈다.
곧 엄마의 고운 미간에 주름이 잡혔다.

"우리 공주님 많이 말랐네. 키도 좀 큰 거 같고. 벌써부터 이렇
게 예쁘니 나중에 사교계에 데뷔하면 가만히 있어도 남자들이 줄
을 서겠어."

사교계라니. 아직 열다섯 살인 나와는 한참도 먼 얘기였다. 루아야 나와 동갑임에도 황제니까 어쩔 수 없이 참석한다지만…….

문득 엄습하는 불안이 있었다. 나는 두어 번 눈을 깜박이다가 불쑥 물었다.

"루아는 어때? 막 다른 여자랑 춤추고 그래?"

무도회에서 파트너와 춤을 추는 게 당연하다는 건 알지만 상상하기도 싫었다. 엄마는 내가 물어볼 줄 알았다는 것처럼 태연하게 말했다.

"차라리 그러면 다행이게. 어찌나 귀찮게 구는지 네 아빠랑 춤한번 못 췄어. 그래도 벨모트의 공주님하고는 제법 어울리는 거같더라. 종종 식사도 같이 한다던걸?"

하마터면 엄마 앞에서 욕을 할 뻔했다.

"뭐라고? 누구랑 같이 식사를 해?"

"……물론 다른 왕족들도 함께하는 자리에서지만 말이야."

충격에 빠져 있느라 그 말을 이해하는 데 조금 시간이 걸렸다. 나는 엄마가 요란하게 웃음을 터뜨리고 나서야 놀림당했다는 사실을 깨달았다.

"씨, 엄마!"

얼굴이 화끈거려서 죽을 것 같았는데, 엄마는 있는 대로 창피해하는 나를 보고 웃기 바빴다.

"요즘 들어 왜 그렇게 루아의 입이 벌어졌나 했더니 그 이유가여기 있었네."

"진짜 놀랐잖아!"

나는 도로 침대에 드러누우며 입술을 삐죽였다. 부글거리던 속이 가라앉긴 했으나, 이미 싹튼 불안의 씨앗까지 완전히 사라지지는 않았다. 그러고 보니 아카데미 내에서도 벨모트의 왕비가 루아와 공주를 이어주려고 혈안이라는 소문이 돌았었지. 루아는 지금 왕성에 머물고 있으니 공주와도 자연스럽게 자주 맞닥뜨릴 거였다. 보나마나 공주는 엄청나게 공들여 치장한 채로만 루아를 만날 거고. 나처럼 구겨진 교복이라든가, 프릴이 잔뜩 달린 잠옷이라든가, 혹은 피투성이인 드레스를 입은 몰골을 보여줄 일은 전혀 없겠지. 루아는 항상 공주의 가장 예쁜 모습만을 볼 것이었다.

반면에 나는…….

"루아가 그렇게 좋니?"

시무룩하게 몸을 웅크리려니 브리싱가멘도 했던 질문을 엄마가 똑같이 던져왔다. 그러나 브리싱가멘은 순수한 호기심에 가까웠던 반면에, 엄마는 불만 섞인 경악에 가까웠다. 마치 수많은 남자애 중에서 하필 그런 애를 좋아하느냐는 듯한 투였다.

"응, 좋아. 결혼할 거야."

별다른 생각 없이 대답한 나는 아예 침대에 엎어져서 머릿속으로 공주의 모습을 그려보기 바빴다. 왕자인 알베이흐도 상당히 깔끔하게 생긴 미남이라, 경계하지 않을 수 없었다. 아무리 루아가 나를 좋아해줘도 예쁜 여자가 곁에 붙어 있는 건 싫었다. 그래, 맞아, 싫은 건 싫은 거야. 루아에게 내 전부를 주었으므로 어떤 여지도 남겨두고 싶지 않았다.

그렇게 생각하는데 문득 내가 체르지안이나 펠레스를 만날 때마다 불쾌한 기색을 역력히 드러내던 루아의 모습이 떠올랐다. 나는 멍하니 입을 벌렸다.

"음음, 루아도 이런 기분이었던 걸까……."

어쩐지 조금, 아니, 많이 미안해지는 순간이었다. 루아는 나와 닮았고, 내가 전부를 주었듯이 자신 또한 전부를 주었다. 그 불만이 더하면 더했지, 결코 덜하지는 않았을 것이었다.

"……아이만이랑 얘기를 좀 해봐야겠는걸."

루아가 오면 무슨 말을 할지 고민하느라 나는 엄마가 나가는 소리도 못 들었다.

엄마가 말했던 대로 저녁식사는 셋이서 먹을 때만큼 푸짐했다. 스테이크와 노릇노릇하게 구워진 칠면조 구이는 물론이고 송로버섯을 곁들인 굴 샐러드, 상어 지느러미 조림, 크림 새우, 바지락 수프, 오징어 볶음, 홍합 파스타 같은 해산물 요리가 넘쳐났다. 왕성으로 간 엄마와 아빠를 대신하여 레뮤시가 내 말상대를 해주었는데, 골고루 먹으라며 어찌나 잔소리를 하던지 결국 싫어하는 영양식까지 먹고 말았다.

그렇게 잔뜩 배를 채우고는, 메리와 마가렛의 시중을 받아 편하게 목욕을 했다. 진귀한 향유를 듬뿍 발라 전신에 달콤한 향을 스며들게 한 뒤 마사지까지 받으니 기분이 좋았다.

갈아입을 잠옷을 고르는 동안 메리가 꿀을 넣은 따뜻한 우유를 가져왔고, 마가렛은 정성 들여 내 머리카락을 말려주었다. 아카데미에서와는 전혀 딴판인 사치라 금세 몸이 나른해졌다.

　뜻밖의 손님만 찾아오지 않았어도 나는 엄마 방에서 뒤척거리다 일찍 잠들었을 터였다.

　"아가씨, 베티 브라이트라는 손님이 찾아오셨어요. 아카데미 친구분이시라고 하는데, 어떡할까요?"

　친숙한 이름은 아니었지만, 아예 모르는 이름도 아니었다. 베티 브라이트는 지난번 내 소지품을 빼돌렸던 여섯 명의 여학생 중 하나였으니까.

　엄마의 침실을 독차지하고 있던 나는 코웃음을 치며 메리의 말을 되풀이했다.

　"친구? 대체 누가?"

　"응접실로 모실까요?"

　메리가 흥분한 티를 여실히 보였으므로 나는 얼굴을 찡그렸다.

　"걔 내 친구 아니니까 그렇게 들떠하지 마."

　"하지만 아가씨 친구분이 저택까지 찾아오신 건 체르지안 도련님 말고는 처음이잖아요!"

　"글쎄, 친구 아니래도. 내가 나가볼 테니까 따로 준비할 거 없어. 들어오라고 하지 말고 잠깐 기다리라고 해."

　단호하게 말한 나는 한숨을 쉬고서 잠옷 위에 걸칠 만한 가운을 찾아 두리번거렸다. 메리가 실망한 기색으로 마지못해 나가자 나를 따라 꾸벅꾸벅 졸던 브리싱가멘이 하품을 하며 물었다.

"베티 브라이트? 그게 누구야?"

"저번에 내 소지품을 훔쳐 갔던 애들 중 하나야. 키 크고 검은 머리를 가진 애. 그 일 때문인지 왕따가 다 됐던데. 걔뿐만이 아니라 가담했던 애들 모두 고전을 면치 못했지."

내 방까지 올라가긴 귀찮아서 나는 엄마의 가운 중 하나를 집어 들었다. 흘러내릴 것처럼 섬세하게 주름진 천을 걸치자 가뜩이나 화려한 프릴 잠옷이 드레스처럼 보이도록 꾸며졌다. 이거면 레뮈시도 그렇게 잔소리를 늘어놓진 않을 테지.

아니나 다를까, 곧 브리싱가멘의 음성에 경악스러운 감정이 서렸다.

"그때 파우스트한테 보냈던? 무슨 일로 온 걸까?"

나는 심드렁하게 창 밖을 내다보았다.

"뻔하지. 방학도 했겠다, 면죄부라도 받으러 온 거 아니겠어?"

"용서해주려는 거야, 보니?"

"그럴 리가. 아직도 그날만 생각하면 치가 떨려."

당시의 나는 정말로 제정신이 아니었다. 루아의 심장을 잃어버렸다는 생각에, 동화책에 박제되어 있는 나와 루아의 과거가 그들의 조롱거리로 전락해버린다는 사실에 미치기 직전이었다. 어쩌면 그땐 진짜 미쳤었는지도 모르겠다. 캐리에타가 체르지안에게 동화책을 맡기지 않았더라면 나는 공작가의 권력을 이용해서 그 여학생들을 죽였을 거였다. 황제의 목숨이 걸린 일이니 명분도 충분했지.

　나는 착하지도 않았고, 여유도 없었다. 그때 그 애들을 죽이지 않고 파우스트에게 보낸 건 진심으로 그들의 인생이 망가지길 원해서였다. 파우스트가 알아서 덜미를 잡혀주면 더더욱 좋았고. 하지만 파우스트는 그들을 제물로 이용하지 않았다. 죽이기는커녕 훈계만 하고 놓아주었을 뿐이다.

　달 없는 밤인지 유독 하늘이 어두웠다. 평소엔 은은하게만 켜두는 황금색 등불들이 오늘은 작은 달처럼 그레이스 가문의 사유지를 비췄다. 마법사가 꾸준히 마력을 불어넣어야 하기에 상당히 사치스러운 마법이었다.

　마냥 까맣게 보이는 하늘을 잠깐 올려다보다가 나는 문 밖으로 나갔다. 방해되지 않게 적당한 거리를 두고 레뮤시가 뒤따라왔다.

　앞머리를 길게 길러 얼굴을 절반 가까이 가린 베티 브라이트는 머리를 푹 숙이고 있었다. 나는 아무런 말도 하지 않았지만, 그녀는 고개를 들지 않고도 내가 왔다는 걸 아는 듯했다.

　"너 때문에 내 학교생활이 엉망이 됐어."

　고스란히 와 닿는 원망에 나는 어이가 없었다.

　"그게 왜 나 때문인데?"

　"넌 전부 가졌잖아. 집도 부자니까 등록금 걱정할 필요도 없겠지. 가장 좋은 옷만 입고 가장 좋은 물건만 쓰잖아. 그런데 꼭 그렇게 공개적으로 망신을 줘야 했어?"

　어디서부터 지적해야 하는 건지. 내가 경멸을 담아 쳐다보는 줄도 모르고 베티가 이를 악물었다.

"나뿐만이 아니야. 키틴이랑 니키타는 자퇴서까지 제출했단 말이야. 알아들어? 네가 우리 인생을 망쳤다고! 그깟 물건 좀 가져간 게 뭐가 어때서 우리한테 이래? 돈도 많으면서, 그냥 새로 샀어도 됐잖아! 그리고 나는 다 돌려줬어! 전부 원래대로 되돌아왔는데……, 내가……, 내가 왜 이런 취급을……."

"세상에. 적반하장도 아주 제대로네."

브리싱가멘이 황당하다는 목소리로 중얼거렸다. 나는 시큰둥하게 눈알을 굴렸다. 이제 보니 면죄부를 받으러 온 게 아니라 따지러 온 모양이었다.

"난 싫어. 왕따당하는 것도 싫고 학교를 그만두는 것도 싫어. 도대체 내가 왜 그래야 하는데? 난 피해자야. 억울하다고. 이건……, 이건 너무 지나쳐. 정도를 넘어섰어. 응? 그러니까 네가 다른 애들한테 그만두라고 말해. 아니면 네가 학교를 그만두든가. 어차피 너네 집안은 돈도 많잖아? 그래, 맞아, 그냥 속 편하게 가정교사를 쓰면 되지, 학교는 왜 다니는데? 우리 같은 애들 보면서 비웃으려고 그러니? 너 잘난 거 자랑하려고 그래? 어?"

베티가 뭔가에 홀린 듯 고개를 들더니, 내 옷을 잡고 늘어졌다.

"빨리…… 대답해!"

그 잠깐을 못 견뎌 이러는 꼴이 같잖았다. 비웃음이 나왔다. 나는 3년을 버텼는데. 혼자. 묵묵히. 원망할 상대라고는 나 자신밖에 없어서.

성장하지 않는 시간 동안 여성으로서의 내 자긍심은 바닥까지 떨어져 있었다. 나는 후천적 기형이었으며, 2차 성징이 나타나지 않는 여자아이였다. 가장 끔찍한 병에 걸린 셈이나 다름없었다. 여자라면 당연히 갖춰야 할 조건을 충족시키지 못했으므로, 아무리 가문의 위세가 대단한들 누구도 나와 진지하게 엮이려 하지 않았다.

그때엔 거의 대부분의 사람이 나를 전염병에 걸린 환자처럼 대했다. 내가 지켜보는 앞에서 부모님에게 양자를 들이는 건 어떠냐고 묻는 귀족들도 있었다. 부모님은 불같이 화를 내셨지만, 나 또한 일그러진 미소를 지으며 그와 비슷한 제안을 하지 않을 수 없었다.

버려지는 것보단 구석으로 밀려나는 편이 덜 비참하니까.

그런 시간이었다.

"전부 원래대로 되돌려놓으라고! 네가, 네 잘못이니까 책임져!"

안타깝게도 나는 이 애에게 전혀 동정심이 일지 않았다. 그때의 일을 후회하지도 않았으며, 도대체 뭘 돌려놓으라는 건지도 몰랐다.

"싫다면 어쩔 건데?"

짜증스럽게 튀어나간 거절에 옷을 쥐고 잡아당기던 베티의 손이 힘없이 아래로 떨어졌다.

"제발. 이렇게 부탁할게."

"그건 전혀 부탁하는 태도가 아니잖아. 그리고 여기가 어디라고 찾아와? 구역질나니까 그만 꺼져. 주제도 모르고 설치기는."

나는 경멸을 담아 말하고서, 베티의 손자국이 남은 엄마의 가운을 내려다보았다. 그 구겨진 자국에 집중하느라 베티가 주머니에서 무엇을 꺼내는지 제대로 보지 못했다.

아주 찰나의 순간이었다.

"아가씨!"

눈을 들기도 전에 검은 그림자가 드리웠다. 나와 베티 사이에 끼어든 레뮤시가, 무언가로부터 방어하듯이 나를 끌어안았다. 엄청난 힘이었다.

레뮤시의 등은 베티를 향해 무방비하게 노출되어 있었고, 베티는 이미 손을 움직인 뒤였다.

유리 깨지는 소리가 들렸다. 위험을 느낀 브리싱가멘이 황금빛의 장막을 펼쳤으나, 유리 안에 든 액체는 아무런 손상도 입지 않고 막 안으로 스며들어서 레뮤시에게 닿았다.

지글지글 타는 소리가 났다. 그가 비명을 질렀다.

"레뮤시!"

억누르고, 삼키고, 어떻게든 짓이겨 누른 고통의 신음이었다. 베티가 뿌린 액체가 엄청난 고통을 유발하는 맹독이라는 데엔 의심의 여지가 없었다.

레뮤시는 덜덜 떨면서도 끝까지 나를 놓지 않았다.

"어서…… 안으로 들어가십시오. 어서!"

사병들이 뛰어왔고, 베티가 약한 비명을 지르며 뒤로 물러났다.

자기도 이런 결과를 낳을 줄은 몰랐다는 듯이 순진한 반응이었다.

나는 기를 쓰고 레뮤시의 품에서 빠져나와 그의 상처를 살폈다. 옷은 녹아내렸고, 화상이 극심했다. 보이지 않는 불길이 빠르게 살을 그슬며 번져가고 있었다. 뼈가 보일 것처럼 피부가 문드러졌다. 물집이 돋아났다가 얼마 안 가 터지면서 더욱 심한 흉터를 남겼다.

"내 힘이 통하지 않았어. 보니, 저거 아무래도……."

나 역시 짐작 가는 바가 있었으므로, 브리싱가멘의 말을 끝까지 들을 필요도 없었다. 나는 공작가의 사병들에게 포위당한 베티를 쳐다보았다. 그녀의 발밑엔 유리조각이 잔뜩 흩뿌려져 있었는데, 그 주변의 지면이 정체 모를 액체에 젖어 타들어가고 있었다. 독성이 얼마나 강한지 금세 바닥에 구멍이 뚫렸다. 오직 저 독액을 담았던 유리병의 파편만이 멀쩡했다.

"너 이거 어디서 난 거야."

내 목에도 불이 붙은 것 같았다. 베티는 잔뜩 겁에 질려 있었다. 그녀가 당장이라도 주저앉을 것처럼 몸을 떨며 더듬더듬 말했다.

"서, 성하께서…… 필요한 상황이 오면 쓰라고……."

그 파우스트가.

말보단 행동이 먼저였다. 역겨운 악몽처럼 뱃속 바깥으로 기어 올라온 화를 다스릴 수가 없어서 나는 있는 힘껏 그녀의 뺨을 내리쳤다. 한 번, 두 번으로는 모자라 그녀가 쓰러질 때까지 손을 휘둘렀다.

"레뮤시가 죽으면 너도 죽어. 흉터가 남으면 네 몸에도 똑같은 흉터를 새길 거고, 어떤 후유증이 남든 똑같이 되갚아줄게. 어때, 참 공정하지? 네가 원했던 게 이거야?"

"보니 아가씨!"

소란을 들었는지 메리가 허겁지겁 뛰어왔다. 나는 그녀를 쳐다보지도 않고 명령했다.

"레뮤시가 다쳤어. 일반적인 약으론 치료할 수 없을 테니 마법사를 데려와. 적어도 화상이 번지는 속도를 늦출 순 있을 거야. 나는 그동안……."

입안이 말랐다. 손은 얼얼했고, 토할 것처럼 속이 메슥거렸다.

"아무래도 파우스트를 만나봐야겠어."

빌어먹을 개자식 같으니.

화상이 빠르게 번지는 데다, 브리싱가멘의 능력도 통하지 않았으니 선택의 여지가 없었다. 애당초 파우스트는 내가 찾아오길 바라고 이런 짓을 꾸몄을 거였다. 그를 통하지 않고 다른 방법을 찾다간 늦을지도 몰랐다.

필요한 상황에 쓰랬다고? 순 헛소리지. 말 같지도 않은 기만이었다.

그러나 브리싱가멘도, 레뮤시도 나를 가게 둘 생각이 없었다.

"너무 위험해, 보니. 그냥 황제가 올 때까지 기다리는 게……."

"전 괜찮습니다, 아가씨. 아까……, 아까 제가 드렸던 말씀을 잊으셨습니까? 조심하십시오. 아가씨가 입으실지도 모르는 해악에 비하면 이런 부상은 아무것도 아닙니다. 제 몸은 제가 알아서 건사할 테니……."

가까스로 단어를 끊어 말하던 레뮤시가 기어이 중심을 잃고 쓰러졌다. 나는 황급히 넘어지는 그를 부축하면서 날카롭게 소리쳤다.

"네가 어떻게 알아서 건사한다는 거야? 그러다 진짜 죽어!"

"그래도 가셔선 안 됩니다. 절대로요. 저와…… 약속하십시오."

브리싱가멘이 치료를 시도했지만 역시나 듣지 않았다. 아, 그래. 작정하고 벌인 짓이라 이거지. 절로 이가 갈렸다. 나는 숨도 쉬지 못하고 끔찍한 두려움에 사로잡혔다. 나를 제 몸보다 우선적으로 지키느라 레뮤시가 다친 적은 여러 번 있었지만, 이토록 심하게 부상을 입은 건 처음이었다.

그가 경련하는 손으로 나를 붙잡았다. 그마저도 내가 아파할까봐 참 조심스럽게 그러쥐어서 나는 결국 입술을 물어뜯었다. 나는 헛된 시도라는 사실을 알면서도 레뮤시의 등 전체에 번진 화상을 식히려고 애썼다. 찬물에 적신 손수건을 상처 부위에 댈 때마다 검은 연기가 피어올랐다.

마법사가 와도 화상이 번지는 시간만 조금 늦출 뿐, 방법이 없는 건 똑같았다. 나는 레뮤시의 상처를 유심히 주시하며 앞으로 남은 시간이 어느 정도일지 가늠했다. 사람의 목숨을 갖고 도박을 할 수는 없는 노릇이었다. 지금 당장 왕성으로 간다고 해도 루아를 만날 수 있을지, 어떨지 불확실했다. 더군다나 저건 교황의 힘으로 만든 맹독이 아닌가.

더 지체할 수가 없어 파우스트에게 가고자 레뮤시의 손을 뿌리치려는데 그보다 한발 먼저 마차가 도착했다. 지극히 호화로운 그레이스 가문의 마차였다.

엄마와 아빠는 마차에서 내리자마자 상황이 이상하다는 것을 깨달았다.

"보니? 무슨 소란이야?"

"엄마……."

전신에 힘이 빠져서 일어설 수도 없었다. 황급히 다가온 아빠가 나를 안아 올렸다. 그때 잔뜩 움츠러들어 있던 베티가 울먹이며 엄마와 아빠에게 빌었다.

"자, 잘못했어요! 제발 살려주세요! 저, 전, 정말 아무것도 몰랐어요. 이런……, 이런 무서운 물건일 줄은 정말이지……."

아빠는 내가 무사한지부터 확인하느라 베티의 말은 듣지도 않았다. 레뮤시는 숨을 몰아쉬면서도 필사적으로 엄마에게 간청했다.

"어서 아가씨를…… 당장, 방으로, 모셔주십시오. 사정은 제가…… 직접…… 설명드리겠습니다."

엄마는 지체하지 않고 우리를 곁눈질했다.

"아이만? 부탁할게."

나는 얼굴을 일그러뜨렸다.

"하지만 엄마! 레뮤시가 저렇게 된 건 교황이……."

"이해하렴, 보니. 레뮤시는 너한테 이런 모습을 보여주기 싫어서 그래."

엄마는 그렇게 딱 잘라 말하고서, 고개를 돌려 희미한 미소를 지으며 레뮤시를 내려다보았다.

"내버려두지 않을 테니까 걱정 마. 보니의 호위 기사 역할을 충실히 이행해준 보답도 해야 하잖아? 물론 상황 설명도 들어야겠지만 말이야. 마법사도 있고 말하는 성물도 있는데 네 상처는 전혀 치료된 것 같지 않거든."

파우스트의 만행을 떠벌리려던 나는 놀라서 미친 듯이 눈을 깜박였다. 엄마는 브리싱가멘이 말을 할 수 있다는 걸 알고 있었다.

"……부탁드립니다."

짧게 대꾸한 레뮤시가 눈을 감고 낮게 호흡했다. 상체를 숙인 엄마가 들릴 듯 말 듯한 목소리로 레뮤시에게 어떤 말을 속삭였고, 아빠는 나를 안아든 채 저택 안으로 들어갔다.

장미 무늬로 꾸민 내 방까지 이어지는 텅 빈 복도는 싸늘한 기운만이 감돌았다. 바깥의 소란이 다른 세계의 일처럼 멀고 비현실적이게 느껴지는 냉기였다.

나는 혼란스럽게 입을 열었다.

"아빠, 어디까지 알고 있어?"

손질된 가죽 소파에 나를 내려주는 손길은 언제나처럼 상냥했다. 변함없이 나를 향한 무한한 애정으로 가득 차 있었다.

갈피를 잡지 못하고 불안해하는 나에게 아빠는 부드럽게 웃어주었다.

"그건 별로 중요하지 않아, 보니. 네가 무사하다는 사실이 무엇보다 중요하지."

심장을 잡아 터뜨리는 것 같은 말이었다. 순간 애써 무시하고 있던 죄책감이 밀려와 나를 압도하면서, 어찌할 바 없이 현기증이 일었다. 나는 엄마와 아빠를 너무나 사랑했지만, 그렇기에 숨기고 있는 비밀들이 아주 많았다. 사랑하기에 감췄고 미움받고 싶지 않기에 부정했다. 항상 내 좋은 면만을 봐주길 원했다.

이 욕심을 들키고 싶지 않아서 수도 없이 거짓말을 했다.

그리고 나의 사랑하는 부모님은 그런 나를 이해하려고 했으며, 묵묵히 기다렸다.

"유감이지만 저 애를 그냥 보내줄 수는 없겠구나. 또다시 이런 일을 벌이지 않는다는 보장도 없거니와 나도 상당히 화가 나거든."

시선을 돌려 창 밖을 내다보던 아빠가 저의를 알 수 없는 목소리로 중얼거렸다. 평소와 같이 차분했으나 다른 무언가가 더 있었다.

아직 아빠는 나에게 아무것도 묻지 않았다. 단지 사병들이 붙잡아두고 있는 베티에게 어떤 처분을 내릴지 고심하는 기색이었는데, 레뮤시가 잘못될까 봐 걱정하는 것 같진 않았다.

나는 머뭇거리다 소파에서 일어나 아빠한테 다가갔다.

"레뮤시는 괜찮을까?"

"며칠 동안은 쉬어야겠지만 괜찮을 거야. 네가 태어나기도 전의 일이지만 레이첼은 떨어져나갈 뻔했던 내 팔도 말끔하게 고쳐준 적 있단다."

뭐? 떨어져나갈 뻔했던?

"어쩌다 그렇게 다쳤는데?"

듣는 것만으로도 얼굴이 찡그려질 만큼 심각한 부상이 틀림없었건만 아빠는 별거 아니라는 듯이 미소를 지었다.

"철없던 시절에 겪은 일이라 무용담처럼 자랑스럽게 늘어놓을 만한 이야기는 아니야. 오히려 부끄러운 실수지. 근위병으로 잠시 황실에 몸 바쳐 일했을 적에 같은 구역에서 보초를 서던 다른 근위병과 어떤 불미스러운……, 사소한 마찰이 있었단다. 어쨌든 죽지도 않고 팔을 잃지도 않아서 다행이야, 그렇지? 이렇게 우리 공주님을 안아줄 수도 있으니."

아빠가 나를 번쩍 들어올렸다. 나는 미심쩍은 눈으로 아빠를 노려보았다.

"음."

황금색보다 짙은 아빠의 눈은 부드럽게 녹은 호박 같았다. 화려한 붉은빛이 도는 연회복을 차려 입은 아빠는 분명 세상에서 제일 근사했다. 또 아빠는 누구보다 현명했으며, 다혈질인 엄마나 나와는 달리 무슨 도발이든 쉽게 넘어가는 법이 없었다. 아이만 그루이데 데르케르드 그레이스는 늘 침착함을 잃지 않는 사람이었다. 그런데 그런 아빠가 근위병과 싸움을 해서 팔을 잃을 뻔했다니.

사건의 전말이 심히 궁금했다.

언젠가 엄마한테 꼭 물어보겠다고 결심하는데 아빠가 나를 내려주고는 머리를 쓰다듬었다. 머리카락이 슬슬 헝클어졌지만 전혀 기분 나쁘지 않았다.

"다 괜찮을 거란다, 아가. 너 혼자서 짊어지게 두지 않을 거야. 네 성장에 관한 문제만큼은 우리도 어쩔 수 없었다만, 이건 좀 경우가 다르잖니."

나는 뜨거워진 얼굴을 푹 숙였다.

머리를 쓰다듬는 손길에 가슴이 저몄다. 모든 경계와 두려움을 송두리째 무너뜨리는 따스함이었다. 나는 아빠에게, 엄마에게 그 무엇도 숨기고 싶지 않아졌다. 내가 어떤 비밀을 털어놓아도 진심만 전하면 두 분이 이해해주실 거란 강한 확신이 들었다.

"내 아가, 적어도 너에게만은 무력한 사람이고 싶지 않구나. 그런 기분을 느끼는 건 한 번으로도 충분하다고 생각해."

나는 울지 않으려고 눈을 크게 떴다. 나는 여전히…… 사랑받고 있었다.

어디서부터 얘기를 시작해야 할지 감이 잡히질 않았다. 오늘 밤 베티가 벌인 난동의 원인을 설명하려면 내가 어째서 그녀를 파우스트에게 보냈는지 설명해야 하고, 그럼 루아의 심장이 몸 밖에 나와 있단 사실을 포함해서 신벌에 관한 얘기까지 나올 수밖에 없었다. 하지만 나는 말주변이 썩 좋은 편도 아니었으며, 아빠가 루아를 원망하길 바라지도 않았다. 물론 이 비밀을 계속 숨기기도 불가능했고.

　나는 악마에 씌어서 신벌을 받은 것도 아니었고, 파우스트가 역대 교황처럼 청렴한 사람인 것도 아니었다. 이 점을 잘 설명하지 않으면 안 되었다. 그나마 브리싱가멘이 곁에 있어서 다행이지.

　지금 나에게 필요한 것은, 도망칠 기회보다는 사실을 말할 수 있는 용기였다.

　아니, 가만, 차라리 엄마한테도 같이 얘기하는 편이 나으려나? 아빠보단 엄마가 더 나를 이해해줄지도 모르잖아.

　나는 주뼛거리며 머리를 들었다. 그때 다행인지 불행인지, 메리가 올라와 레뮤시의 상태가 더 심각해지진 않았다는 소식을 전해주었다. 등 전체를 집어삼킬 기세로 범람했던 화상은 다소 수그러들었으며, 레뮤시는 진통제를 먹고 잠에 빠졌다고 했다.

　나는 아빠와 함께 레뮤시를 만나러 아래층으로 내려갔다. 레뮤시는 침대에 누워 있는데 얼굴에 핏기라곤 없었다. 엄마도 피곤한 기색이긴 마찬가지셨다.

　엄마가 머리를 틀어 올렸던 핀을 뽑자 부드러운 분홍빛 머리카락이 물결치며 어깨 너머로 흐트러졌다. 흩날리는 꽃잎더미를 보는 듯했다.

　"이리 와, 보니."

　엄마가 팔을 벌렸다. 나는 순순히 엄마에게 안겨들었다.

　"엄마는 무슨 일인지 네게 직접 듣고 싶구나. 네 입장에서, 네 생각과 경험을 말이야."

걱정도, 단호함도 묻어나오는 말에 나는 말없이 나는 고개를 끄덕였다.

레뮤시가 있는 방을 조용히 빠져나와 부모님의 침실로 가는 동안 나는 뻣뻣하게 굳은 혀를 억지로 풀었다. 두 분은 틀림없이 내 말에 귀를 기울이실 테지만, 나를 이해하고 상처를 보듬어주실 테지만 교황의 실체를 받아들이는 건 별개의 문제였다.

아카시아 제국과 벨모트에서 교황은 또 다른 황제나 다름없었다. 모든 사람이 그를 경외했다. 신이 교황의 입을 빌어 말한다고 믿어 의심치 않았다. 우러르고, 발등에 입을 맞추지 못해 안달이었다. 우리 부모님 역시 제국의 사람이기에 정해진 날마다 성전에 방문하여 신께 기도드리는 것을 당연하게 여겼다.

그런데 그 신의 첫 번째 종인 교황이 나에게 신벌을 내렸다면? 루아의 머릿속을 들쑤셔 강제적으로 성장하지 못하게 만들었다면? 단지 질투와 원망 때문에 말이다. 당연히 진실을 모르는 사람들은 믿지 않을 것이었다. 오히려 우리에게 죄가 있어 그런 것이 아니냐고 하겠지. 교황은 지극히 선하기에 그의 모든 행동은 정당하다고 말이다. 하지만 교황은 자신이 발두르에게 선택받지 못했다는 사실을 아주 잘 알고 있었다. 그는 발두르의 권능을 가진 루아를 질투하고 증오했다. 또 내가 2차 성징을 하지 못하자 흥미를 보였다. 그 자신에게 주어진 성별이 없기에.

"엄마."

문 닫는 소리가 소스라칠 정도로 컸다. 나는 닫힌 문 앞에 서서

겁에 질린 아이처럼 부모님을 올려다보았다. 심장이 터질 것처럼 뛰었다. 호흡 곤란이 올 정도였다.

아, 역시 안 되겠어. 빙빙 돌려 말하다간 내가 죽을 것 같았다.

"음, 있지……, 그동안 내가 성장하지 못했던 이유는 루아가 내 시간을 강제적으로 느리게 가게 만들었기 때문이야. 루아는 나를 구하기 위해서 그럴 수밖에 없었어. 나도 안 지는 얼마 안 됐는데……, 여태까지 나한테 걸려 있었던 마법이 그런 거였대."

나는 더듬더듬 설명했다. 내 말을 주의 깊게 듣던 엄마는 그저 미간을 찌푸렸다.

"시간의 흐름을 바꾸는 마법이라, 왜 놀랍지가 않을까. 그런데 어째서 루아가 너한테 그런 짓을 한 거니? 대체 무엇으로부터 구하기 위해?"

당장이라도 발작을 일으키지 않는 게 이상할 뿐이었다. 나는 눈을 한 번 깜박였다.

"실은 내가……, 내가 원래대로라면 예전에 죽었어야 했대. 교황이 나한테 신벌을 내렸기 때문에."

박힌 가시를 뽑아내듯이 한 번에 털어놓고 나자, 속이 후련하기는커녕 공포로 머릿속이 마비되었다.

엄마와 아빠의 얼굴이 곤혹스러움으로 물들었다.

"신벌?"

"무슨 소린지 이해하기 힘들구나. 네가 신벌을 받을 만한 잘못을 저질렀을 리는 없을 텐데."

"그거야 당연한 거고."

전혀 다른 곳에서 들려오는 목소리였다. 잔뜩 움츠러들어 있던 나는 화들짝 놀라 확 머리를 들었다.

엄마가 상당한 값을 치르고 매입한 오래된 청동 테이블 위에 루아가 앉아 있었다. 이젠 당연하다는 듯이 성인 남자의 모습을 하고서, 의자도 무시한 채 테이블에 앉아 장식용 화병을 뒤집고 있었다.

"루, 루아야?"

반가움도 컸지만 당혹스러움도 컸다. 루아는 내 부름을 무시하고 바닥에 떨어진 생화를 무감하게 내려다보았다.

"내 출입을 막으려고 사유지의 결계를 더 두껍게 펼치는 거라면 소용없다고 말해둘게. 마법사를 아무리 많이 고용해봤자 나는 얼마든지 자유자재로 드나들 수 있거든? 결계를 찢고 들어오지 않는 것만으로도 감사할 줄 알아야지."

"……왕성에 계셔야 할 폐하께서 무슨 일로 이곳까지 오셨습니까?"

엄마가 딱딱하게 물었다. 루아는 그제야 느릿느릿 고개를 들었다. 제 집인 듯 태연하게 테이블에서 내려오더니 곧장 내 쪽으로 걸어왔다.

"너 보러 온 거 아니니까 신경 꺼."

"폐하, 이곳은 저와 레이첼의 침실입니다만."

보다 못한 아빠까지 거들었으나 이미 엄마는 질린 얼굴로 루아를 바라보고 있었다.

"됐어, 아이만. 나가란다고 나갈 놈도 아니고 어차피 지 고집대로 할 텐데……, 보니한테서 안 떨어지지?"

엄마가 이를 갈며 윽박질렀다. 그러나 루아는 보란 듯이 내 뺨에 입을 맞추고는 능청스럽게 웃었다.

"뭐 어때? 곧 결혼할 사인데."

"꿈도 꾸지 마."

"꿈이 아니라 현실인 걸 너만 모르네."

루아가 느긋한 어조로 그렇게 맞받아쳤다. 존중이라고는 찾아볼 수도 없는 거만한 말이었다.

엄마의 얼굴이 참혹하게 일그러지기 무섭게 아빠가 넌지시 주의를 주었다.

"레이첼."

나는 어찌할 바를 모르고 불안해서 마른침을 삼켰다. 루아가 와줘서 안심이 되는 것도 사실이었지만, 동시에 불안하기도 했다. 아닌 게 아니라 엄마와 루아는 서로를 원수처럼 생각하고 있었으니까. 루아는 엄마를 지긋지긋한 잔소리꾼으로 여겼고, 엄마는 루아를 구제불능인 문제아로 단정 지은 듯 보였다. 이미 서로가 서로에게 진절머리가 난 것 같은 반응이었다.

"알았어, 알았다고."

엄마가 한숨을 쉬며 흐트러진 머리카락을 거칠게 쓸어 올렸다. 엄마는 나보다 더 다혈질이었으므로, 언제 폭발할지 모르는 일이었다.

나는 나도 모르게 루아의 옷을 붙들었다. 엄마는 곧 짜증스럽게 방 안을 서성이기 시작했는데, 분노와 근심을 억누르는 와중에도 꽂힐 것 같은 시선만은 내내 루아에게 머물러 있었다. 나는 공포에 사로잡혀서 엄마의 표정 변화를 면밀하게 주시했다.

다행인지 불행인지, 엄마는 루아의 무단침입보다 내가 한 말에 더 신경을 쏟기로 결정하신 듯했다.

"보니가 신벌을 받았다는 얘기는 뭐지? 그래서 그때 아스타르 성전에서 교황에게 보니를 넘기지 말라고 했던 건가? 미리 말해두지만 어물쩍 넘어갈 생각 하지 마. 보니한테 어떤 일이 있었는지 전부 알아야겠어. 아무리 생각해봐도 내 딸은 신벌을 받아야 할 이유가 전혀 없거든."

그 말에 나를 향한 신뢰가 고스란히 묻어나왔다. 나는 입술을 물어뜯었고, 루아는 비스듬히 머리를 기울였다.

"보니가 그동안 왜 숨겼는지는 안 궁금하고?"

엄마는 분개하는 대신 또다시 한숨을 쉬었다. 루아를 보는 엄마의 시선이 조금은 부드러워진 것도 같았다.

"그 이유를 우리가 모를 것 같니? 보니는 내 하나뿐인 딸이야. 설령 교황 성하의 앞에서 신을 모독했다고 해도 그 사실은 변하지 않아. 예쁜 짓을 해도, 미운 짓을 해도, 끔찍한 죄악을 저질러도 보니가 내 자식이라는 사실은 변함없다 이거지. 물론 너를 암살하려다 실패하더라도 마찬가지지만."

"레이첼, 보니가 다 듣고 있잖아."

어느새 완전히 침착함을 되찾은 아빠가 나직이 중얼거렸다. 나는 입술을 우물거리며 엄마의 눈치를 살폈다.

"화, 화났어?"

한 발짝 앞으로 나아가기가 그렇게도 무서웠다. 급속도로 용기를 잃어버린 나에게 엄마는 비탄에 빠진 여신처럼 어느 때보다 서글픈 표정을 지어 보였다.

"당연하지. 하지만 내 자신에게 더 화가 나는구나. 어떻게 엄마한테 그런 큰일을 숨겼니? 보니, 사랑하는 내 아가, 너는 우리한테 빚을 진 것도 아니고 잠시 의탁하는 처지도 아니야. 견디기 힘든 일이 있으면 당연히 털어놓아야 되는 거야. 엄마는 너와 모든 걸 공유하고 싶단다. 너는 언제나 자랑스러운 내 딸이니까."

귀가 먹먹할 만큼 부드러운 속삭임에 나는 도리어 짓눌릴 것 같은 기분을 느꼈다. 엄마가 그런 나를 상냥하게 바라보았다.

"너는 너무나 소중한 우리의 보물이라, 내 부족함이 너를 상처 입힌다는 사실을 깨달을 때마다 마음이 아파. 엄마는 비교적 어릴 때 너를 낳았고, 원래가 차분함과는 거리가 먼 성격이라 아직 훌륭한 부모가 되기엔 부족하다는 사실도 알아. 그래서 엄마는 섭섭하기보다는 너에게 많이 미안해. 신벌이라니, 그 사실을 알고서 네가 얼마나 무서웠을까……. 어떻게 혼자 감당할 생각을 다 했어?"

엄마가 금방이라도 울 것처럼 얼굴을 찡그려서, 나는 다른 의미로 겁에 질렸다.

"그런 거 아니야! 엄마는 하나도 안 부족한걸! 난 엄마가 세상에서 제일 좋은데……."

그 순간 불현듯 이 세상에서 자신을 필요로 해주는 사람이 나밖에 없다던 루아의 말이 떠올라 나는 멈칫했다. 이대로 말을 마쳤다간 루아가 또다시 나를 불신할 게 뻔해서 나는 어색하게 입술을 움직였다.

"무, 물론 루아도 좋지만……."

창피함에 기어들어가는 목소리로 웅얼거리자, 아니나 다를까, 엄마가 얼굴을 일그러뜨렸다. 엄마는 거의 찢어 죽일 것 같은 얼굴로 루아를 노려보았다.

"너 나가."

루아는 미친 듯이 웃고 있었다.

"싫은데? 그리고 내가 나가면 확실한 진상을 듣기 힘들걸. 보니는 나를 감싸려고 할 테니까. 교황이 보니에게 신벌을 내린 건 결국 나 때문이거든. 그러니까 삼 년 전에, 보니가 내 비밀을 알아버린 날부터 아버님은 보니를 살려둘 생각이 없으셨어. 입막음 그 이상의 목적이 있었으니 신벌이라는 수단을 사용한 거겠지."

루아가 긴 손가락으로 입술을 매만지며 덧붙였다.

"가령 그레이스 가문의 멸문이라든가."

멸문……. 언제 들어도 공포스러웠다. 나는 어디론가 숨고 싶은 충동을 느끼며 턱에 힘을 주었다. 그러나 두 분은 절대로 나를 책망하지 않으셨다. 이미 신벌이 가져다주는 의미에 큰 충격을 받았기 때문인지 오히려 이상하지도 않다는 반응이셨다.

"그럼 이주령을 내렸던 것도?"

엄마가 날카롭게 질문하면서, 엄한 얼굴로 나에게 손짓했다. 더 버틸 수도 없는 노릇이라 나는 슬그머니 루아의 옷을 놓아주고 엄마에게 갔다.

등 뒤에서 지루함마저 느껴지는 루아의 나른한 음성이 들렸다.

"이미 대답을 알 텐데. 신성 왕국에서 신벌을 받아 죽는 것만큼 비참한 일이 또 어디 있겠어? 제아무리 위세 높은 그레이스 가문이라도 종교재판을 면치 못했을걸."

"너는 언제부터 알았지?"

"언제 알았는지는 중요하지 않아. 아무것도 못하는 꼬마가 진실을 알아봤자 뭐에 쓰겠어? 교황이고 아버님이고 다 한패였으니 당연히 도움을 청하는 것도 불가능하지. 아버님이 빨리 돌아가신 게 어찌나 다행인지 몰라."

엄마의 고운 손이 뺨에 닿았다. 미세한 떨림이 있는 아름다운 손이었다. 아, 결국 나는 또 엄마를 걱정시키고 말았다. 말썽만 일으키는 못난 딸이었다. 그런 주제에 복에 겨워서는.

나는 울지 않으려고 눈을 크게 떴다. 나를 압도하는 죄의식에 삼켜지지 않으려 애쓰는데 혼잣말 같은 루아의 중얼거림이 귀를 파고들었다.

"우리 어머님이나 아버님도 너처럼 나를 그냥 버릇없는 애로 봐줬으면 좋았을 텐데 말이야. 악마에 씐 괴물로 보지 않고. 아, 그럼 머릿속이 들쑤셔질 일도 없었을 거고, 보니랑 가까이 있지도 못했을 테니까 조금 곤란한가. 그래도 그땐 진짜 기분 더러웠는걸."

성가신 추억을 회상하듯이 루아가 슬쩍 미간을 찌푸렸다. 그 얼굴에서 더는 분노도, 절망도, 슬픔도 느껴지지 않는다는 사실이 내 가슴을 욱신거리게 만들었다.

"그게 네 비밀이니?"

엄마가 물었다. 루아는 그런 엄마를 물끄러미 주시했다. 가늠하려는 듯이 쳐다보다가 곧 교활하게 턱을 들었다.

"중요한 건 파우스트가 어린 여자를 망가뜨리지 못해서 안달이 났다는 사실이지. 걔가 보니한테 수작 부리던 걸 네가 봤어야 하는 건데."

순간 엄마와 아빠가 동시에 얼어붙었다.

"뭐라고?"

"야! 그건 교황한테 성별이 없기 때문……."

황급히 수습하려고 했으나, 이미 엎질러진 물이었다. 엄마가 싸늘하게 내 말을 가로막았다.

"보니."

"으, 으응?"

얼굴을 어루만지는 엄마의 손이 딱딱하게 경직되어 있었다. 꼭 끌어안았을 땐 언제고, 엄마가 미련 없이 나를 놓아주었다.

"방에 올라가서 쉬고 있으렴. 루아와 할 얘기가 아주 많을 것 같구나."

"하지만……."

"다만 한 가지 약속해줬으면 해. 다시는 무모한 짓 하지 않기로 말이야. 네가 무슨 잘못을 저질러도 너는 내 딸이고, 그레이스 가문의 유일한 후계자야. 몇 번이고 다시 말해두겠지만, 내 아가, 제발 불안해하지 마렴. 우리는 언제까지고 네 부모일 거고, 너 또한 언제까지나 우리의 딸이야. 이건 절대로 변하지 않는, 불변이야, 알겠니? 우리 때문에 네가 마음고생을 할 필요는 없어. 그러길 바라지도 않는단다."

엄마는 결국 찡그렸던 표정을 풀고 희미하게나마 미소를 지었다. 순전히 나를 안심시키기 위해 일부러 꾸민 미소였다. 하지만 더할 나위 없이 고왔으며, 애정이 넘쳐났다.

나긋나긋하게 흘러나오는 엄마의 목소리가 꿈결처럼 부드러워서 나는 숨을 쉴 수도 없었다.

"또 이제라도 솔직히 말해줘서 정말 고마워. 루아가 끼어들긴 했지만 네 입으로 먼저 들으니 아주 기쁜걸? 좋은 소식이든 아니든, 네가 직접 얘기해줬다는 게 가장 중요해."

화상을 입을 것처럼 달콤한 위로였다. 당연히 나는 그 말을 의심했다.

"나한테 실망하지 않았어? 하필이면 교황의 눈 밖에 났잖아."

"그래, 난 장식이라 이거지."

존귀하신 황제 폐하의 투덜거림을 무시하고 나는 엄마를 뚫어져라 바라보았다. 눈앞이 뿌옇게 흐려지고 있었다.

"나, 나는 태어났을 때부터 좀 이상한 애였는걸. 내가 정말로 죄를 지어서 신벌을 받은 것일 수도 있다는 생각은 안 해? 어쩌면 나는 엄마의 딸로 태어나선 안 될 운명이었기 때문에 합당한 벌을 받는 건지도 몰라. 그러니까……, 그러니까 나 같은 건 차라리 태어나지 말았어야 했다는 생각은 안 드는 거야?"

나도 내가 정확히 무슨 말을 하는지 알 수 없었다. 그저 보이지도 않는 불신에, 두려움에 쫓겨 두서없이 말했는데, 희망이 현실이 되어 나타난 것이 믿어지지 않아 부정했는데, 엄마는 여전히 상냥한 얼굴로 나를 바라보기만 할 뿐이었다.

꽃비를 머금은 것 같은 엄마의 머리카락이, 크림처럼 풍부한 눈이 무척이나 고와서 눈이 아렸다. 정말이지 엄마는 범접하기 힘든 사람이었다.

"보니, 엄마는 말이지……, 네가 소중해서 견딜 수가 없단다. 나를 닮은 머리카락도, 아이만에게서 물려받은 눈동자도, 어느 것 하나 안 예쁜 구석이 없어서 볼 때마다 가슴이 벅차올라. 이렇게도 예쁘고 사랑스러운데 내가 어떻게 너를 미워하겠니? 그 입술로 나를 엄마라고 불러주는 것만으로도 미친 듯이 기쁜데 어떻게 실망할 수가 있겠어?"

이제 엄마는 완전히 화를 풀기로 결심한 듯했다. 내 머리를 쓰다듬어주면서 엄마는 걱정 가득한 눈으로 루아를 응시했다.

"루아 너도 마찬가지야. 너희들 때문에 불안해서 못 살겠다. 언제까지 숨길 생각이었어? 우리가 아무것도 모를 줄 알았니? 상황이 아주 이상하게 돌아간다는 것 정도는 예전에 눈치 챘다고. 보니는 느닷없이 벨모트의 왕자가 성물을 맡겼다질 않나, 루아 넌 어느 순간부터 당연하다는 듯이 마법을 쓰질 않나……. 뭐, 어쨌든, 그동안 보니를 괴롭혔던 게 다름 아닌 신벌이라 이거지. 어째서 교황과 사도들이 그렇게까지 필사적으로 우리의 면담 요청을 거부했는지 알겠구나. 물론 그 뒤에 사도들이 하나둘씩 사이좋게 행방불명됐다는 소문을 듣긴 했지만……."

엄마가 잠시 불편하게 숨을 고르는가 싶더니 확 얼굴을 찡그렸다.

"그것도 네 짓이지?"

"굳이 입 아프게 말해야 하나?"

장식장에 기댄 루아가 웃으며 너스레를 떨자 엄마가 혀를 찼다.

"용케도 그냥 넘어갔구나."

"목줄을 쥐고 있는 건 그쪽만이 아니라서."

엄마가 진심으로 징그럽다는 듯 루아를 보다가 고개를 절레절레 흔들었다.

"예전엔 귀엽기라도 했지."

"그래서 이젠 어떡할 거야? 나랑 보니를 못 만나게 하려고?"

"내가 막으면 잘도 안 만나겠다."

엄마가 쯧쯧거리는데 갑자기 머리 위에서 쿵 하고 요란한 소리가 났다. 왜 이렇게 불길한 예감이 드는지 모를 일이었다. 여긴 부모님의 침실이었고, 이 위는 바로 내 방이었다.

또 무슨 사고가 일어났는지 몰라 질겁하려니 루아가 시큰둥한 얼굴을 하고서 내 의문을 풀어주었다.

"미가엘이야."

당연히 부모님은 또 다른 침입자를 전혀 달가워하지 않았다. 교황부터가 정신이 나갔다고 말했으니 미가엘이 신의 사자라고 한들 먹히지도 않을 거였다. 특히 엄마는 당장이라도 가문에서 고용한 마법사를 해고하러 갈 기세셨다. 애석하게도 그 마법사가 펼친 보안 결계는 루아도, 미가엘의 침입도 전혀 막아주질 못하고 있었으니까. 능력의 차이가 월등하기에 엄마도 더 화가 난 듯 보였다.

"아무래도 보니의 침실을 옮기는 걸 고려해봐야겠어. 물론 루아 너도 당연히 협조해줘야겠고 말이야. 내가 보니를 데리고 아발론으로 가는 게 싫으면 너도 뭔가를 해야 하지 않겠어?"

엄마가 매섭게 말했다. 협박이나 다름없었다. 언제든지 나를 데리고 요정의 땅으로 갈 수 있다는 말에 루아의 잘생긴 얼굴이 못마땅하게 구겨졌다.

참으로 냉랭한 분위기가 방 안에 감돌기 시작했으므로, 나는 주춤거리며 뒤로 물러났다.

"나 올라가서 확인해볼게! 천천히 얘기하고 있어!"

나는 대답을 듣지도 않고 부모님의 침실을 빠져나왔다. 아직도 가슴이 뛰었다. 손이 떨리고, 호흡은 믿어지지 않게 불규칙했다.

세상에. 이게 정말 꿈이 아니란 말이야? 나는 자꾸만 벌어지는 입을 손으로 가렸다. 이해받을 수 있을지도 모른다는 희망을 갖고 털어놓은 말이긴 했지만, 모든 비밀을 털어놓았음에도 불구하고 여전히 내가 엄마와 아빠의 딸이라는 사실이 놀라웠다. 심히 얼떨떨했다.

엄마와 아빠는 내가 신벌을 받았다는 것도 개의치 않으셨다. 언제나처럼 나를 향한 사랑을 숨기지 않으셨으며, 이제라도 내가 직접 말해줘서 고맙다는 말까지 하셨었다. 거기다 루아를 마냥 원망하지도 않으셨어. 아니, 오히려 걱정하셨다. 황제 폐하가 아닌, 루아라고 불러주기를 망설이지 않으셨다. 나는 그 점이 기뻤다. 예전 같았으면 질투했을 텐데. 루아가 내 부모님까지 빼앗으려 한다며 괜한 미움에 사로잡혔을 거였다. 하지만 지금은 부모님이 루아를 걱정해주시는 것이 무엇보다 좋았다.

극심한 안도감으로 인해 나는 울 것 같기도 하고 웃음이 나올 것 같기도 했다. 내가 지금 꿈을 꾸는 건 아닌지 의심스러웠다. 이렇게 안심스러울 데가. 내 이름이 보니 안젤리크 멜론느 그레이스라는 사실이 너무나 좋아서 날아갈 것만 같았다. 그 기쁨에 듬뿍 심취해 볼을 꼬집어보는 멍청한 짓을 해볼까 고민하던 것도 잠시, 나는 버릇처럼 옷 안에 밀어 넣었던 브리싱가멘을 나직이 불렀다.

"브리? 자니?"

조심스럽게 브리싱가멘의 이름을 불렀으나, 돌아오는 대답은 없었다. 또 잠에 빠진 것인지 톡톡 건드려봐도 조용했다.

나는 한숨을 쉬며 브리싱가멘을 살살 어루만졌다.

"조금만 쉬고 있어. 아주 조금이면 돼. 루아가 부모님과 얘기를 마칠 때까지만. 사실 루아는 직접 말하지 않아도 내가 원하는 걸 아주 잘 알거든."

나는 레뮤시가 있는 방을 잠시 곁눈질하다가 마지못해 위층으로 올라갔다. 나는 굳게 닫힌 내 방의 문 앞에 멈춰 서서, 심호흡을 하고 조심스럽게 문고리를 잡아 비틀었다.

바람이 확 끼쳐들었다. 범람하는 피 냄새에 얼굴을 찡그리지 않을 수 없었다.

"미가엘?"

속이 역할 정도로 거북한 냄새가 방 안 가득 들어차 있었다. 어찌나 메스껍던지 정신이 혼미했다.

나는 잔뜩 얼굴을 구긴 채, 낮게 호흡하며 안으로 걸어 들어갔다. 이미 방 구석구석에 스며든 피비린내가 기다렸다는 듯이 코를 마비시켰다. 모든 것이 아까와 다름없건만, 피 냄새 하나만으로도 이 침실은 나에게 전혀 다른 공간이 되어버렸다.

나는 창가로 달려가서 반만 열린 창문을 아예 활짝 열어젖히고는, 뒤늦게 미가엘을 돌아보았다. 그늘에 감싸인 그는 피로 범벅이 되어 있었다. 손에 쥔 검은 물론이고 팔과 상의까지 흠뻑 젖어서, 아직 말라붙지 않은 검붉은 핏방울을 카펫에 떨어뜨렸다.

그의 발아래엔 피로 만든 작은 웅덩이가 생겨 있었다. 그것이 자줏빛 카펫에 하나의 문양처럼 스며들었다.

모두 미가엘이 가장 강한 성물이라고 입을 모았으므로, 나는 경계하며 그를 훑었다. 생기가 빠진 듯 빛 없는 미색으로만 이루어져 있던 그가 드디어 살아 있는 사람처럼 보인다니 참 아이러니한 일이었다.

미가엘의 회보랏빛 눈이 부서질 것처럼 흔들렸다. 나는 먼저 입을 열었다.

"……다친 거야?"

금방 돌아오겠다고 해놓고 이제야 온 것 하며, 아무래도 펠레스와 단순히 얘기만 나눈 건 아닌 모양이었다.

"내 피가 아니다."

나는 나도 모르게 얼굴을 조금 찡그렸다.

"그럼 메피스토펠레스의……?"

"최후를 보고 싶지도 않아 먼저 돌아왔다. 어차피 살아도 산 것이 아닐 터."

파문도 일지 않는 수면에서 떠올린 것 같은 무미건조한 음성이었다. 한결같이 마냥 침착했다. 내뱉은 말에 어울리지 않는 차분한 어조여서 나는 당황해 입을 다물었다.

이제 와서 도망칠 생각은 없었다. 나는 루아가 바로 아래층에 있다는 사실을 거듭 상기했고, 그건 즉시 나에게 커다란 안정감을 가져다주었다.

창을 통해 들어오는 밤바람이 악마의 피 냄새를 실어 가게 내버려두며 나는 펠레스에게 들었던 말을 곱씹었다. 내가 미가엘과 처음 조우했던 순간 펠레스가 말하길, 미가엘의 검에 찔리면 자신은 죽을 거라고 했었다. 아무리 작은 상처여도 그것이 전신으로 번져 불타 죽을 거랬지. 미가엘은 그 정도로 강했다.

"너는 펠레스를 싫어하지 않는 줄 알았는데."

그를 드러내놓고 적대했던 프라가라흐에 비하면, 그동안 내가 본 미가엘의 태도는 고상하게까지 느껴질 정도였었다. 펠레스가 낮에 찾아갔을 때도 무시만 했지, 지금처럼 공격하려 들지는 않았으니까. 더군다나 두 사람의 인연이 짧은 것도 아니었다. 펠레스가 신의 사자들을 성물에 봉인할 때 미가엘이 협조했었다질 않아. 그는 자신이 직접 브리싱가멘을 봉인했다.

나는 미가엘의 대답을 기다렸지만, 그리 오래는 아니었다. 순 내키는 대로 행동하는 사람이니까.

아니나 다를까, 옅은 보랏빛을 띠는 미가엘의 입술이 전혀 다른 이유로 열렸다.

"그것."

"응?"

나는 의아하게 눈을 깜박였고, 미가엘은 고개를 비스듬히 돌려 침대 옆에 있는 선반을 주시했다. 그를 따라 시선을 돌리자 펠레스가 준 회중시계가 보였다. 펠레스의 과거와 비밀이 전부 들어 있는, 아주 오래되고 녹슨 물건이었다.

"열어볼 건가?"

나는 골몰하며 회중시계를 집어 들었다. 펠레스와 미가엘 사이에 무슨 일이 있었는지는 모르겠지만, 펠레스가 죽었을지도 모른다는 사실이 영 비현실적으로 다가왔다. 그와 마지막으로 만났던 게 어제도 아니고 1년도 전이 아닌, 바로 오늘이었잖아.

그리고 펠레스는 나에게 두 번 다시 나를 보는 일이 없었으면 좋겠다는 마지막 인사를 남겼다.

어쩌면 루아는 레뮤시를 치료해줄 수 있을지도 모르고, 브리싱가멘도 구해줄 것이다. 하지만 이렇게 모든 걸 루아에게 의지하면, 그다음엔? 루아가 없을 때 파우스트가 또 나를 괴롭히면 어떡하지? 확실히 마냥 루아의 마법에 의존하는 건 근본적인 해결책이 못 되었다. 더군다나 루아 역시 어릴 적 강제로 머릿속을 들쑤셔졌던 기억이 트라우마로 남아 아직도 그 고통에 시달리고 있었다.

한번 들어선 결심은 루아에게 도움이 되고 싶다는 생각 안에서 점점 견고해졌다. 루아에게 이 이상의 짐을 짊어지게 할 순 없는 노릇이었다. 루아는 어른이 아닌걸. 나와 똑같은 열다섯 살이었다. 어른의 모습을 했다고 마음까지 어른인 것은 아니었다.

"지금 내가 할 수 있는 게 이것밖에 없긴 해."

나는 천천히, 마음을 다잡으면서 낮게 중얼거렸다.

필요한 위험이라면, 기꺼이 감수해야겠지. 이 판도라의 상자를 열어서 얻을 것이 존재한다면, 그런 가능성이라도 있다면 나는 결국 해야만 했다. 아무리 경계한다고 해도 결국 넘어갈 수밖에 없는 유혹이었다. 단지 늦느냐 빠르냐의 차이일 뿐이다.

더 돌이킬 수 없는 일이 벌어지기 전에.

나는 회중시계를 꽉 쥐고서 미가엘을 돌아보았다.

"당신이 보기엔 어때? 이게 위험한 물건 같아?"

"……그저 기억을 담아둔 물건에 불과하다."

"그럼 안심이네."

애써 태연하게 말하고 나는 엄마의 가운을 벗었다. 대신 내 겉옷을 걸치면서 브리싱가멘도 같이 벗은 다음, 미가엘에게 내밀었다.

"저기, 내가 이걸 열어볼 동안만이라도 브리를 맡아주지 않겠어? 또 잠이 든 모양이야."

미가엘은 모조의 유리 같은 회보랏빛 눈으로 한동안 내 손을 가만히 내려다보았다. 나는 그가 반응이라고 부를 만한 어떤 행동을 취할 때까지 참을성 있게 기다렸다. 그의 키가 조금만 덜 커서 내 목이 꺾이지 않았어도 훨씬 너그럽게 기다릴 수 있었을 거였다.

바람에 희석된 피 냄새를 맡으며 초조함을 달래려니, 그대로 굳어버린 게 아닐까 싶었던 미가엘이 무미건조한 목소리로 말했다.

"너."

"왜 불러?"

"메피스토펠레스의 죽음이 아무렇지도 않은 건가?"

예상치 못한 의외의 질문이었다. 언제부터 내 감정을 그리 신경 썼는지.

나는 의심스럽게 반문했다.

"그가 죽은 게 확실해?"

"그건 아니다만."

다른 사람도 아닌 미가엘이 무슨 저의로 나한테 이런 질문을 하는지 모르겠다. 나는 또박또박 말했다.

"펠레스는 더 이상 나에게 아무런 의미도 아니야."

"그런데 왜 그의 과거를 엿보려 하지?"

죽은 것 같은 눈으로, 마치 처음으로 타인의 감정에 공감하려는 사람처럼 미가엘이 집요하게 물고 늘어졌다. 내 입에서 한숨 같은 곤란한 호흡이 새어나갔다.

말에 담긴 진실과 거짓을 간파할 줄 아는 미가엘을 속이려 드는 것만큼 무의미한 일도 없었으므로, 나는 솔직하게 털어놓았다.

"나는 루아에게 도움이 되고 싶으니까. 네가 어디까지 아는진 몰라도, 사실 누구의 편인지, 무슨 생각인지도 모르겠지만 파우스트는 나와 루아의 삶을 망가뜨린 장본인이야. 그러니까 루아가 혼자서 다 짊어지지 않았으면 좋겠는데……, 알다시피 나한텐 특별한 능력 같은 건 전혀 없거든. 내가 할 수 있는 건 그저 루아의 옆에 있어주는 것뿐이야. 고작해야 이런 것밖에 없는걸."

어째서 펠레스는 내가 그렌트헨의 죽음을 막길 바랐던 거지? 내가 무슨 도움이 된다고? 회의적인 감정을 느끼면서도 나는 회중시계를 버리지 못했다. 결국 집까지 들고 왔을 때부터 결말은 정해져 있었다.

덫처럼 옭아매는 미가엘의 시선이 심히 부담스러워서, 나는 브리싱가멘을 든 손을 보란 듯이 흔들었다.

"당신 계속 그러고 서 있을 거야?"

"달리 갈 곳이 떠오르지 않았다."

누가 왜 여기 왔냐고 물었니. 나는 눈을 가늘게 떴다.

"나무라는 게 아니야. 어차피 엄마랑 아빠한테도 다 들켰는데 뭘. 내 말은 계속 피투성이인 채로 거기 서 있을 거냔 말이야."

그러나 미가엘은 여전히 멀뚱멀뚱 나를 주시하기만 할 뿐이었다. 내가 이놈한테 바랄 걸 바라야지. 나는 제풀에 지쳐 물러났다.

"저쪽에 욕실 있으니까 가서 씻고 와. 그리고 꼭 브리 데리고 있어!"

"메피스토펠레스의 기억은……."

"뭔가를 알게 되면 너한테도 말해줄게. 됐지? 내가 일어날 때까지 브리를 보살펴준다는 조건으로."

미가엘이 고개를 살짝 끄덕이고는 침실에 딸린 작은 욕실을 향해 몸을 움직였다. 하도 오랫동안 가만히 서 있길래 아예 굳어버린 줄 알았더니 그것도 아닌 모양이었다.

부루퉁하게 눈알을 굴리며 나는 침대에 걸터앉았다. 부드럽게 흘러내리는 캐노피와 푹신한 이불에 감싸여서, 아래층에 있을 부모님과 루아를 생각했다. 확실히 루아는 도움이 되고 안 되고를 떠나서 이번 일을 달가워하지 않을 거고, 어쩌면 아예 회중시계를 빼앗아 가거나 망가뜨릴 수도 있었다.

기회는 지금뿐이었다. 메피스토펠레스가 나와 루아의 삶을 알 듯이, 우리 또한 그와 파우스트의 목적을 알아야 한다는 생각이 들었다.

원인 없는 결과는 없고, 과정을 모르는 결말은 보아도 무의미하다. 이 악연의 고리를 끊으려면 결국은 그를 알아야 했다.

"부디 이게 마지막으로 사고치는 거여야 할 텐데."

제발 그러길 바라며 나는 회중시계를 열었다.

사방이 어두웠다. 차가웠고, 보이지 않는 수많은 손이 무겁게 나를 끌어당겼다. 그 기분 나쁜 느낌이 어쩐지 물속에 빠진 것처럼 생생했다. 발을 헛디뎌 골짜기 사이의 구덩이에 떨어진 듯, 축축하고 그늘진 늪에 발이 묶인 듯 나는 무력하게 빨려들어갔다.

아주 깊게 가라앉는 것 같은 느낌이 든다고 생각한 순간, 갑자기 나는 눈을 떴다. 아니, 어떤 힘에 이끌려 저절로 눈이 뜨였다고 해도 무방했다.

"어⋯⋯."

훅 끼쳐오는 찬 공기를 들이마시며 나는 미친 듯이 눈을 깜박였다. 3년이 지났어도 결코 잊을 수 없는 아카시아 제국의 풍경이 바로 눈앞에 펼쳐져 있었다.

은은한 달빛에 젖은 하얀색 구름, 실크처럼 에워싸는 바람, 설탕처럼 부드러운 공기. 마치 커다란 꽃잎에 폭 감긴 듯한 기분이었다. 벨모트와 비슷한 것 같으면서도 전혀 다른 하늘이 머리 위에 있었다. 물을 듬뿍 묻힌 수채화처럼 맑은 채도의 달이 너무나 예뻤다.

어쩌면 이렇게도 생생하고, 또 현실적일 수 있을까. 나는 천천히, 믿을 수 없어 입을 벌리며 고개를 내렸다. 그러자 동화 속에서 뛰어나온 것처럼 예술적인 건축물이 보였다. 그 크기가 실로 거대해서 성이나 다름없는 위용이었다.

아주 익숙한, 그리워서 가슴이 미어질 것만 같은…….

나는 제국에 있는 내 집 앞에 서 있었다.

"보니……."

그건 숨이 멎을 것처럼 가까이서 들려온 부름이었다. 나는 소스라치게 놀라 몸을 움츠렸다가, 내가 미처 보지 못했던 존재를 깨닫곤 당혹감에 사로잡혔다.

나는 혼자 있었던 게 아니었다. 1미터도 떨어지지 않은 거리에 별을 떠도는 어린 왕자처럼 작고 사랑스러운 꼬마가 서 있었다.

"루, 루아야?"

꿀 같은 금발이 더할 나위 없이 익숙했다. 그러나 지금 나와 같은 공간에 있는 루아는 아주 작았다. 잠시라도 시선을 떼면 잃어버릴 것 같았다.

열두 살의 어린 루아는 내 말이 들리지도 않는지 길 잃은 미아처럼 울먹였다. 그 말간 눈에서 솟아오른 눈물방울이 잎사귀에 맺힌 비같이 뚝뚝 떨어졌다. 언제부턴가 나도 똑같이 울고 있었다. 시리도록 푸른 루아의 눈동자엔 기이한 붉은빛이 스며들어 있었는데, 열이 올라 상기된 얼굴은 배신감이 아닌 절망으로 일그러져 있었다.

"가지 마, 가지 마, 가지 마."

아. 루아를 향해 뻗었던 손이 힘을 잃고 무력하게 떨어졌다. 목이 막혔다. 순식간에 눈 주변이 불에 덴 듯 뜨거워지면서, 이루 말할 수 없는 감정의 덩어리가 가슴을 짓눌렀다.

"버리지 않겠다고 했잖아. 안 떠난다고 약속했잖아."

루아는 나를 보고 있지 않았다.

멀어지는 그레이스 공작가의 마차를 보고 있었다.

열두 살의 내가 타고 있을.

"결국 떠날 거면서 왜……."

"그게 아니야, 루아야."

들리지도 않을 걸 뻔히 알고도 나는 절박하게 속삭였다.

루아가 서럽게 울음을 터뜨렸다. 과거의 펠레스는 그런 루아를 멀리서 지켜보고 있었다.

"이럴 거면 처음부터 잘해주지 말았어야지. 이렇게 버릴 거였으면. 나 혼자 남겨둘 거였으면."

시간이 지날수록 루아의 눈에 깃든 이질적인 붉은색이 진해졌다. 맑갛던 푸른 색채를 완전히 먹어치우기 직전이었다.

"제발, 루아야……."

나는 기어이 참지 못하고 루아를 껴안았다. 품에 안고, 위로의 말을 속삭이려 했다. 그러나 내 팔은 루아의 작은 몸을 관통했다. 허공을 끌어안으려는 헛된 시도처럼 부질없이 실패했다.

나는 과거의 루아를 만질 수 없었다.

그 사실을 인식한 순간 갑자기 루아의 모습이 투명해지더니 물거품처럼 빠르게 사라져버렸다.

"루아야! 루아……."

손을 뻗어도 잡히는 게 없었다. 비명을 질러도 루아는 나를 한번 쳐다봐주지 않고 사라졌다.

궁전 같은 그레이스 가문의 저택도, 과거의 내가 타고 있을 마차도, 멀리서 루아를 지켜보고 있던 과거의 메피스토펠레스 역시 급속도로 찾아든 어둠에 집어삼켜졌다.

모든 게 너무나 순식간에, 그리고 허황되게 사라졌다.

10
비극

나는 끝없이 추락하고 있었다. 정체를 알 수 없는 마른 소음들이 나를 에워싸며 더욱더 깊은 어둠으로 끌어내렸다.

마지막 달빛마저 사라지자 나는 가장 깊은 물 속 같은 공간에 홀로 남겨졌다.

나 스스로 그곳에서 벗어날 방법이 없었다. 나는 손으로 얼굴을 가리고 한참을 울었다.

그렇게 얼마나 긴 시간이 지났는지도 모르겠을 때, 갑자기 성난 남자의 고함이 귀를 파고들었다.

"망할 년, 악마 새끼! 당장 이 마을에서 꺼져!"

역시나 현실처럼 생생하기 이를 데 없었다. 나는 간신히 울음을 그치고 무기력하게 머리를 들었다. 눈 덮인 밤, 차가운 서리꽃의 숨결이 안개처럼 아른거리는 가운데 수십 명의 사람이 나를 에워싸고 있었다. 그들은 나에게, 보다 정확히는 내 뒤에 있는 어떤 아이에게 돌을 던졌다.

"더러운 자식, 제 어미보다 추악해서는!"

"진작에 죽여버렸어야 했어!"

나는 새하얀 머리카락을 지닌 아이를 말없이 돌아보았다. 무척 가늘고 말라서 고작해야 열다섯 살을 겨우 넘겼을 것 같은 아이였다. 누더기 같은 천 옷은 먼지와 흙으로 더럽혀져 있었는데, 겨울이 생으로 스며든 듯한 희디흰 머리카락만은 빛날 것처럼 투명했다.

참으로 독특해서 문제였다. 교황이었을 땐 신의 축복이었을지 몰라도, 과거의 파우스트에게 선명한 백색 머리카락은 저주임이 분명해 보였다.

　그는, 요한 블라디미르 파우스트는 머리를 길게 길렀기 때문인지 여자아이처럼 보였다. 깡마른 몸은 못 먹고 자란 티가 여실히 드러났으며, 곳곳이 상처투성이었다. 얼굴에도 큰 흉터가 나 있다.

　"그렇게 내가 꼴 보기 싫으면 죽여! 굳이 이단심문관을 부를 필요 없이 지금 여기서 묻어버리라고!"

　요안나라는 이름이 더 어울리는 작은 아이가 사람들을 향해 표독스럽게 소리쳤다. 돌에 맞은 그의 이마에서 새빨간 선혈이 흘러내렸다. 나는 눈앞의 아이가 파우스트라는 사실을 알면서도 이 폭력에 거북함을 느껴 입술을 깨물었다.

　범람하는 광기의 냄새를 맡을 수 있었다. 사람들이 욕을 하며 요안나에게 계속 돌을 던졌다. 모진 폭언이 사납게 번져들며 언 땅을 더욱 딱딱하게 만들었다.

　어차피 이미 지나간 과거에서 내가 할 수 있는 건 아무것도 없었다. 나는 폭력의 소리가 멎어들 때까지 고개를 돌리고 있었다. 그러자 제법 시간이 지났을 무렵, 돌팔매질을 하다 지친 사람들이 하나둘씩 자리를 뜨기 시작했다. 이윽고 가장 격렬하게 욕을 퍼붓던 중년 남자까지 사라지고 나자 잠깐의 적막을 뚫고 사박사박 눈밟는 소리가 났다.

　맞은편 골목길을 배회하는 검은 짐승을 보고 나는 눈을 깜박였다.

"······개?"

그것은 몹시 커다란 검은 개였다. 다분히 위협적인. 야생의 늑대와 같이 눈매가 매서웠는데 으르렁거리며 그늘에 잠깐 숨어드는가 싶더니 곧 사람으로 변모했다.

마치 처음부터 사람이었다는 듯 태연하게 그늘을 빠져나온 남자는 내가 익히 아는 얼굴이었다. 그의 새까만 머리카락은 파우스트의 흰 눈 같은 머리카락과 극명한 대비를 이루었다.

"여기 있으면 위험해."

듣기 좋도록 완벽하게 꾸며진 음성에 나는 방어적인 태도가 되어 손으로 팔을 감쌌다. 지금의 펠레스가 하는 말에는 남쪽 지방의 억양이 강하게 묻어나왔다. 고른 호흡과 둥글둥글한 울림의 단어들로 이루어진 그의 목소리는 난생처음 듣는 것처럼 자상했고, 잠시 골몰하다 지은 신사적인 미소는 경계를 허무는 힘이 있었다.

나는 전혀 다른 사람을 보듯이 과거의 메피스토펠레스를 응시했다. 겉모습의 수려한 아름다움은 지금과 다를 바가 없었지만, 내 눈앞에 있는 펠레스는 현재와 전혀 다른 분위기를 풍겼다.

피투성이가 되어 숨을 몰아쉬던 파우스트가 힘없이 고개를 들었다. 그가 강림한 신 같은 펠레스를 보고 눈을 크게 떴다.

"허락만 해준다면 너를 안전한 곳으로 데려다주고 싶은데."

펠레스는 속삭이듯이 부드럽게 말했다. 상당한 호의를 담아서. 마치 오랜만에 마주한 친구를 대하는 것 같은 태도라, 잃어버린 아이를 찾은 부모처럼 간절하기까지 해서 파우스트가 당혹스럽게 그를 쳐다보는 것도 무리는 아니었다.

"누구? 마을 사람이 아닌가?"

"난 여행자야. 일단은 그렇지."

웃음기 어린 모호한 대답에 파우스트가 경계를 곤두세웠다.

"참견 마. 돈에 눈이 뒤집혀서 내 머리카락이 무슨 색인지도 모르는 모양인데, 그냥 신경 끄고 죽게 내버려둬. 나보단 마을에서 어슬렁거리는 개를 잡아다 파는 게 더 이득일걸."

파우스트는 비틀거리면서 일어났다. 그의 작은 몸에는 성한 구석이 하나도 없었다. 방금 생긴 피멍들은 물론이고 아주 오래전에 생겼을 것 같은 흉터와, 엉성하게 꿰맨 자국이 문신처럼 박혀 있었다. 수십 번을 돌에 맞았으니 고통이 심각할 텐데도 그는 이를 악물고 끝까지 신음 한 번을 아꼈다.

펠레스는 인신매매범으로 오해받은 것도 아무렇지 않다는 양 파우스트를 부축했다.

"여행을 하다 보면 말이지, 아주 많은 사실을 알 수 있어. 가령 지금 이곳으로 이단심문관을 가장한 살인마들이 오고 있다는 거라든가, 네가 실은 아주 특별한 사람이라는 거라든가."

"특별한 게 아니라 괴상한 거겠지."

익숙지 않은 손길에 뻣뻣하게 굳었던 파우스트가 곧 펠레스의 손을 피해 뒤로 물러났다.

펠레스는 조금 쓸쓸하게 웃었다.

"너를 도와주고 싶어. 아주 오랫동안 지켜봤거든."

파우스트가 노골적인 의심을 담아 펠레스를 주시했다.

"지켜봤다고? 나를? 언제부터?"

"네가 생각하는 것보다 훨씬 이전부터. 나와 같이 가자, 요안나. 너를 데리러 왔어."

펠레스의 입술 사이로 그 이름이 더할 나위 없이 익숙하게 스며 나왔다. 이미 그가 파우스트란 사실을 알고 있었음에도 나는 거북스러움을 느꼈다.

파우스트의 얼굴이 울 것처럼 찌푸려졌다.

"내 이름을 어떻게……."

태어나서 처음으로 이름을 불려본 사람처럼 파우스트가 황망하게 중얼거렸다. 충격으로 크게 뜨인 그의 눈에서 눈물이 솟구쳐 올랐다. 온갖 폭언과 폭력에 시달릴 땐 비명 한번 지르지 않았던 주제에, 지금 파우스트는 마침내 집을 발견한 아이처럼 울고 있었다.

나는 나의 존재를 전혀 인식하지 못하는 과거의 두 사람을 복잡한 심정으로 훔쳐보았다. 아, '훔쳐본다'는 말만큼 지금 내 처지를 가장 잘 설명해주는 단어도 없었다. 펠레스가 회중시계를 준 덕분에 내가 그와 파우스트의 과거를 엿볼 수 있는 거지만, 그럼에도 나는 명백한 침입자였다.

"당신 도대체 누구야?"

파우스트가 울면서 그렇게 묻자, 펠레스가 파우스트의 귓가에 대고 무어라 속삭였다. 나는 파우스트의 몸에 있던 상처와 흉터들이 서서히 아물어드는 것을 지켜보았다. 그건 파우스트가 보기에 신이 내린 기적이라고 믿기 충분했다. 의지할 데 없었던 그는 곧 완전히 펠레스를 믿었다.

주위 풍경이 또 한 번 변해가고 있었다. 나는 다시 무력한 꼭두 각시 인형이 되어 어둠 속으로 빨려 들어갔고, 두 사람의 겨울로 부터 멀어졌다.

마을을 떠난 그들은 누구도 찾아올 수 없는 깊은 산 속에 머물렀 다. 펠레스는 세상의 모든 것에 무지한 파우스트에게 말과 문자를 알려주었고, 자신이 발두르의 사자라는 사실 또한 감추지 않았다. 파우스트는 발두르가 직접 펠레스를 자신에게 보낸 거라고 믿었 다. 비록 같은 사람들에게 외면당했어도 신은 자신을 사랑한다고 생각했다.

착각에 빠진 파우스트는 발두르를 깊이 맹신했으며, 펠레스는 그런 그를 이따금씩 걱정스러운 눈으로 지켜보았다.

겨울이 가고 봄이 왔다. 봄이 저물고 여름이 꽃피는가 싶더니 찬 연한 가을이 무르익었다. 빠른 속도로 어지럽게 뒤바뀌는 과거 속 에서 나는 새장에 갇힌 새처럼 무력한 관람자였다. 셀 수도 없이 많은 기회가 있었으나 펠레스는 자신이 발두르의 명령 때문이 아 닌, 순전히 제 의지로 파우스트에게 온 것임을 밝히지 않았다. 실 은 발두르가 파우스트에게 전혀 관심이 없다는 사실 또한 철저하 게 숨겼다.

그에게 차마 용기가 없어서였다.

뼈아픈 진실을 감추었다 뿐이지, 펠레스는 정말로 파우스트를 자식처럼 아꼈다. 파우스트가 입은 마음의 상처를 보듬고 치유하며, 위로를 아끼지 않았다.

그러나 파우스트가 진정으로 원한 건 복수였다. 새로운 삶과 찬란한 미래였다.

파우스트는 자신을 괴롭혔던 마을 사람들을 펠레스가 심판해주길 원했다. 또한 모든 사람에겐 있지만 자신에게만 없는 성별을 갖길 원했으며, 부유한 집과 자신을 사랑해줄 부모를 바랐다. 하지만 그것은 펠레스의 능력을 벗어난 범위의 소망이었다. 결국 펠레스는 파우스트의 바람을 이뤄주기 위해 발두르를 찾아갔다.

파우스트를 두고 펠레스가 향한 곳은 나태함에 빠진 정원사가 버려둔 것 같은 황량한 꽃밭이었다. 어찌나 높은 고원이던지 구름이 무척 가까웠다. 그러나 춥지도 않았고 숨쉬기가 불편하지도 않았다.

나는 삭막한 잿빛으로 물들어 있는 하늘을 의아하게 쳐다보았다. 구름이 무척 짙어서 낮인지, 밤인지 구분하는 것도 무의미했다. 바람은 사탕을 녹여 흩뿌린 것처럼 달콤했고, 드문드문 꽃이 핀 청록색 들판은 수평선 너머로까지 이어져 있었다.

참…… 이상한 장소였다. 이 별에서 가장 기이한 곳이리라. 이루 말할 수 없는 독특함이 사방에 퍼져 있었다. 우선 나를 둘러싼 모든 것들이 아주 진한 색을 띠고 있었다. 먹구름은 새까만 먼지를 뭉친 듯 선명한 회색이었고, 바람 또한 그 불투명한 결이 눈에 보였다. 발밑엔 일정한 길이로 자란 풀들이 몹시 끈적거리는 녹빛으로 반짝였는데, 마치 수백 번을 짓밟힌 것처럼 난잡하게 헝클어져 있었다.

나무 한 그루 없이 탁 트인 공간이었으나 어쩐지 나는 갑갑한 기분을 느꼈다. 마치 한 폭의 명화 속에 들어온 듯한 느낌이 들었다. 시야에 닿는 모든 게 뚜렷한 색을 입은 풍경이건만 참으로 자연스럽지가 않았다. 아름다웠으나 정교하게 꾸민 거짓 같았고, 동화 속 마녀의 정원처럼 매혹적이되 음산했다. 나를 조롱하고 있는 것 같았다.

왠지 모를 불안함에 사로잡혀서 당장이라도 비를 퍼부을 듯 새까만 하늘을 올려다보는데 갑자기 펠레스의 음성이 귀를 파고들었다.

"발두르 님."

나는 깜짝 놀라 먹구름 가득한 하늘로부터 시선을 뗐다. 그리고 펠레스를 쫓아 기이한 암청색으로 빛나는 들판을 가로질렀다.

내가 걸음을 옮길 때마다 밟힌 풀들이 빠르게 시들어갔다. 땅이 마른 것도 아니고 뿌리째 뽑힌 것도 아닌데 썩어가고 있었다.

내 발자국에 오염당하는 것을 허락할 수 없다는 듯.

"이제 오느냐? 너도 참 무정한 종이구나."

그 낯선 음성이 덫처럼 내 발을 옭아맸다. 나는 혼란스럽게 눈을 깜박였다. 이럴 수가. 벨모트와 제국에서는 신으로 추앙받는 존재가, 이국의 땅에선 악마들의 왕이라 부정당하는 존재가 이렇게도 평범할 줄은 꿈에도 몰랐던 바였다. 발두르와 펠레스가 나란히 서 있으니 펠레스가 신인 것처럼 보였다.

"또 정원을 망가뜨리셨습니까?"

펠레스가 무덤덤하게 질문했다. 나는 아직도 충격에 빠져 발두르를 뚫어져라 보고 있었다.

어떻게 이럴 수가 있지? 발두르는 정말로 지극히 평범하게 생긴 남자였다. 엄청난 위압감을 풍긴다든가, 황홀할 정도로 아름답기는커녕 유약하고 신경질적인 분위기를 풍겼다. 번화가만 가도 그와 비슷한 남자를 열 명 이상 찾을 수 있을 듯싶었다. 그는 신이 아니라 신의 종 같은 단출한 차림새였고, 한 손에는 물뿌리개를 들고 있었다. 눈앞에 있는 발두르는 마르고 히스테릭한 정원사 같았다.

그가 심드렁하게 눈을 내리깔았다.

"네가 떠난 사이에 푸른색에 완전히 질렸다. 이번엔 붉은 장미로 가득한 정원을 만들어볼 생각이야. 덤불로 빚은 장식을 가운데에 세워두고 바위와 작은 연못을 두는 거지. 여기가 곧 새로운 사자의 요람이 될 거다. 미가엘이 요새 통 기운이 없어 보여서 귀여운 동생이라도 만들어줘야지 안 되겠어."

나는 숨을 죽이며 발두르의 말 한 마디 한 마디에 귀를 기울였다. 펠레스가 듣든 말든 혼자 떠들던 발두르가 곧 서늘하게 웃는 낮으로 펠레스를 돌아보았다.

"도와줄 거지? 너는 내 종이잖느냐."

이유는 모르겠지만 그 미소에 별안간 소름이 돋았다.

펠레스는 곧 발두르를 따라 긴 들판을 횡단하기 시작했다. 시들어가는 풀로 가득했던 지면이 발두르가 물을 뿌리자 순식간에 새빨간 장미꽃밭으로 변화했다. 핏방울이 맺힌 것 같은 강렬한 순색의 빨강이 곳곳에서 피어올랐다. 그러나 나는 그 아찔한 절경에 감탄하는 대신 발두르의 뒤를 졸졸 따라다녔다. 아무리 봐도 그가 신이라는 사실이 믿어지지 않았다. 명색이 신인 주제에 정말이지 너무 평범하잖아! 차라리 레뮤시가 훨씬 더 잘생기고 위엄 있겠다.

"간청드릴 것이 있습니다."

한참의 시간이 흐른 뒤에, 펠레스가 어렵사리 입을 열었다. 그러나 발두르는 피식 웃고 말았다.

"내가 모를 줄 아느냐?"

그는 분명히 웃고 있었으나, 내리뜬 눈은 싸늘하게 식어 있었다.

"말하지 마라. 들어줄 생각이 없는 간청이니 말해도 무익하다."

"하지만 발두르 님, 요안나는 정말 가여운 아이입니다. 부디 그 아이를 도와주십시오."

발두르가 짜증스럽다는 듯 한숨을 쉬었다.

"이 세상에 가여운 아이가 어디 한둘이냐? 그들을 일일이 돕다간 네 명줄이 남아나지 않을 거다. 그들을 동정하지 마라, 메피스 토펠레스. 나는 쓸데없는 자비를 베풀라고 너에게 인간의 나라를 둘러봐도 좋다고 허락한 것이 아니다. 애초에 너는 내 종이지 인간의 개가 아니질 않느냐? 내가 너를 얼마나 아끼는지 알면서 그런 소리를 지껄이다니 너도 사람이 다 됐구나."

"……제가 바라는 건 단지 그뿐입니다."

"거절하마. 나는 싫다."

발두르는 펠레스를 어리석게 여겼고, 한심하다며 나무라길 서슴지 않았다. 나는 조금 의아해서 두 사람을 살폈다. 발두르의 말은 자신의 종을 타이른다기보단 동등한 입장에 있는 사람을 원색적으로 비난하는 것에 더 가까웠다.

발두르가 미련 없이 물뿌리개를 집어 던지고는 펠레스로부터 돌아섰다. 그의 맨발이 흐드러지게 피어오른 장미꽃을 짓밟았다. 얼굴이 절로 찡그려질 만큼 실로 난폭한 발길질이었다.

"발두르 님."

펠레스가 안타까움이 묻어나오는 목소리로 그를 불렀으나, 돌아오는 대답은 여전했다.

"두 번 말하게 하지 마. 내 권능은 너희에게 쓰는 것만으로 충분해. 다른 이들까지 챙길 겨를은 없다."

바람이 말라붙었다. 채도가 높은 물감을 듬뿍 묻힌 풍경화처럼 사실적이었던 세상이 발두르의 외면으로 건조하게 메말라갔다. 감각적인 청록 빛깔로 가득했던 들판은 빨간색 장미꽃이 만발한 정원으로 쉽게 탈바꿈했지만, 그렇게 되기까지 걸린 시간이 짧았듯이 끝도 금방 찾아왔다. 발두르의 손짓 한 번에 화려한 장미꽃들이 일제히 시들었다. 청록색이었던 들판이 빨간 장미꽃밭이었다가 검붉은 식물들의 무덤으로 변한 것이었다. 덧없는 죽음이었다. 하늘을 떠다니는 구름이 폭우를 쏟아부을 기세로 크게 떨었다.

나는 발두르의 기분에 따라 격변하는 과거의 한가운데에서 천천히 숨을 들이켰다. 어떻게든 발두르를 설득해보고자 뒤쫓던 펠레스가 결국 체념하며 멈춰 서는 순간이었다.

펠레스의 포기를 눈치 채기라도 한 듯 발두르가 뒤를 돌아보았다. 그가 순식간에 표정을 바꿔 심히 다정하게 펠레스를 눈에 박았다.

이제 발두르는 떼쓰는 아이를 달래느라 진이 빠진 부모 같은 얼굴을 하고 있었다.

"내가 종이라고 해서 화났느냐? 너는 나의 친우이고, 형제이며, 종이고, 뼈를 깎아 낳은 자식이나 다름없다. 이 권태롭고 무료하기 짝이 없는 나날을 묵묵히 살아가는 건 전부 너 때문이야. 나는 너를 보려고 산다. 너와 미가엘, 프라가라흐에게 생명을 불어넣는 기쁨으로 이 땅에 못 박혀 있어."

나는 두 사람의 사이가 어쩐지 평범한 상하관계가 아닌 것 같다고 느꼈다. 발두르와 펠레스의 관계는 뭔가 이상했다. 주인이 종인 것 같고, 종이 주인인 것처럼 부자연스러웠다.

발두르는 초조해하고 있었다.

"너희는 전부 내 아이들이야. 내 것이지. 그런데 너는 금방이라도 내 곁을 떠날 것처럼 굴고 있다. 내가 숨결을 불어넣어주지 않으면 곧 죽을 육체를 갖고서, 언제든지 이곳을 떠날 수 있다는 허황된 꿈에 취해 있구나."

그 서운함을 위로하기라도 하듯 펠레스가 고상하게 머리를 숙였다.

"제가 당신의 소유물인 것을 부정한 적이 있습니까? 발두르 님, 나의 주인이시여. 저는 당신을 벗어날 생각이 추호도 없습니다. 단지 저는 당신이 그 가여운 아이에게 자비를 베풀길 원할 뿐이에요. 제가 그 아이를 오랫동안 지켜봐왔다는 걸 아시지 않습니까. 저는…… 필연적으로 요안나에게 이끌렸어요. 답 없는 질문을 쫓으며 방황하던 저를 요안나가 불렀습니다."

"네가 언제는 부른다고 선뜻 잡혀줄 놈이었던가? 말해봐라, 메피스토펠레스. 터무니없이 낭만적인 단어로 너희의 만남을 꾸미기엔 놈이 가진 불구가 퍽 대단해서 말이다. 무엇이 너를 미천하기 짝이 없는 놈의 앞에 멈춰 세웠지? 대체 놈이 가진 무엇이 나조차 잡지 못했던 너를 한곳에 안주하게 만들었느냐 말이야."

"그 아이가 가진 결핍이요. 또한 다른 모든 것이."

발두르는 유감스러운 감정을 고스란히 내비쳤다.

"아직도 그리 말할 수 있다니 흥미롭구나. 하지만 나는 여전히 놈을 도울 생각이 없다. 네가 그에게 돌아가길 바라지도 않아. 그러나 네가 내 만류에도 불구하고 그에게 가야겠다면, 순간의 아름다움에 취해 다시 내 곁을 벗어날 생각이라면 그의 근본적인 결함을 메워줄 순 없어도 권력을 줄 수는 있다. 마침 새로운 교황이 필요한 때이기도 하니 내 너를 봐서 이 정도의 호의는 베풀겠다.”

나는 펠레스만큼이나 얼떨떨했다. 파우스트가 어떤 경위로 교황이 됐는지는 부분적으로 들어 알고 있었지만, 도대체 발두르가 무슨 생각인지 파악할 길이 없었다.

“요안나에게 교황의 자리를 물려주시겠단 말씀이십니까?”

펠레스가 귀를 의심하면서 반문하려니 발두르가 비뚜름하게 입꼬리를 끌어올렸다.

“결정은 네가 하거라.”

돌연 기분이 좋아졌는지 발두르는 알 수 없는 옛 시대의 언어로 이루어진 노래를 흥얼거리며 시든 정원을 거닐었다. 이제 그는 펠레스가 뒤따라오지 않아도 개의치 않았다.

나는 뭔가에 홀린 듯이 발두르를 쫓아갔다. 겉으로 보기에 그는 참 평범했고, 깐깐한 예술가처럼 신경질적인 성미였으며, 참을성도 영 부족한 것 같았는데 나는 왠지 모르게 이끌렸다. 얼굴이며 목소리며 전혀 다르건만 그가 루아와 닮은 것 같다는 느낌을 지울 수가 없었다.

살아 있는 색을 덧입힌 것처럼 생생했던 들판이 수평선 너머까지 이어졌듯이, 그 자리를 대신한 시든 꽃밭도 끝이 없었다. 그을린 것 같은 잿빛 아래 검붉은색만이 전부였으니, 먼 곳을 내다보던 발두르가 얼굴을 찡그리는 이유를 알 만했다.

"붉은색도 금세 질리는구나."

그야 이렇게 잔뜩 써버리니까 그렇겠지. 무슨 정원을 이렇게 무식하게 크게 만든담. 그것도 한 가지 식물만 심어서. 나는 무심결에 비난하고 싶은 걸 꾹 참았다. 어차피 지나간 옛 시절일 뿐이니 제아무리 발두르라고 해도 내 말이 들릴 리 없었다.

그러나 이윽고 발두르가 정확히 내가 있는 쪽으로 고개를 돌렸다.

"푸른 것도 싫고 붉은 것도 싫다. 다음 색깔은 뭐가 좋겠느냐?"

나는 당황해서 주위를 둘러보았다. 하지만 펠레스는 온데간데없었다. 넓고 황량한 들판에 남아 있는 사람이라고는 오직 발두르뿐이었다. 과거의 그와, 그를 관람하고 있는 나밖에 존재하지 않았다.

발두르는……, 눈앞의 신은 정확히 나를 보고 있었다. 그 사실이 믿어지지 않았다.

"지금…… 저한테……."

나는 더듬더듬 말을 이었다. 어떻게 이럴 수가 있지? 나는 펠레스가 준 회중시계를 통해 과거를 엿보고 있는 관람객일 뿐이었다. 발두르는 나를 보지 못해야 정상이었다.

그런데…….

"대체 어떻게……?"

소스라치게 놀라 주춤거리자, 발두르가 실망한 기색으로 한숨을 쉬었다.

"되었다. 너도 그만 가라."

그 말에 즉시 어둠이 나를 집어삼켰다.

나는 다시 펠레스와 파우스트의 작은 오두막집이 자리 잡은 산
속에 있었다. 발두르의 기분을 맞춰주는 데 시간을 꽤나 허비했다
고 생각했는지 산을 오르는 펠레스의 걸음은 무척 빨랐다.

문 앞에 다다른 펠레스가 특유의 선율이 흐르는 듯한 미성으로
파우스트의 이름을 불렀다.

"요안나."

그토록 달콤한 울림이 또 없었다. 펠레스가 잔뜩 기대에 찬 눈을
하고 오두막집의 문을 열었다. 아직도 충격이 가시지 않았으므로
나는 한발 늦게 펠레스의 뒤를 따라 오두막집 안으로 들어갔다.

피. 바닥이 온통 피로 물들어 있었다.

펠레스가 얼굴을 굳혔다.

"요안나? 무슨 일이야?"

나는 펠레스의 등 뒤로 머리를 삐죽 내밀었다가 토할 것 같은 기
분에 사로잡혀 얼굴을 구겼다. 파우스트는 피로 범벅인 식칼을 들
고 있었고, 그의 발치엔 시체 한 구가 나뒹굴고 있었다. 어디서 본
얼굴이다 싶었는데, 곰곰이 되짚어보니 가장 앞장서서 파우스트
에게 돌을 던지던 마을 남자였다.

"보면 몰라? 내가 죽였어. 봐, 꼼짝도 안 하잖아."

나는 슬쩍 펠레스의 눈치를 살폈다. 파우스트는 시체를 발로 짓밟으며 증오의 말을 내뱉기 바빴다.

"이 자식은 죽어도 싸. 추악한 새끼. 버러지 같은 것. 마을에서부터 한참을 벗어나 왔는데 어떻게 여기까지 알고 찾아온 거지? 어떻게 또다시 내 삶을 부수려 들 수가 있어?"

"진정해, 요안나. 그는 더 이상 너를 해칠 수 없어."

머잖아 침착함을 되찾은 펠레스가 가만히 파우스트의 어깨를 감싸 안았다. 그제야 파우스트가 멈칫했다.

"그래, 그렇지."

비늘 같은 파우스트의 눈에 서서히 빛이 어렸다. 그가 번쩍 고개를 들었다.

"발두르 님을 만나고 온 거야? 그분이 뭐라셔? 나를 도와주겠대?"

펠레스가 뜸을 들였다. 뜻하지 않은 침묵이 길어지자 파우스트가 펠레스의 옷을 붙잡고 늘어졌다.

"빨리 뭐라고 말 좀 해봐!"

시체와 파우스트를 번갈아 보던 펠레스가 느릿하게 입을 열었다.

"발두르 님은…… 너를 교황으로 뽑고 싶다셔."

파우스트의 눈이 커졌다.

"아."

펠레스의 옷을 그러쥐었던 손이 스르륵 내려갔다. 파우스트의 얼굴에 서서히 화색이 돌았다.

그가 넘쳐흐르는 기쁨을 참지 못하고 요란하게 웃음을 터뜨렸다.

"그럼 그렇지. 그분은 나를 필요로 하실 줄 알았어. 세상에, 역시 난 발두르 님의 선택을 받았던 거야! 펠레스 네 말이 맞았어!"

산 속의 왕이 된 것처럼 파우스트가 기뻐 날뛰었다. 그가 극도로 강력한 행복에 도취되어 최면을 걸듯이 중얼거렸다.

"나는 특별한 사람이야. 나는 신의 사랑을 받고 있어."

"그렇게 기뻐?"

"당연하지! 결국 다른 사람들은 전부 틀렸던 거잖아. 내가 옳았어. 나는 저주받은 괴물이 아니라 신의 아이였던 거라고! 내가 남들과 달랐던 건 발두르 님을 부모로 뒀기 때문이었어! 그분의 사랑을 받았기 때문에 마을 사람들이 나를 질투했던 거야. 주제도 모르는 새끼들. 발두르 님이 선택한 사람은 처음부터 나였는데……."

나는 숨을 들이켜며 그 말을 들었다. 기쁨으로 시작됐던 대답이 어느 순간 환희와 오만으로 가득해지더니 결국 증오로 끝났다. 나는 조용히 그들로부터 멀어졌다. 등골을 타고 기어 올라오는 서늘한 비늘 같은 한기가 껄끄러웠다.

파우스트는 자신을 멸시했던 마을 사람들을 결코 용서하지 않았다. 그의 발밑에 있는 시체가 그 사실을 증명해주고 있었다. 하지만 파우스트는 시체 한 구로 만족하지 않을 것이다. 그는 더 이상 마을 사람들의 주장처럼 악마에 씐 괴물이 아니었으니까. 신의 거룩함을 입은 숭고한 사람이니 누구에게도 조롱받을 이유가 없었다. 앞으로는 물론이거니와, 전에 받았던 조롱 또한 인정할 생각이 없어 보였다.

파우스트가 발두르에게 원했던 것이 뭐였지? 하나는 성별을 갖는 것이었고, 하나는 자신을 아낌없이 사랑해줄 부유한 부모를 두는 것이었다.

그리고 마지막은…… 마을 사람들에게 '합당한' 형벌을 내리는 것.

잔뜩 열이 오른 얼굴을 한 파우스트는 여전히 아이 같았다. 순수한 만큼 맹목적이었다. 이제 파우스트의 세상은 발두르를 중심으로 돌아가고 있었다. 그러나 어차피 곧 무너질 세상이었다. 그 기반이 너무나 약했다.

펠레스는 차마 진실을 전하지 못하고 파우스트를 따라 미소 지었다.

파우스트가 상기된 얼굴로 미래를 꿈꾸었다.

"내가 교황이 된다 이거지……."

곧 파우스트가 증오와 욕망으로 비틀린 미소를 입에 올렸다.

"이제 그들을 심판할 수 있겠어."

장면은 또다시 바뀌어서, 교황의 자리에 오른 파우스트에게 나를 데려갔다. 나는 복잡한 심정으로 성전 구석에 몸을 웅크리고 앉아 있었다. 이제 마을에서 학대당하던 어린아이는 요한 블라디미르 파우스트라는 새 이름을 받고 모든 사람의 동경을 샀다.

교황이 되고 난 후 파우스트가 가장 처음으로 한 일은, 변방에 있는 작은 시골 마을을 통째로 매장한 것이었다. 그는 이름도 없는 그 작은 마을이 워낙 폐쇄적이었던 탓에 그동안 발각되지 않았던 것이라 주장하며, 그들이 악마를 섬기고 있었노라 공표했다. 아주 그럴듯한 증거까지 제시했으므로 특별히 의구심을 품는 이들은 없었다.

파우스트가 사도들을 데리고 자신의 옛 고향을 찾아갔을 때, 마을 사람들이 파우스트를 알아보고 저주의 말을 일삼았으나 그건 도리어 파우스트를 돕는 꼴이나 마찬가지였다. 교황이 모욕당했다는 데 분노한 사도들은 자처해서 마을 사람들을 처벌했다. 파우스트는 사도들에게 고전적인 정화 의식을 제안했고, 사도들은 산 채로 마을 사람들의 가죽을 벗겨 소금을 뿌렸다. 그 장면을 건너뛰어서 천만다행이었다. 고맙게도 회중시계에 담긴 마력은 내가 꼭 봐야 할 것들만 보여주고 있었다.

어둠이 나를 집어삼켰다 뱉어내는 짧은 순간에, 흐릿한 잔상처럼 스쳐 지나가는 조각난 기억의 편린들이 있었다. 펠레스는 파우스트에게 젊음의 약을 주어 그의 육체를 죽지도, 늙지도 않는 불사의 몸으로 만들었다. 그러나 그 행동은 발두르의 충고를 무시한 것으로, 발두르는 당연히 분노했다. 펠레스와 다시 한 번 만났을 때 발두르는 커다란 섬 하나를 불모지로 만들었다.

파우스트는 썩 훌륭한 교황이 아니었다. 그는 폭력적이었고, 비정했으며, 자신을 무시하는 자는 결코 용서하지 않았다. 하늘 높은 줄 모르고 오만을 키워나갔다. 그래도 아이들에겐 비교적 상냥했는데, 특히 그레첸이라는 작은 소녀가 파우스트를 유독 따랐다.

마르가레테 그렌트헨. 파우스트는 그 아이를 그레첸이라고 불렀다.

"선생님! 제가 꽃을 따 왔어요."

어린 그렌트헨이 활짝 웃으며 파우스트에게 치마폭에 담아 온 꽃들을 보여주었다. 파우스트를 따라온 젊은 사제가 그런 그렌트헨을 작게 나무랐다.

"애야, 성하를 그렇게 부르면 안 된단다."

"하지만 저한테 유익한 것을 아주 많이 알려주시는걸요! 선생님은 선생님이에요. 저는 선생님이 세상에서 제일 좋아요."

그렌트헨이 눈을 동그랗게 뜨자, 파우스트가 웃으며 손짓했다.

"이리 오렴, 그레첸. 어제 배웠던 것을 아직 기억하고 있는지 시험해봐야겠어."

파우스트 역시 자신을 맹목적으로 따르는 그렌트헨이 싫지 않은 모양이었다. 그는 펠레스가 자신을 아끼듯이 그렌트헨을 아꼈다. 공부를 가르치고, 신의 존재를 알렸으며, 세상의 풍경을 보여주었다. 그렌트헨에게 있어 파우스트는 또 다른 부모나 다름없었다. 그는 펠레스가 베푼 것을 그렌트헨에게 고스란히 물려주고 있었다. 그리고 그건 그에게 어떤 충족감을 가져다주었다. 이제 파우스트는 누군가를 의지하기보단 의지받고 싶어 했다. 더욱더 큰 존재가 되길 바랐으며, 자신에게 너무나 헌신적인 펠레스에겐 슬슬 싫증을 느꼈다.

"펠레스, 넌 내가 원하는 건 무엇이든 들어줄 수 있지?"

숱한 나날의 어느 순간, 교황의 의자에 앉은 파우스트가 거만하게 턱을 괴며 메피스토펠레스에게 질문했다. 펠레스는 여전히 다정한 얼굴로, 무한한 호의가 묻어나오는 눈으로 그런 파우스트를 주시했다.

"뭘 원해?"

"발두르 님을 직접 뵙고 싶어."

펠레스의 시선이 불안하게 흔들렸다.

"그건……."

"설마 안 된다고 말하려는 건 아니겠지. 메피스토펠레스, 나는 계속 참았어. 더는 못 기다려."

완고한 시선에 펠레스가 한숨을 내쉬었다. 어차피 그 또한 이런 날이 오리라 수도 없이 짐작했을 거였다. 발두르를 향한 파우스트의 집착은 날이 갈수록 커지고 있었다.

"알았어. 하지만…… 시간이 좀 걸릴지도 몰라. 내가 없어도 괜찮겠어?"

"난 더 이상 애가 아니야, 메피스토펠레스. 얼른 다녀와."

파우스트가 질린 기색이 역력한 얼굴로 거만하게 명령했다. 그는 배부른 주인이었고, 펠레스는 파우스트가 원하는 거라면 뭐든 들어주지 못해서 안달이었다.

속을 옭아매는 침묵이 거북했다. 펠레스가 무슨 말을 하려고 입을 열었으나, 파우스트는 그를 더 쳐다보지도 않고 머리를 돌렸다.

결국 펠레스는 제대로 된 인사 한번 남기지 않고 돌아섰다.

나는 성좌에 앉은 파우스트에게 천천히 다가갔다.

등 뒤에서 문이 닫혔고, 그 순간 모든 게 일그러졌다.

나는 다시금 잔혹한 어둠에 삼켜지리라 짐작했지만, 이번에 나를 잡아먹은 건 부드러운 검은 베일이 아닌 새하얗게 휘도는 바람이었다. 희디흰 천에 감염된 바람이 망막에 박힐 정도로 선연했다.

아주 긴 천이 보였다.

흰 불에 그슬린 것처럼, 마치 너무나 차가운 눈에 불이 붙어 타오르듯이 바람에 날리는…….

"네가 뭐라도 되는 줄 아나 본데."

너무 놀라서 하마터면 비명을 지를 뻔했다. 그리고 그건 파우스트도 마찬가지였다.

"누구……?"

바스락바스락, 시든 꽃이 짓밟히는 소리가 났다. 하염없이 길게 끌리는 천 옷을 입은 발두르가 찢어진 허공에서 맨발로 걸어 나왔다. 예의 따위를 중시하는 걸음걸이가 아니었다. 그저 앞으로만 무분별하게 휘둘러대는 도끼처럼, 불로 지지며 일직선으로 뻗어

나가는 맹렬한 분노와 같았다.

터무니없이 위압적인 기세였다.

비명 같은 바람에 창문이 덜덜 떨렸다. 그가 파우스트를 향해 경멸을 내비쳤다.

"남한테 기생하는 것밖에 모르는 주제에 과한 것을 바라다니 한심하기 이를 데 없다. 그래, 말이 나온 김에 물어나 보자. 메피스토펠레스의 성력은 무슨 맛이더냐? 그놈의 목숨 줄을 갉아먹고 크니 그리도 기분 좋던가?"

죽일 듯한 혐오였다. 발두르가 비딱하게 고개를 꺾었다.

"나는 너에게 교황의 자리를 허락했으나 성력을 준 적은 없다. 지금 너를 그 자리에 머물게 해주는 것은 순전히 메피스토펠레스의 능력이야. 그는 나한테 받은 수명을 깎아서 너를 진짜 교황으로 만들었다. 내 너를 이름뿐인 교황으로 만들어 조롱하고자 했건만."

그는 불이었다. 인간의 조잡한 몸에 무리해서 송두리째 우겨넣은 재앙이었다. 교만한 죽음의 왕이자 흙탕물에 발을 디딘 영광이기도 했다. 그러나 어찌할 바 없이 지독한 독이라. 구기고, 으깨고, 뭉개서 겨우 담은 것이 한계치에 달해 조금씩 밖으로 스며 나오고 있었다.

수많은 신화와 전설에서 발두르는 항상 세계를 멸망시켰다.

"……발두르 님?"

파우스트가 믿어지지 않는다는 눈으로 신을 우러렀다. 그 격양에 발두르는 냉소로 답했다.

"네놈이 그리 쉽게 내 이름을 부르는 걸 보면 메피스토펠레스의 헛소리가 마음에 들긴 했나 보구나. 그런데 이걸 어쩌지? 나는 너 같은 놈을 끔찍이도 싫어해서 말이다. 구질구질하고, 역겹고, 더럽고, 추악하고, 제멋대로에 욕심은 또 어찌나 많은지."

사방에서 매캐한 연기가 피어올랐다. 지옥에서 기어 올라온 화마가 교황의 방을 불태웠다. 그러나 고작 그 정도로 끝날 분노가 아니었다.

고작 그 정도로.

"감히 메피스토펠레스를 타락시켜?"

귀가 쨍했다. 수백만 개의 손톱으로 유리를 긁는 것 같은 고통이었다. 발아래의 눈 먼 그림자들이 흰 불에 먹히며 비명을 질렀다. 파우스트는 분노하지도, 겁에 질리지도, 혹은 반문하지도 못하고 발두르를 응시했다. 그가 처음으로 마주한 신은, 줄곧 부모라고 여겼던 눈앞의 남자는 그를 경멸하고 있었다. 뼛속까지 징그럽고 치졸하고 불결해서 토할 것처럼 구역질이 난다는 얼굴이었다. 그동안 발두르가 준 줄로 알았던 모든 것이 파우스트가 보는 앞에서 모래처럼 바스라졌다.

발두르가 한 손으로 파우스트의 목을 졸랐다. 그의 귀에 입술을 대고, 나른하게 눈을 내리떴다.

"내가 지금 너를 죽이지 않는다는 이유로 자만하지 마라. 그의 목을 조를 수 있는 것도, 생명을 주는 것도 오직 나뿐인 것을 잊지도 마라. 그리고 네 어리석음을 탓하며 메피스토펠레스를 원망해. 너는 태어나길 괴물이라 구걸하고 동정받는 것을 당연하게 여기는 모양인데 그거 상당히 민폐란다. 정말 거슬려. 혼자서는 먹이를 주워 먹지도 못하는 미물한테 필연이라니 가당치도 않다."

하얗게 이글거리는 발두르의 그늘이 파우스트를 꿀꺽 삼켰다. 파우스트는 머리를 숙인 채 덜덜 떨고 있었다. 그 모양이 같잖았는지 기어이 발두르가 난잡하게 웃음을 터뜨렸다. 차디찬 경멸이 깃든 눈은 그대로인데 입술만 비틀렸다.

시린 빛 덩이 같던 하얀 불이 사그라들었다. 발두르가 파우스트의 턱을 잡아 올렸다.

발두르는 모든 걸 알고 있으면서도 파우스트를 기만했다.

"속이게 만든 것도 네 죄고 속은 것도 네 죄다. 신의 사자라고 마냥 순수할 줄 알았느냐? 거짓은 추호도 몰라서 뱉는 말마다 그저 진리인 줄 알았더냐? 그렇다면 이제 깨달아라. 너는 그에게 속은 거다. 나는 단 한순간도 너를 아껴본 적이 없다. 애초에 너 같은 인간이 살아 있는 줄도 몰랐다."

그 음울한 음성이 진흙처럼 귀에 엉겨 붙었다. 발두르는 파우스트의 영혼이 썩어 문드러질 때까지 조롱을 멈추지 않았다.

"그래도 걱정 마렴. 나도 체면이 있지, 한 번 내뱉은 말을 번복할 생각은 없다. 내 너를 교황으로 설치게 둘 테니 어디 마음대로 해보아라. 나도 메피스토펠레스를 강제로 끌고 올 생각은 없거든. 솔직히 지금 심정 같아선 그를 죽여버리고 싶다. 내가 얼마나 불

완전하고 불결한 것을 혐오하는지 뻔히 알면서 너 같은 놈의 종이 될 줄은 정말이지 짐작도 못 했어. 너무나 화가 나. 이토록 격렬하고, 이토록 증오스러운 기분을 마지막으로 느꼈던 적이 언제인지 기억도 안 난다.”

속절없이 쓸려오는 재난이 눈앞에 있었다.

나는 발두르의 감정을 파악하길 포기했다. 분명 목소리 톤은 나긋하고 부드러운데 내뱉는 단어들이라곤 하나같이 직설적이고 괴팍하기 이를 데 없었다. 그의 긴 손가락이 파우스트의 턱에서 벗어나와 멱살을 틀어쥐었다.

“……당신.”

마침내 파우스트가 입을 열었다. 그러나 발두르는 그마저 비웃었다. 빙글빙글 웃는 낯으로 파우스트를 실컷 멸시했다.

“그래서 넌 계집이냐, 사내냐? 어디 한번 벗겨서 확인해보고 싶구나. 내 제법 오래 살아왔다고 자부하는데 너같이 해괴한 것은 또 처음 본다.”

그건 명백한 악의였다. 그러나 실천할 생각은 없는 듯, 더러운 물건에 닿기라도 한 것처럼 파우스트를 놓고 손을 옷에 문질렀다. 발두르는 이미 파우스트에게 질린 기색이었다.

어쨌든 결국 발두르는 그를 잿더미보다 못한 것으로 만들어놓은 뒤에야 만족스럽게 사라졌다.

발두르를 만난 뒤로 파우스트는 변해갔다. 제 세상을 받치던 근

간이 무너졌으니 속이 문드러지다 종국에는 미쳐버린 것도 무리
는 아니었다. 발두르는 자비로운 신이 아니었으며, 연민이나 동
정심 같은 것은 있지도 않았다. 하물며 제가 그토록 아낀다고 말
했던 펠레스조차 오염됐기에 더는 받아들일 생각이 없는 듯했다.
그럼에도 파우스트는 메피스토펠레스를 저주했고, 다른 모든 사
람을 증오했다. 다시 예전의 학대당하던 아이가 되어 눈에 보이는
어느 것 하나도 본연 그대로 받아들이질 않았다.

　파우스트는 인신공양을 빌미로 수백에 이르는 사람들을 학살했
고, 어떤 때는 그 단위가 마을을 넘어섰다. 하지만 파우스트가 가
진 성력이 이전의 교황들을 전부 압도하고도 남아 반발하는 이가
없었다. 물론, 당연히 그 고결한 능력은 발두르의 힘이 아닌 메피
스토펠레스의 것이었다. 발두르는 파우스트를 멈추지도, 펠레스
를 용서하지도 않았다.

　한편 그렌트헨은 아름다운 숙녀로 자라나고 있었다. 더는 소녀
라는 표현이 어울리지 않는 우아한 여성이었다. 목련 같은 청초함
에 버드나무만큼 나긋했다. 그렌트헨은 수많은 청혼을 받았는데,
구혼자 중엔 돌아가신 선황제 폐하도 계셨다. 그러나 그렌트헨의
마음속엔 오직 파우스트만이 자리하고 있었으므로, 그녀는 차라
리 수녀가 되고자 했다.

　창백한 달이 저물던 밤, 그렌트헨은 파우스트에게 제 마음을 수
줍게 고백했지만, 이미 절망에 빠진 파우스트는 그녀의 고백을 또
다른 조롱으로 받아들였다.

"저는 누구와도 결혼하고 싶지 않아요. 선생님이 아니면……."

"내가 아니면?"

창문도 하나 없는 밀실에서 파우스트는 손가락을 까딱이며 비틀린 미소를 지었다. 어떻게 봐도 멸시였으나 그에게 푹 빠진 그렌트헨에겐 그저 눈부시기만 한 듯했다. 그녀는 파우스트의 부드러운 목소리와 신비할 만큼 아름다운 모습에 반해 너무나 쉽게 경계를 풀었다. 나는 그런 그렌트헨을 못마땅하게 보다가 마지못해 주위를 두리번거렸다. 나는 펠레스의 기억 속에 들어온 것이었으므로 당연히 그가 근처에 있을 줄 알았지만, 그는 어디에도 없었다. 이건 파우스트의 기억이었다.

"저 사실 알고 있어요. 선생님이 남들과 다르다는 것을요."

팽팽한 긴장감이 그물처럼 조여들었다. 그녀는 그 말을 하지 말았어야 했다.

"어떻게 알았지?"

파우스트의 얼굴이 곧장 일그러졌다. 그렌트헨이 놀란 듯 토끼 눈을 뜨자, 파우스트가 책상을 발로 차 넘어뜨리고 일어나 그렌트헨의 옷을 틀어쥐었다.

"어떻게 알았냐고 묻잖아!"

"예, 예전에 선생님을 깜짝 놀래드리려고 밀실에 몰래 숨어들었을 때…… 잠깐 졸았다가 나갈 타이밍을 놓쳐서 그만 선생님이 예복을 갈아입는 장면을 보고 말았어요……. 정말 죄, 죄송해요! 하…… 하지만 아무한테도 말하지 않았어요. 사실 처음엔 혼란스러웠지만, 그래도 전 선생님을 사랑하고 있는걸요? 저는…… 선생님을 이해하고 싶어요. 우리가 더 가까워졌으면 좋겠어요."

그렌트헨이 울먹이면서도 더듬더듬 감정에 호소하자, 파우스트가 헛웃음을 흘렸다. 그가 비스듬히 머리를 기울이며 바들바들 떠는 여인을 우습다는 듯이 응시했다.

"그래? 나를 사랑한다고?"

그렌트헨은 고개를 끄덕였다.

"저는 수녀의 길을 택하려고 이미 결심을……, 꺄악!"

그녀의 눈물 젖은 진심은 파우스트에게 아무런 영향도 주지 못했다. 파우스트는 그녀를 벽에 몰아붙이고, 머리채를 잡아 자신을 똑바로 볼 수밖에 없도록 고개를 강제로 고정했다. 그러고는 낄낄거리며 웃었다.

"소리 지르면 안 되지. 너 나 사랑한다며? 그럼 내가 귀한 시간을 들여서 상대해주는 것만으로도 감사하게 여겨야지. 응? 좀 감읍하게 여겨봐."

"서, 선생님……."

"왜? 싫어? 이래서 입만 산 새끼들은 믿으면 손해라니까. 짐승은 거둬서 키워도 결국 짐승이라 이건가? 수녀는 무슨, 다 지랄 같은 소리지. 너 사실 이미 딴 놈이랑 붙어먹을 대로 붙어먹고 이제 와서 핑계 대는 거 아니야? 엄한 데 가서 처녀성 잃어놓고 내 탓하면 큰일 나. 아, 그래, 넌 이미 다 안다고 했으니 굳이 숨길 것도 없겠네. 어차피 난 박지도 못하는 놈이라 너한테 아무 짓도 못 하거든? 사실 나도 내가 년인지, 놈인지 모르겠어서 뭐라 더 말하기가 면구하네."

겁에 질린 그렌트헨이 눈물을 흘렸으나, 파우스트는 그것조차 우스운 모양이었다.

그가 더욱더 악랄하게, 그러나 한없이 부드러운 어조로 덧붙였다.

"어쨌든 고백을 받았더니 나도 널 보내기가 아까워지려고 해. 그래서 말인데, 그렇게 결혼하기 싫으면 내가 새신랑 앞에서 네 처녀성을 부정해줄까? 사람 마음 변하는 거 다 한순간인데 뭣 하러 수녀로 살아? 나중에 필히 후회하게. 아예 임신하지 못하는 몸으로 만들어줄 수도 있어. 남편 재산만 받고 나한테 올래? 응? 내가 교황이라 혼인은 못 하는데 특별 대접은 할게."

끝으로 갈수록 낮아지는 음성이 소름 끼쳤다. 그가 음험하게 중얼거렸다.

"빨리 하나 골라봐. 마르가레테 그렌트헨, 입을 벌렸으면 책임을 지라고 누누이 가르치지 않나?"

"선생님……, 저 무서워요……."

고통스러운 신음을 참느라 그렌트헨이 흐느끼며 입술을 깨물었다. 그녀는 자신이 무슨 잘못을 저질렀는지, 그런 게 있기는 한지도 몰랐다.

파우스트가 위협적으로 고개를 숙였다. 그가 그녀와 친히 눈높이를 맞추면서, 그녀의 머리채를 붙잡은 손에 서서히 힘을 실었다. 그러나 그렌트헨은 반항할 생각도 않고 무력하게 서 있었다. 파우스트가 자신을 용서해주기만 기다리고 있었다.

그 점이 도리어 파우스트의 화를 부채질했다.

"자꾸 김새게 할 거야? 내 대답을 듣고 싶으면 너도 성의를 보여야지. 사실 내가 취향이 좀 특이해서 망가진 여자를 좋아하거든? 원래 사랑은 동등한 입장에서 해야지, 한쪽이 더 높으면 동정하는 거 같단 말이야."

그렌트헨이 숨을 삼켰다. 그녀는 떨면서도 눈물 가득한 눈에 파우스트를 새겨 넣었다.

"제, 제가 어떻게 하면 되는데요?"

갑자기 파우스트의 얼굴이 굳었다. 그는 그렌트헨이 자신을 경멸하리라 예상했으나, 그러기를 진심으로 바랐으나 그녀는 여전히 그를 향한 마음을 간직하고 있었다.

파우스트가 그렌트헨을 놓아주었다. 뿌리치듯이 거부했다.

"나가. 다시는 찾아오지 마."

그러나 그렌트헨은 나가지 않았다.

"어째서 그런 짓을 했어? 그레첸은 착한 아이야. 너는 그 애의 삶을 망가뜨릴 권리가 없어."

메피스토펠레스의 성난 질책이 나를 일깨웠다. 나는 교황의 집무실에 와 있었다.

파우스트는 건들거리며 펠레스를 노려보고 있었다.

"그러는 넌 나를 속일 권리가 있고?"

"요안나."

파우스트가 어깨를 으쓱였다.

"별다른 짓은 하지도 않았어. 자기도 나처럼 망가지고 싶다길래 임신할 수 없는 몸으로 만들어줬을 뿐이야."

나는 슬슬 회의감을 느끼기 시작했다. 나는 파우스트를 동정하고 싶지 않았다. 하지만 내가 그와 같은 상황에 처했을 때 이처럼 주위의 모든 사람을 망가뜨리지 않으리란 보장이 없었다. 내가 지금까지 버티고 있을 수 있는 이유는 순전히 루아 덕분이었다.

충격받은 펠레스가 입을 다물자 파우스트는 지루하다는 듯이 한숨을 쉬었다.

"어디 갔다 온 거지?"

나는 펠레스가 대답하지 않을 줄 알았다. 펠레스라면 그렌트헨의 문제를 더 추궁하리라 믿어 의심치 않았으나, 그는 얼굴을 굳힌 채 순순히 털어놓았다.

"미가엘이 찾아왔었어. 문제가…… 좀 생겨서."

"나한테 힘을 다 줘서 죽게 생긴 것 말고 너한테 또 다른 문제가 있나?"

빈정거림 가득한 반문에 펠레스가 피곤한 얼굴로 말했다.

"발두르 님이 사라졌어."

"……뭐?"

나 역시 눈을 휘둥그레 떴다. 이 기억의 끝이 다가오고 있었다.

"발두르 님의 힘으로 생명을 얻는 건 예전의 나뿐만이 아니야. 다른 신의 사자들 또한 그렇지. 만약 발두르 님이 이대로 돌아오지 않는다면 우리는 전부 죽을 거야. 그만큼 상황이 좋지 않아. 발두르 님은 단단히 화가 나셨고…… 그건 전부 나 때문이니까. 아무래도 당분간 자리를 비워야 할 것 같아."

그 말이 뭔가 이상했다. 예전의 나라니? 지금의 펠레스는 아니라는 건가?

"동료들의 무덤이라도 만들어줄 셈이야?"

"그들을 성력이 깃든 신의 보물에 봉인할 거야. 시간을 벌 수 있는 방법은 이것밖에 없어."

펠레스가 담담하게 말하자, 파우스트가 얼굴을 찡그렸다.

"그럼 너도?"

"아니. 불행히도 난 이미 신의 사자 자격을 박탈당했거든."

나는 파우스트처럼 펠레스를 뚫어져라 쳐다보았다. 그의 말에는 어떤 후회나 원망도 없었다.

"괜찮아. 금방 돌아올게, 요안나."

그가 파우스트의 이마에 입을 맞추고 사라졌다.

봉인 작업은 신속하게 이루어졌다. 펠레스는 자신의 남은 힘을 긁어모아 성난 이지스와 프라가라흐를 봉인했고, 미가엘은 형태도 없는 단순한 빛 덩이였던 브리싱가멘을 직접 성물에 가두었다. 그는 펠레스가 만류할 만큼 자신의 성력 대부분을 브리싱가멘에게 불어넣었다. 순전히 그녀가 태어나길 바라서였다. 브리싱가멘을 어루만지는 손길이 미가엘답지 않게 퍽 조심스러워서 나는 조금 신기했다. 미가엘은 브리싱가멘을 발두르가 남긴 유산이라고 생각하는 듯했다. 그 역시 발두르가 다시 돌아오지 않으리라고 예감했다.

그동안 발두르는 한 번도 자신의 사자들을 두고 떠난 적이 없었다. 발두르는 그들 모두를 죽일 생각이었다. 그것이 펠레스에게 내리는 벌이자 재앙이었다.

새싹처럼 연한 빛에 불과한 브리싱가멘을 지켜보고 있었는데 어느 순간부터 내 주위로 새까만 물이 차오르기 시작했다. 천장이 사라지고 바닥이 무너졌다. 나는 무거운 추가 되어 심연까지 끌려들어갔다. 검은 물이 파도를 일으키며 눈앞에서 춤추고 있었다. 나는 내 숨결을 잃어버렸고, 붙잡을 손을 빼앗겼다. 나는 자궁 속의 태아처럼 무력하게 몸을 웅크린 채 과거의 편린들을 스쳐 지나갈 뿐이었다.

사람은 선하기만 하지 않고, 악하기만 하지도 않다. 나에겐 찢어 죽여도 시원치 않을 놈이 다른 사람에겐 마치 성자와 같을 수도 있었다. 아, 그래서 더 문제가 되는 것이었다. 나와 루아를 망가뜨린 파우스트도 다른 사람들에겐 선량한 교황일 때가 있었다. 그는 그렌트헨에게 자신으로부터 도망칠 기회를 주었고, 펠레스의 죽음을 허락하지도 않았다. 수많은 사람을 죽인 만큼 수많은 사람을 구했으며, 끝없이 발두르를 증오했다. 그러나 참으로 처절한 원망이었다.

파우스트는 결국 처음으로 마음을 연 메피스토펠레스에게조차 속은 꼴이었다. 그 의도가 어찌 됐건 속였다는 사실은 변하지 않았다. 하지만 파우스트는 그를 놓을 수도 없는 기구한 운명이었다. 파우스트에겐 붙잡을 것이 메피스토펠레스밖에 없었다. 그를 원망하고, 조롱하고, 미워하면서도 돌아갈 곳이라고는 그의 곁뿐이라는 걸 본인도 잘 알았다.

내가 마지막으로 본 과거의 기억에서 파우스트는 결국 펠레스와 계약을 맺었다. 펠레스는 자신의 남은 모든 성력을 파우스트에게 주고 타락한 악마가 되었다.

파우스트가 계약의 조건으로 내걸었던 것은 단 하나였다. 자신의 종이 되란 것도 아니었고, 발두르를 찾으란 것도 아니었다.

파우스트는 펠레스가 죽지 않기를 바랐다. 영원히 자신을 돌봐주길 원했던 거다.

길을 잃은 나에게 더는 아무것도 보이지 않았다. 나는 상당히 지쳐 있었다. 내가 어째서 이곳에 와 있는지, 무슨 목적을 갖고 있었는지도 기억할 수 없었다. 이제 나를 조종하던 실은 끊어졌다. 나는 주인의 손을 떠난 꼭두각시 인형이었으며, 목적지를 잃고 표류하는 한 척의 조각배였다.

범람하는 물이 양수처럼 포근했다. 나는 점점 더 좋은 곳으로 가고 있었다. 아무도 나를 찾을 수 없는 어떤 비밀스러운 공간으로.

나는 가라앉았고, 가라앉았고, 더할 수 없이 밑으로 추락했다.

부드러운 베일에 감싸이는 것 같은 몽롱한 기분이 들었다.

그때 누군가가 나를 찾았다. 내 손을 잡는 손이 있었고, 내 이름을 부르는 목소리가 있었다.

"봐라."

아, 이 목소리.

눈에 돌이 얹힌 것 같았다. 손가락 하나 내 뜻대로 움직일 수 없었는데, 다시 수면 아래로 흡수되기 전에 그가 나를 끌어 올렸다.

"네가 가장 궁금해하던 비밀이 바로 이것이 아니더냐?"

나는 천천히 눈꺼풀을 들었다.

심히 당혹스러웠다.

"……발두르 님?"

그가 내 손을 잡고 있었다. 나는 어떻게 이런 일이 가능한 건지 짐작할 수도 없었다.

성의 없이 나를 훑어본 발두르가 다시 무료하게 어느 한 곳으로 시선을 돌렸다. 감람석 가루를 떠올린 듯 반짝이는 서늘한 새벽바람이 나를 에워쌌다. 내 머리카락을 흐트러뜨리는 남색의 하늘이 머리 위에서 쏟아질 것처럼 생생했다. 정말로 뚜렷하고 현실감 있어서, 단순히 과거의 기억을 들여다보는 것이 아니라 과거 그 자체로 돌아온 것만 같은 기분이었다.

이곳은 또 하나의 세계였다. 그렇지 않고서야 이렇게 입체적일 리 없었다.

"이제 내 권능이 그녀에게 잉태될 거다. 나는 그녀에게 선택권을 줄 거야. 저것이 어떻게 자랄지는 그녀에게 달렸지."

미친 듯이 눈을 깜박이던 것도 잠시, 나는 발두르를 따라 뻣뻣하게 턱을 들었다. 발두르가 보고 있는 사람은 어느덧 성숙한 여인의 나이에 접어든 그렌트헨이었다. 아무도 없는 새벽의 성전에서 그녀는 발두르에게 기도를 올리고 있었다.

그녀는 파우스트가 아닌 선황제 폐하와 혼인했고, 황후의 자리까지 올랐지만 여전히 불행했다. 그녀의 손을 잡아주는 이가 없었다.

나는 아직 숭고한 빛에 젖어 있는 그렌트헨의 눈을 불편하게 외면했다.

이제 발두르는 아이를 갖고 싶다는 그녀의 소원을 들어줄 것이다. 발두르는 결국 다시 이곳으로 돌아왔다. 펠레스와 파우스트가 이곳에 있으니 돌아올 수밖에 없었다.

이 사실을 파우스트가 아는 순간, 그렌트헨은 그에 의해 완전히 변해버린다.

내가 할 수 있는 건 아무것도 없었다.

"그만 네가 있어야 할 곳으로 돌아가라."

발두르가 무미건조하게 말했다. 나는 가까스로 입을 열었다.

"그럼 당신은요? 당신은 앞으로 어떻게 돼요? 애초에 당신의 본질은 무엇이죠?"

나는 무척이나 혼란스러웠다. 이 남자를 좀처럼 파악할 수가 없으니. 어둠 속에서 나를 끌어올린 손을 아직도 잡고 있다는 것 또한 내 당혹스러움을 배가시키는 하나의 요소였다. 발두르는 아직 내 손을 놓지 않고 있었다.

"나는 신일 수도 있고, 악마일 수도 있다. 때로는 완전히 다른 것이 될 수도 있지. 그것은 오로지 내 의지에 달려 있다."

발두르는 아카시아 제국과 벨모트 왕국에서는 신으로 추앙받지만, 다른 곳에선 악마나 다름없는 취급을 받았다.

입안이 간질거려서 나는 참지 못하고 또다시 질문했다.

"당신은 이제 '죽는' 건가요?"

아무리 발두르가 나와 이렇게 얘기를 나눈다고 해도 그는 절대 현재의 그가 아니었다. 루아의 동화책에서도, 펠레스와 미가엘의 말 속에서도 그는 죽은 존재였다. 속속들이 파헤쳐지는 비밀 안에서도 그의 죽음은 불변처럼 자리 잡고 있었다.

나는 무심결에 발두르의 손을 세게 잡았다. 그가 피식 웃었다.

"흠. 그런가. 너에게는 살짝 말해둘까? 너도 네 전생의 비밀을 털어놓았으니 괜찮을지도."

펠레스나 파우스트를 대할 때와는 달리 참 인애한 미소였다. 나는 그것에 안도하면서도 어느 때보다 강한 충격을 받았다.

"그, 그걸 어떻게……. 전 지금 메피스토펠레스의 마법 속에 들어와 있는 거 아니었나요? 당신은 분명 과거의 인물일 텐데……."

"네가 어떤 경위로 이곳에 흘러들어왔는지는 알고 있다. 그 시계는 오래전 내가 메피스토펠레스에게 주었던 것이야. 그만큼 강력하고 대단한 물건이지. 그놈이 흘러갈 수밖에 없는 자연적인 순리에 미련을 두기에 기꺼이 선물했다. 과거를 되돌아보되, 거기에 사로잡히지 말고 벗어나라 말이야. 그는 늘 자유를 원했지만, 슬픔에 빠져 있었다. 저무는 꽃에 눈물을 흘리며 자신이 떠나보내는 모든 것을 그리워했다. 그러니 인간 따위에게 젊음의 물약을 주는 실수를 저질렀지."

나는 발두르에게서 시선을 떼지 못했다. 신을 향한 우러름 때문이 아니라는 게 문제였다. 자꾸만 그에게서 루아의 모습이 보이는 바람에 원치 않는 미약한 두근거림이 있었다.

"때론 진절머리 나게 한심했어도 나는 그런 그를 좋아했다. 그러나 결코 증오하고 싶진 않았어. 그를 죽이는 나 자신보다 그를 증오하는 나 자신이 싫었다. 이 마음이 변절하기를 원치 않았단다. 그렇기에 끊어내기로 결정한 거다."

실로 자기중심적인 사고였으나 이제 와서 비난한들 달라지는 것이 있기는 한가 싶었다. 아니, 오히려 과거가 바뀌면 루아가 태어나지 못하게 되니 나로서는 사절해야 마땅했다.

내가 얼굴을 찡그리다 말자 발두르가 희미하게 미소를 지었다.

"나는 참으로 오래 살았다. 새로 태어나지 않으면 안 되었어. 하지만 펠레스가 나를 잊기를 원하지도 않았다."

"새로 태어난다……."

천천히 그 말을 곱씹던 나는 불현듯 어떤 가정을 떠올렸다. 설마 싶었지만 한 번쯤 생각해봤던 가정이었고, 터무니없는 일이라 코웃음만 치고 말았던 찰나의 상상이었다.

그러나 얼어붙은 나를 발두르는 도리어 이상하다는 듯 쳐다보았다.

"이미 너도, 펠레스도, '그' 또한 눈치 채질 않았더냐? 다만 널리 알릴 필요성이 없으니 굳이 입 밖으로 시인하지 않았을 뿐이다. 그래. 그편이 좋아. 하지만 막상 떠나고 나니 조금 걱정이구나. 새로 태어난 나는 펠레스의 인정에 기대어 내 아이들을 너무 학대하는 것 같지 않더냐?"

도대체 내가 언제 발두르의 손을 뿌리쳤는지 모를 일이었다. 정신을 차리고 보니 나는 어느샌가 발두르로부터 멀찍이 도망쳐 있었다.

발두르가 말하는 '그'는 루아를 가리키는 게 분명했다.

"그, 그, 그렇게 말씀하셔도……."

새어나가는 목소리가 부들부들 떨렸다. 혹시나 했던 가정이 사실로 드러났을 때의 충격은 실로 엄청났다. 그것이 너무나 허황됐기에 더욱 큰 충격이었다.

발두르는 제 의지에 따라 신일 수도 있고 악마일 수도 있다. 루아 또한 그러했다. 루아는 죽어가는 신의 사자들을 살릴 수 있다고 자신했다.

나는 극심한 공황에 빠져 뒷걸음질을 쳤다.

"당신은 그럼 루아의 전생이 되는 건가요?"

"그럼 너는 내 미래의 반려가 되는 건가?"

나는 비명을 질렀다.

"어째서 그렌트헨에게 모든 걸 맡겼어요?"

"내가 어떤 대답을 해도 너는 받아들이지 못할 거다. 나 또한 너를 이해시킬 생각이 없는 바. 더군다나 어차피 이제 나는 한낱 과거의 허상이 아니더냐? 또한 내가 그리하지 않았으면 네가 그의 반려가 되는 일도 없었을 텐데. 오히려 너는 나에게 고마워해야 해."

반박하기 힘든 말이라 입술을 삐죽이지 않을 수 없었다.

"그건 그렇지만…… 그래도 루아의 불행 같은 건 하나도 고맙지 않아요."

나는 성전의 견고한 기둥에 숨어서 발두르를 지그시 노려보았다. 얼굴이 화끈거렸다. 심장이 튀어나오지 않는 것만도 기적이었다. 그는 신으로 추앙받음에도 불구하고 대단히 평범한 외양이었고, 옷차림 또한 긴 천 옷을 적당히 걸친 것이라 유별난 데가 없었다. 그러나 그가 루아의 전생이라고 생각하자 갑자기 확 달리 보였다.

"어째서 파우스트한테 그렇게 매정했던 거예요?"

나는 원치 않은 수줍음을 느끼며 그리 물었다. 발두르가 느른한 미소를 입에 올렸다.

"딱히 매정했던 기억이 없는데. 나는 내 아이들에게만 관용을 베푼다. 늘 그래왔지."

"그럼 원래부터 성격이 그렇게 못돼먹었……, 아니, 음, 그래요. 그렇다고 쳐요."

나는 내가 이 과거의 공간에 갇혀 아무리 화를 내고 발두르를 탓해도 바뀌는 것이 없다는 사실을 거듭해서 되뇌었다. 하여튼 정말로 숭배하고 싶지 않은 신이었다. 그런데 왜 자꾸 얼굴에 열이 오르는 건지 모르겠다. 나는 다급하게 손부채질을 했다. 급기야 성전 기둥에 화끈거리는 볼을 문지르는데 어느새 성큼 가까이 온 발두르가 나를 확 잡아당겼다.

그의 행동엔 도무지 망설임이란 것이 없었다. 그가 고개를 비틀어 나에게 입을 맞췄다. 불처럼 닿았다가 내가 알아차리기도 전에 떨어졌다. 워낙 순식간에 지나가서 나조차 어리둥절했다.

"네 안에 있는 그의 마력을 신성력으로 변화시켰다. 그것을 내 아이들에게 나누어주렴. 부탁을 들어준다면 나도 너에게 사례를 하도록 하지."

"……굳이 입 맞추지 않아도 됐을 텐데요."

충격의 연속이라 이젠 뭐가 더 당혹스러운지 순위를 매길 수도 없었다.

발두르가 신경질적인 정원사 같은 웃음을 입에 올렸다.

"재미있잖아."

하나도 재미없거든? 그나마 그가 루아의 전생이어서 봐주는 거지 다른 사람이었으면 어림도 없었다.

나는 입술을 쓱쓱 문지르면서 눈을 흘겼다.

"저는 이제 어떻게 해야 하죠? 그러니까, 앞으로 말이에요. 이지스가 말하길 파우스트가 당신을 되돌릴 방법이 있다고 했어요.

만약 그 방법이 성공하면 루아는 이제 사라지는 건가요?"

"그건 나도 모르겠구나, 미래의 반려야."

나는 이번에야말로 얼굴을 찡그렸다.

"그렇게 부르지 좀 말아줄래요?"

"나는 이기적일지언정 허술하지 않고, 멍청하지도 않다. 누군가를 쉽게 증오하려 들지 않는 만큼 한번 품은 원한을 쉽게 용서하지도 않아. 또한 자비를 베푸는 일도 없다. 그는 곧 자신이 저지른 모든 일을 후회하게 될 거다."

그가 당연한 사실을 열거하듯이 무감하게 말했다.

나는 홀린 듯이 그를 바라보았다. 그를 신처럼 보이게 만드는 데엔 숨이 멎을 만큼 치명적인 미색 같은 건 필요하지도 않았다.

"제가 당신한테 부족하다고는 생각하지 않으세요?"

불쑥 튀어나온 충동적인 질문이었다. 왠지 발두르는 지금이라도 자신이 원한다면 과거에서 벗어나와 현재를 뒤바꿀 수도 있을 것만 같았다. 그는 화가였고, 정원사였고, 가장 뛰어난 예술가였다. 그는 항상 자신이 원하는 작품을 만들었다. 그러다 성에 차지 않으면 수도 없이 엎어뜨리고 새로 빚었다.

살아 있는 색을 입힌 것처럼 생생했던 그의 정원이 아직도 눈앞에 어른거렸다. 어쩌면 이번 죽음도 단순히 자신을 재건하는 과정에 지나지 않을지도 몰랐다. 그가 자기 자신까지도 하나의 작품으로 여기는 걸 수도 있지 않은가.

뜻하지 않게 길었던 여행으로 인해 눈꺼풀이 점점 무거워졌다.

내 말에 발두르는 다시 무표정으로 돌아왔다.

그가 세상의 모든 것을 무가치하게 여기는 눈으로 나를 응시했다.

"너는 나를 신경 쓸 필요가 없다. 나는 과거의 잔재이며, 곧 재와 먼지가 되어 바스라질 것이니. 너는 그저 나를 내버려두고 떠나면 돼. 네가 할 수 있는 건 아무것도 없다."

그 말이 비정하다 못해 무책임하게 느껴지는 건 왜일까.

울렁거리던 가슴이 서서히 진정을 되찾았다. 나는 잠깐의 대화로도 그가 뭔가를 짊어지는 것을 상당히 싫어한다는 사실을 알 수 있었다. 그가 망가뜨리고 짓밟는 것 외에 흥미를 가지는 것이 있기는 한가 싶었다. 그는 마음에 들지 않으면 무조건 부수고 새로 쌓아올렸다. 실패했다 싶으면 근간까지 무너뜨렸다.

발두르는 정말로 내가 생각했던 신이 아니었다. 오히려 그는 자신이 그린 작품을 불살라 태워버리고 뒤 한번 돌아보지 않은 채 떠나는 화가 같았다.

나는 기묘한 기분에 사로잡혀 입술을 깨물며 그렌트헨을 바라보았다. 그녀는 아직 미치지 않았다. 파우스트를 향한 마음이 남아 있었지만, 진정으로 사랑할 아이를 원했다. 하지만 정작 아이가 태어나자 그렌트헨의 삶은 비극으로 물들었다.

"머릿속이 터질 것 같아요."

누구도 동정하고 싶지 않다. 누구도 이해하고 싶지 않았다. 하지만 나는 이제 그럴 수가 없게 되었다. 애초에 메피스토펠레스는 이 점을 노렸다.

　나는 순수한 마음으로 파우스트를 사랑한 그렌트헨을 안타깝게 여겼고, 근본적인 결함을 가진 파우스트의 분노를 헤아릴 수밖에 없었다. 파우스트가 잘못된 선택을 하는 것을 뻔히 알면서도 막지 못하는 펠레스의 심정도 일부분이나마 납득했다.

　그리고 나는 이런 내 자신이 혐오스러웠다.

　"펠레스는 그렌트헨이 가여운 아이라고 했어요. 그럼 루아는 요? 저는요? 이 기억을 봤으니까 저는 우리가 겪었던 일을 묵인해야만 하는 건가요? 이들은 이미 충분히 불쌍하니까 그냥 용서하자고 루아를 설득해야 돼요? 그게 진정 메피스토펠레스와 당신이 바라는 거예요?"

　3년의 시간. 천 번도 넘는 밤을 함께한 악몽이었다. 처음에는 루아를 두고 도망쳤다는 사실이 죄스러워서 울었고, 그 다음엔 성장이 멈춘 몸을 저주하느라 울었다. 그때 깨부순 거울이 몇 개였는지 셀 수도 없었다. 나는 나에게 정확히 무슨 문제가 있는지도 모르는 채 성장하지 못하는 육체를 저주했다.

　나는 줄곧 나를 받아들여준 부모님을 실망시키고, 욕보인다는 자책감에 시달려왔다. 하루라도 그렇게 되어버린 스스로를 자학하지 않으면 견딜 수가 없었다. 눈에 보이지만 않다 뿐이지 나는 상처투성이였고 비쩍 마른 식물이었다. 부모님이 언제 나를 내치고 양녀를 들일지 몰라 전전긍긍하지 않았던 날이 없었다.

　그런 3년이었다.

그런데 루아는?

나보다 훨씬 어렸던 그 아이는 대체 얼마나 긴 시간을 고통받았던 거지?

참으려고 해도, 지나간 시간이라 이미 돌이킬 수 없다고 해도 마음은 자꾸 비뚤어졌다. 나는 간절히 기도하는 그렌트헨에게서 시선을 돌려, 발두르를 똑바로 노려보았다. 슬픔? 후회? 비탄? 그에게 그런 감정 같은 건 있지도 않았다. 그는 루아의 환생이었지만 루아가 아니었다.

필요하다면 자기 자신까지도 무너뜨리고 새로 만드는 게 발두르였다.

"너와 메피스토펠레스가 보기엔 이들이 불쌍한가? 구질구질한 게 아니라?"

나는 떨리는 입술을 억지로 벌렸다.

"당신은…… 계속 남 일처럼 말하네요."

나를 따라 그렌트헨을 응시하는 발두르의 눈에는 지루함만이 담겨 있었다. 그것은 곧 자신의 어머니가 될 여자를 보는 눈도, 참으로 숭고하지만 가여운 여자를 향한 애틋함이나 아련함 같은 감정이 깃든 눈도 아니었다. 그 시선은 오히려 파우스트를 볼 때의 혐오감 섞인 눈빛과 비슷했다.

아. 나는 천천히 눈을 감았다 떴다.

내가 사랑하는 소년은 이 남자가 아니었다. 시리도록 푸른 눈을 가진 그 남자아이가 절대로 아니었다. 발두르의 말대로 나는 그를 내버려두고 떠나는 것밖에는 할 수 있는 것이 없었다.

나는 천천히 어둠 속에서 빠져나왔다. 여전히 성전 기둥 앞에 서 있어 그늘진 발두르의 얼굴이 참 낯설게 보였다.

그는 나에게 호감을 표했지만, 파우스트와 그렌트헨에게도 보여주지 않은 미소를 지어줬지만 하나도 기쁘지 않았다.

"당신은 그렌트헨을 선택하지 말았어야 했어요. 다시 돌아오지 말았어야 했다고요. 차라리 영원히 사라져버리지. 다시는 나타나지 말지. 어째서 다시 돌아온 거죠? 당신만을 갈구했던 파우스트가 질투에 미쳐버릴 걸 뻔히 알면서 왜 그렌트헨을 선택했어요? 당신에게 있어 그렌트헨이 특별한 의미라도 되나요?"

"그럴 리가. 아까도 말했을 텐데. 내 관심을 받을 만한 자격이 있는 건 오로지 메피스토펠레스를 비롯한 사자들뿐이야. 내 너와의 만남을 높이 사 확실하게 말해두겠다. 나는 너희의 소망을 들어주는 신이 아니다. 섬김을 바란 적도 없었다. 나는 신이면서 악마이기도 하고, 때로는 전혀 다른 존재이기도 하니까. 너희는 신인 나를 섬기면서 악마인 나를 멸시하질 않느냐? 결국 똑같은 나인데 말이야. 나는 나를 무엇 하나로 특정 지으려는 모든 행위를 끔찍이도 혐오한다. 그런데도 너는 내가 그렌트헨을 마음에 들어 할 거라 생각했나? 저리도 구차한데?"

발두르가 마치 모욕이라도 당했다는 듯 비스듬히 머리를 기울였다. 예상했던 대답이었으므로 더 받을 충격도 없었다.

나는 발두르의 말을 비웃지도 않았고, 분노를 표출하지도 않았다. 그저 물에 젖은 것처럼 지친 목소리로 묻기만 했다.

"당신은 이 일이 어떤 결과를 낳을지 짐작했잖아요. 당신이 바란 복수가 고작 이거였어요? 자기 자신을 망가뜨리고 새로 빚어서 파우스트를 미치게 만드는 것? 그래서 펠레스가 후회하길 바랐어요? 왜 내가 이까짓 인간한테 목을 매서 주인을 버렸나 하고 깊이 참회하기를 바란 거예요? 그런데 그땐 이미 늦은 거잖아요. 당신은 그렌트헨의 아이로 새 삶을 시작할 거였으면서 왜 그런 욕심을 부려요? 그거, 진짜 무책임한 복수인 거 알아요? 결국 또 다른 증오와 복수의 계기가 될 뿐이라는 사실을 정말 몰랐어요?"

발두르의 입술이 곡선을 그렸다.

"아니, 몰랐을 리가 없지. 너무나 잘 알았기에 그렌트헨을 이용한 것이 아니더냐? 나는 일부러 파우스트에게 어떤 육체적인 상해도 입히지 않았다. 그리 쉽게 끝내서야 나와 메피스토펠레스의 사이만 틀어지고 끝날 게 뻔하질 않느냐. 나는 그가 인연의 부질없음을 깨닫길 바랐다. 특히나 한쪽에서 일방적으로 퍼주는 애정에 환멸을 느끼길 바랐지. 확실히 파우스트는 그런 대접을 받을 자격이 없었다."

화가 솟구친 나머지 나는 이를 악물고 그를 도발했다.

"이 기억에서 벗어나면 제가 무슨 일을 할 거 같아요?"

그가 한 번도 본 적 없는 희귀한 생물과 맞닥뜨린 듯이 나를 응시했다.

"너는 나한테 화를 내는구나."

"그럼 지금 화 안 나게 생겼어요? 파우스트가 미쳐버린 이유는 당신이 루아를 선택했다고 믿기 때문이에요. 자신이 아닌 그렌트 헨의 자식에게 권능을 주었기 때문이라고요. 파우스트는 루아가 당신의 환생인 줄도 모르고 당신을 되돌리기 위해 혈안이 되어 있는걸요. 그건 이지스도 마찬가지지만."

나는 발두르를 용서할 수 없다. 나와 루아에게 잔혹한 짓을 벌인 파우스트도, 그것을 묵인했던 그렌트헨도, 가해자이면서 방관자나 다름없는 메피스토펠레스도 마찬가지였다. 하지만 이제 와서 내가 이들에게 뭔가를 할 수도 없었다. 나는 그저 절망에 잡아먹히는 것밖에는 할 수 있는 게 없었다. 발두르가 루아의 전생이라는 사실을 안 이상, 잔류하는 감정 속에서 나는 더더욱이나 무력해졌다.

무덤 앞에 서 있는 기분이었다. 발두르가 느긋한 미소를 머금었다.

"그래서 이게 전부 내 잘못이다?"

그렌트헨의 애절한 기도 소리는 이제 들리지도 않았다. 나는 서글프게 이야기했다.

"그렇게 생각하진 않아요. 하지만 지금은 당신이 원망스러워요. 어째서 모두가 상처받는 결말을 고른 거예요? 당신도 그렇고 루아도 그렇고, 도무지 자기 자신을 아낄 줄 모르는 것 같아요."

복수에는 여러 가지 방법이 있지만, 그중 대부분이 자기 자신을 파멸로 이끄는 것이다. 발두르는 그중에서도 가장 최악인 방법을

골랐다. 기억을 잃고 새 사람이 되었을지언정 그가 그라는 사실은
변치 않았다.

"처음 이곳에 온 목적을 잊지 말거라. 너는 화풀이할 대상을 찾
으러 왔느냐? 이 모든 일의 원흉을 찾으러 왔느냐? 그렇다면 다시
먼 길을 돌아야 할 것이다. 우리는 누구나 피해자이면서 가해자인
것을. 내가 실망감을 안겨줬다면 미안하지만, 나는 원래가 이런
사람이다. 그리고 미래의 반려야, 자기 자신을 아낄 줄 모르는 건
너 역시 마찬가지가 아니었더냐?"

그 무심함이 여전히 남 일을 논하는 듯했다. 내 머릿속을 들여다
보기라도 한 것 같은 고압적인 말투에 나는 고개를 돌리는 것으로
대답을 대신했다.

나는 숨을 들이켰고, 한계가 올 때까지 내뱉지 않았다.

이 꿈에서 깨어나고 싶었다.

부서질 것 같은 새벽이 뻐근하게 흘러갔다. 그렌트헨의 과거가
검은 물에 쓸려가고 있을 때 마치 현실처럼 생생한 발두르의 음성
이 귀에 닿았다.

"지금 네가 가장 원하는 게 뭐지?"

나는 망설이지 않았다.

"루아를 보고 싶어요."

나의 작은 소년. 어느샌가 훌쩍 커버린 남자아이.

어렸을 적엔 그렇게도 작았는데.

"루아가, 보고, 싶어요."

나는 다시 한 번 힘주어 말했다. 입 밖으로 솔직히 시인하고 나자 루아를 만나고 싶다는 갈망이 배는 더 크게 부풀어 올랐다. 나중에, 잠시 후에라는 말은 필요 없었다. 나는 지금 당장 루아를 원했다.

"더는 과거에 머물러 있고 싶지 않아요. 당신 말처럼 제가 이곳에서 할 수 있는 일은 아무것도 없어요."

어차피 이 연극이 어떤 비극을 맞이할지는 뻔히 아는 바였다. 핏빛 커튼이 걷히며 막은 올랐고, 이미 클라이맥스를 향해 치달았다. 그러나 감동적인 여운도, 카타르시스도 없는 암울한 결말을 맞이할 것이었다. 모두가 손쓸 도리 없이 망가지고 나서야 우리는 무대에서 내려올 수 있었다.

발두르가 뭔가를 깊이 고심하느라 입가에 손을 올렸다. 그 기묘하게 유혹적인 손버릇이 루아와 똑같아서 나는 얼굴을 찡그렸다.

"어쩌면 하나 정도는 있을지도 모르지."

"……무슨?"

"내가 했던 말을 잊지 말거라."

대꾸할 겨를도 없었다. 갑작스러운 검은 그늘이 유사처럼 밀려왔다. 나는 숨을 멈추고 무력하게 어둠 속으로 빨려 들어갔다. 어느덧 익숙해진 마법의 흐름이었다. 그러나 징그럽기 이를 데 없었다. 나는 또다시 과거를 들여다봐야 하는 걸까? 그렇다면 이번엔 뭘 보여주려는 거지? 설마 발두르는 파우스트가 어떻게 루아를 망가뜨렸는지 나한테 보여줄 셈인 거야?

당연히 나는 겁에 질렸다. 도저히 버틸 자신이 없었다. 상상하는 것만으로도 손이 떨리고, 눈물이 솟구쳤다. 자정의 밤에 또 다른 밤을 덧입힌 것처럼 지독한 암흑이 나를 전율하게 했다.

그리고, 다시 빛.

지나간 과거의 어딘가에 나를 토해낸 어둠이 꾸물꾸물 물러났다. 전혀 다른 하늘을 머리 위에 두고 있다는 걸 피부로도 느낄 수 있었다. 그만큼 생생했다.

나는 눈물을 삼키느라 느리게 호흡했다. 도저히 눈을 뜰 엄두가 나지 않았다.

주먹을 쥐는데 깃털 같은 바람이 나를 에워싸며 안심시키듯이 부드럽게 뺨을 핥았다. 달콤한 공기가 입안에 흠뻑 들어왔다. 하지만 내 두려움을 흐트러뜨린 건 보드라운 바람도, 솜사탕 같은 공기도 아니었다.

근처에서 훌쩍이는 소리가 났다. 나는 용기를 내어 실눈을 떴다.

나는 창가에 서 있었다. 눈부신 달빛이 속눈썹을 간질였다.

그것은 정말이지 너무나 감미로워서.

"보니?"

심장을 멈추게 만드는 부름에 가만히, 눈을 들었다.

별을 박아 넣은 것처럼 말간 눈을 가진 열두 살의 루아가 내 앞에 있었다.

정확히 나를 보고 있었다.

"루아야."

눈물이 쏟아졌다. 쏟아졌다고밖엔 표현할 수 없었다. 도무지 어린아이의 방이라고는 생각할 수 없는 거대한 공간에서 루아는 어리둥절해하며 눈을 깜박였다. 복숭앗빛으로 물든 뺨은 젖어 있었고, 눈은 빨갛게 충혈되어 있었지만 가슴이 저미도록 사랑스러운 모습이었다.

그렁그렁하게 고였던 눈물이 루아의 뺨을 타고 흘러내렸다. 루아는 자신을 집어삼킬 것 같은 침실에서 혼자 울고 있었다.

"어, 어떻게……? 다른 나라로 떠난 거 아니었어?"

어린 루아가 딸꾹질을 하며 물었다. 나는 발두르가 무료하고 유유자적하게 남긴 말을 상기했다.

「네 안에 있는 그의 마력을 신성력으로 변화시켰다. 그것을 내 아이들에게 나누어주렴. 부탁을 들어준다면 나도 너에게 사례를 하도록 하지.」

이것이 발두르가 말한 사례인 걸까. 나를 내가 떠났던 그날로 데려다주는 것이?

"내가 보여?"

나는 떨리는 목소리로 속삭였다. 루아가 천천히 고개를 끄덕였다.

"보니 너, 키가 커졌어. 머리카락도 길어졌……."

더 이상 참을 수 없었으므로, 나는 곧장 뛰어가 루아를 껴안았다. 열두 살의 루아는 너무나 작았다. 누구보다 여리고 소중하고 사랑스러워서 나는 울음을 터뜨렸다.

너.

터무니없을 정도로 쉽게 나를 무너뜨리는.

"좋아해, 루아야. 너무너무 좋아해. 나는 네가 정말로 좋아."

꿈이든, 환상이든 아무래도 좋았다. 그저 이 작은 아이를 안아 줄 수만 있다면. 이 아이가 잠들 때까지 곁을 지켜줄 수만 있다면.

누구도 루아를 망가뜨릴 권리가 없는데.

"제발 나 때문에 울지 마. 우린 곧 다시 만날 수 있으니까, 그땐 질리도록 붙어 있을 거니까 이게 영원한 이별이라고는 생각하지 마. 나 절대로 너 버린 거 아니야, 응? 루아야, 너를 정말로 많이 좋아해. 사실 아주 예전부터 그랬어. 단지 부끄러워서, 창피해서 인정하고 싶지 않았을 뿐이야."

발밑에서 온 세상이 무너져 내리고, 지나왔던 과거가 바스라졌다. 모든 것이 덧없어지는 가운데 오직 품에 안은 작은 아이만이 나를 붙잡았다.

"보니……."

루아가 영문을 모르겠다는 듯 꼬물거렸다. 나는 쉴 새 없이 눈물을 떨어뜨렸다. 공허했던 가슴을 가득 채운 온기가 믿어지지 않았다.

"난 말이지, 너랑 데이트도 할 거고 키스도 할 거고 결혼도 할 거거든? 같이 바다 보러 여행도 가고 춤도 출 거야. 그것 말고도 하고 싶은 게 얼마나 많은지 모르겠어."

"다시 돌아오는 거야?"

루아가 내 뺨에 묻은 눈물을 닦아주면서 순진하게 물었다. 열두 살의 루아는, 수년이나 지속된 학대로 백치나 다름없게 된 루아는 현재의 나도 똑같은 보니로 인식하고 있었다. 어떤 경계도 없이 있는 그대로의 나를 받아들여주었다.

나는 입술을 깨물며 고개를 가로저었다.

"나는 겁쟁이라서. 하지만 네가 나를 데리러 올 거야. 그러니까, 조금 더 자라면."

"하지만…… 나는 늘 그대로인걸."

나는 시무룩하게 입술을 우물거리는 루아의 머리를 살살 쓰다듬었다. 지금 내 앞에 있는 어린 루아는 과거의 나와 막 이별한 열두 살의 루아였다. 푸른빛을 머금은 망막은 붉은 기미라고는 없이, 오로지 햇살처럼 투명했다. 파우스트와 선황제 폐하에 의해 강제적으로 순수함을 유지하고 있는 가련한 아이가 맞았다.

나를 원망해도 모자랄 판에 루아는 밀어내기는커녕 희고 조그만 손으로 마주 안아주었다. 그것이 무척이나 마음 아팠다.

이 순간순간이 어떤 보물보다 아름다워서 나는 다정하게 속삭였다.

"아까 나랑 약속한 거 잊었어? 같이 어른이 되자고 했잖아."

"내가 어른이 될 수 있을까?"

루아가 기어들어가는 목소리로 물었다. 두려움으로 가득 찬, 공포로 일그러진 목소리였다. 그 찰나에 나는 눈이 멀었다. 맹렬한 불길로 혀를 지진 것 같은 느낌이었다. 토할 것처럼 뱃속이 울렁거렸고, 가슴은 썩어 문드러졌다. 잿더미와 진흙을 집어삼킨 것처럼 맥없이 비참했다.

나는 억지로, 가까스로 파우스트를 향한 증오의 말을 삼켰다. 루아를 불행하게 만든 모든 것을 불살라 재와 먼지로 만들어버릴 수만 있다면 못 할 게 없었다. 도대체 이 어린 아이가 무슨 잘못을 했다고?

루아는 내가 가장 사랑하는 사람일 뿐이지, 전염병을 퍼뜨리는 존재가 아니었다.

이 아이를 악마로 만든 건 파우스트와 선황제 폐하였다.

"물론이지. 그것도 아주 멋진 어른이 될 거야."

나는 어떻게든 웃어 보려고 애썼다. 나에게 주어진 시간이 어느 정도인지도 모르는데 계속 울기만 할 수는 없는 노릇이었다. 그리고 어렸을 때의 루아는 늘 내가 울면 따라 울고는 했다.

"아프고 싶지 않아. 혼나는 것도 싫고 머리가 이상해지는 것도 싫어. 나도 어른이 되고 싶어."

눈물이 가득 고인 푸른색 눈이 집요하게 나를 찾았다. 루아가 훌쩍이며 내 어깨에 뺨을 문질렀다. 루아에게 기댈 곳이라고는 이때도 나뿐이었다.

"어떻게 해야 어른이 될 수 있어? 어른이 되면 다시는 너랑 떨어지지 않아도 되는 거야?"

그 말에 대답하려고 입을 여는 순간, 사방이 깜깜한 암흑으로 물들었다. 어둠이 다시 나를 데려가려 하고 있었다.

"보니? 어디 있어?"

루아의 모습이 더는 보이지 않았다. 나는 손으로 입을 가렸다.

"가지 마. 나를 버리지 마."

그건 애원이었다. 나는 숨을 쉴 수도 없었다.

"나한테는 너밖에 없는데……."

이제 정말로 시간이 얼마 없었다. 나는 희미해져가는 온기에 의지해 마지막으로 말했다.

"좋아해, 루아야. 곧 다시 만나면 우린 절대로 떨어지지 않을 거야."

"거짓말."

눈이 멀고, 혀가 무뎌졌지만 나는 더듬거리며 루아를 찾았다. 루아의 머리를 꼭 끌어안고서 부드럽게 속삭였다.

"정말이야. 네가 얼마나 멋진 어른이 될지 알면 깜짝 놀랄걸. 지금은 내가 너를 안아주지만 그땐 네가 나를 안아줄 거야. 그리고 있지, 평소에는 부끄러워서 죽어도 못 할 말이지만 나는 네가 어른이 되지 않았어도 너랑 함께했을 거야. 나는 그 정도로 너한테 푹 빠졌거든."

두근두근. 루아의 심장 소리가 들렸다. 나에겐 세상에서 가장 소중한 울림이었다.

"너라서 괜찮은 거야, 루아야. 너라서 좋은 거고, 너라서 같이 있고 싶은 거였어."

나는 루아의 이마에 입을 맞추었다.

"잘 자, 루아야. 좋은 꿈 꿔야 해?"

루아가 고개를 끄덕이는 걸 희미하게 느낄 수 있었다. 나는 마지막으로 루아를 꼭 껴안았다.

그리고 나는 잠에서 깨어났다.

끈적거리는 늪에서 간신히 빠져나온 것처럼 몸에 힘이 하나도 없었다. 나는 열 번도 넘게 눈을 깜박이고 나서야 내가 벨모트에 있는 내 방 침대에 누워 있다는 사실을 체감했다.

새벽하늘에 떠 있는 여름의 마지막 달이 방 안을 은은하게 비추고 있었다. 나는 부드러운 이불에 감싸여 있었고, 혼자가 아니었다.

"드디어 일어났네."

나는 반사적으로 소리 나는 방향을 따라 고개를 돌렸다. 거기엔 벚꽃 같은 머리카락을 가진 여자아이가 서 있었다. 눈은 벌꿀을 묻힌 호박처럼 몽롱한 황금빛을 띠었고, 달빛이 스민 새하얀 피부는 약간의 창백한 푸른 기가 감돌았다. 눈매가 조금 날카롭다 뿐이지 소녀는 전체적으로 화사한 분위기였다. 다른 곳에선 보기 힘든 독특한 솜사탕색 머리카락 때문이었다.

나는 나와 정확히 똑같은 모습을 한 루아를 보고 경악에 차서 삿대질을 했다.

"뭐, 뭐, 뭐야, 그 모습은?"

"아, 이거? 레이첼을 좀 골려주느라. 네가 나 때문에 잠에서 깨어나지 않는 거라면서 죽이려고 하길래 어쩔 수 없었어. 내가 너로 변하니까 때리지도 못하던데?"

루아가 아무렇지 않게 말하며 길게 늘어뜨린 분홍색 머리카락을 이리저리 꼬았다. 그 모습이 요염할 정도로 심술궂어서 나는 충격을 받아 입을 벌렸다.

"내 코가 그렇게 생겼단 말이야? 거울로 볼 땐 전혀 안 그랬는데!"

정신이 번쩍 들었다. 체력이 조금만 받쳐주었더라도 나로 변한 루아를 꼼꼼히 뜯어봤을 거였다. 어쩐 일인지 거부감은 없고 신기함만 가득했다. 분하게도 잔뜩 부스스할 게 틀림없을 나보다 마법을 써서 나로 변장한 루아가 더 예뻐 보였다. 아닌 게 아니라 붓 칠을 한 것 같은 황금색 눈이 생기와 즐거움으로 반짝이고 있었다.

"윽, 일어나질 못하겠어."

나는 신음하며 투정을 부렸다. 나와 똑같은 얼굴로 전혀 다른 표정을 지은 루아가 무력하게 기울어지는 내 등을 받쳐주었다.

"하루를 꼬박 잤으니 그럴 만도 하지."

"뭐? 하루?"

나는 황당해서 소리쳤다. 루아는 이미 내 상태를 파악한 지 오래였다.

"아주 성녀가 다 되셨어. 뭘 하고 온 거야?"

루아가 화난 기색 없이 나를 나무라면서 눈알을 굴렸다. 그제야 나는 잠깐의 당혹스러움에서 벗어나 발두르를 떠올렸다. 그는 내가 신의 사자들을 살리길 바라고 내 안에 스민 루아의 마력을 성력으로 바꾸었다.

뺨을 간질이는 분홍색 머리카락이 내 것이면서도 내 것이 아니었다. 나는 나와 똑같은 황금 빛깔 눈동자를 괜히 힐끔거렸다.

"워, 원래 모습으로 돌아오면 말해줄게."

루아는 순순히 내 부탁을 들어주었다. 나는 루아가 열다섯 살의 진짜 모습으로 돌아오자마자 기다렸다는 듯이 손을 벌렸다.

"나 안아줘."

"점점 요구하는 솜씨가 늘어나는 것 같다?"

루아는 그렇게 투덜거리면서도 나를 안아주었다. 나는 루아의 품에 마음껏 파고들었다. 발밑이 무너져도 절대 떨어지지 않겠다는 뜻을 담아 찰싹 붙어서 입술을 움직였다.

"나, 과거를 보고 왔어. 메피스토펠레스와 파우스트가 어떻게 만났는지, 어째서 파우스트가 발두르를 원망하면서도 숭배하게 됐는지, 전부 다 알게 됐어."

나는 기억이 빛바래기 전에 내가 보았던 장면들을 모조리 이야기했다. 가능한 한 세세하게 털어놓으려고 종종 말을 멈추면서 미간을 찌푸렸는데, 루아는 끝까지 재촉하지 않고 들어주었다. 루아는 화내지 않았고, 나를 나무라지도 않았다. 그렇기에 더 죄책감이 들었다. 나는 한순간이나마 파우스트와 그렌트헨의 처지를 이해하고 동정했던 나 자신을 용서할 수가 없었다.

"아직도 한심해서 말이 안 나와. 나는 그러면 안 되는 거잖아. 있을 수도 없고 있어서도 안 되는 일이라고. 파우스트가 나랑 너한테 어떤 짓을 했는데 내가 그놈을 동정해? 메피스토펠레스가 무슨 속셈으로 나한테 그 기억을 보여줬는지 뻔히 알면서 보란 듯이 넘어갔다는 게 정말 역겨워서……."

분노와 증오와 절망이 사그라들었을 때 나를 뒤덮은 건 끔찍한 자기혐오였다. 루아가 몹시 부드러운 목소리로 나를 부르지 않았으면 나는 미쳐버렸을지도 몰랐다.

"보니."

루아의 손이 뺨을 어루만지기 전까진 나는 내가 울고 있다는 사실도 모르고 있었다.

"무사해서 다행이야."

나는 혼란스럽게 눈을 깜박였다. 루아는……, 루아는 여전히 나에게 화난 기색이 없었다. 오히려 안심했으면 안심했지, 나무랄 생각은 추호도 없는 듯했다.

"너 알고 있어? 내가 펠레스랑 만났던 거."

떨리는 숨을 가다듬고 물으니, 루아가 부정하지 않았다.

"모르진 않았지."

루아는 자신이 발두르의 환생이라는 얘기를 듣고서도 별다른 표정 변화가 없었다. 나는 루아가 내 머리카락을 만지게 내버려두었다.

"역시 네 거가 더 마음에 들어."

머리를 쓰다듬는 손길이 미치도록 좋았다. 하지만 역시 무지무지 부끄러웠으므로 나는 루아의 가슴에 얼굴을 묻었다. 햇살과 비누와 향유 냄새가 섞인 루아 특유의 기분 좋은 체취를 마음껏 들이마시면서 영원할 것 같은 설렘에 취했다.

"왜 나를 내버려둔 거야?"

당혹스럽기 이를 데 없었다. 평소 같았으면 루아는 진작 나를 데려가고도 남았다. 나에게 비난의 말을 퍼붓고, 내가 울면 다시 껴안아주고, 그런 다음엔 여지없이 나를 향한 불신을 드러냈을 터였다. 체르지안에게 고백을 받았을 땐 아예 기절시키기까지 했었잖아. 하물며 나는 지금 메피스토펠레스와 만나서 그의 기억을 보고 왔는데.

그런데.

"너를 믿으니까."

전혀 예상하지 못했던 말이 꿀처럼 달콤하게 귀를 간질였다. 나는 의심했고, 당황했고, 결국에는 아주 천천히 그 말을 받아들였다.

심장이 터질 것 같았다. 나는 머리를 치켜들었다.

"저, 정말? 진심으로 하는 말이야?"

"그래, 너를 믿어."

루아는 즉각 대답했다. 말갛게 푸른 눈도, 당장 입 맞추고 싶은 완벽한 입술도 마냥 단호했다. 후회나 거짓이나 망설임이라고는 조금도 스며들어 있지 않았다.

아마, 틀림없이, 지금 내 얼굴은 잔뜩 빨개졌을 거라고 본다. 과거의 비극을 관망하느라 잔뜩 쌓인 피로감이 단번에 사라지는 듯한 기분이었다.

루아가 얼굴을 찡그렸다.

"왜 또 우는 거야?"

허리와 어깨를 감싸 안은 루아의 손이 무척 따스했다. 이 이상 루아와 가까워질 수 없다는 것이 안타까워서 나는 낮게 소곤거렸다.

"그, 그냥 너무 좋아서……."

나는 입술을 꾹 깨물고 있다가 가까스로 고개를 들었다. 황홀할 만큼 기뻤으나 어쩐지 양심의 가책이 들었다. 그도 그럴 게, 나는 발두르와 손도 잡았고 입을 맞추기도 했다. 무, 물론 둘 다 내가 원해서 이루어진 스킨십은 아니었지만 그래도 찔리는 건 찔린 거였다. 발두르가 저지른 짓을 떠나서, 그와 루아의 관계를 알고 나니 더더욱 그를 매몰차게 거절할 수 없었다.

루아에게 의지하고 있으니 부드러운 금발이 이따금씩 이마를 스쳤다. 잘 익은 감귤빛 같기도 하고, 꿀을 잔뜩 버무린 금실 같기도 한 머리카락이었다. 들었던 고개가 무색하게 나는 어쩔 줄을 몰랐다. 자…… 자백을 해야 하나? 하지만 그랬다가 루아가 평생 나를 믿지 않겠다고 하면? 나를 믿었던 결과가 겨우 이거냐면서 실망하면 어쩌지?

나는 간신히 얻은 루아의 신뢰로 인해 무척이나 행복했지만, 행복한 만큼 속이 타들어갔다. 그래도 지금 당장은 이 분위기를 깨고 싶지 않아서 다른 말이라도 꺼내보려 했는데 갑자기 불청객이 찾아들었다. 회보랏빛 눈을 가진 소녀였다.

"보니! 일어났구나!"

사람의 모습을 취한 브리싱가멘이 크게 소리치며 문을 부술 기세로 열고 뛰어 들어왔다. 나는 벌렸던 입을 도로 다물었다. 브리싱가멘은 나와 루아가 퍽 낯간지러운 자세를 취하고 있는데도 눈 하나 깜박하지 않았다. 오히려 그녀는 심히 유감스러운 얼굴이었다.

"아, 너 아직도 안 갔니?"

실망한 기색이 역력한 투로 브리싱가멘이 투덜거렸다. 루아 역시 짜증스러워하긴 마찬가지였다.

"그러는 너는 왜 아직도 나돌아다니는 건데?"

"네가 알 바 아니거든? 그런데 보니 너 좀 변한 것 같다?"

루아에게 코웃음을 치던 브리싱가멘이 나를 보더니 고개를 갸웃거렸다. 나는 신의 사자들에게 성력을 나눠달라던 발두르의 부탁을 떠올리고 루아의 품에서 빠져나왔다.

"이리 와, 브리."

나를 전혀 경계하지 않는 브리싱가멘이 어리둥절해하며 머리를 갸우뚱하면서도 강아지처럼 쪼르르 달려왔다. 나는 잠시 머뭇거리다가 브리싱가멘의 이마에 입을 맞추었다. 차마 발두르가 했던 것처럼 입술에 할 수는 없어서 택한 방법이었는데, 다행히도 효과가 있었다.

뒤늦게 내 행동의 의미를 알아차린 그녀의 눈이 크게 뜨였다.

머릿속을 긁어내리는 것 같은 찰나의 현기증이 있었다. 몸 안에 내제되어 있던 무형의 무언가가 급속도로 빠져나가는 듯한 기분이 들었다. 저절로 입술이 오므려질 만큼 참 이상야릇했다. 이슈타르 호수에서 겪었던 기묘한 상실감과 비슷했으나, 내가 통제할 수 없었던 그때와는 달리 금방 정신이 돌아왔다. 발두르가 친히 변화시킨 성력이기 때문인지, 마치 드디어 진정한 보금자리를 찾은 듯 내게서 피어오른 금색의 잔향은 브리싱가멘에게 곧장 스며들었다.

브리싱가멘의 눈이 찬연한 금빛으로 물드는가 싶더니 곧 본래의 회보라색을 되찾았다. 화사한 이슬의 색채였다. 언뜻 보기에 브리싱가멘의 눈은 미가엘과 다를 바가 없었지만, 북방의 얼음 조각처럼 반짝였다.

잠시 후 브리싱가멘이 입을 열었다.

"우와."

순수한 감탄이 귀엽기 이를 데 없었다. 브리싱가멘이 휘둥그레 뜬 눈을 빠르게 깜박였다. 익숙하지 않은 느낌에 비틀거리는 나를 잡아주며 루아가 못마땅한 듯 미간을 찌푸렸다.

"그냥 죽게 내버려두면 될걸."

하여간 서로 못 잡아먹어서 안달이었다. 루아의 도움을 받아 그럭저럭 똑바로 선 나는 피곤해서 한숨을 내쉬었다.

브리싱가멘이 샐쭉하게 턱을 들었다.

"흥, 세상 사람들이 전부 너같이 피도 눈물도 없는 줄 아니? 그러지 말고 아이만 씨나 레이첼 씨를 본받아보는 게 어때? 레이첼 씨는 내가 원한다면 얼마든지 쇼트케이크를 먹어도 된다고 그랬거든? 너처럼 책상 서랍에 처박거나 부숴버린다는 협박 같은 건 하지도 않는다고!"

아이만 씨? 레이첼 씨? 나는 황당하게 눈을 치켜떴고, 루아는 여실히 빈정거렸다.

"설마 다른 사람도 아닌 레이첼의 친절을 있는 그대로 믿는 건 아니겠지? 네가 늘 보니 옆에 붙어 있으니까 너를 이용해서 나를 감시할 속셈인 거 아니야. 넌 조금만 친절하게 대해줘도 있는 말 없는 말 다 불잖아."

"이게 날 뭘로 보고!"

브리싱가멘이 비명을 질렀다. 나는 브리싱가멘이 루아를 치는 불상사가 발생하기 전에 재빨리 둘의 말싸움을 끊었다.

"도대체 내가 자는 동안 무슨 일이 있었던 거야? 레뮤시는 좀 어때?"

누구에게랄 것도 없이 던진 질문에 루아가 부루퉁하게 눈알을 굴렸다.

"그 쓸데없는 호위 기사는……."

나는 루아를 노려보았다. 잠시 흠칫한 루아가 심술 난 채로 느릿느릿하게 말을 이었다.

"……아주 멀쩡해. 내가 직접 치료했으니까."

"고마워."

"그렇게 노려보면서 말하면 하나도 안 고마워하는 것 같거든?"

저기, 그렇게 세상에서 가장 사랑스러운 얼굴로 불만스러워해도 귀엽게만 보일 뿐이거든. 나는 애써 웃음을 참았다. 다시 루아를 껴안고 싶은 충동이 스멀스멀 기어 올라와서 슬쩍 눈치를 살피려니 이런 내 행동을 달리 해석한 브리싱가멘이 끼어들었다.

"보니가 너한테 고마워할 게 뭐가 있어? 너나 실컷 고마워하시지."

루아가 눈썹을 추어올렸다.

"보니도 깨어났으니 그만 정신 나간 목걸이로 돌아가지그래?"

"누가 누구더러 정신이 나갔다는 거야? 그리고 네가 말하지 않아도 그러려고 했어!"

잔뜩 사납게 쏘아붙인 브리싱가멘이 주저 없이 내 목에 팔을 두르는 것과 동시에 모습을 바꾸었다. 나는 그 어떤 장신구보다 화려한 황금 목걸이를 버릇처럼 살살 쓰다듬었다.

목걸이로 돌아온 브리싱가멘이 내 목에 걸리자, 루아는 못마땅한 감정이 가득 담긴 얼굴로 내 질문에 대한 답을 이어 들려주었다. 루아는 아예 브리싱가멘이 이곳에 없는 것처럼 굴기로 작정한 듯했다.

"……어쨌든 별 문제는 없었어. 너한테 교황이 직접 제조한 독을 뿌리려던 계집도 벨모트 밖으로 추방한다고 하고. 차라리 죽여버리는 게 나을 텐데 뭐 하러 그런 개고생을 하는지 몰라. 레이첼한테는 네가 그동안 마음고생이 심해서 계속 자는 거라고 했으니까 너도 그런 줄 알아."

이런. 브리싱가멘을 어루만지다 말고 나는 식은땀을 흘렸다. 레뮤시가 다 나았으니 이제 베티 브라이트의 일은 다가올 엄마의 분노에 비하면 아무것도 아니었다.

"엄마가 그 말을 순순히 믿어?"

"물론 아니었지. 덕분에 주의를 끄느라 힘들었어."

나는 범죄자처럼 가슴을 졸이며 창가로 다가갔다. 절반 정도 흘러내린 실크 커튼을 완전히 젖히자 넘실거리는 밤하늘이 보였다. 저물어가는 여름의 별들이 은하수처럼 수놓인 남색의 창공이었다. 정말 꼬박 24시간을 잠으로 날린 게 분명했다. 그런데도 비교적 멀쩡하다는 점이 신기할 따름이지. 속이 허하고 입술이 자주 메마른다는 것만 제외하면 나는 지나치리만큼 쌩쌩했다. 심지어 브리싱가멘에게 성력을 나눠줬는데도 후유증이 없었다.

창문에 비친 내 모습을 뚫어져라 주시하는데 브리싱가멘이 하품을 했다.

"으, 졸려. 네가 깨어날 때까지 한숨도 안 자고 기다렸어."

눈을 깜박이지 않을 수 없었다. 나는 성장이 멈춘 아이였고, 그렇기에 언제나 더뎠다. 그런 나를 기다려주는 사람이 있다는 게 아직도 어색했다. 하지만 분명 기뻤다.

"고마워, 브리. 이제 쉬어도 돼."

나는 그렇게 말하고서, 창가에서 등을 돌려 거울 앞으로 갔다. 부스스하게 뻗친 분홍색 머리카락을 어떻게든 정돈해보려고 빗을 드는데, 내 책상 의자에 거꾸로 앉은 루아가 등받이에 턱을 기댄 채 퉁퉁 부어서 말했다.

"그런데 말이야, 호위 기사 같은 건 없어도 되지 않아?"

그 말에 대꾸하기도 전에 루아가 이어 덧붙였다.

"어차피 내가 항상 지켜보고 있는데."

순식간에 얼굴이 확 달아올랐다. 나는 눈을 내리뜨며 입술을 우물거렸다.

"오늘따라 듣기 좋은 말만 골라서 해주네, 수상하다 싶을 정도로."

확실히, 나는 욕심쟁이였다. 아무도 루아처럼 나를 이해하고 사랑해줄 수 없으며, 아무도 나처럼 루아를 채워줄 수 없다는 사실에 만족감을 느끼니까. 나는 우리의 관계가 불변이기를 바랐다.

허겁지겁 빗질을 마치고 나니 이번엔 얼굴을 씻고 싶다는 충동이 들었다. 화장실도 가고 싶었고, 배도 좀 고팠다. 레뮈시도 봐야 하고……. 그런데 시간이 너무 늦었으려나?

나는 고개를 비스듬히 기울여 투명한 자수정으로 만든 벽시계를 확인했다. 어느덧 자정이 코앞이었다. 부모님도 주무실 시간이었으므로, 나는 불행 중 다행인지 모르겠다고 생각하면서 눈을 돌렸다. 그러다 내 시선이 흐트러진 침대 위에 머물렀다.

어정쩡한 자세로 멈춰 선 나는 평범한 장신구가 되어 있는 회중시계를 물끄러미 내려다보았다. 본디 발두르가 펠레스에게 준 것이나, 그는 나에게 주었다. 작별 선물이나 다름없었다.

내가 복잡한 심정으로 입을 다물자 루아는 내가 하지도 않은 질문에 대답했다.

"메피스토펠레스가 어디에 있는지는 나도 몰라. 완전히 사라져 버렸거든. 미가엘한테 당했다고 했으니 죽었을지도 모르지."

나는 회중시계에 시선을 고정한 채 천천히 입을 열었다.

"루아 너는 펠레스가 원망스럽지 않아?"

"글쎄, 아예 원망하지 않는다면 그건 거짓말일 테고. 하지만 메피스토펠레스라도 없었으면 내 꼴이 어땠을지 짐작이 가서 고맙기도 해."

눈알이 뻑뻑했다. 자길 버리지 말아달라며 울던 열두 살의 루아가 떠올라서 나는 숨을 들이켰다. 그 새파란 눈에 한가득 고였던 눈물이 아직도 선연했다.

차마 루아를 쳐다보지도 못하는데 의미심장한 목소리가 귀를 간질였다.

"그가 어디로 갔는지 알겠어?"

낮게 울리는 목소리가 너무나 달콤해서, 부드러워서, 소중해서 목이 메었다. 나는 감당할 수도 없을 만큼 루아를 사랑했다. 영원히 우리 둘만의 세계에서 살고 싶었다.

나는 잠긴 목을 가다듬고 대답했다.

"어쩌면……."

파우스트의 고향이라든가, 발두르의 망가진 정원이라든가, 펠레스와 파우스트가 머물렀던 험준하고 기이한 산 같은, 짐작 가는 장소 몇 있기는 했으므로 나는 생각에 잠겨 머뭇거렸다. 메피스토펠레스가 정말로 죽기 직전이라면, 그에게 파우스트가 몹시 중요한 존재라면 그는 둘만의 의미 있는 장소에서 죽음을 맞이하길 원할 것이다.

나는 애꿎은 잠옷을 잡아 뜯으면서 루아를 곁눈질했다.

"루아야, 너는 어떡하고 싶어?"

"일단 얘기는 한번 해봐야겠지. 아직 뒈지지 않았다면 말이야."

시큰둥한 말이었으나 속은 그렇지 않다는 걸 알았다. 나는 목소리를 쥐어짰다.

"그, 그럼 나도……."

나도 같이 가겠다고 말하려는 순간 갑자기 턱이 확 들려 올라갔다.

"나 봐."

소리도 없이 코앞까지 다가온 루아가 내 턱을 잡아 올렸다. 나는 눈을 크게 떴다.

"루, 루아야?"

"왜 자꾸 피해? 하루 종일 눈 감고 있는 것만 봤는데 이젠 그마저도 안 보여줄 셈이야?"

루아의 얼굴이 아주 가까이서 보였다. 루아는 불만에 차 있었고, 할 말 또한 몹시 많은 듯했으나, 적어도 지금 당장은 얘기할 생각이 없는 모양이었다. 나는 눈도 깜박이지 않고 루아를 응시했다. 내가 생각을 중단하고 루아에게만 집중하자 루아의 눈에 어렸던 못마땅한 감정이 서서히 누그러지는 게 보였다. 그러나 쉽게 안심하는 나를 벌주듯이, 이번엔 조금 다른 의미의 시련이 찾아왔다.

더할 수 없이 가까워지는 거리에 놀라서 나는 미친 듯이 말을 더듬었다.

"저기, 루아야, 나 이도 안 닦았거든. 세수도 못 했단 말이야."

"상관없어."

루아가 딱 잘라 말했다. 루아는 아예 내가 뒤로 물러나지 못하게 허리를 붙잡고 있었다. 언제 입을 맞춰도 이상하지 않은 자세였으므로 나는 거의 울먹이면서 간절하게 부탁했다.

"나한테 일 분만 시간을 주면 안 될까? 삼십 초만이라도! 제발!"

결국 루아가 폭발하기 직전의 얼굴로 나를 잠시 놓아주었다.

"빨리 와."

나는 황급히 방에 딸린 욕실로 뛰어 들어가서 미친 속도로 이를 닦았다. 루아가 나만큼이나, 혹은 나보다 더 참을성이 없다는 걸 알기에 입안 가득 퍼지는 민트 향을 확인하자마자 칫솔을 집어 던졌다. 나는 물 컵이 떨어지는 소리도 무시한 채 욕실 밖으로 뛰쳐나가 루아의 품에 안겼다. 아니나 다를까, 루아의 입술이 즉각 내 입술을 찾았다.

거부가 불가능한 일이라, 내리깔린 속눈썹의 결이 고스란히 보여오는 찰나에 나는 눈을 질끈 감았다.

나를 필요로 해주는 네가 얼마나 좋은지 너는 알까.

내가 얼마나 네게 소중한 사람이 되고 싶은지 너는 알고 있니?

의심도, 책망도, 분노도 없었다. 그저 나를 아껴주는 손길만 있을 뿐. 입술에 맞닿는 입술이 부드럽기 그지없었다. 아, 따뜻했다. 애달플 정도로 조심스러워서 한숨이 나올 것 같았다.

나는 나와 루아의 마음이 똑같기를 원했다. 내가 루아를 원하는 만큼 루아도 나를 원하길 바랐고, 루아가 나를 첫 번째로 생각해 주길 소망했다. 두 번째도, 세 번째도 싫었다. 나는 루아에게 가장 필요한 사람이 되고 싶었다. 루아가 나보다 더 나은 여자는 없다고 생각해줬으면 했다.

"보고 싶었어. 꿈이 바뀌는 순간순간에도 네가 그리워서, 눈을 떴을 때 네가 와 있었으면 좋겠다고 생각했어."

입 맞추던 입술이 살짝 떨어진 사이, 나는 작게 중얼거렸다. 루아가 거만하게 웃었다.

"나는 언제든지 네 기대에 부응할 수 있어."

당장이라도 터질 것 같은 마음을 다스리는 건 불가능했다.

잠시 후 나는 루아에게 안긴 채 루아의 어깨를 만지작거렸다.

"발두르가 삼 년 전의 너를 보여줬어. 내가 벨모르로 떠나던 그날 밤의 너를."

작게 울리는 내 목소리가 아직 몽롱했다. 깊은 잠에 취한 듯, 짧았던 입맞춤에 취한 듯. 나는 애타는 심정으로 팔을 더 뻗었다. 루

아에게 매달리다시피 안겨들었다. 정말이지 아무리 끌어안아도
부족했다.

"난 그게 내가 무의식중에 만든 환상인 줄 알았는데."

"이젠 무슨 일이 있어도 너를 놓치지 않을 거야."

꾸역꾸역, 다시 차오르는 눈물을 삼켜가며 나는 속삭였다. 이건
루아에게 하는 말이면서 나 자신에게 하는 다짐이기도 했다.

나는 뻑뻑한 눈을 세게 문지르고 나서야 루아에게서 떨어졌다.

"그 공주는 너한테 이런 부스스한 모습은 절대 안 보이겠지?"

분위기도 전환할 겸, 일부러 입술을 삐죽이며 물으니 루아가 어
리둥절한 기색을 보였다.

"무슨 공주?"

나는 눈을 가늘게 떴다.

"시치미 떼지 마. 벨모트의 공주가 너한테 반했다는 건 모두가
아는 사실이거든?"

"그게 누군데? 난 벨모트에 공주가 있는 줄도 몰랐는걸."

그렇게 말하면 누가 좋아할 줄 알고. 나는 얼굴의 화끈거림을 애
써 무시했다.

"아…… 아무튼 그렇다면 그런 줄 알아. 나 마저 씻고 옷 갈아입
을 거니까 나가 있어."

"왜? 전처럼 내 앞에서 갈아입으려고 하지 않고? 이번엔 안 말
릴게."

루아가 웃으며 말했다. 나는 얼굴을 찡그렸다.

"빨리 안 나가지?"

얘가 진짜 못 하는 소리가 없다! 나는 루아의 등을 떠밀어 강제로 방 밖으로 내보냈다. 잔뜩 부어서 문을 걸어 잠근 다음, 드레스룸으로 뛰어가 옷장 문을 확 열어젖혔다. 아직 잠들지 않았던 건지 브리싱가멘이 멀쩡한 척하려 애쓰면서 물었다.

"우으……, 내가 도와줄까, 보니?"

나는 눈을 깜박였다. 메피스토펠레스가 있을 만한 장소로 짐작되는 곳들이 지금은 어떤 환경일지 몰라서 마냥 예쁜 드레스를 고를 수만도 없었다. 더욱이 브리싱가멘도 많이 피곤한 듯하니.

"그러지 않아도 돼. 어쩌면 산을 타야 될지도 모르거든. 그런데 브리, 이제 나랑 같이 있어도 괜찮은 거 맞지?"

"물론이야. 정말 고마워, 보니. 꼼짝없이 저 황제의 도움을 받아야 되는 건가 싶어서 우울했거든. 글쎄, 미가엘은 황제가 나를 괴롭히는데도 본 척도 안 하는 거 있지? 웬일로 좀 곁에 있어주는가 싶더니 누가 피도 눈물도 없는 놈 아니랄까 봐, 그냥 휙 가버렸다고!"

투정부리는 것 같은 귀여운 목소리에 나는 웃음을 흘렸다. 잠시 옷장을 살펴보다가 나는 활동하기 편한 클래식 스타일의 검은색 드레스를 고른 뒤, 내가 집어 던진 칫솔과 물 컵이 나뒹구는 욕실로 들어가서 간단하게 세안을 했다. 거울에 비친 내 모습이 수척하기는커녕 생기가 넘쳐흘러서 놀라울 따름이었다.

부스스한 머리를 하나로 풍성하게 땋으며 아래층으로 내려가자, 저택의 주인처럼 홀을 독차지하고 있는 루아가 보였다. 나는 드레스와 마찬가지로 검은 리본을 이용해서 머리를 고정했다. 숱이 많은 분홍색 머리칼이 모양 좋게 내려앉았다.

"다 됐어. 가자."

그러나 루아는 소파에서 일어나는 대신 테이블 위에 놓인 음식들을 가리켰다. 늦은 시간이라 다들 잠들었건만 크림수프와 오트밀, 버터를 바른 말랑말랑한 빵에선 모락모락 김이 피어오르고 있었다.

"그전에 이거부터 먹어. 너 꼬박 하루 동안 아무것도 안 먹었잖아."

나는 루아를 빤히 쳐다보았다.

"나 감동 받아서 눈물 날 것 같아."

"퍽이나."

루아는 그렇게 말하면서도 내 시선을 피했다. 새하얗던 루아의 얼굴이 조금 붉어진 게 보여서 입이 벌어졌다. 어떻게 여기서 더 좋아질 수 있는 건지 나로서도 의문이었다. 확실히 속이 허하긴 했지만 이런 상황에서 배고프다고 하기도 좀 망설여졌던 터라, 루아의 배려가 더욱 고마웠다.

나는 재빨리 음식을 먹어치우고, 혹시라도 엄마가 깰까 봐 서둘러 저택 밖으로 나왔다. 지금 부모님에게 외출하려는 걸 들켰다간 루아도, 나도 무사하지 못할 것이 뻔했다. 그 목적을 알고 난다면 틀림없이 반대하실 거였다.

오르페데스의 거리는 마법으로 만든 색색깔의 빛 덩이를 띄워 제법 환했다. 황제의 방문을 환영한다는 뜻을 담아 벨모트 왕실 마법사들이 직접 설치한 것인데, 밤이 밝아진 덕분에 평민들 또한 늦게까지 연회를 벌이고는 했다. 나는 각양각색의 사람들이 우리를 스쳐 지나갈 때마다 긴장했다. 다행히 루아는 줄곧 성인 남자의 모습을 하고 다녔으므로, 열다섯 살의 루아를 알아보는 사람은 없었다.

루아와 어느 곳으로 먼저 갈지를 의논하다가 나는 익숙한 인영을 보고 멈춰 섰다.

"어, 체르지안?"

훤칠한 키에 검은색 머리칼과 잘 어울리는 깔끔한 용모를 가진 남자는 분명 체르지안이 맞았다. 그는 화려한 반가면을 파는 가게 앞에서 누군가와 대화를 나누고 있었는데 그 남자 역시 내가 아는 사람이었다. 제법 떨어진 거리였음에도 그의 은백색 머리카락이 뚜렷하게 보였다.

"알베이흐 선배도 있……."

"시간 없어."

루아가 다짜고짜 말을 끊더니, 내 허리를 붙잡고 그대로 날아올랐다. 깜짝 놀란 나는 비명을 지르지 않으려 입을 틀어막았다가 몇 번의 심호흡을 한 끝에 진정을 되찾았다.

"어, 어디로 가려고?"

"그 산."

루아가 짧게 대답했다. 바람에 나부끼는 잔머리를 뒤로 넘기면서 나는 눈살을 찌푸렸다.

"산이면…… 파우스트와 살았던? 하지만 무슨 산인지는 모르는걸."

"밤마다 무지개가 걸렸다고 했잖아. 어딘지 알 것 같아. 애초에 그놈 성격상 뻔하지."

이윽고 루아가 나를 데려간 곳은 까마득하게 높은 검은 산이었다. 나는 산 입구에 박힌 나무 팻말을 빤히 응시했다. 지금은 잘 사용하지 않는 벨모트식 고어로 '비프로스트'라는 명칭이 새겨져 있었다. 벨모트의 전설 속에서 비프로스트 산은 발두르가 사는 신의 세계와 우리가 사는 세계를 이어주고 있는 다리로 등장했다.

분명 들어본 적 있는 이름이었다. 그러니까, 결코 좋은 의미는 아니었다.

"여긴……."

"메피스토펠레스는 이곳에 있어."

루아가 무미건조한 투로 말했다. 나는 아카데미에서 체르지안이 들려줬던 말을 생각하느라 루아가 마법을 쓰는 것도 가만히 지켜보고만 있었다.

그때 체르지안은 최근 들어 '흥미로운' 사건들이 많이 일어났다면서, 그중 하나로 비프로스트 산에 바쳐졌던 소녀 백 명이 정체불명의 마력 때문에 죽었다는 사실을 꼽았다.

그리고 브리싱가멘은 발두르의 제물을 가로챈 것이 루아라고 말했었다.

"루아야, 너 이곳에 와본 적 있어?"

나는 불쑥 물었다. 루아가 나를 곁눈질하더니 속을 짐작할 수 없는 목소리로 대답했다.

"있어."

그 직후 루아의 마법이 공간을 일그러뜨렸으므로, 나는 숨을 삼켜야만 했다.

머리 위에서 색채의 물결이 일렁였다. 흐릿한 빛을 내뿜는 무지개에 감싸인 비프로스트 산은 자정임에도 어둡지 않았다. 그러나 산 특유의 음산함까지 없애주지는 못했는데, 나뭇가지와 나뭇잎 사이를 넘나드는 바람이 으스스한 소리를 냈다. 뱀이 기어가는 소리 같기도 했다.

한기가 돌았다. 산의 나무들은 끝이 안 보일 정도로 기둥이 높고 가늘었으며, 수시로 나뭇잎을 떨어뜨렸다. 익숙하면서…… 낯설었다. 불안하게 떠돌던 내 시선이 우거진 수풀 사이로 언뜻 보이는 오두막의 지붕을 발견하자마자 꽂힌 듯 멈췄다.

"저기."

단단한 나무를 기워 만든 집은 펠레스가 있다는 걸 알려주기라도 하려는 듯이 문을 벌리고 있었다. 나는 명멸하는 무지갯빛과 루아의 손에 의지해 오두막 안으로 조심조심 발을 내딛었다. 바닥은 매끄러웠고, 먼지 한 톨 떨어져 있지 않았다. 산 속에 버려진 폐허라고는 믿어지지 않게 깔끔했다.

내가 펠레스를 찾아 고개를 두리번거리기도 전에 그 음성이 귀를 파고들었다.

"안젤리크 양."

나는 소리가 들린 방향으로 시선을 돌렸다. 책장과 테이블 사이의 벽에 기대어 힘없이 주저앉아 있는 남자가 보였다. 혈색이 없어 백색의 달처럼 창백하지만 너무나 아름다운 남자가.

신의 사자였으나 악마이고, 타락했지만 여전히 고결했다.

"……폐하."

펠레스가 쓴웃음을 지었다. 어쩐지 반가워하는 기색을 보였으므로 나는 평소처럼 퉁명스럽게 받아치면서도 다소 어리둥절했다.

"두 번 다시 만나지 않았으면 좋겠다더니. 그리고 이제 와서 안젤리크라고 불러봤자 전혀 신사적으로 안 보이거든?"

"송구합니다."

알 수 없는 위화감, 그리고 심란함에 사로잡혀 나는 경계를 풀지 않았다. 반면 루아는 선뜻 펠레스에게 다가갔는데, 하마터면 나는 루아를 붙잡을 뻔했다. 나는 당황해서 급히 손을 거둬들였고, 루아는 눈치 채지 못했는지 그대로 펠레스의 상처를 살폈다.

"뭐라고 도발했길래 미가엘이 너를 공격했지?"

펠레스가 루아처럼 순순히 제게 다가오지 않는 나를 힐끗거리면서 희미하게 웃었다.

"특별한 언행을 한 것은 아닙니다. 단지…… 지나치게 솔직했을 뿐이지요."

"내가 보니의 얘기를 듣고 너를 찾을 걸 모르진 않았을 테고, 그럼 유언이라도 들어달라고 기다린 건가?"

"저는 아직 죽을 수 없습니다."

나는 눈을 깜박였다. 루아가 잠시 말을 멈추는가 싶더니 평소와 같은 달콤한 톤으로 이어 말했다.

"하지만 나는 널 살려주기 싫은걸. 너무 손해 보는 것 같단 말이지."

"보니가 제 죽음을 지켜보게 만들 생각이십니까?"

노골적으로 보이는 도발이었으나 루아는 펠레스의 속셈을 알면서도 반응했다.

"보니라고? 누구 앞에서 그 이름을 막 불러?"

루아가 펠레스의 상처 부위에 손가락을 밀어 넣었다. 펠레스가 고통을 참지 못하고 이를 악물었다.

나는 기겁하며 뛰어가 루아를 말렸다.

"야!"

얘가 진짜! 나는 황급히 루아를 잡아당겨 펠레스에게서 떨어뜨렸다. 정말 간 떨어지는 줄 알았다!

"그만 돌아가자."

루아가 냉정하게 말했다. 나는 주춤거렸다.

"하, 하지만……."

"펠레스가 죽지 않았으면 좋겠어?"

그늘에 감싸인 푸른 눈이 번져들 것처럼 선명했다. 나는 솔직하게 털어놓았다.

"네가 후회하지 않았으면 좋겠어."

루아는 언제나 내 목소리에 귀를 기울였고, 이번에도 마찬가지였다.

루아가 한숨을 쉬며 가늘게 뜬 눈으로 펠레스를 돌아보았다.

"얻는 게 있으면 잃는 것도 있어야지. 그 목숨을 연명시켜주면 너는 나한테 뭘 줄 거지?"

"무엇을 원하십니까?"

루아는 즉시 대답했다.

"파우스트와 맺은 계약을 파기해."

녹음 진 숲의 산뜻한 푸름이 아닌, 전혀 다른 세계의 녹색을 띠는 것 같은 펠레스의 눈이 흔들렸다. 그가 뜸을 들였다가 천천히 말했다.

"제가 악마로 있는 이상은 무리입니다만."

"그 점은 보니가 알아서 할 테니 걱정 마. 네 주인은 죽어서도 너를 그 빌어먹을 요안나와 떨어뜨리고 싶어 했으니."

나는 눈을 깜박였다.

"지, 지금 나더러 뭐, 뭘 하라는 거야?"

당연히 당황스러울 수밖에 없었건만, 루아는 몹시 수상쩍고 위험한 미소를 지었다. 그만큼 매력적이었으나 역시 위험했다.

"내가 후회하지 않았으면 좋겠다고 했지?"

부드럽게 퍼지는 목소리에 나는 의심하면서도 고개를 끄덕였다.

"으응."

"손 줘봐."

나는 루아가 시키는 대로 얌전히 손을 내밀었다. 루아가 제게 뻗어진 내 손을 돌려서 손바닥이 위로 드러나게 하더니 자기 손을 포 갰다. 그러나 입안의 간질거림을 느낄 새도 없이 살갗 속으로 가시처럼 뿌리박는 이질감에 나는 입술을 깨물어야만 했다.

바닥이 진동하는 것 같았다. 넘실거리는 금빛 기류가 지하 어딘가에서부터 올라와 오두막 전체를 덮었다가, 순식간에 녹아 없어졌다. 나는 똑바로 서 있는 것조차 힘겨웠다. 브리싱가멘에게 신성한 권능으로 바뀐 마력을 나눠줬을 때보다 배는 더 진이 빠졌는데 갑자기 뭔가 깨지는 소리가 났다. 펠레스의 손목에 감겨 있던 보이지 않는 계약의 사슬이 부스러지는 소리였다. 그건 메피스토 펠레스가 악마가 된 이유였고, 파우스트가 그를 붙잡을 수 있는 마지막 수단이었다.

이것으로 파우스트와 펠레스의 연결고리는 완전히 끊어졌다.

"참 이상하죠. 제 주인은 죽었는데 어째서 제가 아직 신의 사자로 돌아올 수 있는 걸까요? 섬길 주인이 없는데 왜?"

펠레스가 홀린 듯이 중얼거렸다. 루아는 그저 무감한 얼굴이었다.

"알 게 뭐야."

나는 숨을 몰아쉬며 무릎을 짚었다. 기절하기 직전인 나와 달리 루아는 멀쩡했고, 펠레스의 상처 또한 씻은 듯이 사라지고 없었다. 미가엘이 성력으로 입힌 상처였으니 나를 통해 발두르의 힘을 전해 받은 지금은 전혀 위험할 게 없었다.

번들거리는 침묵이 뒤엉켰다. 펠레스가 벽에 의존하여 자리에서 일어났다.

"요안나도 계약이 깨졌다는 걸 눈치 챘을 겁니다. 저는 돌아가 봐야 해요."

고맙단 인사는 바라지도 않았지만 확실히 이건 좀 너무한 처사였다. 머리를 들 힘만 있었어도 펠레스에게 한소리 했을 텐데.

내가 못마땅해하든 말든, 펠레스는 초조한 심정으로 말을 덧붙였다.

"요안나가 돌이킬 수 없는 선택을 하기 전에."

이미 나에게 모든 얘기를 전해들은 루아는 놀라지도 않고 대꾸했다.

"네가 말하는 돌이킬 수 없는 선택이란 어머님의 죽음을 두고 하는 말인가? 그렇다면 나야 환영인데. 어차피 나를 개만도 못한 놈으로 취급하는 어머니신걸. 그토록 사랑해 마지않는 파우스트와 나란히 죽더라도 놀랄 것도 없지."

목이 막혀서 소리가 나오지도 않았다. 흡, 후아. 나는 크게 숨을 들이마셨다. 그동안 펠레스가 꾸준히 이곳을 찾아와 관리했던 것 같기에 다행이지, 먼지와 거미줄투성이였으면 진작 질식했을지도 몰랐다.

　가까스로 굽혔던 허리를 바로 하자, 걱정스럽게 루아를 살피는 펠레스가 정면에서 보였다.

　"전후사정이 어찌 됐든 요안나는 아직 교황의 자리에 있습니다, 폐하. 그녀는 폐하를 악마의 화신으로 몰고 갈 수도 있어요."

　"사실이잖아?"

　나와 펠레스는 동시에 얼굴을 찡그렸다.

　"폐하뿐만이 아니라 안젤리크 양의 가문까지 위험해질 수 있습니다."

　"네가 언제부터 그렇게 보니를 생각했는진 모르겠지만……."

　갑자기 루아가 나를 보고는 돌연 말을 멈췄다. 자제하려는 듯 잠시 머뭇거리는가 싶더니 곧 미간을 찌푸렸다.

　"집에 데려다줄게."

　"싫어. 네가 걱정된단 말이야."

　나는 잠긴 목소리로 고집스럽게 말했지만, 자신감이 없으니 금세 위축되었다.

　"내가 방해돼서 그래? 짐이 될까 봐?"

　"아닌 거 알잖아."

　루아가 왜 그런 뜬금없는 말을 하냐는 듯이 눈알을 굴렸다. 나는 움츠러들지 않으려고 애쓰며 말했다.

　"그럼 같이 있을래."

　"내가 이 산에서 수백 명의 사람을 죽였다고 해도?"

"상관없어."

나는 저택에서 루아가 했던 말을 똑같이 따라 했다. 집에서 꼼짝없이 기다릴 바에야, 위험을 감수하고서라도 루아의 곁에 있는 편이 훨씬 안심될 것 같았다. 최소한 내 손이 닿을 수 있는 곳에 루아가 머물렀으면 했다. 이것이 욕심인 줄을 알면서도 참을 도리가 없었다.

"나중에 후회하지 마."

루아가 어쩐지 안도한 눈치여서, 나는 단호하게 대답하길 백 번 잘했다고 생각했다.

새로 갈아 낀 창문이 덜컹거렸다. 산이니 돌풍이 불어닥치는 것도 놀랍지 않았는데, 갑자기 루아가 얼굴을 굳혔다.

그 일은 정말로 순식간에 일어났다.

아주 큰 굉음이 있었다. 바람. 소음. 그리고 격렬한 땅의 흔들림. 산 전체가 요동칠 정도로 지독한 공격이었다. 뿌리째 떠올랐던 나무들이 지면에 거꾸로 처박히면서 흙과 바위를 튀겼다. 하지만 무엇도 나를 상처 입히지 못했다. 나는 그 사실에 용기를 얻어 본능적으로 머리를 감쌌던 손을 조심스럽게 내렸다. 그러나 이미 한때 메피스토펠레스와 파우스트의 아늑한 보금자리였던 오두막은 완전히 뒤집혀서 형체를 알아볼 수도 없었다.

나는 루아의 품에 안겨 있었는데, 그 품이 아까보다 유독 크게 느껴지는 걸 보니 루아는 어느새 성인의 모습으로 변한 듯했다. 허리를 감싼 팔이 믿어지지 않게 단단했다.

내 눈이 자연히 루아의 시선이 멈춘 곳으로 향했다. 달을 등지고 허공에 떠 있던 한 남자가 천천히 수직으로 내려오고 있었다.

"……미가엘?"

나는 몹시 혼란스러웠다. 어째서 미가엘이 우리를 공격한 건지 알 수 없었으나, 그 잠깐의 무지는 펠레스의 신음 소리를 듣는 순간 깨졌다.

"어째서 그를 구했지?"

미가엘이 나에게 말했다. 그는 나를 원망하고 있었다.

메피스토펠레스의 기억을 보고도 그를 신의 사자로 되돌린 나에게 증오를 겨눴다.

"주인을 버린 개는 거둘 가치가 없는 미개한 짐승이다."

"미개한 짐승인지, 아닌지는 주인이 판단하는 거고."

루아가 심히 짜증스럽다는 투로 말했다. 미가엘이 또 공격할 거라고 생각하는지 루아는 나를 놓아주지 않았다.

산 속의 숲 위를 수놓던 무지개는 흐트러지고 없었다. 저 혼자 고고한 백향목처럼 지면을 밟은 미가엘이 무엇도 비추지 않는 회보라색 눈으로 루아를 응시했다.

"너는 내 주인이 아니다."

"보니한테 메피스토펠레스를 사자로 되돌릴 힘을 준 건 네 주인이고 말이지."

"철없는 실수라 덮어주기엔 이미 너무나 오랜 시간이 지났다. 한 번 떠난 놈을 다시 동기로 받아봤자 돌아오는 건 뻔한 배신일

터.”

미가엘이 검을 휘두르자, 산이 비명을 질렀다. 거센 바람이 귀를 할퀴고 지나갔다. 찢어발기는 것 같은 절규가 사그라들고 나니 미가엘이 검을 휘두른 모양대로 잘린 수백 그루의 나무들이 눈에 들어왔다. 그러나 펠레스는 미가엘의 분노 따위는 아무래도 좋다는 듯, 절망에 빠진 눈으로 루아를 재촉했다.

“폐하, 어서 요안나를 막지 않으면…….”

미가엘은 재차 공격을 감행했다. 루아가 이를 갈며 미가엘의 성력을 상쇄시켰다. 근원은 같을지언정 중간에서 각각 성력과 마력으로 갈라진 상극의 힘이 허공에서 맞부딪치자 대기가 둘로 쪼개지는 듯했다.

“여기서 끌 시간 없어. 일단 너도 따라와.”

마법을 이용하여 공간이동을 할 때면 늘 그랬지만, 이번엔 유독 현기증이 심했다. 정신은 혼미한 데다 속이 메슥거렸다. 사방이 빙글빙글 도는 것 같았다.

심호흡을 반복하며 머리를 든 나를 가장 먼저 반겨준 건 아카시아 제국의 달콤한 하늘이었다. 하지만 그 하늘은 연기로 얼룩져 있었다. 바람을 따라 흩날리는 검은 조각은 재였으며, 탄 냄새가 진동했다.

나는 뭔가 이상하다는 것을 깨달았다.

“……이게 대체.”

불. 나를 둘러싼 세계가 통째로 불살라지고 있었다. 황성을 집어삼킨 새빨간 불길이 심연에서부터 피어 올라온 악귀처럼 이글거렸다. 범람하며 다른 건물에 옮겨 붙는 기세가 질릴 정도였는데 이상하게도 화재를 진압하고자 애쓰는 사람이 아무도 없었다.

눈이 쓰라렸다. 단지 보는 것만으로도 화상을 입을 것 같은 극렬한 불이었다. 나는 어찌할 바를 몰라 아연하게 불타는 황성을 올려다보았다. 그을리고, 무너지고, 바스라지는 황제의 궁전을 보고 있으려니 선황제 폐하가 떠올랐다.

내가 루아를 돌아보기 전에, 미가엘이 펠레스에게 다시 한 번 검을 겨누기 전에 번져드는 불씨를 뚫고 가녀린 신음 소리가 귀에 닿았다. 당황한 것도 잠시, 나는 황성 입구에 쓰러져 있는 낯익은 여자를 발견하고 황급히 뛰어갔다.

"로벨리안!"

루아의 시녀는 피투성이였다. 내 부축을 받아 간신히 고개를 든 로벨리안이 눈물을 떨구었다.

"폐하……, 아가씨……."

피가. 나는 사색이 되어 로벨리안의 배를 살폈다. 출혈이 너무 심했다. 단순히 검에 관통당한 것이 아니라 몇 번은 쑤셔진 것 같았다. 조롱당한 것처럼 엉망이었다.

"도망치세요……, 어서."

로벨리안이 피 묻은 손으로 나를 밀어냈다. 하지만 나는 도망칠 수 없었다. 그럴 수 있다고 해도 더 이상 피하지 않을 것이었다.

"브리!"

나는 한 손으로 세상에서 가장 화려한 목걸이를 붙잡고, 다른 손으로는 로벨리안의 머리를 받쳤다. 다행히 얕은 잠에 빠졌던 건지, 투정을 부리던 브리싱가멘이 곧 사태의 심각성을 깨닫고 사람의 모습으로 변했다.

로벨리안의 눈이 크게 뜨이는 것도 무시하고서 나는 브리싱가멘에게 부탁했다.

"로벨리안을 치료해줘."

이제야 비로소 발두르의 성력을 온전히 받아들였으니, 더는 브리싱가멘도 나약한 사자가 아니었다. 그녀가 즉시 로벨리안에게 손을 뻗었다.

"나한테 맡겨."

브리싱가멘이 로벨리안을 치유하는 동안, 나는 덜덜 떨면서 주위로 눈을 돌렸다. 연기와 재가 불길이 지나간 자리를 노도처럼 덮고 있었다. 너울거리는 붉은 폭군이 바람에 쓸려 수그러질 때마다 언뜻 보이는 궁전 안에는 시체들이 즐비했다. 루아를 시중들던 다른 시녀들은 대부분 죽어 있었다.

비단 시녀들뿐만이 아니었다. 우스꽝스러운 자세로 죽은 병사들은 물론이거니와 참혹하게 불탄 귀족들의 시신도 보였다.

파우스트.

이건 전부 그의 짓이었다.

이를 악물고 증오와 두려움을 삼키려니, 브리싱가멘이 만든 황금색 빛을 잠시 지켜보던 루아가 무감하게 입을 열었다.

"프라가라흐."

그 부름에 응답하듯 허공에서 화려한 불길이 솟아올랐다. 아니, 그건 성을 불태우는 염화가 아니라 불같은 머리카락을 가진 프라가라흐였다.

"나도 할 만큼 했다."

그가 부서진 방패를 바닥에 떨어뜨리며 말했다. 그는 잿빛 머리카락을 가진 소년을 들쳐 업고 있었다. 처음 보는 얼굴이었지만 나는 이지스를 한눈에 알아볼 수 있었다.

프라가라흐가 기절한 이지스를 신경질적으로 바닥에 내려놓으며 이를 갈았다.

"이거 전부 교황 혼자서 벌인 짓이야. 성력을 대량 살인에 쓰다니 그놈도 어떤 의미론 대단하지 않아? 과연 배신자가 키운 놈다워."

슬쩍 미간을 찌푸린 브리싱가멘이 작은 덩치에 어울리지 않게 거뜬히 로벨리안을 안아 올렸다. 숨소리가 제법 규칙적으로 돌아온 게, 로벨리안은 걱정하지 않아도 될 것 같았다.

나는 브리싱가멘이 로벨리안을 안전한 곳으로 옮기는 걸 도와주며 뒤를 힐끔거렸다. 프라가라흐는 뻣뻣하게 굳어 있는 펠레스를 보며 살의를 담아 빈정거리기 바빴고, 루아는 타인의 일을 논하듯이 무감했다.

"아무래도 여기서 제 무덤을 팔 모양인데."

프라가라흐가 쉬이 수긍했다.

"죽을 각오를 하지 않고서야 이런 병신 같은 짓을 벌일 리 없지. 갑자기 무슨 바람이 불어서 이런 추잡한 짓거리로 성력을 낭비하는진 모르겠다만…….."

펠레스를 지나 루아와 미가엘에게, 그리고 다시 펠레스에게 돌아온 프라가라흐의 눈이 돌연 크게 뜨였다. 그가 뒤늦게 펠레스의 변화를 눈치 채고 경악했다.

"너, 어떻게 다시 돌아왔지?"

나는 루아의 시선이 그렌트헨의 궁전을 향해 옮겨가는 걸 보았다. 가까스로 정신을 차린 펠레스가 제게 삿대질을 하는 프라가라흐를 밀어냈다.

"설명할 시간 없습니다. 저는 지금 당장 요안나를 찾아야……."

"지랄 마. 뭐 이런 개 같은 경우가 다……."

백색을 띤 그렌트헨의 궁전은 저 혼자 멀쩡했다. 마치 덫처럼. 이리 오라는 듯이.

루아의 얼굴이 일그러졌다.

그렌트헨의 궁전으로 향하는 루아의 걸음엔 망설임이 없었다. 아무리 저를 무시하고 기만하고 외면해도 결국 루아는 그렌트헨을 완전히 등지지 못했다. 그럴 수밖에 없었다.

"루아야!"

나는 브리싱가멘에게 로벨리안을 부탁한다는 말을 남기고서 급하게 루아의 뒤를 따랐다. 그렌트헨이 누구를 사랑했고 무엇을 묵인했는지는 중요하지 않았다. 그녀의 안위를 걱정하는 데 있어 그녀가 어떤 사람인지는 전혀 고려할 필요성이 없다는 소리였다.

그렇기에 나는 마르가레테 그렌트헨이 가엾기 때문에 구원받아야 한다는 펠레스의 말에 동의할 수 없었다. 하지만 그렇다고 그렌트헨이 죽게 내버려둘 수도 없는 노릇이었다.

그녀는 루아의 어머니였다.

단지 그 사실만으로도.

새까만 재가 시야를 어지럽혔다. 바람이 불씨를 퍼뜨리며 화재를 더 키우고 있었다. 불붙은 나무가 쓰러지자 그 불에 삼켜진 백합 화단이 송두리째 불타올랐다. 격렬한 춤사위였다. 바람을 따라 난잡하게 흔들리며 손끝이 닿는 모든 곳을 불바다로 만들었다. 파우스트는 가장 성스러운 힘으로 가장 악랄한 살육을 저지르고 있었다.

끔찍한, 끔찍한 밤이었다. 나는 그렌트헨의 궁전을 향해 달리면서 역겨움을 참고 시신들을 훑었다. 야외 경비를 서던 병사들은 잠든 듯이 죽어 있었다. 황제의 궁전을 빠져나오자 파우스트의 의도가 너무나 극명하게 보였다. 역겹게도 황제의 궁전 바깥에 있던 사람들은 참 인도적인 죽음을 맞이한 뒤였다.

나는 수십 번을 찔린 듯한 몰골로 있던 로벨리안을 떠올렸다. 개 같은 자식이 아닐 수 없었다. 파우스트는 루아가 충격받길 바라고 일부러 로벨리안을 잔인한 방식으로 공격했을 터였다. 로벨리안이 루아와 가까운 시녀라는 사실을 알고서 그리 처참하게.

타는 듯한 열기가 숨을 막히게 했지만 뒤 한번 돌아볼 수 없었다. 가까스로 루아를 따라잡은 나는 붉은 밤에 대비되어 더욱 고아하게 보이는 그렌트헨의 궁전을 올려다보았다. 굳게 닫혔던 성문이 알아서 입을 벌려 루아를 받아들였다. 그것이 루아의 마력때문인지, 아니면 파우스트가 부린 또 다른 수작의 일환인지 나는 몰랐다.

"들어가려고? 그러다 그 귀여운 얼굴에 상처라도 나면 어쩌게?"

어느새 따라온 건지 프라가라흐가 바로 옆에서 말했다. 나는 숨이 막혀서 죽을 것 같은데 참으로 태연한 표정이었다. 아니, 오히려 그는 흥미로워하는 기색을 보였다.

"하기야 너도 궁금하긴 하겠지. 부디 파우스트가 죽는 광경을 메피스토펠레스가 봐야 할 텐데."

프라가라흐는 루아가 파우스트를 죽이리라 믿어 의심치 않는 듯했다. 그러길 노골적으로 바랐다. 나는 그런 그를 무시하고 루아를 따라 성 안으로 뛰어 들어갔다.

그렌트헨의 궁전은 몹시 싸늘했다. 벽 너머에 잠들어 있던 한기가 기어 나오는 것 같은 느낌이었다. 나는 불길한 전조에 휩싸여 넓은 홀을 가로질렀다. 백금으로 표면을 감싼 천사 장식이 벽을 타고 천장까지 이어져 있었다. 그 화려함이 극치에 달해 벽 자체가 하나의 예술품이나 다름없었다. 성모의 발현을 형상화시킨 걸작이라 예부터 누누이 칭송받았지만, 모든 게 무의미해진 지금은 그저 알 수 없는 위화감을 안겨줄 뿐이었다.

"루아야?"

내 목소리가 홀 곳곳에 부딪혀 기묘하게 울렸다. 나는 드넓은 홀의 한가운데서 뻣뻣하게 굳어 있는 루아를 보고 걸음을 멈췄다.

그 앞에 교황이 서 있었다.

"꽤 빨리 오셨군요. 아쉬울 정도예요."

나는 조용히 숨을 들이켰다. 그토록 많은 사람을 죽였음에도 불구하고 파우스트의 흰 예복은 한 점의 붉은 얼룩도 없이 정갈했다. 마치 깜깜한 빛 속에서 의식을 치르고 나온 것처럼. 하얗다 못해 무색인 것 같은 그의 머리카락은 비늘처럼 까끌거리는 눈동자와 똑같은 빛깔이었다.

나는 그의 손에 들린 정체불명의 놋그릇에 주목했다. 참으로 뜬금없는 만큼 공포스러웠다. 그릇 안에 든 내용물은 가벼운 금속 재질로 만든 둥근 덮개에 의해 철저하게 가려져 있었다.

참을 수 없이 불길했다. 덮개로 가려진 것이 무엇인지 상상하고 싶지도 않았다.

"요안나."

발소리도 없이 다가온 메피스토펠레스가 나를 스쳐 지나가며 말했다. 그건 애원이었다.

귀가 멀어버린 파우스트에겐 결코 닿지 않는.

"살아 있었습니까? 목숨을 부지하고 있으면서 나와의 계약을 파기한 거예요? 역시 당신도 똑같군요. 누가 그 주인의 그 개가 아니랄까 봐 다를 바가 없어요.”

파우스트가 목줄이 풀린 짐승처럼 조소했다. 증오와 환멸로 씹어 뱉는 경멸이었다. 그러나 평소와는 전혀 다른 두려움이 섞인 가장이었다. 황성을 피와 불로 물들인 주제에 파우스트는 겁에 질려 있었고, 메피스토펠레스를 극도로 경계했다. 그것을 내가 알아차릴 수 있을 정도로 파우스트는 자기 자신을 제어하지 못하고 있었다.

숨소리조차 벽에 부딪혀 울리는 것 같았다. 파우스트가 제게 다가오려는 펠레스를 거부하느라 저도 모르게 두어 걸음 물러섰다. 그 행동에 본인 스스로도 놀랐는지 곧 참혹하게 얼굴을 일그러뜨렸다.

“결국 너도 다를 바가 없었는데.”

“그런 게 아니야, 요안나. 제발 내 얘기를 들어줘.”

펠레스는 거의 빌고 있었다. 실의, 슬픔, 절망, 그리고 이루 말할 수 없는 절박함. 죽을 것처럼 낙심에 빠진 펠레스의 목소리에선 그 같은 감정들이 강렬하게 묻어나왔다. 그들은 서로가 서로의 가축이었다. 하나의 줄로 서로의 목을 묶고 각각 반대편을 향해 내달렸다. 단지 다른 곳으로 달렸을 뿐인데 동시에 목이 졸리니 어찌할 바를 몰랐다.

나는 이들의 과거를 엿보았고, 시간이 이들의 문제점을 해결해 주지 못했다는 것도 어렴풋이 짐작했다. 파우스트와 메피스토펠레스는 서로를 몹시 필요로 하는 주제에 온전히 이해하려고 들지는 않았다. 이해받기를 원하면서 이해하기를 거부했다. 메피스토펠레스는 근본적인 결함을 가진 파우스트를 동정했고, 파우스트는 펠레스에게 동정이 아닌 다른 것을 원했다. 그러나 그는 발악으로 지킨 자존심이 우선인 사람이라, 충동적이고 어리석은 선택을 할지언정 제 마음을 표현하지는 못했다. 숱한 상처가 그를 겁쟁이로 만들었다.

파우스트가 나한테 동질감을 느꼈듯이, 나도 그에게 역겨운 동질감을 느꼈다.

"내게 주었던 힘을 거둬 가려고 온 거라면, 이미 늦었다고 해두죠. 보다시피 황성을 이 꼴로 만드는 데 전부 써버린 터라."

경직됐던 표정을 가다듬는 데 성공한 파우스트가 고전적인 희극 배우처럼 한껏 비열하게 웃었다. 머릿속을 잡아 찢는 조롱이었다.

불규칙하게 숨을 고르며 루아가 소름 끼치도록 낮은 목소리로 그의 말을 잘랐다.

"어머님은 어디 있지?"

"그래도 낳아준 어미라고 신경은 쓰이나 봅니다? 걱정 마세요, 이곳에 있으니까."

심장이 덜컥 내려앉았다. 파우스트가 공포에 휩싸인 나와 기꺼이 눈을 마주쳤다. 시든 설원 같은 그의 눈동자가 나를 얼어붙게 만들었다.

이윽고 그가 내뱉는 단어 하나하나가 저주가 되어 망막에 꽂혔다.

"지금 이 장소에."

이성을 잃은 루아가 파우스트의 목을 조르는 것보다 파우스트가 덮개를 여는 것이 더 빨랐다.

펠레스가 탄식하는 소리가 들렸다.

돔 모양의 덮개가 벗겨지면서 바닥으로 떨어지는 순간, 나는 손으로 입을 틀어막았다. 아. 나는 이 여파를 감당할 수 없었다. 비명조차 나오지 않았다.

발밑이 부서진 것 같은 루아의 음성이 들렸다.

"……어머니."

덮개가 벗겨진 그릇 위에, 그동안 넘치도록 뭉쳐 있던 긴 암갈색 머리카락이 주르륵 흘러내렸다. 그건 잘린 머리에 가닥가닥 붙어 있던 수많은 실들이었다.

나는 그릇이 반사하는 녹슨 빛에 눈이 먼 것처럼 그녀를 응시했다. 갸름한 얼굴. 마력을 이용하여 억지로 젊음을 되찾았던. 늘어진 머리카락이 핏기 없는 얼굴을 타고 미끄러져서 이마와 눈을 절반 가까이 가렸으나, 이미 예전에 선명히 각인되어 있던 인상이었다.

그렌트헨의 머리가 음식을 담는 그릇에 보란 듯이 놓여 있었다.

"폐하!"

펠레스의 고함은 갑자기 불어닥친 바람 때문에 거의 들리지도 않았다. 나는 신음하며 최대한 눈을 똑바로 뜨려 노력했다. 언제 머리끈이 풀렸는지 잔뜩 헝클어진 분홍색 머리카락이 마구 휘날렸다.

"루아야!"

가까스로 내민 손이 루아에게 닿지 않았다. 펠레스가 나를 막아섰다.

"위험합니다. 가까이 다가가지 마십시오."

루아가 머리를 숙였다. 어깨는 덜덜 떨렸고, 질식할 것처럼 간헐적으로 숨을 몰아쉬고 있었다. 나는 루아의 몸에서 나오는 검은 기류가 바람이 아니라 마력 그 자체라는 사실을 비로소 깨달았다.

"뭘 그리 놀라세요. 조금 기뻐해보지그래요? 당신이 그토록 찾던 어미가 여기 있는데."

루아가 보는 앞에서 그렌트헨의 머리채를 움켜쥐고 흔들며 파우스트가 미친 듯이 웃음을 터뜨렸다. 공포마저 불러일으키는 요란한 홍소였다. 그는 정말 생피를 토할 것처럼 웃어댔다. 세상에서 가장 고결한 자의 옷을 입고. 새하얀 백색으로만 이루어져서는.

실눈을 뜨는 것조차 힘겨워졌을 때 루아가 파우스트를 향해 한 발 내딛었다. 그러자 파우스트가 그렌트헨의 머리를 바닥에 떨어뜨리더니, 발로 툭 차서 루아가 있는 쪽으로 굴렸다.

"아, 걱정 마요. 당신을 봐줄 관객이라면 기꺼이 불렀으니."

루아의 증오가 극에 달할수록 서 있는 것도 버거워졌다.

나는 파우스트가 말한 '관객'이 모습을 드러내기도 전에 그들의 정체를 알아차렸다. 레뮤시가 말한 기름과 유황 냄새가 전운처럼 번져들고 있었다.

제물들.

창문이 부서지면서 깨진 유리조각들이 바람을 따라 휘돌았다.

이윽고 쏟아지듯이 침입한 습격자들은 파우스트가 인신공양을 빌미로 끌어 모은 제물이었다. 루아를 성력에 중독시켜 죽일 목적으로 양성한 암살자들이자 가련한 희생자들이었다.

그들은 발두르의 환생인 루아를 절대 죽일 수 없었지만, 파우스트는 아직 이 사실을 몰랐다. 설령 깨달았다고 해도 인정하려 들지 않을 것이었다.

"어째서 그런 표정입니까? 선황제 폐하의 죽음을 목전에서 지켜보셨을 땐 웃기만 하셨잖아요. 그렌트헨이라고 당신에게 잘했을 리가 없는데, 왜 그리 참담한 표정을 짓죠? 그래도 열 달을 품어 낳은 자식이라고 최소한의 도리라는 게 아직 남아 있기는 한가봅니다?"

"요안나, 제발 그만……."

내가 루아에게 닿지 못했듯이, 펠레스의 말 또한 파우스트에게 닿지 못했다. 그가 한 번도 보여준 적 없는 비릿한 웃음을 지으며 루아를 조롱했다.

"혹 제가 그렌트헨에게 잔인한 종말을 안겨줬을까 염려하는 거라면 걱정하지 않으셔도 됩니다. 저도 옛날엔 그렌트헨을 퍽 아꼈던 터라."

루아는 아랑곳하지 않고 손을 휘둘렀다. 단지 그 가벼운 손짓 하나에 사방이 잘려나갔다. 몸이 뜯겨나가는 것 같은 지독한 살인이었다. 루아는 파우스트가 데려온 제물들을 죽이는 데 망설임이 없었다. 죽이고, 죽이고, 또 죽였다. 살인을 벗어난 일방적인 도륙이었다. 그러나 제물들의 목숨을 앗아가고도 사라지지 않은 마력이 뱀처럼 곳곳에 휘감기며 건물까지 무너뜨리기 시작했다. 백금을 두른 벽이 쩍쩍 갈라지면서 균열을 일으켰다.

머리 위에서 물이 떨어졌다. 피로 이루어진 비였다. 루아의 마력에 섞인 그것이 벽을 새빨갛게 칠하며 백금을 덧씌웠다. 하지만 징그러워할 틈도 없었다.

나는 혼란스러운 상황을 뒤로하고 물러나는 파우스트를 눈여겨보았다. 펠레스는 성 전체를 잠식할 기세로 일렁거리는 루아의 마력을 억제하느라 파우스트가 도망치는 것도 보지 못했다.

"난리 났군."

구경꾼처럼 느긋하게 홀을 가로질러 걸어 들어오던 프라가라흐가 혀를 찼다. 나는 그에게서 고개를 돌려, 다시 뜯겨 나온 그렌트헨의 머리를 내려다보았다. 생명이 빠져나간 살덩이는 공처럼 굴러다녔다. 납빛을 띤 피부에 달라붙은 머리카락들이 피에 젖어 축축했다.

파우스트는 늦든 빠르든 그렌트헨을 해칠 생각이었다.

하지만 그게 오늘이 된 것은, 메피스토펠레스와 맺었던 계약이 깨져버렸기 때문이다.

나는 이해를 거부했다. 이렇게 쉽게 그렌트헨이 죽었다는 사실을 받아들이기 힘들었다. 루아의 아버지인 선황제 폐하는, 파우스트와 마찬가지로 루아를 학대한 가해자나 다름없는 발렌틴은 죽음으로 제 값을 치렀지만, 그렌트헨까지 그래선 안 되는 거였다.

말로는 괜찮다고 해도 사실 루아가 전혀 괜찮지 않다는 것쯤은 너무나 잘 아는 바였다.

"죽어! 이 악마 새끼야!"

파우스트에게 홀린 암살자들이 악에 받친 비명을 내질렀다. 난전도 이런 난전이 없었다. 루아의 근처에도 도달하지 못하고 죽어 나가는 이들을 프라가라흐가 놀라운 기색으로 쳐다보았다. 그러나 누구든지 도울 생각은 결코 없다는 듯이 팔짱을 끼고 있었다. 그런 프라가라흐와 달리 펠레스는 내가 루아의 곁에 가지 못하게 막으면서, 뒤엉킨 마력이 건물을 무너뜨리지 못하도록 빛의 실로 균열을 틀어막고 있었다. 어차피 오래가지 못할 임시방편이었다. 신의 사자로 돌아온 지금의 그와 루아는 엄청난 상극이라, 그 여파 또한 만만치 않았다. 무슨 방법이 필요했다. 지금 당장.

「그는 곧 자신이 저지른 모든 일을 후회하게 될 거다.」

불현듯 발두르가 남겼던 말이 뇌리를 스쳐 지나갔다. 음흉한 흉계 같은 말이었다.

가슴이 쿵쿵거리며, 전기에 오른 것처럼 일순간 나를 전율시켰다. 루아의 마력을 성스러운 권능으로 변화시켰던 발두르의 힘이 아직 몸 안에 잔존하고 있었다. 그 실낱같은 빛무리가 나에게 어떤 비밀을 알려주려고 했다.

나에게 깃든 한 조각의 힘이 가냘프게 속삭이는 소리가 들렸다.

나는 본능이 시키는 대로 전쟁터에서 시선을 떼고 그렌트헨의 눈을 들여다보았다. 발두르의 성력이 망막을 간질이는 듯한 느낌이 들었다.

　루아와 펠레스가 눈에 보이는 처참한 현실에 집중하느라 알아
채지 못했던 것을 일깨우려고……

　"……저 눈이 아니야."

　나는 나도 모르게 입 밖으로 내서 중얼거렸다.

　아.

　저 눈이 아니었다.

　의혹이 확신이 되고, 확신이 행동으로 이어진 건 시간문제였다.

　"어이, 이 좋은 구경을 놔두고 어디 가는 거야?"

　파우스트가 사라진 방향으로 내달리는 나를 프라가라흐가 소리
쳐 불렀다. 나는 뒤를 힐끗거리며, 그가 개심하지 않는 이상 들어
주지 않을 걸 분명히 알면서도 부탁했다.

　"루아를 부탁해!"

　단순히 천운이 따랐던 건지, 아니면 루아의 힘이 나를 보호해주
고 있어서인지 나는 상처 하나 없이 파우스트를 따라잡을 수 있었
다. 물 속의 뱀처럼 새하얀 인영이 보였다. 그는 위층으로 올라갈
생각이었는지 계단 중턱에 멈춰 서 있었는데, 내가 뛰어오는 소리
를 듣고 의외라는 듯이 고개를 돌렸다.

　빈약한 체력으로 하도 달렸던 탓에 손이 경련했다. 호흡 곤란이
오고 있었다. 그래도 나는 포기하지 않고 헉헉거리며 파우스트를
똑바로 직시했다.

　"당신."

"혼자서 저를 따라오는 건 별로 현명하지 못한 처사 같은데요, 안젤리크 양."

실로 가소로운 말이었으므로 나는 무시했다.

"그렌트헨은 어딨어?"

파우스트가 눈을 가늘게 떴다. 내 말의 저의를 알아보는 기색이 역력했다.

"머리를 제외한 나머지 부분은 조각내서 길가에 뿌렸습니다만. 서두르신다면 까마귀들이 채 가기 전에 몇 조각 주우실 수도 있겠군요."

"아니. 네가 그렌트헨을 그렇게 쉽게 죽였을 리 없어."

숨이 막혀서 눈앞이 아득할 지경이었다. 내가 확신에 차서 말하려니 파우스트가 노골적으로 모욕당한 표정을 지었다.

"무슨 근거로 그리 허황된 말을 하시는 거죠?"

"전에도 넌 그렌트헨에게 도망칠 기회를 줬잖아. 그녀가 네 정체를 알았던 밤에."

나는 비틀거리며 말했다.

짧은 적막이 있었다. 파우스트가 턱을 들었다.

"메피스토펠레스가 또 헛소리를 지껄인 모양이군요."

"아니, 그가 알려준 게 아니야."

나는 또 한 번 그의 말을 부정했다. 그리고 숨을 고르느라 숙였던 허리를 바로 하고, 나보다 몇 계단 위에 선 파우스트를 곧게 응시했다.

"발두르가 직접 보여준 거지."

"……발두르는 죽었습니다."

자신감 없는 말이었다. 아이처럼 징징거리는 것 같기도 한.

나는 입술을 비틀었다.

"메피스토펠레스가 어떻게 너와의 계약을 깨고 다시 발두르의 사자로 돌아올 수 있었다고 생각해? 아, 그래, 교황은 교황이니까 너는 알 수 있겠지. 지금 나한테 깃들어 있는 성력 말이야. 대답해 봐, 파우스트. 누가 내 안에 있던 루아의 마력을 성력으로 변화시켰다고 생각하지? 펠레스를 신의 사자로 되돌린 사람이 누구라고 생각해?"

나는 파우스트와 거리를 좁히며 계단을 올랐다. 그가 얼굴을 찡그렸다.

"그럴 리가 없어요."

눈앞의 교황은 무엇도 상관없다던 지난날의 파우스트가 아니었다. 그는 부정했고, 눈을 가렸고, 귀를 틀어막았다. 벗어던진 허물을 주워 입을 힘조차 없는 것처럼 지쳐 보였다. 나를 가늠하려는 시도조차 금세 포기해버렸다.

파우스트의 낯빛이 창백했다. 살인을 위해 성력을 낭비했으므로 받아들이기 힘든 진실 때문만은 아니었다. 그는 죽어가고 있었다.

"그렌트헨이 어디 있는지 알려줘. 그럼 발두르를 만나게 해줄게."

"이제 와서 그를 만난들 달라지는 건 없습니다."

그가 고집스럽게 거부했다.

"아니, 있어."

나는 발두르가 했던 말을 되풀이했다.

"너는 곧 네가 저지른 모든 일을 후회하게 될 거야."

루아도 나를 지켜볼 수 없었고, 늘 같이 있던 브리싱가멘조차 떨어져 있다. 프라가라흐는 싸움판에 낄 생각은 전혀 없어 보이는데다, 미가엘은 나에게 크나큰 배신감을 느끼고 있었다. 발두르가 변화시킨 성력이 나에게 있다곤 해도 나는 지금 철저히 혼자였다.

그리고 그건 파우스트도 마찬가지다.

"넌 발두르를 되돌리겠다는 말로 이지스를 현혹했었지. 하지만 이지스를 굳이 이용할 필요는 없었어. 루아의 머릿속을 들쑤실 필요도 없었고, 애초에 루아를 증오할 필요도 없었어. 너는, 발두르의 환심을 사고 싶었으면 그러지 말았어야 했어."

피를 삼킨 것처럼 속이 끓어올랐다. 반면 내 목소리는 내가 듣기에도 지극히 차분했다.

"루아가 곧 너의 신이니까."

낳아준 어미도, 이름도 모르는 아비도 파우스트는 원하지 않았다. 메피스토펠레스조차 그가 지닌 근본적인 갈증을 해소해주진 못했다.

파우스트가 본능처럼 바랐던 것은 오직 한 가지.

「제 신은 저를 위해 울어주지 않기 때문입니다.」

누구도 돌아봐주지 않는 자신을 교황으로 만들어준 가장 고결한 존재.

자신을 깔봤던 인간들을 단번에 압도할 수 있을 만큼 대단한 자의 인정.

"그런, 그런 개소리를, 지껄이려고……."

그가 내 멱살을 잡고 벽에 밀어붙이며 이어 말했다.

"저를 따라왔습니까?"

"너도 아예 고려조차 하지 않았던 가정은 아닐 거 아니야? 다만 인정하기 싫었을 뿐이겠지."

"다 안다는 듯이 말하지 않는 편이 좋을 텐데요."

증오와 경멸의 입을 빌려 말하는 파우스트를 나는 뚫어져라 쳐다보았다.

"물론, 당연히 나는 전부 알지 못해. 내가 어떻게 너를 이해하겠어? 내가 어떻게 너를 알 수 있겠어?"

신에게 버림받았다고 생각했던 아이.

사실은 버려진 게 아니라 선택받은 거라고 믿었던 아이.

그렇게 믿고 싶었던.

"너는 네 스스로 너의 신을 망가뜨린 거야. 너를 사랑하는 신으로 다시 태어날 수 있었던 발두르를, 도리어 너란 인간을 끔찍하게 증오하는 악마로 변절시켰어."

나는 어렸던 루아의 눈높이에 맞춰 쓰인 동화책을 떠올렸다.

─ 신이 아닌 악마가 내려와 말하기를, 너희가 원하는 대로 아이를

줄 테니 그 아이에게 자신을 닮게 해달라.

그러나 질투에 눈이 먼 파우스트에게 속은 왕과 왕비는 악마를 찢어 죽였다.

하지만 그것은 단지 눈에 보이는 육체였을 뿐.

발두르는 자신의 사자들은 물론이고 자기 자신까지 속여 완벽하게 죽음을 맞이하는 척했다.

"삼 년 전에, 너는 루아의 정신이 성숙해지면 '그것' 또한 자라난다고 했었지."

"입 닥쳐."

목을 조르는 힘이 거세졌다. 그러나 발버둥칠 여유도 없었다.

"너는 악마가 아닌, 악마의 행세를 한 발두르의 권능이 루아에게 깃들었다는 사실을 알고 있었잖아. 네가 루아를 증오했던 건 발두르가 신에게 가장 가까워야 할 교황인 너를 선택하지 않아서였어. 네 입으로 직접 나한테 알려줬잖아? 그런데, 그렇게까지 잘 알았던 네가 루아가 발두르 그 자체일 거라고는 전혀 예상하지 못했을 리가 없어."

"아직 상황 파악이 덜 됐나 본데, 여기서 내가 당신에게 무슨 짓을 해도 도와주러 올 사람은 없어요."

파우스트가 교활하게 말하며 얼굴을 가까이했다. 나를 절망에 빠뜨리고 싶어 안달이 난 듯했다.

자신이 있는 지옥으로.

"나는 네가 싫어."

하지만 단지 싫다는 표현으로는 턱없이 부족해서.

"네가 루아를 증오하는 만큼 나도 너를 증오하고, 원망해. 네가 루아를 망가뜨리고 나에게 신벌을 내렸다는 사실을 알았을 때부터 셀 수도 없이 네 죽음을 원했어. 너와 메피스토펠레스의 과거를 보고 난 뒤에도 이 생각은 여전히 변함없어."

"우습군요."

파우스트는 정말로 헛웃음을 흘렸다. 순간이나마 그의 비늘 같은 눈에서 노기가 사라졌다.

노기가 사라지고.

"어차피 저는 오늘 이 자리에서 죽을 겁니다."

목에 가해지던 압박감이 점차 수그러들었다. 나를 놓아준 파우스트가 고개를 돌렸다.

"황제의 손에 죽든……."

메마른 말을 하며.

"내 손으로 직접 목을 조르든."

나는 말없이 전율했다. 등골을 타고 기어오르는 섬뜩함이 있었다.

돌연 생각이 바뀌었는지 파우스트가 전과 같은 가식적인 미소를 입에 올렸다.

"그렌트헨은 살아 있습니다. 제가 보여드렸던 머리는 가짜예요."

나는 몹시 안도하면서도 겉으로 드러내지 않았다. 파우스트가 느릿느릿 말을 이어갔다.

"하지만 당신이 미쳐 날뛰는 저 괴물을 진정시킬 수 있겠습니까? 그에게 그렌트헨이 죽지 않았다는 사실을 입증시킬 수 있겠어요?"

"그건 네가 걱정할 바 아니야."

그럴 줄 알았다는 듯 파우스트는 미소 지었다.

"그렌트헨은 황성 안에 있습니다. 하지만 황제가 저리 미쳐서 건물을 부수어대니 곧 깔려 죽을지도 모르겠군요. 그녀는 지금 도망칠 수 있는 몸이 아니거든요."

나는 뒤를 돌아보았다가, 다시 파우스트를 응시했다.

"요안나."

처음으로 부르는 그 이름에 홀린 듯 입이 벌어졌다. 그를 동정하기도 싫고 이해하기도 싫은 주제에 나는 펠레스의 마음이 변치 않았다는 사실을 그에게 알려주고자 했다.

그러나 파우스트는 듣지 않았다.

"가세요. 그리고 다시는 돌아오지 마십시오."

그가 나에게 느꼈던, 내가 그에게 느꼈던 동질감이 극에 달하는 순간.

"저는 이미 다 내려놓았습니다."

나는 뒤돌아 루아에게 뛰어갔다.

층계를 내려가는 동안 오직 내 발소리만이 들렸다. 초조해진 나는 잠시 걸음을 멈췄다가 소름 끼치는 적막이 두려워 다시 걸음을 재촉했다. 파우스트를 따라잡는 데 그리 오랜 시간이 걸리지 않았듯이, 홀에 도착하는 것도 퍽 금방이었다. 나는 숨도 쉬지 않고 뛰어 들어갔다.

"보니!"

언제 온 건지 브리싱가멘이 반갑게 나를 불러 세웠다. 나는 그녀를 보는 둥 마는 둥 하며 멈춰 섰다.

기껏 마음을 다잡았던 게 무색했다.

공들여 꼼꼼하게 칠한 성모의 입술처럼 아름답고 숭고하다 못해 퇴폐적인 미까지 느껴지는 홀이 내 시야에 가득 찼다. 폭발할 것 같은 강렬한 이미지는 없었지만 범접할 수 없는 고아한 분위기를 간직한 공간이었다. 백 명이 넘는 청소부가 빗질을 하고 간 듯 현란하게 빛을 발하고 있었다. 얼마나 깔끔한지 당장이라도 무도회를 열 수 있을 것 같았다.

"말도 안 돼."

나는 눈을 의심하며 홀 안을 두리번거렸다. 벽면에 붙은 천사 그림이 천장 중심에 있는 활짝 핀 꽃을 우러렀으며, 꽃 안에는 눈을 감은 성모가 있었다. 성모와 꽃 주위로 양치류 장식이 흘러내렸다. 그 아래엔 가리비와 산호 문양이 음각되어 있었고, 박살 났던 창문은 완벽하게 복원되어 있었다. 깨진 유리조각 하나 없었다. 시체와 핏자국 역시 어디서도 찾아볼 수 없기는 마찬가지였고.

"……어떻게?"

나는 공포감마저 느꼈다. 백합 궁전이라고도 불리는 황태후 폐하의 성은 침입 따윈 받지도 않았다는 듯이 청초하게 빛나고 있었다.

너무나…… 깨끗했다. 그리고 고요했다. 머리부터 짓눌릴 정도로 무거운 정적이 감돌았다. 곳곳에 전율이 도사리고 있었다. 덕분에 나는 프라가라흐와 메피스토펠레스가 쓰러져 있고, 브리싱가멘이 와 있는데도 눈을 의심했다.

내가 파우스트를 쫓아가느라 이곳을 벗어났던 시간이 얼마나 되지? 기껏해야 5분? 10분? 어쩌면 그보다 더 적은 시간이었을지도 모른다.

그런데 그 잠깐의 사이에 모든 상황이 정리되어 있었다.

"내가 치웠어. 넌 그런 거 볼 필요 없어."

조심스럽게 홀 안쪽으로 걸어 들어오는 나를 보며 루아가 단정지어서 말했다. 오직 나에게만 닿는 소리였다.

나는 무심하고 단조로운 어조의 달콤한 저음을 귀담아들었다. 무척이나 이성적이고 합리적인, 지극히 온당하게 느껴지는 현혹 같은 목소리를.

머리가 핑핑 도는 느낌이었다.

루아는 이미 수습을 끝낸 거다. 파우스트를 따르는 나를 뒤늦게라도 쫓아오지 않았던 건 순전히 이를 위함이었던 듯했다.

수습……. 아까 보았던 시체들이 눈앞에 어른거렸다. 난도질을 당한 것보다 더한 몰골로 죽어가던 그 소녀들을 나는 잊지 못할 것이었다. 하지만 그들을 해치지 않았으면 도리어 루아가 당했을 테지. 그리고 지금은 그 암살자들을 동정할 시간이 없었다.

나는 내가 한 생각을 떨치고자 머리를 흔들고, 침착하게 입을 열었다.

"황태후 폐하는 살아 계시대. 성 안에 계신다니까 금방 찾을 수 있을 거야."

"살아 있다고……?"

루아가 무슨 생각인지 모를 얼굴로 내 말을 반복했다. 나는 루아의 팔을 잡아당겼다.

"응, 그러니까 어서……."

내가 제법 힘을 줘서 잡아당겼음에도 불구하고 루아는 나에게 붙잡힌 팔을 내려다보기만 할 뿐, 움직이지 않았다. 나를 들여다보는 푸른 눈이 전 같지 않게 황폐했다.

들릴 듯 말 듯한 한숨이 있었다. 짐작했던 것 같기도 하고, 슬퍼하는 것 같기도 했다. 한 박자 늦은 추측이 맞아떨어졌을 때의 유감스러운 안도와 같았다. 그러고 보니 가짜 그렌트헨의 머리는 사라지고 온데간데없었다.

루아가 내 손 위에 자신의 손을 포개더니, 그대로 잡아 내렸다. 나는 어떻게 해야 할지 몰랐다.

"루아야?"

"살아 있으면 됐어."

나는 루아의 눈에 깃든 불안을 헤아렸다.

"안 갈 거니?"

"어차피 악마 새끼라고 욕만 할 텐데 만나서 뭐 해."

평소와 같은, 하지만 전혀 다른, 끓어오르는 감정을 몇 번이고 삼켜 속 안에 잡아 누른 것 같은 음성으로 루아는 나를 거부했다.

나는 눈을 가늘게 떴다.

"그럼 나 혼자서라도 갈래."

내 말에 기절한 프라가라흐의 뺨을 쿡쿡 찔러보던 브리싱가멘이 경악에 차서 소리쳤다.

"뭐? 그럼 나는?"

나는 브리싱가멘을 향해 얼굴을 찌푸렸고, 루아는 아예 무시했다.

"네가 그렇게나 우리 어머님을 걱정하는 줄은 몰랐는데. 확실히 아까도 의외이긴 했어. 어떻게 나보다 먼저 어머님의 시체가 가짜라는 사실을 눈치 챈 거야? 난 전부 다 죽이고서야 알겠던데."

"보니, 나는!"

이번엔 내 입에서 희미한 한숨이 새어나왔다. 브리싱가멘의 투정을 무시하고서 나는 루아의 얼굴을 빤히 쳐다보았다.

"폐하의 안위를 걱정하는 건 나뿐만이 아니잖아. 너, 지금 얼굴에 걱정돼서 죽겠다고 다 쓰여 있거든?"

루아가 눈알을 굴렸다. 심술 난 아이 같은 표정이었다.

삼 초를 기다려도 루아가 반박하지 못했으므로, 나는 어깨를 으쓱이며 뒤로 물러났다.

"내 생각이 틀렸으면 마법이라도 써서 못 가게 막아보든지. 화 내지 않을 테니까."

일부러 몹시 부드러운 투로 말했으나 루아는 그저 가만히 서 있었다. 텅 빈 홀을 가득 채운 무색의 한기가 새벽의 것처럼 쌀쌀했다.

나는 꼼꼼하게 루아의 안색을 살폈다. 나와 눈이 마주치자 루아는 부끄러운 듯이 고개를 돌렸다. 어디 다친 데는 없는 듯해서 나는 마지못해 "계속 무시한다 이거지."라며 투덜거리는 브리싱가멘을 돌아보았다. 긴 머리를 가진 소녀는 프라가라흐의 옆에 주저앉아 있었다.

그새 정신을 차린 메피스토펠레스는 벽을 의지하고 앉아 숨을 몰아쉬었다. 그러나 먼저 깨어났다 뿐이지 그나 프라가라흐나 당장 움직일 수 없는 상태인 건 똑같았다.

상처를 입은 것도 아니고, 피를 뒤집어쓴 것도 아니었다. 그럼에도 두 사람은 상당히 지쳐 보였다. 신경 쓰이지 않는다면 거짓말이었지만 역시 전후사정보단 그렌트헨이 먼저였으므로, 나는 전혀 협조하지 않는 루아로부터 시선을 옮겨 브리싱가멘을 향해 눈짓했다.

"혹시 황태후 폐하께서 계실 만한 장소로 어디 짐작 가는 덴 없어? 난 여기랑 별로 친하질 않아서."

실제로 내가 그렌트헨의 궁전에 발을 디딘 횟수는 손에 꼽았다. 브리싱가멘도 마찬가지일 테지만 일단은 신의 사자라, 뭔가 특별한 수라도 있지 않을까 싶어 기대에 차서 물어보니 그녀가 얼굴을 찡그렸다.

"그동안 뻔히 겪었으면서 나라고 만능인 줄 아니. 그치만 범위를 좁힐 순 있을 거야."

그때 잠자코 있던 루아가 내 손을 잡았다.

"보니."

"응?"

나는 잠시 뒤돌았다. 나를 응시하는 루아의 얼굴이 잔뜩 빨개져
있었다.

"지, 지하에……."

루아가 드물게 말을 더듬어서 나는 어리둥절했다. 그러다 루아
의 정장 상의 주머니에 반쯤 들어가 있는 검은색 리본을 발견하고
웃음을 참았다. 끝이 삐져나와 있어서 그것이 내가 떨어뜨린 머리
끈이라는 사실을 금방 알 수 있었다.

내 표정이 환해진 이유를 아는지 모르는지, 루아가 얼굴을 발갛
게 물들인 채 속삭이는 투로 덧붙였다.

"지하에 계실 거야."

"알려줘서 고마워. 그럼 넌 이제 파우스트에게 복수하러 갈 거
니?"

비난하는 것도, 부추기는 것도 아니었다. 나는 루아의 결정을
믿고 따를 생각이었으니까.

그러나 놀랍게도 루아는 고개를 가로저었다.

"아니."

그 말에 당장 일어나려던 펠레스가 눈에 띄게 안도하는 기색을
보였다. 나는 펠레스가 초조하게 홀 바깥으로 이어지는 입구를 곁

눈질하는 걸 외면했다.

"힘이 빠져서 아무것도 못 하겠어."

이 사랑스러운 아이를 어쩌면 좋을까. 루아가 사람을 해치는 모습을 벌써 여러 번 목격했는데도 나는 루아가 여리게만 보였다. 지켜주고 싶고 사랑해주고 싶은 하나뿐인 연인이었다. 전에는 미처 몰랐던 그 단어의 의미를 지금은 뚜렷하게 이해할 수 있었다. 나는 루아의 마음속 가장 깊숙한 곳까지 닿고 싶었다.

벌어졌던 거리가 무색할 만큼 나는 선뜻 루아에게 도로 다가갔다. 그런 다음, 드레스와 세트를 이루던 검은 벨벳 숄을 벗어서 루아에게 둘러주었다.

네가 춥지 않았으면 좋겠다.

망설이지도 말고, 아파하지도 않았으면 좋겠어.

"금방 돌아올 테니까 기다리고 있어."

"나 춥다고 말한 적 없는데."

그렇게 말하면서도 루아가 검은 벨벳에 얼굴을 비벼서 나는 작게 웃었다.

"그래도 해."

"여기서 네 향수 냄새 나."

"칭찬으로 들을게. 브리, 루아랑 같이 좀 있어줘. 부탁할게."

나는 루아의 참을성이 그리 강하지 못한 편이라는 것을 잘 알고 있었다.

브리싱가멘이 통통 부어서 입술을 삐죽였다.

"누가 누구를 걱정하는 건지 모르겠네. 너, 황제가 얼마나 무서운 사람인지 아직도 모르겠어? 프라가라흐랑 메피스토펠레스가 쓰러진 것도 이곳 전체를 부수려던 황제를 뜯어말리느라 성력을 과도하게 소비해서거든요? 나도 아까 기겁하면서 달려왔다니까? 내가 성력을 나눠주지 않았으면 프라가라흐는 지금쯤 반병신이 됐을지도 모른단 말이야."

결국 조금 전의 이곳에서 가장 위험했던 사람은 루아였다는 소리였다. 그런 주제에, 절박한 나머지 도리어 미칠 것처럼 굴었으면서, 차마 거스르지도 못하고.

내가 화내기라도 할까 걱정됐는지 루아가 돌연 숨을 죽이고 내 눈치를 살폈다. 나는 아랑곳하지 않고 브리싱가멘을 응시했다.

"브리, 대답."

"……알았어."

브리싱가멘이 혀를 내둘렀다. 나는 즉시 지하로 향했다.

파우스트가 가짜 머리를 들이밀었을 때 보였던 루아의 반응이 아직도 눈에 선했다. 침착함을 유지했으면 루아도 쉽게 그 머리가 그렌트헨의 것이 아님을 눈치 챘을 거였다. 하지만 그때의 루아에겐 그럴 여력이 없었다. 파우스트 또한 그 사실을 알고 일부러 충격을 줬을지도 몰랐다. 생각할 여유를 강탈해버려서, 미쳐버리게 만들 목적으로 말이다. 하지만 그런 것치고는 퍽 순순히 물러났으니 영 꺼림칙했다.

오히려 미쳐버린 건 루아가 아니라 파우스트인 것 같았다.

메피스토펠레스와의 계약이 해지된 걸 알고서.

「저는 이미 다 내려놓았습니다.」

스멀스멀 기어 올라오는 잔상을 나는 애써 무시했다.

"폐하!"

불 꺼진 아치형의 지하 통로는 음습할 정도로 짙은 그늘에 잠식되어 있었다. 나는 발목에 걸고 다녔던 야명주를 풀어서 벽을 비췄다. 공전하는 천체처럼 작고 둥근 보석이 황금빛을 발하며 그늘을 야금야금 먹어치웠다.

나는 야명주의 영롱한 빛에 의지하여 복도를 살폈다. 어쩐지 루아가 바로 옆에 있는 것 같아서, 나를 이끌어주는 것 같아서 나는 어둠 한가운데를 휘젓고 다니면서도 전혀 무서운 감정이 들지 않았다.

"폐하, 저 안젤리크예요. 제 목소리 들리세요?"

나는 침착하게 말하며 벽이 구부러진 방향을 따라 빠르게 걸었다. 백 년 묵은 뱀이 사는 굴에 들어온 것 같았다. 음침했고, 으스스했다. 몸을 시리게 만드는 싸늘한 냉기를 코끝으로도 느낄 수 있었다. 뿌연 먼지가 춤추며 허공을 떠돌았고, 어딘가에서 물방울 떨어지는 소리도 들렸다.

곧 통로가 확 넓어지면서, 시야가 잘 닿지 않는 벽 모퉁이에 숨겨져 있던 지하실이 드러났다.

까마귀 깃털 같은 잿빛으로 번들거리는 협소한 공간 안쪽에 한 여자가 쓰러져 있었다. 메피스토펠레스의 마법을 이용해 젊은 모습을 유지하고 있었던 마르가레테 그렌트헨이었다.

진짜 그녀였다.

"폐하!"

곧장 뛰어간 나는 아주 조심스럽게 그렌트헨을 흔들었다. 파우스트와 펠레스의 계약이 깨졌듯이, 그녀 또한 본모습으로 되돌아와 있었다. 그녀는 더 이상 시든 꽃 같은 소녀가 아니라 고아한 멋을 가진 중년의 여인이었다.

굳게 닫혔던 그녀의 눈꺼풀이 야명주의 빛 때문에 슬쩍 찌푸려졌다.

"⋯⋯으음."

화장기가 없는 그녀의 입술이 파리하게 질려 있었다. 낯빛은 유령처럼 창백했고, 밀랍으로 굳힌 듯이 뻣뻣하게 얼어붙은 손에선 온기가 느껴지지 않았다. 그녀는 얼음으로 빚은 조각상처럼 핏기 없이 희었다. 그나마 부상을 입은 것 같지는 않았는데, 장시간 추위에 노출된 몸이 너무나 차가워서 문제였다. 새어나오는 숨이 고르지 못하고 얕았다.

나는 내 온기를 전해주고자 그녀를 감싸 안으면서 더 세게 흔들었다.

"폐하, 눈 좀 떠보세요. 저를 알아보실 수 있겠어요?"

그렌트헨의 속눈썹이 미미하게 떨렸다. 나는 그렌트헨을 두고 뛰어올라가서 루아를 불러올지 잠시 고민하다가, 입술을 꾹 깨물었다. 그리고 숨을 크게 들이마셨다.

"루아야! 나 좀 도와줘!"

루아는 항상 나를 지켜보고 있었으니 구태여 올라갈 필요가 없었다.

"루아야! 황태후 폐하께서……!"

"그렇게 크게 안 떠들어도 들려."

귀를 파고드는 건, 지독한 다정함이었다.

"루아야……."

하마터면 울음을 터뜨릴 뻔했다. 나는 목이 꺾어져라 머리를 들어 등 뒤에 선 루아를 올려다보았다.

루아가 놀라지도 않고 겉옷을 벗어 중년의 그렌트헨을 감싸더니 그대로 안아 올리며 나에게 손을 내밀었다. 나는 그 손을 잡고 일어나면서 중얼거렸다.

"어째서 나는 매번 네 도움이 없으면 아무것도 못 하는 걸까?"

그건 루아에게 건네는 말이라기보단 나 자신에게 하는 비난과도 같았는데, 내 말을 들은 루아가 헛웃음을 지었다.

"그건 내가 할 말인데."

"거짓말. 그냥 위로해주려는 거잖아."

"글쎄, 지금 위로가 필요한 건 네가 아니라 다른 사람일걸."

나는 야명주를 목에 걸면서 의아해서 눈살을 찌푸렸다.

"그게 무슨 소리야?"

"네가 지하로 내려간 뒤에 메피스토펠레스가 파우스트를 찾으러 올라갔었어. 거의 기다시피 하던데. 문제는 파우스트가 남은 성력을 쥐어짜서 메피스토펠레스를 거부하고 있단 거지. 아무래도 펠레스와 맺은 계약에 지나치게 의존하고 있던 모양인데."

나는 입을 다물었다. 계약을 깨지 않았다면 메피스토펠레스는 틀림없이 죽었을 거였다. 미가엘은 그를 죽일 생각으로 공격했고, 그가 신의 사자로 되돌아오길 바라지도 않았다. 그는 파우스트에게 집착하는 펠레스를 전혀 이해하지 못했다. 과거에도 그랬고 현재에도 그랬다. 또한 발두르의 힘으로 그를 되살린 나에게 몹시 분노했었다.

내가 대답이 없자 루아가 비스듬히 고개를 틀어 나를 바라보았다. 무심한 듯 다정한 시선이었다. 나를 염려하는 기색이 가득한.

그 말간 눈에 동요하던 마음이 가라앉으려는 찰나, 뒤척이던 그렌트헨이 신음을 흘리며 눈을 떴다. 그녀가 눈을 뜨자마자 가장 먼저 본 것은 당연하게도 자신을 품에 안은 루아였다.

나는 그렌트헨의 눈동자에 어린 당혹스러움과 경악, 극심한 충격이 서서히 애정으로 물들어가는 것을 목격했다.

루아를 본 그렌트헨의 입술이 부드럽게 벌어졌다.

"루아야? 너 루아니?"

지하를 빠져나오기 직전이었다. 그렌트헨의 몽롱한 눈이 생기를 되찾고 반짝였다. 그녀가 잔뜩 긴장한 루아의 목을 끌어안으며 숨 죽여 흐느꼈다.

"세상에, 못 보던 새에 너무 말랐구나. 내 아들……."

낮게 잠긴 목소리가 들어본 적 없이 상냥했다. 평소 같은 폭언은

커녕 너무나 살가운 태도라, 나와 루아의 눈이 동시에 커졌다.

루아가 얼어붙은 채 입을 열었다.

"……어머님?"

"그런데…… 여긴 어디니? 어째서 우리가 여기에 있는 게냐?"

나는 즉시 문제가 생겼다는 사실을 알아차렸다. 그리고 그건 루아도 마찬가지였다. 빠른 걸음으로 지하를 벗어난 루아가 장식용으로 화려하게 꾸며진 가죽 소파에 그렌트헨을 내려주고는, 허리를 숙여 그녀와 눈높이를 맞췄다.

"어디까지 기억하고 계세요?"

지극히 예의 바른 루아의 음성에는 눈앞의 그렌트헨조차 가짜일지 모른단 의심이 어려 있었다. 그렌트헨은 제 어깨에 걸쳐진 루아의 겉옷을 혼란스러운 듯 내려다보면서 미간을 찡그렸다.

"나도 잘…… 모르겠구나. 뭔가를 떠올리려고만 하면 몹시 어지러워져. 혹시 내가 독을 먹은 거니?"

나는 루아와 시선을 주고받았다. 루아가 그렌트헨의 이마를 짚은 채 낮은 목소리로 빠르게 주문을 읊더니, 잠시 후 얼굴을 일그러뜨리며 바로 섰다.

"전부 엉켰어. 아무래도 기억을 지운 모양이야."

그 말에 그렌트헨의 얼굴이 새하얗게 질렸다.

"기억을 지우다니? 대체 누가 감히 그런 짓을 한단 말이냐?"

뱃속이 뒤틀리는 기분이었다. 루아를 따라 일어서려던 그렌트헨이 중심을 잡지 못하고 비틀거리며 앞으로 고꾸라졌다. 그러나 충격에 빠진 루아는 얼어붙은 채 꼼짝도 하지 않았으므로, 나는 루아를 대신해 재빨리 그녀를 붙들었다.

그렌트헨이 신음을 흘렸다. 나는 그녀가 바로 서도록 도와주면서 루아에게 눈짓했다.

루아가 어떻게 행동해야 할지 모르겠다는 듯 머뭇거렸다.

"우선 쉬세요, 어머니."

하지만 그렌트헨은 적막에 감싸인 홀을 둘러보고 있었다. 그녀의 입술이 기계적으로 움직였다.

"성 안이 몹시 조용하구나. 무서울 정도로 고요해."

시녀도 없었고, 보초를 서는 경비도 하나 없었다. 극심한 위화감을 느낀 그렌트헨의 눈이 날카로워졌다. 항상 사람들로 붐비는 곳이 황성이니만큼 그렌트헨이 느끼는 이질감은 이루 말할 수 없을 터였다.

루아가 아까보다는 나은 얼굴로 그렌트헨을 안심시켰다.

"걱정 마세요, 이미 다 끝났으니까."

"다 끝났다니? 뭐가 말이니?"

상황의 전말을 전혀 알지 못하는 그렌트헨이 다소 높은 톤으로 반문하자 루아가 난감하다는 듯 잠시 침묵했다. 나 역시 곤혹스럽기는 똑같았다.

그 고함 소리가 들린 건 우리의 침묵에 지친 그렌트헨이 막 따지려고 할 때였다.

"아, 글쎄 아니라니까!"

제법 떨어진 거리에서 들려온 것 같았는데, 그럼에도 무척 크게 울렸다. 나는 그 날카로운 목소리의 주인을 한 번에 예측할 수 있었다. 브리싱가멘의 목소리에는 이미 아주 익숙해졌으니까. 보나 마나 정신을 차린 프라가라흐와 또 한바탕 말씨름을 벌이고 있는 것이겠다. 그녀의 히스테릭한 고함은 정적에 휩싸인 성을 다시 소란스럽게 만들기에 충분했다.

"사, 사람이……."

그렌트헨의 얼굴에 혼란이 번져들었다. 루아가 한숨을 쉬더니 손을 들었다. 그와 동시에 그렌트헨의 눈이 감겼다.

"폐하!"

나는 쓰러진 그렌트헨을 거의 온몸으로 받았다. 루아는 내 나무라는 시선을 받고도 무감하게 말했다.

"그냥 잠든 것뿐이야."

"파우스트는 무슨 속셈인 거지?"

"일말의 가책 정도는 느낀 모양이지."

나는 잠시 후에야 루아의 말을 이해했다.

침실로 올라가 그렌트헨을 침대에 눕히는 와중에, 갑자기 바깥이 환해졌다. 구름에 가려졌던 달이 나와서도 아니고, 황성 전체를 집어삼켰던 불이 그렌트헨의 궁전에까지 옮겨 붙어서도 아니었다.

나는 부서질 것처럼 위태롭게 산란하는 황금색 빛무리가 창문을 타고 흘러내리는 모습을 뚫어져라 주시했다. 그 섬광은 브리싱가멘이 성력을 사용할 때 발산하는 빛과 똑같았다.

자연적으로 발생한 빛이 아님을 깨닫고 연신 눈을 깜박이는데 등 뒤에서 루아의 무신경한 목소리가 들렸다.

"일이 편해졌다고 해야 할지."

루아가 대수롭지 않은 투로 말하며 그렌트헨에게 극세사 이불을 덮어주었다. 나는 그 말의 의미를 되짚어볼 겨를도 없이 테라스로 향했다. 설마 브리싱가멘이 성질을 못 참고 프라가라흐와 싸움이라도 붙었나 싶어서 살펴볼 셈이었는데, 루아가 돌연 나를 끌어당겼다.

"그쪽 아니야."

"그럼 어딘데?"

나는 퉁명스럽게 반문했다가 얼굴을 찡그렸다. 내가 질문을 끝마치기도 전에 주위 풍경이 변화하고 있었기 때문이다. 갑자기 시리도록 투명한 성력의 빛이 눈을 찔러와서 나는 손으로 눈을 가렸다.

빛무리로부터 눈을 보호하는 덴 성공했지만, 공황에 빠진 그 절규만큼은 분명하게 와 닿았다.

"이럴 순 없어. 이렇게 나를 떠날 순 없다고…….."

메피스토펠레스의 목소리였다. 나는 환한 빛에 눈이 익숙해질 때까지 잠깐 기다렸다. 그리고 조심스럽게 눈꺼풀을 들어 올렸다.

발이 보였다.

눈앞에서 흔들리는 몸체가 있었다.

아.

경계하는 것도, 추론하는 것도 불가능했다. 어찌할 바 없이 홀린 듯 머리를 들자, 튀어나온 천사 장식에 목을 매달아 죽은 파우스트의 시체가 보였다. 그의 목을 조인 밧줄이 천사가 든 나팔에 단단히 고정되어 있었다.

순간 아무런 생각도 들지 않았다.

두려움도, 환희도 없었다.

"보지 마."

하지만 이미 봐버렸는걸.

시야를 가린 루아의 손이 한 줌의 빛도 허용하지 않았다. 가장 중요한 감각이 차단되고 나자 처절한 울음소리가 더욱 뚜렷하게 들렸다.

나와 루아가 본 황금빛은 파우스트의 목을 조른 밧줄을 끊어내려던 펠레스의 성력이었다.

그는 파우스트를 치료하려고 했지만 이미 돌이킬 수 없는 일이었다. 그의 성력이 시체에 스며들지 못하고 허공을 떠돌았다.

"……요안나. 대답 좀 해봐, 응? 제발 내 부름에 대답 좀 해줘."

반복되는 공허한 메아리가 숨을 틀어막았다.

메피스토펠레스는 너무 늦어버린 거다. 계약이 끊어진 순간부터 파우스트는 살 생각이 없었다.

애초에 그의 증오와 분노는 메피스토펠레스가 있어야 피어오를 수 있는 감정이었다. 파우스트에겐 메피스토펠레스의 존재가 당연했으니까.

당연해서 소홀했고, 당연해서 상처 입혔다. 당연해서 언제까지고 곁에 있을 줄 알았다.

"어째서, 대체 왜……."

메피스토펠레스가 곁에 있기에 파우스트는 마음 놓고 다른 걸 원할 수 있었다. 무엇을 하든 메피스토펠레스가 그를 떠나는 일은 결코 벌어지지 않을 테니까. 파우스트에게 있어 자신의 세계를 이루는 가장 근본적인 뿌리는, 그토록 숭배하던 발두르가 아니라 늘 옆에 머물던 메피스토펠레스였다. 펠레스는 그에게 부모였고, 친구였으며, 때로는 연인이었다. 그리고 자신의 상처를 치료해줄 수 있는 단 하나뿐인 신의 사자이기도 했다.

「저는 이미 다 내려놓았습니다.」

파우스트가 말한 모든 것은 메피스토펠레스 하나였다.

그 하나가 그의 전부였다.

그의 전부가 그를 버렸다고 여긴 거다.

그것을 확인하기가 두려워서.

"살려주십시오, 폐하. 제발, 제발 요안나를……."

별안간 펠레스의 애원 석인 음성이 확 가까워져서 시야를 차단당한 나는 움찔했다. 루아가 여전히 손으로 내 눈을 가린 채 속을 알 수 없는 목소리로 말했다.

"아무리 나라고 해도 자기 스스로 죽은 놈을 되살릴 수는 없어."

"무엇이든 하겠습니다. 제가, 무엇이든, 요안나를 살릴 수만 있다면……, 그럴 수만 있다면……."

입안에 가시가 돋친 것처럼 혀가 뻣뻣했다. 비정하도록 차분한 루아의 음성이 펠레스의 간청을 잘랐다.

"이게 얼마나 무의미한 논쟁인지는 너도 잘 알 텐데, 메피스토펠레스. 파우스트는 죽었어. 어머님의 기억까지 지워버린 걸 보니 오늘 황성에 발을 디딘 순간부터 그럴 목적이었던 듯한데. 이제 어머님은 그를 기억하지도 못하실걸."

조각상에 감겼던 밧줄이 미끄러지며 바닥에 떨어지는 소리가 났다. 헛구역질이 나올 듯했다.

펠레스가 비통한 슬픔에 잠겨 중얼거렸다.

"그렌트헨의…… 기억을……."

그 목소리.

"그런……."

절망에 빠진 자가 뼛속을 긁어 올리며 토해낸 울음 같은.

"죽은 다음에 그리 절박해져봤자 소용없어. 너도 그만 잊어."

"루아야."

나는 루아의 손 위에 내 손을 올렸다. 루아가 한숨을 내쉬었다.

"넌 이만 돌아가는 게 좋겠어."

이번엔 나도 반항할 수 없었다.

11

Prima Donna

그 이후의 일들은 뚜렷하게 기억나는 것이 별로 없었다. 선명한 색채로 이루어진 물감에 맹물을 흠뻑 들이부은 듯 흐리고 희미했다.

나는 멍한 채 루아에게 이끌려 집에 도착하고도 한동안 빈 공간에 우두커니 서 있었다. 그러다 루아가 떠나갔을 땐 어둡고 그늘진 모서리에서 몸을 웅크리고 있었다. 얼마나 지났을까, 잠에서 깬 엄마와 마주쳤고, 엄마의 눈을 보는 순간 이 비극이 막을 내렸다는 사실을 비로소 깨달았다.

파우스트는 가장 강렬하고도 비참한 방식으로 삶을 마감했고, 메피스토펠레스는 결코 그의 마지막 모습을 잊지 못할 것이었다. 그리고 그건 나 또한 마찬가지겠지.

무슨 정신으로 엄마에게 황성에서 있었던 일을 설명했는지 모르겠다. 나는 공황에 빠져 두서없이 이야기를 늘어놓았다. 엄마는 내 말을 차분하게 들어준 다음, 나에게 따뜻한 밀크티를 타주었다. 곤두선 신경을 안정시켜주는 약이 섞여 있었으므로 나는 어찌할 바 없는 나른함에 취해 엄마의 무릎 위에서 잠들었다.

해가 떠오르기도 전에 모든 상황이 급변했다.

교황이 반역을 일으켰다는 소식이 제일 먼저 공작가에 날아들었다.

루아는 현재 공식적으로 벨모트에 머무는 중이었으므로, 당연히 귀환 일정이 앞당겨졌다. 교황의 자살 소식은 그가 성력을 살인하는 데 썼다는 소식만큼이나 빠르게 퍼졌다. 그가 어째서 그렌트헨의 궁전에서 스스로 목숨을 끊은 건지에 대해 온갖 추측들이 난무했지만, 새벽하늘을 비추던 메피스토펠레스의 성력이 오히려 증거가 되고 말아 파우스트의 엽기적인 행각은 의심의 여지도 없어져버렸다. 그러나 그렌트헨이 기억을 잃었다는 사실은 아직 전해지지 않았다.

하룻밤 사이 황성의 절반 이상이 불에 타 재로 화했으니 실로 아비규환이었다. 벨모트에 있는 공작가의 저택에까지 그 혼란이 전해질 정도였다. 내가 잠에 빠져 있는 동안에도 수십 번씩 전령이 드나들었다고 한다. 선황제 폐하께서 돌아가셨을 때도 그러했듯이, 부모님은 서둘러 제국으로 떠나야만 했다. 나는 약에 취해 잠들어 있느라 두 분을 배웅하지도 못했다.

한동안 나는 깊은 잠에 빠져 있었고, 거의 대부분 몽롱한 상태였다. 방학도 했겠다, 부모님은 떠나고 혼자 남았으니 누구의 시선도 신경 쓸 필요가 없었다.

며칠이 지나도록 브리싱가멘은 돌아오지 않았다. 미가엘과 이지스의 행방은 여전히 오리무중이었으며, 파우스트의 자살을 목격한 메피스토펠레스가 제정신인지조차 알 수 없었다.

나는 아카시아 제국으로부터 아주 멀리 떨어져 있었다. 정말 아득하게 멀어서 도무지 닿을 방법이 없었다. 어쩌면 닿을 수 없어서 차라리 다행인지도 몰랐다. 나는 어떤 얼굴로 루아를 봐야 할지 몰라 막막했으니까. 아마 루아도 마찬가지일 거다. 루아는 비로소 나를 믿어주기 시작했지만, 파우스트의 자살과 그로 인한 내 반응 때문에 생각을 바꿨을지도 모르는 일이었다.

나는 파우스트의 삶을 들여다보았다.

요안나의 모든 것을.

직접, 이 두 눈으로.

그렇기에 문제가 생긴 것이었다.

귀로 듣는 아카시아 제국의 소식은 언제나 혼란으로 점철되어 있었다. 그나마 루아가 돌아간 직후, 모든 수단을 총동원해서 황성 복구에 힘썼기 때문인지 그 이상으로 최악의 사태는 벌어지지 않은 듯했다. 그러나 귀족들이 이 사건을 그냥 넘길 리도 없을뿐더러, 교황이 어째서 하필 그렌트헨의 성만 멀쩡히 두고 그곳에서 자살했는지 의견이 분분했다. 어느 정도 시일이 지나자 교황이 황태후에게 불미스러운 마음을 품었을지도 모른다는 추측도 서서히 머리를 들이밀기 시작하고 있었다.

매일 밤 나는 파우스트의 삶을 되돌아보는 악몽을 꾸었다. 꿈에서 파우스트는 내가 보는 와중에 목을 매달아 죽었고, 자신이 죽어 속이 시원한지 물었다. 내가 대답하지 못하면 그는 피투성이가 된 소녀 제물들을 불러서 나를 죽이려고 했다.

나는 늘 비명 같은 신음을 간신히 억누르며 잠에서 깨어났다. 이제 나에겐 루아의 동화책을 껴안고 자는 새로운 버릇이 생겼는데, 덕분에 나는 악몽을 꾸고 나서도 금방 다시 잠들 수 있었다. 비록 또 다른 악몽이 기다리고 있을지라도 나는 계속 잠들었다. 동화책을 끌어안고 잠들면 꿈속에 빠져들기 직전의 순간엔 진짜 루아가 곁에 있는 것 같은 기분이 들고는 했다.

루아는 화가 난 걸까? 아니면 속상한 걸까? 어쩌면 배신감을 느꼈는지도 모르겠다. 파우스트는 루아를 백치로 만들었고, 수도 없이 학대했다. 나에게 신벌을 내리기까지 했었다. 그 사실은 결코 변하지 않는 불변이었다.

그런데 나는 그런 파우스트에게 증오와 동질감을 동시에 느끼고 있으니.

방학을 빌미로 집에만 틀어박힌 지 열흘째 되는 날, 체르지안이 찾아왔다. 제국에서 들려오는 소식에 미친 듯이 귀를 기울이고 명한 표정을 자주 짓는다 뿐이지, 겉으로 볼 때 나는 몹시 멀쩡했으므로 시녀들은 별다른 걱정 없이 그를 환대했다. 애초에 나는 부모님과 함께가 아니면 외출을 즐겨 하지 않았기에 내 이상함을 눈치 챈 건 레뮤시밖에 없었다.

"안녕, 보니. 네 피부는 절대 타지를 않는구나."

체르지안은 평소와 같이 웃으며 인사를 건넸고, 나는 무시할까 하다 대답했다.

"그야 집에만 있으니까."

언제나처럼 체르지안은 아무것도 묻지 않았다. 기가 질릴 정도로 너그러운 상냥함이었다.

그가 웃는 얼굴로 응접실 소파에 눕듯이 기대앉았다.

"그래도 이제 꼬마 취급은 못 하겠다. 잠깐 안 본 사이에 어엿한

아가씨가 다 됐는걸."

"그러는 넌 애늙은이가 다 됐어."

나는 그렇게 말하며 살짝 얼굴을 찡그렸다. 확실히 나는 계속 빠르게 성장하고 있었다. 그동안 못 했던 것이 서러웠는지 초경을 시작한 뒤부터 지금까지 키가 5센티미터나 컸고, 몸의 굴곡도 확연하게 드러나 보였다. 일자로만 뻗었던 다리에 곡선이 생긴 것은 물론이거니와 손가락도 가늘고 길어졌다. 시녀들은 내 성장을 기뻐하면서도 귀여움이 사라지고 있다며 아쉬움을 토로하기도 했다.

메리가 쿠키와 꿀을 넣은 밀크티를 들고 왔다. 체르지안이 쿠키 접시를 내 쪽으로 밀어주면서 대수롭지 않게 말했다.

"난 당분간 제국으로 가 있을 생각이야. 황성에 난리가 났다 보니 마법단장도 발이 묶인 모양이던데. 당분간은 떠나고 싶어도 못 떠난다더라고. 황성 재건 작업을 도우느라 바쁘긴 하지만 그래도 수업은 해야 한다길래 어쩔 수 없이 내가 가기로 했지."

"펠레스가 그렇게 말해? 그럴 여유가 있단 말이야?"

나는 의아하게 눈을 치켜떴다. 펠레스가 체르지안과 생각 이상으로 정상적인 만남을 가졌다는 것이 놀랍지 않을 수 없었다.

"그것도 여유라면 여유겠지. 나보다 내 목숨을 더 걱정해주던 걸."

나는 체르지안을 물끄러미 응시했다. 충동적인 무모한 선택이었든 아니든, 체르지안은 나를 위해 마법을 배우고자 했으며, 실력을 향상시키기 위해서라면 수명을 깎는 일마저 주저하지 않았다. 그런 체르지안의 모습이 파우스트를 잃은 메피스토펠레스에게 어떻게 보였을지 짐작 가지 않는 것도 아니었다.

아마, 대단히 인상적이었겠지.

어쩌면 메피스토펠레스는 체르지안을 통해 자기 자신을 엿보았을 수도 있었다. 비극을 맞이하기 전의 자신을. 하지만 그럼에도 온전히 납득 가지 않아서 나는 입을 다물었다.

펠레스가 어떻게 그토록 빨리 극복할 수 있었는지 도무지 모를 일이었다. 그는 정말이지 '요안나'를 위해 평생을 바쳤었는걸. 아니, 그는 긴 시간을 살아왔고, 또 살아갈 테니 평생까지는 아닐지도 모르겠다. 펠레스를 사람의 기준으로 정의 내리는 건 애초부터 무리였는지도 몰랐다.

나는 천천히 긴장을 풀었다. 체르지안과 있는 건 편안했다. 그는 아무것도 질문하지 않았으니까. 내가 무엇을 하든 그는 나를 그저 내버려두었다.

나는 체르지안이 밀어준 쿠키 접시를 빤히 내려다보는 걸로 흔들리는 시선을 다잡았다. 차라리 나도 펠레스처럼 바빴으면 좋았을 텐데. 할 것이 무척이나 많아서 어떤 상념도 머릿속 깊이 파고들지 못하도록 말이다. 나 혼자서는 도저히 유폐당한 것 같은 이 비참한 기분에서 헤어 나올 수가 없었다.

파우스트가 나에게 동질감을 느꼈다고 말했을 만큼 우리는 비슷한 점이 많았다. 그는 성별이 없었고, 나는 2차 성징을 보이지

못했다. 그는 자신을 거두고, 속이고, 종국에는 배반한 메피스토
펠레스를 증오하면서도 필사적으로 원했고, 결국 그 감정에 목이
졸려 무너져 내렸다. 동경하고, 사랑하고, 원망하고, 그리워하고,
신뢰하여 제 모든 걸 넘겨줌으로써 자신을 죽였다. 그것은 치료할
수 없는 병이었다. 마음을 뼈째 말라비틀어지게 만드는 갈망. 혹
은 집착. 혹은 맹목. 전부를 주고 전부를 원했으니 그 마음이 배신
당하면 그걸로 끝이었다. 처음 한 번에 모든 것을 걸었으니 두 번
째 기회란 존재할 수가 없었다.

그리고 나는, 루아는, 우리는 서로가 서로에게 너무나 의존했
다. 만약 루아가 완전히 나를 떠났다는 확신이 생겼을 때 내가 파
우스트처럼 극단적인 행동을 하지 않으리란 법이 없었다.

나는 그가 내 미래일까 봐 겁이 난 거다.

"보니."

멍하게 있던 나는 체르지안의 부름에 겨우 정신을 차렸다. 어느
샌가 소파에서 일어선 그는 필요 이상으로 가까이 다가와 있었다.

"아, 미안. 조금 다른 생각을 하느라……."

나를 내려다보는 눈길이 편한 듯, 아닌 듯 미묘하게 껄끄러웠
다. 내가 슬쩍 고개를 돌리자 체르지안이 웃으며 말했다.

"내가 떠나도 아무렇지 않다는 거야? 좀 섭섭한걸."

나는 그의 웃음소리에 귀를 기울였다.

"그런 거 아니야. 그리고 곧 돌아올 거잖아."

"어차피 나는 너한테 반했으니까 걱정 없다 이거지."

"글쎄, 그런 거 아니라니까!"

나는 씩씩거리며 말했다가, 곧 잔뜩 풀이 죽어서 입술을 깨물었다. 아랑곳하지 않고 천연덕스럽게 내 옆에 앉은 체르지안이 휘파람을 불었다.

"아, 이대로 떠나긴 뭔가 아쉽네. 그래도 황제 폐하는 계속 암살 위협에 시달리니까 나를 보험용으로 두는 것도 괜찮지 않아? 희망은 있단 얘기지. 폐하가 죽으면 나한테 다시 시집오면 되잖아. 그저 그런 가문의 딸도 아니고 그레이스 가문의 후계자이니만큼 아주 불가능한 소리도 아닌 것 같은데. 근데 그럼 내가 데릴사위가 되는 건가?"

"너, 그 말 루아가 들으면 어쩌려고…….."

"뭐 어때, 설령 폐하께서 나를 죽이려고 해도 네가 알아서 잘 막아주겠지."

장난인 걸 뻔히 알면서도 나는 못마땅한 표정을 지었다.

"잘 막아주고 못 막아주고의 문제가 아니거든?"

"보니."

"왜 불러?"

나는 퉁명스럽게 대꾸하고서 식은 밀크티를 벌컥벌컥 들이켰다. 기꺼이 나를 찾아와준 체르지안에게 해줄 수 있는 것이 없어 미안했고, 대화하는 방법을 잊어버렸나 싶을 정도로 한심한 내 몰골이 싫었다.

그러나 체르지안은 오히려 나에게 사과했다.

"너한테 아무 도움도 못 줘서 미안해."

뱃속이 뒤틀리는 것 같았다.

나는 시선을 떨궜다. 괜히 찻잔을 만지작거리며 솔직하게 말했다.

"그런 걸로 미안해하지 마. 이렇게 찾아와준 것만으로도 고마워."

그 말에 체르지안이 심히 의심스럽다는 표정을 지었다.

"진심이야?"

노골적인 불신이 담긴 반문이 아니꼽지 않다면 거짓이었지만, 나는 선선히 고개를 끄덕여주었다. 여전히 체르지안을 똑바로 쳐다보지 못하는 채였다.

"진심이야. 미안하다고 말할 사람은 나인걸."

"이야, 네가 온순해지는 게 정말 가능한 일이었다니."

감회가 새롭다는 듯한 어조였다. 어째서 내가 잘못을 뉘우칠 기회를 안 주는지 모를 노릇이었다. 한 번은 참았어도 두 번은 무리라, 나는 결국 돌렸던 고개를 바로 하며 체르지안을 쏘아보았다.

"대체 평소에 나를 어떻게 생각하고 있었던 거……."

……그러려고 했다.

체르지안은 내 옆에 앉아 있었고, 제 시선을 피하는 데 급급한 나를 놀리느라 바로 코앞까지 얼굴을 가까이했던 터였다. 예기치 못한 상황이라 나는 나도 모르게 숨을 들이켰다.

미처 말을 끝마치기도 전에, 당혹스러워할 틈도 없이, 순식간에 그의 눈이 망막 가득 들어찼다. 동공에 가까울수록 더욱 어두워지는 홍채가 뚜렷하게 보이고 있었다. 조금만 더 고개를 뻗었으면 아예 입술이 닿았을지도 몰랐다.

당장 거리를 벌려야 한다는 생각이 들기는 했다. 그러나 한편으로는 의아한 것도 사실이었다. 체르지안은 나와 루아의 사이를 잘 알고 있었으니까.

나는 어째서 체르지안이 아직도 나를 좋아해주는 건지 이해할 수가 없었다. 자기를 보험용으로 두라니. 그가 장난처럼 건네는 농담 또한 나를 혼란스럽게 만들긴 마찬가지였다. 가벼운 듯, 아닌 듯. 씁쓸한 듯, 달콤한 듯. 보이지 않는 그 마음의 깊이를 가늠하는 게 불가능했다. 체르지안은 나를 좋아한다고 말한 주제에 정작 나에게 제 마음을 살필 여지를 주지 않았다.

나는 몸을 뒤로 빼려고 했으나, 그보다 체르지안이 한발 빨랐다. 그가 내 어깨를 붙잡더니 속 모를 미소를 지었다.

"어떻게 생각하냐니. 진짜 각별히 여기는데."

체르지안이 나를 미워했더라면, 친구로 남는 것조차 싫다고 했다면 오히려 마음이 편했을 텐데.

"가, 갑자기 왜……."

"사실은 무슨 일이 있었는지 물어보고 싶었어."

눈알을 불로 지지는 것 같은 말이었다. 나는 참지 못하고 얼굴을 일그러뜨렸다.

내 얼굴에 드러난 고통을 보고 체르지안이 위로하듯이 부드럽게 물었다.

"너도 그때 그 자리에 있었던 거지?"

교황의 자살을 두고 하는 말이었다. 나는 힘없이 고개를 끄덕였다. 체르지안의 손이 뺨에 닿기 전까지 나는 내가 울고 있다는 것도 몰랐다.

"괜찮아, 보니. 다 끝났어."

참으로 다정한 속삭임에 나는 속절없이 무너져 내렸다. 손을 뻗어도 닿는 것이 없다. 나는 루아가 만나러 와주지 않으면 루아를 볼 수도 없었다. 루아를 위로해주는 것조차 불가능했다. 그 사실이 나를 더욱더 비참하게 만들었다. 내가 할 수 있는 일이라고는 파우스트의 유령을 떨쳐내는 것뿐이었다.

루아는 괜찮을까? 그렌트헨은? 어쩌면 어떤 안 좋은 일이 생겨서 루아가 나를 만나러 오지 못하는 걸 수도 있다. 다만 아직 벨모트까지 그 소식이 닿지 않았던 것뿐일지도 몰라.

메피스토펠레스가 원한을 품고 루아에게 복수하지 않으리란 보장은 어디에도 없는데, 나는 여기서 아무것도 못하고, 그저 멀찍이 떨어진 채 이 답답함을 꾸역꾸역 속으로 삼키고만 있었다.

파우스트에게 슬프고 역겨운 동질감을 갖고서.

그를 동정하고 이해하지 않으려는 강박적인 절제가 오히려 그를 떨치지 못하게 만드는 데 일조하고 있었다.

"미…… 미안해……."

나는 입술을 세게 깨물면서 억눌린 울음을 터뜨렸다. 어떻게든 참아보려고 했는데 도저히 막아지지가 않았다.

어느 순간 체르지안의 검은 머리칼이 이마를 간질인다 싶더니, 눈가에 아주 부드러운 것이 닿았다. 그의 입술이었다. 젖은 눈 밑에 잠시 닿았다가 떨어졌다.

"······체르지안?"

"이런 기회가 언제 또 올지 모르잖아. 그나저나 폐하께선 정말로 바쁘신 모양이네? 방해도 안 하고."

눈앞이 뿌옇게 흐렸다. 나는 혼란스럽게 눈을 깜박이며 고인 눈물을 떨어뜨렸다.

"너는 내가 밉지도 않아?"

"그다지. 오히려 안쓰러워 죽겠는데."

"······난 도무지 네 속을 모르겠어."

체르지안의 입술이 닿았던 자리가 기묘하게 간질거렸다. 훌쩍이는 목소리로 중얼거리려니 체르지안이 내 머리를 슬슬 쓰다듬었다.

"알아서 뭐해, 재미도 없는걸. 난 이제 곧 가봐야 해, 보니. 내가 없다고 너무 슬퍼하지 말고."

또 장난을 칠 기세여서 나는 눈을 흘겼다.

"잘 다녀와."

"다녀올게."

서글서글한 웃음이, 걱정 담긴 부드러운 목소리가 가슴을 아리게 했다.

끈질긴 머뭇거림도 잠시, 나는 체르지안을 따라 조금 웃었다. 그러자 체르지안이 더욱 환하게 미소를 지었다.

"그래, 보니, 넌 눈매가 치켜 올라가서 웃어야 덜 무서워 보여."

"시끄러워."

나는 그를 구박하다가 다시 웃었다.

체르지안 덕에 약간 기운을 차린 나는 저녁이 되자 신경 안정제 대신 스테이크와 딸기 케이크를 먹어치웠다. 커스터드푸딩도 먹고, 시럽을 넣은 오렌지 주스도 잔뜩 마셨다. 나를 주시하는 시녀들 앞에서 보란 듯이 폭식을 하고는, 토하기 전에 침실로 올라왔다. 꼬박 열흘을 우울증에 시달렸으니 이젠 좀 생산적인 일을 해야 할 때였다.

나는 루아가 나를 찾아오지 않는 이유를 어렴풋이 짐작하고 있었다. 루아의 신변에 이상이 생긴 게 아니고서야 물어보지 않아도 뻔했다. 예전 같았으면 루아는 아무리 바빠도 잠깐 정도는 얼굴을 비추었을 거였다. 하다못해 브리싱가멘이라도 돌려줬겠지.

내가 겁을 먹었듯이, 루아도 어떤 이유로 나와 만나기를 꺼리는 거다. 우리는 서로에 의해 견고해졌지만, 서로에 의해 너무나 쉽게 무너질 수 있었다.

파우스트와 메피스토펠레스처럼.

나는 나에게 동질감을 느꼈다고 말했던 파우스트의 비극적인 결말로 인해 루아를 떳떳하게 마주할 자신이 없었다. 한순간이나

마 그를 이해했던 자신이 치욕스러웠다. 나는 파우스트의 잔재에 휘둘리는 나 자신을 도저히 용납하지 못했고, 이런 내 모습을 루아에게 보여주기도 싫었다. 하지만 무조건 피한다고 해결될 일은 아니었다.

"루아가 올 때까지 마냥 기다리고 있을 순 없어."

나는 나 자신에게 확신을 심어주기 위해 일부러 소리 내어 중얼거렸다.

입에서 입으로 전해지는 소식만 듣고 버티는 것도 한계가 있었다. 나는 호사스러운 침대에 주저앉아 루아의 동화책을 집요하게 노려보았다. 보드라운 가죽 덮개에 감싸인 책은 루아의 심장이면서 박제되어 있는 과거의 추억이기도 했다. 백치나 다름없었던 루아의 눈높이에 맞춰 각색된 진실이기도 했고.

나는 동화책의 표면을 조심스럽게 쓸었다. 깊이 배어든 숲 속의 나무 향을 희미하게나마 맡을 수 있었다.

동화책이라니. 그때의 루아는 정말이지 무척 순수해서.

우리가 지금보다 한참은 어렸을 적에, 루아는 나에게 사랑이 뭐냐고 물어본 적이 있었다. 그때 나는 백설공주의 이야기가 쓰인 동화책을 가리키면서 왕자가 입맞춤으로 깊은 잠에 빠진 공주를 구하는 것이 사랑이라고 말했었다. 당시엔 귀찮아서 적당히 둘러댄 대답이었지만, 썩 틀린 말도 아니었다. 내 말을 듣고 루아는 황태자인 주제에 백설공주 이야기에 나오는 왕자가 되고 싶어 했다.

「나도 왕자 할 수 있어!」

아직도 그 사랑스러운 목소리가 귀에 선했다. 나는 항상 예쁘게 다듬어져 있는 손톱을 잘근잘근 씹으며 제국으로 갈 방법을 찾기 위해 머리를 굴렸다. 나는 루아에게 네가 나를 구해준다면 왕자로 인정해주겠다는 말을 했었다. 하지만 이젠 루아가 오기만을 기다리긴 싫었다. 그전에 내가 미쳐버릴 것 같았다.

내가 아는 한 아카시아 제국으로 단번에 이동할 수 있는 방법은 세 가지였다. 첫째는 엄마와 아빠가 이용한 직속 게이트를 사용하는 거고-단 여러 제약이 있어서 지금은 실질적으론 불가능한 수단이다-, 둘째는 본디 루아의 것이었지만 그렌트헨이 파우스트에게 넘겨준 마법 물품을 사용하는 것이며-간단한 조작만 하면 황성으로 바로 이동할 수 있긴 한데 그걸 가진 파우스트는 죽었고, 결정적으로 그의 시체는 제국에 있다-, 셋째는 펠레스나 루아가 직접 이동 마법을 사용하는 것인데……, 지금 내 곁엔 브리싱가멘마저 없으니 이것 역시 무리였다.

"무슨 좋은 방법 없나……."

나는 심란해서 기억을 더듬으며 루아의 동화책을 껴안고 침대 위를 뒹굴었다. 그러고 보니 체르지안은 어떻게 제국으로 갔을지 모르겠다. 굳이 보름이라는 기간을 할애해서 짐마차를 타고 갔을 것 같진 않고……. 펠레스가 데리러 오기라도 한 건가?

살갗을 감싸는 이불이 부들부들하다 뿐이지, 도통 마땅한 방안이 떠오르지 않았다. 체르지안이 떠나기 전에 물어볼 걸 그랬나 싶다가도, 물어보지 않은 게 오히려 다행인지도 모른다는 생각이

들었다. 만약 체르지안의 도움을 받아 제국으로 갈 방법을 찾았다
고 해도 나는 미안해서 죽었을 거였다.

"음, 음음음."

흐트러진 이불을 깔고 나는 멍하니 천장을 올려다보았다. 머리
위에서 탐스럽게 흘러내리는 캐노피가 인공조명을 받아 반짝였
다.

나라를 건너뛸 만한 마력을 가진 누군가의 도움을 받는다는 건
사실상 불가능하다. 솔직히 그러고 싶은 마음도 없었다. 가능하다
면 나는 나 혼자 힘으로 루아를 찾아가고 싶었다. 하지만 그건 확
실히 터무니없는 환상에 가까운……

"그러고 보니 나한테도 마력이 있다고 했었지."

나는 새삼스러운 목소리로 중얼거렸다. 뭐, 이건 정확히는 루아
의 마력이지만. 그리고 발두르가 친히 성력으로 변화시킨 힘이지
만. 또 나는 이 마력이 어느 정도인지도 몰랐고, 신의 사자들에게
힘을 나눠주는 것 말고는 사용하는 법도 몰랐다. 성력을 사용하는
방법 따위를 알 게 뭐람.

성력이라……

"으……"

불현듯 나에게 도움을 줄 수 있는 누군가가 반짝 하고 떠올랐으
나, 어쩐지 기쁘기보단 식은땀이 흘렀다. 성력을 다룰 줄 알고, 벨
모트 왕국에 있으며, 나와 안면이 있는 사람은 딱 한 명뿐이었다.
하지만 그는 조금도 나에게 친절하지 않은 사람이었다.

알베이흐 왕자는 사교성 좋기로 유명한 체르지안이나 좀 상대해주지 다른 사람은 어림도 없었다. 나 역시 공연히 무시당한 적이 셀 수도 없었다.

그렇지만 다른 방법이 떠오르지 않는 것도 사실이기에, 나는 울며 겨자 먹기로 결심을 굳혔다. 어쩌면, 내가 아무런 장애물도 없는 길을 걷다가 자빠질 정도의 드문 확률로 알베이흐가 내게 성력의 사용법을 알려줄 수도 있겠지. 입이 무겁다 못해 가라앉지는 않을까 걱정인 사람이므로 소문날 염려도 없었다.

꺼지기 직전의 희망이었으나 나는 일단 붙들어보기로 했다.

과연 알베이흐가 나를 만나주기는 할지 심히 의심스러웠지만 나는 내일까지 기다릴 여유도 없었다.

나는 어두운 청록빛이 감도는 간편한 드레스를 입고, 혹시 몰라 여분의 돈과 동화책이 든 작은 가방을 멨다. 잠시 갈등한 끝에 녹슨 물건도 챙긴 바였다. 마지막으로 고급스러운 벨벳 망토를 걸치고 나니 가방이 완벽하게 가려졌다. 왠지 가출하는 기분이 들었다.

나는 목에 건 야명주를 드레스 안에 밀어 넣은 뒤, 마구간에 틀어박힌 레뮈시가 잠시 곯아떨어진 틈을 타 정문을 향해 전력질주했다. 밤이 되자 도리어 초롱초롱해진 고양이에게 간식을 주던 메리가 그런 나를 보고 기겁하며 소리쳤다.

"아가씨! 이 늦은 시간에 어디 가세요!"

등 뒤에서 들려오는 고함에 나는 대충 손을 흔들어주었다.

"걱정 마, 금방…… 은 아니고, 아무튼 엄마가 오기 전까진 돌아올 테니까! 레뮤시더러 걱정하지 말라고 전해줘!"

"아가씨!"

애타게 나를 부르는 목소리에 양심이 쿡쿡 찔렸다. 그래도 이제 와서 포기할 순 없었으므로, 나는 저택을 빠져나오자마자 복잡하게 꼬인 골목길을 이용하여 그레이스 가문의 사유지를 빠져나왔다. 적어도 벨모트 왕성의 경비까지 일일이 뚫어야 할 필요성은 없어 한시름 덜었다. 그는 이름뿐인 왕자나 다름없으니까. 나도 알베이흐가 여섯 번째 왕자인 걸 다행으로 여길 날이 올 줄은 꿈에도 몰랐지.

실로 오랜만에 나선 외출이었다. 나는 망토 자락을 손에서 놓지 않았다. 오르페데스의 거리는 사람의 온기가 거의 느껴지지 않을 만큼 한산했다. 그리고 폐허와 같이 황량했다. 얼마 전까지 황제의 방문을 환영하느라 자정이 가깝도록 떠들썩했던 것이 거짓말 같았다.

깨끗했던 성녀의 길은 청소를 하지 않아 더러워져 있었고, 그 위를 가로지르는 사람들의 인상도 험악했다. 신성제국이니만큼 벨모트인들에게 교황의 자살 소식은 상당한 충격으로 다가왔을 터였다. 극히 소수의 상가만이 영업을 지속하고 있었는데, 손님들이 뚝 끊겨 진열해둔 물건들이 한가득 쌓여 있었다.

나는 파우스트가 죽은 날, 알베이흐와 체르지안을 봤던 작은 가게 앞에서 잠시 멈춰 섰다. 가장 도구를 파는 곳이었는데 가면뿐만 아니라 가발 같은 물건도 있었다. 그땐 메피스토펠레스를 찾아야 하기도 했고, 루아가 방해하기도 해서 자세히 구경하진 못했지만 가까이 가 살펴보니 제법 물건이 많은 가게였다.

"이런 날에도 파티에 가고 싶은가 봐, 꼬마 아가씨?"

가게 주인이 빈정거렸지만 나는 무시했다.

시선을 잡아끄는 화려한 반가면들을 잠시 훑어보다가 나는 가발이 놓인 진열장으로 시선을 돌렸다. 나는 눈에 확 들어오는 복숭앗빛 머리카락을 매만지며 잠시 고민한 끝에 가슴 밑까지 내려오는 검은색 가발을 구입했다. 그러고는 가방에 난폭하게 쑤셔 넣었다. 확실히 극적으로 제국에 가는 데 성공하더라도 루아 이외의 사람들에게 내 존재를 알려서 좋을 게 없었다. 특히 엄마한테 들키기라도 하면…….

나는 식은땀을 흘리며 발길을 서둘렀다.

벨모트 왕가의 왕자들이 머무는 별궁은 퍽 가까운 거리에 있었다. 사실 좋게 말해서 별궁이지 규모가 몹시 큰 집에 가까웠지만, 그 위용이 남다르긴 했다. 폭이 좁고 긴 창문과 첨탑 장식은 별궁을 요새처럼 보이게 만들었다. 이 별궁은 왕위 싸움에서 밀려난 왕자들을 한꺼번에 수용하기 위해 특별히 높게 지었다고 들었다. 화려하게 꾸며진 감시용 감옥이나 다름없었다.

나는 벨모트 사람들이 열광해 마지않는 고전적인 고딕 양식의 건축물을 빙 돌면서 알베이흐를 어떻게 불러낼지 고민했다. 그러나 그는 등에도 눈이 달렸다는 소문답게 금세 내 존재를 눈치 채고 밖으로 나왔다.

"네가 여기까진 무슨 일이지?"

한결같은 무뚝뚝함이었다. 그럼에도 나는 살갑게 인사했다.

"안녕하세요, 선배. 아니, 왕자 전하."

이곳은 아카데미 밖이었으므로 나는 그렇게 인사했다. 꾸벅 고개까지 숙여준 다음 몹시 사근사근한 목소리로 용건을 말했다.

"전하를 뵈러 왔어요. 실은 물어볼 게 있어서요."

알베이흐가 나를 뚫어져라 주시했다. 탐색에 가까운 시선이었다. 나 역시 그런 그를 살폈다. 그는 깔끔한 셔츠와 바지를 입고 있었는데 시간이 제법 늦었음에도 불구하고 자려던 것 같진 않았다. 빛깔이 선명한 그의 은발은 끝이 약간 젖어 있었고, 옷에는 한 점의 구겨짐도 없었다.

나는 바람에 실려 오는 향유 냄새를 맡으며 고개를 살짝 갸우뚱했다. 밤중에 목욕하는 거야 이상한 일도 아니지만 지금은 저녁과 자정 사이의 시간이었다. 목욕을 하기엔 너무 늦었다는 뜻이다.

나는 뭔가 영문 모를 까닭으로 곤란하다는 듯 미미하게 찌푸려져 있는 알베이흐의 표정에 주목했다. 그때 2층의 창문이 열리면서 한 남자가 얼굴을 내밀었다. 스무 살을 갓 넘겼을까 싶은 남자였다.

"이봐, 알베이흐! 빼지 말고 같이 놀자고! 한심하게 숙녀들을 두고 도망칠 셈이냐?"

나는 너저분하게 헝클어진 남자의 은백색 머리를 보고 얼굴을 찡그렸다. 심지어 그는 상의도 입고 있지 않은 채였다.

늘 있던 놀림인지 알베이흐는 그를 쳐다도 보지 않았고, 남자 역시 전혀 개의치 않으며 빈민들이 사용하는 단어로 저속한 성적 농담을 연달아 뱉었다. 비탄스럽게도 그가 왕자이자 알베이흐의 형제라는 덴 의심의 여지가 없었다.

기분 나쁘게 속이 울렁거렸다. 이윽고 어떤 여자가 떠들썩하게 웃으며 왕자를 따라 창가로 나왔다. 타는 듯한 붉은 머리가 인상적인 미인이었다. 너저분한 차림새의 여자가 레이스가 달린 부채로 왕자의 가슴을 툭툭 치면서 애교 섞인 목소리로 말했다.

"어머, 저 예쁜 아가씨는 누구람? 알베이흐 님, 그분이랑 놀려고 제 품을 마다하신 거였어요? 제가 이렇게 뜨겁게 전하를 갈구하고 있는데……."

상스러운 어투를 사용하는 알베이흐의 형제와 달리 귀족처럼 보이고자 안달하는 작위적인 말씨에 절로 코웃음이 나왔다. 나는 귀족들을 주로 상대하는 고급 창녀일 게 뻔한 여자를 무시했고, 알베이흐 역시 똑같았다.

"따라와."

그가 형제들의 야유를 뒤로하고 별궁 바깥으로 나갔다. 나는 순순히 그를 따랐다.

알베이흐가 말없이 뒤따르는 나를 곁눈질하더니 건조하게 말했다.

"저곳은 왕위 다툼에서 밀려난 왕자들만 사는 궁이다. 방탕하고, 게으르고, 안온한 삶에 취해 있지. 낮에 들어가도 멀쩡히 나올 수 있을지 모르는데 이런 시간에 수행원도 없이 들어가는 건 자살 행위나 마찬가지야."

나를 두고 하는 말이었으므로 놀라지 않을 수 없었다.

"저를 배려해주시는 거예요, 설마?"

"때때로 넌 대단히 무모하게 굴더군."

내가 알베이흐 앞에서 무모하게 굴었던 적이 있던가? 나는 눈알을 굴렸다.

"그야 믿는 구석이 있으니까요."

"그렇다면 나를 찾아올 거 없이 그 믿는 구석에게 물어보면 되지 않나?"

지금 그 믿는 구석을 만나기 위해 이 짓을 하고 있는 거거든?

"애석하게도 지금 절 도와줄 수 있는 건 전하뿐이거든요."

알베이흐가 미묘한 표정을 지었다.

"애석하다라."

잠깐의 대화는 거기서 끊겼지만 나는 아무 불만도 없었다.

별궁에서 얼마 떨어지지 않은 곳에 알베이흐의 개인 저택이 있었다. 누가 결벽증 환자 아니랄까 봐 때 묻지 않은 새하얀 첨탑을 얹은 저택이었다.

조급한 마음을 억누를 길이 없었다. 저택 안으로 들어가자마자 나는 자리에 앉지도 않고 곧장 본론으로 들어갔다. 나는 한시라도 빨리 루아를 만나고 싶었고, 알베이흐는 이것저것 사족을 붙이는 걸 싫어하는 타입이었으니 결과적으론 옳은 선택이었다.

어쨌든 알베이흐는 생각보다 얌전히 내 말을 들어주기는 했다.

"……성력을 다루는 법을 알려달라고?"

나는 그의 입에서 '헛소리'라든가 '불가능', 혹은 '꺼져'라는 단어가 튀어나오기 전에 서둘러 말했다.

"굳이 기초부터 알려주지 않으셔도 돼요. 전하 성격 상 그런 친절을 발휘할 것 같지도 않지만, 어쨌든 지금 제가 좀 급하거든요. 음, 어, 그러니까 성력으로도 공간이동 마법 같은 걸 사용할 수 있나요?"

내가 듣기에도 터무니없는 질문이었으나 어쩔 수 없었다. 나는 긴장한 채 알베이흐의 반응을 살폈다.

잔소리를 실컷 들을 줄 알았는데, 의외로 알베이흐는 얼굴색 하나 변하지 않고 되물었다.

"제국으로 갈 생각인가?"

나는 턱을 들었다. 상황이 상황이니만큼 알베이흐가 바로 알아채는 것도 당연했지만, 그래도 내가 원래부터 이렇게 간파당하기 쉬운 애였나 하는 생각이 들었다.

"그럴 거면 다른 귀족들과 떠나는 편이 나았을 텐데."

"좀 사정이 있어서요."

부모님이 결사반대를 한다곤 차마 말할 수 없어서 나는 적당히 얼버무렸다.

알베이흐가 비스듬히 머리를 기울였다.

"대체 어디서부터 지적해야 할지 모르겠다만 일단 대답은 해주지. 성력으로 왕성에 있는 직속 게이트를 유동할 수 있는지 물어보는 거라면 가능은 하다. 이론적으로는 그렇지. 단, 성력이든, 마력이든 충분한 양이 있어야 해. 물론 제국에서도 게이트를 열어줘야 가능한 데다가……, 보아하니 넌 남들 눈에 띌 생각도 없는 모양이군."

나는 초조하게 손톱을 깨물었다.

"으, 다른 방법 없을까요? 제국으로 갈 수만 있다면 뭐든 좋아요."

"어떤 위험 부담이든 감수할 수 있다?"

나는 급한 마음에 무작정 고개를 끄덕였다가 슬쩍 덧붙였다.

"목숨은 빼고요. 사실 아픈 것도 좀 싫은데."

물론 알베이흐는 무시했다.

"너를 아주 도와줄 수 없는 것도 아니야."

"정말요?"

다른 사람도 아닌 알베이흐의 입에서 나온 협조적인 말이라, 나는 귀를 의심했다. 알베이흐가 벽에 기댄 채 어두운 검은색 눈으로 나를 응시했다.

"하지만 그 성력을 어떻게 얻었는지 들어야겠다."

절로 얼굴을 찡그릴 수밖에 없었다. 원인 없는 행동 또한 없으니 이 질문을 하리라 예상하지 못했던 건 아니지만 나는 대답할 것이 없었다.

"말 못 해요."

"그렇다면 거래는 여기서 끝이군. 이만 돌아가라."

쳇, 그럴 줄 알았다. 나는 등을 돌리려는 알베이흐를 재빨리 잡아 세웠다.

"잠깐만요! 우리 사이에 그렇게 매정하게 굴기예요?"

나는 알베이흐의 팔을 단단히 붙들었다. 가능한 한 최고로 불쌍한 표정을 지으며 바지라도 잡고 매달릴 셈이었는데 신기하게도 그가 갑자기 눈에 띄게 당황하는 기색을 보였다. 나에게 붙잡힌 팔이 뻣뻣하게 경직되었다.

"너랑 내가 무슨 사인데?"

"음……, 같은 아카데미에 다니는 사이?"

짜증 가득한 알베이흐의 얼굴을 무시하고 나는 꿋꿋하게 말했다.

"이번에 저를 도와주시면 저도 나중에 전하를 도울게요."

"네 도움을 받을 만한 일 따윈 없어."

"하지만 혹시 모르잖아요. 만일의 상황에 대비해서!"

급기야 알베이흐가 내 손을 뿌리치려고 했으므로, 힘에 부친 나는 최후의 방법을 사용했다. 거의 협박이나 다름없었다.

"계속 거절하시면 조만간 브리싱가멘을 전하의 침실에 던져놓고 튀는 수가 있어요."

"……일시적으로 성력을 마력으로 변환시킬 수 있는 마법석을 줄 테니 그거 갖고 꺼져."

알베이흐가 숨도 안 쉬고 말했다. 나는 고개를 갸우뚱했다.

"마법석이요? 그게 있으면 이동 마법을 사용할 수 있어요?"

"네가 얼마만큼의 성력을 가지고 있느냐에 달렸지."

여전히 무뚝뚝하고 신경질적인 어조였는데 그럼에도 다소 긍정적이긴 했다.

나는 알베이흐를 붙잡은 손에 힘을 풀었다.

"신기하네요. 그런 물건이 있는 줄은 몰랐어요."

"벨모트 왕가의 사람들은 대부분 성력을 타고나니까. 편의를 위해 개발된 거지. 잠시 지하실에 다녀올 테니 기다려."

나는 안심하라는 뜻을 담아 활짝 웃음을 지었다.

"여기서 꼼짝도 안 할게요."

알베이흐가 한숨을 쉬며 아래층으로 내려갔다. 나는 혼자 남겨졌고, 딱히 할 것이 없어 주위를 두리번거렸다.

아늑하고 깔끔한 느낌을 주는 응접실은 화려함보단 실용성을 중시한 것 같았다. 소파가 없는 대신 테이블이 중앙을 차지하고 있었고, 준비되어 있는 찻잔이 하나밖에 없었다. 애초에 여긴 시중드는 시녀들도 없었다. 알베이흐만의 개인적인 공간임이 분명했다.

확실히…… 별일인걸. 예전에 술 취한 나를 체르지안이 남학생 기숙사에 데려왔을 때, 그의 룸메이트였던 알베이흐는 상당히 못마땅해했다. 그런데 지금 그는 나를 자신의 공간에 초대해준 거나 마찬가지였다. 무슨 심경의 변화가 있었는지.

음, 어쩌면 심경의 변화가 있었던 게 아니라 왕자들의 추한 꼴을 보여주기 싫어서 어쩔 수 없는 결정을 내린 건지도 모르겠다.

매춘부라니. 다시는 그 근처에도 얼씬거리지 않을 거였다.

테이블 의자에 멀뚱멀뚱 앉아 있던 것도 잠시, 이 여유를 틈타 할 일을 떠올린 나는 폭이 좁은 거울 앞으로 다가갔다. 이왕 가발을 샀으니 지금 써보는 것도 나쁘진 않을 것 같아서였다. 제국에선 그레이스 가문을 모르는 이가 없었고, 공작부인의 대표적인 특징인 분홍색 머리카락도 아주 유명했으니까. 지금쯤 엄청난 보안을 자랑하고 있을 황성으로 곧장 이동하는 것은 불가능할 게 뻔했다. 당연히 분홍색 머리카락을 휘날리며 제국을 돌아다니는 건 엄마한테 나를 잡아가달란 것이나 마찬가지고.

나는 조심스럽게 가방을 벗어서 가발만 뺀 다음, 가방은 다시 망토 안에 숨겼다. 작업은 꽤 수월했다. 나는 긴 머리를 돌돌 말아 실핀으로 고정한 뒤 그 위에 가발을 썼다. 삐져나온 솜사탕색 머리카락은 없는지 꼼꼼하게 점검하는 것도 잊지 않았다.

엉킨 가발을 손으로 빗으며 거울 앞에 서보니, 퍽 그럴싸한 느낌이었다. 가슴을 간신히 덮는 길이라 어색했지만 맵시 있게 구부러진 컬이 마음에 들었다. 길거리에서 산 것치고는 제법 괜찮은 수확이었다. 그리고 상당히…… 이색적이었다. 짙은 색 머리카락 덕분에 가뜩이나 흰 피부가 더욱 창백하게 보였다.

거울 속의 내 모습에 신선한 충격을 느낀 나는 재미 삼아 이것저것 해보기 시작했다. 가발을 하나로 땋아보기도 하고, 다시 풀었다가 포니테일로 묶어보기도 했다. 확실히 매일같이 붉은빛이 도는 장미수로 감고 향유를 바른 내 머리카락에 비하면 이 가발은 엄청 볼품없었다. 인상을 확 바꿔버린 걸로 모자라 걸친 옷까지 수수하게 만드는 효과를 낳았는데, 우스우면서도 의외로 재미있었다. 뭐, 황성의 경비가 엄청나게 삼엄해져서 변장을 한다고 해도 쉽게 들어가긴 힘들 테지만 일단 그건 나중에 생각하기로 하고.

슬슬 알베이흐가 돌아올 때가 되었으므로, 나는 가발을 어깨 위로 적당히 늘어뜨렸다. 역시 푼 것이 가장 자연스러워 보였다. 정작 나는 영 어색하지만. 안경이라도 가지고 나올 걸 그랬나.

입술을 삐죽이며 가발의 가르마를 바꿔보는데 알베이흐가 돌아왔다. 그가 구불구불한 검은색 머리카락을 매만지는 데 여념이 없는 나를 보더니 얼굴을 확 구겼다.

"지금 뭐 하는……."

나는 개의치 않고 그의 손에 들린 정체불명의 유리석에 집중했다.

"그게 마법석이에요?"

호기심을 갖고 알베이흐에게 다가가려니, 갑자기 그가 놀란 듯 뒤로 물러났다. 그러면서 처음 보는 사람처럼 내 얼굴을 물끄러미 주시하기에 나는 고개를 갸웃거렸다.

"왜 그래요?"

"아무것도."

아무것도 아닌 얼굴이 아닌데. 설마 내가 또 팔을 붙잡을까 봐 싫어서 그런 건가?

　그러나 알베이흐의 말을 들어보면 그것도 아닌 것 같았다.

　"사람을 가려 신뢰하는 편이 좋을 거다, 그레이스. 애당초 내가 어디로 데려갈 줄 알고 수행원도 없이 따라온 거지? 귀족 주제에 사람을 그리 쉽게 믿어서야."

　"사람을 쉽게 믿는 게 아니라 선배라서 따라온 건데요."

　한시라도 빨리 루아를 만나고 싶기도 했지만. 나는 우물우물 뒷말을 삼켰다. 나도 모르게 전하라는 호칭을 빼먹었는데도 알베이흐는 아무런 말도 하지 않았다. 오히려 그는 조금 당황한 눈치였다.

　"내가 너에게 신뢰를 보여준 적이 있던가?"

　"냉대와 무관심을 보여준 적은 있죠. 그래서 그건 어떻게 사용하는 거예요? 잔소리는 나중에 실컷 들어드릴 테니까 어떻게 쓰는지 알려주세요."

　나는 알베이흐의 말을 한 귀로 흘려 넘기고 독촉을 계속했다. 그가 뜻 모를 한숨을 쉬며 나에게 진홍빛이 감도는 마법석을 보여주었다. 두 손바닥에 한가득 들어올 만큼 큰 구슬이었다.

　"마법에 무지한 왕족들이 이용할 수 있게 만들어졌으니 특별한 사용법은 없다. 다만 다른 곳으로 이동하는 마법은, 특히나 제국처럼 먼 거리를 단시간에 이동하기 위해선 그에 상응하는 대가가 필요하지. 만일 운이 좋아 무사히 도착한다고 해도 네가 제정신을 유지할 수 있으리란 보장이 없다."

나는 가벼운 감탄사를 뱉었다. 필시 이 마법석의 가격은 천문학적일 테지만, 그것보다 더 새삼스러운 사실이 있었다.

벨모트 왕가의 일원들은 그 양에 상관없이 모두 성력을 갖고 태어난다. 가장 깨끗하고 순수한 힘. 하지만 성력을 지녔다고 해서 그들 모두가 선한 것은 절대로 아닐 터였다. 아까 별궁에서 봤던 알베이흐의 형만 봐도 그렇지.

"뭐……, 어렵지 않다니 환영이네요. 그런데 역시 좀 신기하기는 해요. 신성왕국의 왕족이라고 놀지도 말란 법은 없긴 한데……. 선배는 이걸로 무슨 마법을 부렸어요?"

고지식한 알베이흐마저 마법석을 지니고 있었단 사실에 놀라워하며 물으니, 그의 인내심이 곧 한계에 달했다.

"사람이 말을 하면……."

또 잔소리를 늘어놓을 것이 뻔했으므로 나는 재빨리 그의 말을 잘랐다.

"전 괜찮을 거예요. 걱정해주셔서 고마워요."

솔직히 대가든, 부작용이든 멀게만 느껴지는 것도 사실이었지만, 루아가 어떻게든 해주리란 걸 알지만, 나는 나를 신경 써준 알베이흐가 고마워 그렇게 말했다.

"그리고 도와주신 것도요. 솔직히 이렇게 선뜻 도와주실 줄 몰랐어요."

"아직 도와주겠다고 말하진 않았다. 만일 도중에 문제가 생긴다면……."

"괜찮다니까요, 선배. 마법석은 무사히 돌려드릴게요."

돌아올 땐 마법석을 사용할 것 없이 루아에게 부탁하면 되겠지, 뭐. 나는 퍽 낙관적인 생각을 갖고 알베이흐를 안심시켰다.

분명 그럴 의도로 말한 것이었는데……, 오히려 알베이흐를 폭발시키는 역효과만 낳고 말았다.

그가 싸늘한 얼굴로 비난을 퍼부었다.

"마법석을 말하는 게 아니다. 문제는 너라고, 너. 보니 안젤리크 멜론느 그레이스, 너는 네가 공작 영애라는 자각도 없는 거냐? 왕자들이 사는 궁전이 얼마나 개판인 줄도 모르고 호위 기사도 없이 혼자 찾아오지를 않나, 아무도 없는 빈 저택으로 데려가는데 의심 한번 없지를 않나. 도대체 그 머리엔 뭐가 든 거지? 때로는 충동이 이성을 마비시키는 법이다. 직위가 항상 안전을 보장해주는 것은 아니야. 특히나 너 같은 얼굴은 더더욱……."

사납게 몰아대는 말의 진의를 절반도 알아들을 수가 없었으므로 나는 얼떨떨하게 눈을 깜박였다. 그, 그야 믿는 구석—이라고 쓰고 루아라고 읽는다—이 있으니까 괜찮겠다 싶었던 건데……. 그런데 나 같은 얼굴이라는 건 무슨 뜻이지? 욕인가? 그래도 나, 예전보다 훨씬 성숙해졌는데 왜! 뭐가 어때서! 그리고 난 엄마를 닮아서 예전에도 예뻤다고!

이럴 땐 어떤 반응을 보여야 할지 모르겠다. 다른 사람이 이 같은 말을 했더라면 나를 걱정해주는 거라고 여겼을 테지만 상대가 알베이흐여서 욕하는 것만 같았다.

이윽고 그가 골치 아프다는 듯 미간을 찌푸렸다.

"……어쩔 수 없지. 나도 같이 가겠다."

"구, 굳이 그러실 것까진 없는데……. 정말 선배답지 않은걸요. 혹시 아카시에 제국에 숨겨둔 여자친구라도 있다든가, 그런건……."

놀란 마음에 횡설수설하는 나를 알베이흐는 물론 무시로 일관했다. 그가 나에게 마법석을 던지다시피 건넸다.

"성력을 채워. 나머진 내가 알아서 할 테니."

조증이 아닌가 의심스러울 만큼 확확 바뀌는 알베이흐의 기분을 따라가기란 불가능했다. 불만이 가득했지만 나는 일단 시키는 대로 했다. 브리싱가멘에게 했듯이 차가운 구슬 표면에 조심스럽게 입술을 대자 곧 구슬에서 기이한 빛이 피어올랐다. 빨려 들어갈 것처럼 몽환적인 빛이었다. 처음엔 아주 서서히 진해졌는데 어느 순간 빛이 폭발적으로 환해졌다.

눈이 멀지도 모르겠다고 생각한 순간, 나는 버티지 못하고 눈을 감았다. 눈부신 진홍빛이 부서지는 별들의 잔해처럼 속눈썹 사이를 파고들어와 망막이 쓰라렸다.

그리고 잠시 후에, 유리 깨지는 소리가 들렸다.

"어……?"

눈을 뜨자 가장 먼저 보이는 건 금이 간 구슬이었다. 중심을 향해 갈라진 균열이 워낙 선명해서 나는 사형수처럼 알베이흐의 눈치를 살폈다. 설마 이거 일회용인가? 하지만 알베이흐는 그런 말

없었는걸! 애초에 별로 세게 쥔 것도 아닌데…….

내가 이런 생각을 하기 무섭게 균열이 구슬 전체로 번지더니 결국 구슬이 산산조각 났다. 반짝이는 진홍색 가루가 포스스 떨어져 내렸다.

……아, 망할. 난 이제 죽었다. 이거 심지어 왕실 물건이잖아! 변상하려면 내 용돈으론 어림도 없어!

나는 소리 없는 비명을 내질렀다. 내가 겁을 집어먹고 슬금슬금 뒤로 물러나는 동안에도 알베이흐는 주위를 살피는 데 여념이 없었다.

그가 곤혹스럽게 눈을 치켜떴다.

"여긴 어디지?"

메마른 바람이 진홍 빛깔 가루를 어디론가 실어 날랐다. 나는 그제야, 한 박자 늦게 이동마법이 시전됐다는 사실을 깨달았다.

가장 큰 문제는 여기가 벨모트도 아니고 아카시아 제국도 아니라는 사실이었다.

"……여긴."

입안이 썼다. 나는 혼란에 빠져 달 아래의 풍경을 내려다보았다.

시든 풀, 썩은 꽃들, 그리고 무덤 같은 황폐한 언덕.

황혼이 영원히 사라져버린 듯, 침묵 같은 어둠에 감싸인 고요의 공간은 이 세상의 것 같지 않게 이질적이었다. 여전히 뚜렷한 잿빛으로 가득했는데 마지막 빛이 머리 위의 달에서 희미하게 뿜어져 나왔다. 바닥에선 골짜기를 타고 넘어온 안개가 넘실거렸으며, 기이하게 짙은 청록색 풀들은 절반 이상이 썩어 죽은 땅에 삼켜지기 직전이었다.

나는 이곳을 본 적이 있었고, 와본 적도 있었다. 비록 환상을 통해서였지만 공기의 맛까지 뚜렷하게 기억하고 있었다.

이곳은 발두르의 정원이었다.

"제국으로 간다고 하지 않았나?"

알베이흐가 나를 돌아보았다. 나는 혼란에 빠져 말을 잇지 못했다.

"어……, 그게……."

나 역시 이게 어떻게 된 영문인지 알 길이 없었다.

내가 뜻하지 않은 일이라는 걸 알아차린 알베이흐가 다시 주위로 시선을 돌렸다. 잠시 당황했다 뿐이지, 어느새 그는 평소처럼 침착해져 있었다.

"아무래도 네가 가진 성력은 너만큼이나 제멋대로인 모양이군."

나는 신음을 흘렸다. 내 성력을 변화시킨 건 이 정원의 주인인 발두르였으니, 어쩌면 그의 의지가 성력에 남았는지도 몰랐다. 성력에 깃든 그의 권능과 기억이 나를 이곳으로 이끈 거다. 그는 정원사였고, 가장 뛰어난 예술가이자 화가였으니까. 하지만 아무리 그렇다고 해도 하필 알베이흐와 같이 이곳에 오게 되다니. 전혀 예상하지 못했던 상황이었다.

추위가 살을 파고들어서 나는 망토를 여몄다. 발두르의 정원은 메피스토펠레스의 기억을 통해 봤을 때보다 훨씬 음산해져 있었다. 늪 근처에 세워진 무덤처럼 음침했다.

"이제 어떡하죠? 구슬은 깨져버렸는데…….

루아가 나를 찾으러 올 때까지 굶어 죽지 않을 확률을 계산해보는데 알베이흐가 대답했다.

"네 성력을 감당하지 못해서 그런 거겠지. 넌 아무렇지도 않은 건가? 공간이동은 마법사 열 명이 달려들어도 성공이 불확실한 마법인데."

"뭐가요? 전 멀쩡해요."

내가 무슨 소리냐는 투로 반문하자 알베이흐가 나를 빤히 주시했다. 밤의 베일 속에서 은색을 띠는 그의 머리카락이 별의 움직임을 선으로 재현한 것처럼 유독 아름다웠다.

불현듯 그와 비슷한 머리색을 가진 파우스트가 떠올라 나는 또다시 자기혐오와 죄의식에 빠졌다.

알베이흐가 노골적으로 제 시선을 피하는 나를 보며 느릿하게 말했다.

"……아무것도 아니다. 여기서 나갈 방법을 찾아보지."

그러나 알베이흐는 여전히 내게서 시선을 떼지 않고 있었다. 나는 멋대로 공간이동 마법이 시전되기 전에 들었던 알베이흐의 잔소리를 상기하고 얼굴을 찡그렸다.

"오해하실까 봐 말해두는데 저 아직 제정신이에요."

"알고 있다."

전혀 아닌 것 같거든? 나는 그제야 통통 부어서 알베이흐를 노려보았다. 어차피 엉뚱한 곳으로 온 거, 가발을 벗어던질까 고민하는데 그가 의혹에 찬 눈으로 주변을 둘러보는가 싶더니 갑자기 걸음을 옮겼다. 가파른 언덕 쪽을 향해 망설임 없이 들판을 가로질렀다.

"선배?"

나는 고개를 갸우뚱했다. 뭐라도 발견했나?

확신에 찬, 빠른 걸음걸이라 나는 황급히 그를 뒤따르면서 소리쳤다.

"여기 와보신 적 있어요, 선배?"

그럴 리가 없을 텐데. 아니나 다를까, 알베이흐가 고개를 가로젓고는 입을 열었다.

"아니. 하지만 어디로 가야 할지는 알 것 같아."

와본 적도 없는데 무슨 수로? 나는 알베이흐의 눈길이 멈추는 곳을 살폈다. 그가 심상치 않은 얼굴로 언덕 너머를 주시했다.

"미가엘 님이 근처에 계신다."

미가엘이라는 이름을 듣는 순간 나는 뻣뻣하게 얼어붙었다. 어찌나 놀랐는지 싸늘한 죽음과 쓰라린 매혹의 향이 감도는 바람이 나를 뒤덮는 것도 더는 아무렇지 않게 느껴질 정도였다.

달빛이 닿지 않는 언덕 아래에서 내가 걸음을 멈추자 알베이흐가 의아해하며 돌아보았다.

"왜 그러지?"

나는 난처하게 시선을 흐렸다.

"음, 저와 같이 미가엘을 만나는 건 별로 현명한 행동이 아닐 거예요. 마지막으로 만났을 때 미가엘이 저를 공격했었거든요."

"무슨 이유로?"

"그게⋯⋯."

신성왕국의 왕자인 알베이흐에겐 참으로 말하기 힘든 이유였다. 그에게 그가 믿는 신이 사실은 몹시 신경질적인 정원사이며, 이미 죽었고, 새로운 삶을 시작했고, 교황이 그 정원사의 애정을 갈구하다 종국엔 자기 자신을 파멸로 이끌었다고는 차마 말할 수 없었다. 그를 납득시키려면 나는 메피스토펠레스와 루아의 비밀도 털어놓아야 할 것이었다. 당연히 나는 그걸 바라지 않았다.

내가 머뭇거리는 사이, 바람이 다가오고 있었다.

한 차례 불어닥치는구나 싶었을 때 이미 도착해 있었다.

달 아래, 별 아래, 황폐한 정원 위에.

"⋯⋯미가엘 님?"

내게 꽂힌 시선을 당혹스럽게 여기기는 알베이흐도 마찬가지였다. 그러나 미가엘은 상관하지 않았다.

"어째서 이곳에 왔지?"

전율이 일었다. 나는 죽은 듯한 목소리를 피해 뒷걸음질 쳤다.

"자, 잠깐! 잠깐만!"

순식간에 모든 생각이 날아가버렸다. 혹시 비프로스트 산에서처럼 무작정 공격해 올까 봐 머리를 감싸며 소리쳤더니 미가엘의 무감정한 음성이 되돌아왔다.

"무엇을 기다리는 거지?"

나는 신음하며 머리 위까지 올렸던 팔을 조금 내렸다.

"기다리는 게 아니라 공격하지 말아달라는 뜻이었어. 나도 원해서 이곳에 온 건 아닌데…….."

"원해서 온 것이 아니면?"

메마른 갈대밭 같은 미가엘의 음성에 슬슬 감정 같은 것이 섞여들었다. 나는 창백하게 빛나는 그의 장검에 주목했다. 당연하지만 나는 미가엘의 공격을 막을 자신이 없었다. 더 심각한 문제는, 내가 갈기갈기 찢기는 걸로 모자라 루아의 심장까지 타격을 받을지도 모른단 사실이었다. 무슨 일이 있어도 그런 상황이 벌어져선 안 됐다.

어깨에 걸친 가방의 무게가 생생하게 와 닿았다. 나는 뻐근해진 혀를 입안에서 억지로 굴렸다. 순순히 당할 생각은 추호도 없었는데 갑자기 미가엘이 한 걸음 다가섰다.

"너는 약속도 지키지 않았고, 내 신의도 배신했다."

나는 어처구니가 없었다.

"당신이 언제 나를 믿었다고 그래? 그리고 약속은 또 무슨 약속…….."

문득 스쳐 지나가는 잔상이 있었으므로, 나는 더 따지려다 말고 입을 다물었다.

내가 메피스토펠레스가 줬던 회중시계를 열기 직전에, 미가엘은 나에게 퍽 인간적인 질문을 건넸었다. 펠레스의 기억을 엿보려는 나에게 그 이유를 물었고, 내 감정을 떠보는 듯한 당혹스러운 질문도 했거니와, 갈 곳이 떠오르지 않았다는 말도 했었지.

나는 그런 그에게 브리싱가멘을 보살펴주는 조건으로 펠레스의 기억을 통해 얻은 정보를 공유하기로 했었다. 하지만 그건 일종의 거래였지, 믿음으로 맺은 약속이라기엔 영 무리가 있었다. 더욱이 나는 미가엘이 그 말을 이토록 중요하게 받아들이고 있었으리란 사실도 미리 짐작하지 못했던 터였다. 그는 너무나 비인간적이었으니까. 벽을 두른 사람처럼 모든 것에서 멀리 떨어져 있는 것 같았다.

하지만 메피스토펠레스를 공격한 것도 미가엘이었다.

펠레스를 신의 사자로 되돌린 나에게 배신감을 느끼는 것도 지금 내 눈앞에 있는 그였다.

"……음."

나는 팔을 완전히 내리고서 미가엘의 얼굴을 살펴보았다. 그는 고결했다. 모두가 인정하는 가장 강한 신의 사자였다. 그만큼 아름다웠고 그만큼 고립되어 있었다. 굴 속의 안개처럼.

그를 처음 마주했을 땐 감정이란 것을 아예 모르는 미지의 존재처럼 보였는데, 지금의 그는 참 고집스러워 보였다. 굳게 다문 옅은 보라색 입술도, 내게서 떠날 줄을 모르는 아스라한 회보랏빛 눈도 더없이 격정적이었다. 밀어닥치는 밤에 젖은 듯, 광야에 홀로 남은 흰 매화같이. 여전히 부서질 것처럼 흐릿했으나 뭔가 달랐다.

건드리면 녹아날 것처럼 진한 상실감.

그에게 생기를 불어넣어주던 주인은 이제 없다. 작별도 없이 떠나버렸다. 비록 돌이킬 길 없는 끝이 아닌, 새로운 삶의 시작일지라도 루아는 결코 발두르일 수가 없었다.

"……배신한 거 아니야. 당신이 얘기할 틈도 안 줬잖아."

한숨 같은 적막이 흐르고 난 뒤의 내 목소리는, 제법 부드러워져 있었다. 나도 그것을 느꼈다.

나는 그를 헤아릴 수 없었지만 그에게도 감정이 있다는 사실을 깨달았다. 그러나 그와 나의 이해관계가 일치하지 않는 이상, 마찰은 있을 수밖에 없는 것도 사실이었다.

"너는 그를 정화하지 말았어야 했다."

발밑의 시든 정원처럼 건조한 말이었다. 그 원망이 간질간질, 스멀스멀 기어와 나에게 흘러든다. 독을 탄 술처럼. 아물지 않는 상처에 물을 붓는 듯.

미가엘에게 동생을 만들어준다던 발두르의 말이 떠올라서 나는 상냥하게 물었다.

"말해줘? 그곳에서 뭘 봤는지?"

나는 미가엘의 침묵을 긍정으로 받아들였다. 나는 미간을 찌푸리고 있는 알베이흐를 곁눈질했고, 이를 본 미가엘이 갑자기 사라졌다.

아니, 사라진 것이 아니라.

"……응?"

몸이 들렸다 싶은 느낌이 든 것도 찰나였다. 순식간에 다가와 나를 안아든 미가엘이 예고도 안 하고 높이 날아올랐다. 그는 내가 가까스로 비명을 삼키는 것도 무시했다. 빠르게 정원을 가로지르더니 불타다 만 자국이 선명하게 남아 있는 고목 옆에 나를 내려주었다. 아주 높은 언덕의 가장자리라, 정원 전체가 내다보였다.

나는 중심을 잡느라 잠시 비틀거렸지만, 웬일인지 미가엘이 잡아준 덕에 주저앉지는 않았다.

하늘에서 뚝 떨어진 것처럼 머리가 빙글빙글 돌았다. 아, 실제로 떨어지기는 했지. 하늘 위로 확 솟구쳤다가, 제대로 지면에 박혔다. 똑바로 서자마자 나는 미가엘의 손을 뿌리쳤다. 내가 그에게 비난을 퍼붓지 않은 건 순전히 그가 몹시 초조해하고 있기 때문이었다. 가까이 서 있으면 장신인 그를 한참이나 올려다봐야 해서 목이 아픈 이유도 있고.

숨 고를 여유도 안 주고 미가엘이 나를 재촉했다.

"말해."

나는 조급함이 스며든 미가엘의 눈을 물끄러미 들여다보았다. 저도 모르게 끝이 마모된 금속 같은 회보랏빛 눈이었다. 그는 자신이 조급해하고 있다는 것조차 모르는 것 같았다.

미가엘이 어떤 반응을 보일지 몰랐으므로 나는 그의 표정을 면밀히 주시하며 입을 열었다.

"거기서 발두르를 만났어. 직접 얘기도 나눴는데……, 그는 메피스토펠레스를 증오하고 싶지 않았다고 했어. 그를 죽이는 자신보다 그를 증오하는 자신이 싫다면서, 그 마음이 변하기를 원치 않았기 때문에…….”

미가엘은 유령처럼 여상한 얼굴이었다. 생명의 끝을 슬퍼하고, 자유를 추구하며, 여행자임을 자처하던 메피스토펠레스가 신의 사자들 중에서 유독 발두르의 편애를 받는다는 사실은 나보다도 더 잘 알고 있다는 듯했다. 그러나 그 사실을 머리로 안다고 해서 기분이 나아지지는 않겠지. 그리고 이건 다른 성물들도 마찬가지일 거였다.

“더 들을 것도 없어, 미가엘. 그냥 죽여버려.”

줄곧 지켜보고 있었다는 듯 매몰찬 어린 소년의 목소리를 듣는 순간 입에서 한숨이 나왔다. 나는 분노밖에 느껴지지 않는 바람을 맞으며 심술궂게 말했다.

“이지스.”

교황은 자살했고, 프라가라흐와 브리싱가멘은 황성에 있으니 이지스가 이곳에 있는 것도 이상한 일은 아니었다. 다만 미가엘의 행동이 의외일 뿐이다. 그는 메피스토펠레스를 죽기 직전까지 몰아넣었던 주제에 파우스트를 도왔던 이지스에겐 전혀 적의를 보이지 않고 있었다. 이미 다 부질없어졌기 때문인 건지, 이지스가 그와 같은 신의 사자라 그런 건지는 모를 일이었다.

나는 잿빛 머리카락을 가진 소년을 가만히 응시했다. 그가 어린 루아로 변신해서 나를 공격하려던 일을 곱씹고 있으려니 문득 기이한 호기심이 일었다.

"넌 왜 그렇게 나를 싫어해?"

이지스가 얼굴을 일그러뜨렸다.

"싫어하긴 누가 싫어한다는 거야? 자의식 과잉도 정도껏이지. 그냥 무시하는 거거든?"

물어보면 곧바로 대답하는 주제에 어딜 봐서 무시한다는 건지 모르겠다. 나는 턱을 들었다.

"나 아직 저번에 네가 내 얼굴에 상처 냈던 거 안 잊었어."

"흥, 그래서 어쩌라고?"

저 재수 없는……. 나는 이를 갈며 연신 코웃음을 치는 이지스로부터 매몰차게 고개를 돌렸다. 확실히 여긴 이야기를 나누기에 적합한 장소가 아니었다. 신이 묻힌 무덤 위에 서 있는 기분이었다. 사사로운 욕심을 갖고 성역을 침범한 것 같은.

미가엘이 언제 마음을 바꿔 나를 공격할지 모르는 데다, 알베이흐가 이곳이 발두르의 영역이었다는 사실을 알아서 좋을 게 없었으므로. 이 대화를 빨리 종결시켜야 할 필요가 있었다.

나는 자꾸만 미가엘의 검으로 향하는 시선을 억지로 잡아 누른 채 말했다.

"발두르는 걱정하고 있었어."

입안이 따끔따끔, 혀가 말려든다. 그가 루아의 전생이라는 사실을 안 순간부터, 나는 그를 도저히 진심으로 미워할 수 없었다.

그건 불가능했다.

"새로 태어난 자신이 너희를 괴롭힐까 봐."

"……너의 그 성력은 발두르가 준 건가?"

미가엘이 놀란 기색도 없이 무감한 어조로 물었다. 나는 그에게 한 발 다가섰다.

"발두르가 왜 나한테 자신의 힘을 맡겼는지는 굳이 입 아프게 설명하지 않아도 되겠지? 이미 당신도 알고 있잖아."

"모른다."

내 말이 끝나기도 전에 튀어나온 대답이었다. 나는 눈을 가늘게 떴다.

"말에 담긴 진실과 거짓을 구분할 수 있는 주제에 자기가 거짓말을 해도 되는 거야?"

한 걸음, 두 걸음 다가가자 미가엘이 확 고개를 돌렸다.

나는 머리를 들어 미가엘을 올려다보았다.

"왜 내 시선을 피해?"

"그냥 죽여버리라니까?"

나는 투덜거리는 이지스를 잠시 노려봐준 다음, 다시 미가엘에게 질문했다.

"당신은 돌아오지 않을 셈이야?"

조용조용한 목소리로 말했더니 어쩐지 속삭임에 가까웠다. 나는 긴장한 채 미가엘의 반응을 살폈다. 미가엘은 이제 나를 향한 분노를 완전히 거둔 듯, 다시 무감정한 신의 사자로 돌아와 있었다. 하지만 결코 그의 감정이 사라진 것은 아닐 터였다. 단지 수면 아래로, 더 아래로 가라앉았을 뿐이겠지.

여긴 발두르의 정원이었고, 신의 무덤이었다. 그는 여전히 미가엘의 주인으로서 남아 있었다.

아마도 영원히.

미가엘이 느릿하게 입을 열었다.

"내 주인은 사라졌다. 헌데 어디로 돌아간단 말이더냐."

드디어 돌아온 답은, 그늘에 스며들 것처럼 자조적인 반문이었다. 나는 미가엘의 회보랏빛 눈을 빤히 쳐다보았다. 그 미색의 눈이 브리싱가멘을 떠올리게 만들었다. 브리싱가멘은 미가엘이 이곳에 있다는 사실을 알면 별로 좋아하지 않을 것이다. 이지스와 함께, 이 버려진 정원에서 돌아오지도 않을 주인을 기다리고 있는 건 그답지 않은 일이라며 욕하다가 속으론 상심할 게 뻔했다.

고개를 숙였다가, 시든 풀잎을 보곤 다시 들었다. 나는 충동에 휩싸였다. 발두르의 마지막 모습이 자꾸만 눈에 밟혔다.

정말……, 이곳은 너무 쓸쓸했다.

충동과 혼란에 사로잡혀 나는 입술을 뗐다. 주인을 잃어버린 황폐한 정원 한가운데서 누군가에게 손을 내미는 일은 너무나 쉬웠다. 어쩌면 그렇기에 더 문제가 됐는지도 몰랐다.

그는 아직 늦지 않았다.

"음, 글쎄, 황성도 괜찮겠지만 우리 집도 아주 넓어. 네가 좋아하는 정원도 있고."

일단 말을 떨어뜨리고 나자, 더 이상의 망설임은 없었다. 이지스가 경악하는 것도 개의치 않고 미가엘이 호기심을 보였다.

"갑자기 왜 친절을 베풀지?"

"뭐, 발두르에게 부탁받은 것도 있고, 브리도 너를 걱정할 거고……. 어쨌든 메피스토펠레스를 신의 사자로 되돌린 건 나니까. 너한테 미안한 감정도 있어. 게다가 너, 죽을 때까지 이지스랑 여기에 머물 것도 아니잖아? 설마 진짜로 그럴 생각이었던 건 아니겠지."

나는 이런저런 명분을 들이밀다가 눈을 흘겼다.

미가엘이 나와 눈높이를 맞추느라 고개를 비스듬히 숙이자, 내 얼굴에 그늘이 드리웠다. 금방이라도 부서져 사라질 것 같은 그의 눈을 보고 있으려니 충동적인 결정이 조금도 후회되지 않았다.

그는 유리 같았다. 주제넘은 제안일지 모른다는 사실을 뻔히 알면서도 멈출 수가 없었다.

이건 내가 파우스트와 메피스토펠레스의 기억을 엿보았기 때문인 걸까.

아니면 발두르의 말에 영향을 받았기 때문에?

"너는 파우스트를 용서했나?"

"아니."

숨 쉴 겨를도 없이 나는 즉각 대꾸했다. 미가엘이 눈을 치켜뜨더니 감정이 섞여든 목소리로 다른 질문을 건넸다.

"내가 주인도, 동기들도 저버린 메피스토펠레스를 용서해야 한다고 생각하나?"

이지스가 혀를 찼다. 순간, 아주 잠시 머릿속을 스쳐간 짐작이지만, 나는 미가엘이야말로 가장 발두르를 필요로 했던 사자가 아니었나 하는 생각을 했다. 감정 조절이 미숙하기에 아예 마음을 숨겨버린 어린아이를 보는 듯했다.

왠지 모르게 발두르가 미가엘을 위해 브리싱가멘을 만들어준 이유를 알 것도 같았다. 심지어 성격도 정확히 반대잖아.

나는 희미하게 미소를 지었다.

"나는 그저 발두르에게 부탁을 받은 것뿐이야. 같이 가겠냐는 제안은 순전히 내 의사긴 하지만, 어쨌거나 너에게 내 의견을 강요할 권리는 없어."

"만약 있다면?"

이번엔 내가 눈을 치켜떴다.

"역시 내 대답은 '아니'야."

"그렇군."

미가엘이 숙였던 상체를 바로 했다.

"네 제안을 수락하지. 내가 앞으로 얼마나 더 살 수 있을진 모르겠지만."

나는 목소리를 높였다.

"발두르가 너희를 부탁한다고 말했다던 거 그새 잊었어? 성력에 관한 문제라면 내가 해결해줄 테니까 성물 안에서 나와. 참, 기왕이면 브리싱가멘의 봉인도 풀어줬으면 하는데……."

열심히 얘기를 늘어놓던 것도 그때뿐이었다. 나는 미가엘에게 성력을 불어넣기 위해 반드시 해야만 하는 절차를 상기하고 얼굴을 찡그렸다. 브리싱가멘은 여자였고, 또 동생이나 다름없는 탓에 입맞춤을 해도 별다른 거부감을 느끼지 않았지만 이건 좀 상황이 다르잖아. 이마에 하든, 볼에 하든 난감하기 그지없었다.

아니, 가만, 어……, 그럼 나는 이지스한테도, 프라가라흐한테도 이 짓을 똑같이 해야 하는 건가?

잠깐, 잠깐만! 당혹을 넘어선 경악스러움이 나를 절로 공황에 빠뜨렸다. 아무래도 빠, 빨리 루아를 만나야겠다. 해명이 시급한 건 둘째치고 내가 싫어!

나는 이지스를 곁눈질하면서 경악스럽게 입을 벌렸다. 이지스도 싫은 건 똑같지만, 특히나 신의 사자인 주제에 심히 부적절해 보이는 프라가라흐에게는 절대 가까이 닿고 싶지 않았다. 어떻게 된 영문인지 나는 이지스만큼이나 그가 더 꺼려졌다. 그가 나에게 퍽 호의적인데도.

그나마 눈앞에 있는 상대가 미가엘인 것이 다행인 걸까. 뭐……, 분명 떼쟁이 꼬마나 바람둥이보단 미가엘이 백배는 나을 듯싶긴 했다.

나는 죽일 기세로 나를 쏘아보는 이지스를 억지로 무시한 채, 침을 삼키고 미가엘에게 바짝 붙었다. 우선 미가엘에게 성력을 나눠 준 뒤, 그에게 황성으로 데려다달라고 부탁할 생각이었다. 루아가 다른 방법을 알려주겠지. 나에게 화나지 않았다면 말이다.

"가, 가만히 있어봐."

나는 경이로울 정도로 뻣뻣한 목소리로 미가엘에게 명령했다.
눈을 질끈 감은 뒤에, 발끝을 들었다.

에라, 모르겠다. 눈 딱 감고 한 번만…….

"아주 살 판 났지?"

사악하다 싶을 정도로 달콤한 음성이 들리기도 전부터 이미 내
입은 누군가의 손에 틀어막혀 있었다. 등 뒤에서 느껴지는 인기
척에 어리둥절할 새도 없이 나는 곧장 그의 품으로 끌어당겨졌다.
허리를 감싸고 확 들어 올리는 바람에 발이 땅에 닿지도 않았다.

무척 그리워했던 향기가 훅 끼쳐들었다. 비누와 향유, 그리고
문득 떨어지는 빗방울에 젖은 흙냄새가 났다. 고개를 돌려 나를
안아든 사람이 누군지 확인하는 것은 참 쉬웠는데, 그 사람의 이
름을 부르기가 그렇게도 겁이 났다.

"……루아야?"

"그 이상한 가발은 또 뭐야?"

루아는 숨김없이 불평하면서도 나를 조심스럽게 안고 있었다.
나는 움츠러들려다 말고 어색하게 루아의 팔에 내 손을 올렸다.
정말로…… 루아였다. 제국에선 비가 내리고 있는지 루아의 머리
카락과 어깨는 조금 젖어 있었는데 물기를 먹은 금발이 평소보다
훨씬 더 진한 색을 띠었다. 그 선연한 빛깔이 밖으로 묻어나올 것
만 같았다.

"하여간 조금만 시선을 떼도 이 지경이니."

나는 멍하게 그 말을 들었다. 평소와 같은 다정한 말투가 믿어지

지 않았다. 심지어 루아의 목소리엔 즐거워하는 기색마저 스며 있었다.

어떻게 이럴 수가 있지? 뼛속까지 번져드는 따스한 온기도, 부드러운 손길도 가슴이 아플 만큼 비현실적이었다.

입술이 떨렸다. 오기로 눌러 담았던 감정들이 루아의 얼굴을 보는 순간 걷잡을 수 없이 비어져 나왔다.

"루아 너……."

세상에서 가장 익숙한 이름이 애달프게 새어나갔다. 덴 것처럼 눈시울이 뜨거워졌다.

루아가 미간을 찌푸렸다.

"왜 울어?"

루아가 나를 놓아주었지만, 나는 고개를 가로저으며 눈물을 뚝뚝 떨어뜨렸다. 투명한 것이 볼을 타고 하염없이 흘러내렸다. 갑작스럽게 치밀어 오른 이 감정을 다스리기란 불가능했다.

"보고 싶었어."

단지 이 말만으로는 부족했다.

"정말로 보고 싶었는데, 네가 나한테 화난 것 같아서……, 그래서……."

이 불안을. 이 공포를.

"혹시 내가 가도 만나주지 않는 건 아닌가 하고……."

그리고 이 안도를 전하고 싶은데.

두서없이 늘어지는 말들이 나를 피해 도망쳤다. 나는 더 버티지 못하고 의식을 잃었다.

아주 푹신한 것에 감싸여 있는 듯한 기분이 들었다. 나는 편안했고, 더할 나위 없이 안전했다. 그리고 매우 겁에 질려 있었다. 파우스트에게 연민을 품은 나를 루아가 어떻게 받아들일지 몰랐던 탓이었다. 그가 얼마나 불행한 삶을 살아왔는지를 떠나서, 루아에게 저지른 짓은 결코 용서받을 수 없는 죄였다. 나에게 행했던 것 또한 마찬가지고.

천천히 눈을 뜨자, 내 옆에 비스듬히 누워 독서 중인 루아가 보였다. 두꺼운 서적 너머로 보이는 짙푸른 홍채가 시릴 정도로 매혹적이었다.

나는 마음껏 루아를 뜯어보았다. 열다섯 살의 모습이었지만 못 본 사이에 루아는 제법 변해 있었다. 둥글둥글했던 귀여운 얼굴이 조금 갸름해졌고, 가지런한 꿀색 속눈썹은 나른하게 퍼져 있었다. 올곧게 뻗은 코와 달의 조각 같은 입술은 새하얀 피부와 아찔한 조화를 이루었다. 아마 누워 있어서 그렇지 키도 좀 자랐을 것 같다. 소년과 청년 사이의 아슬아슬한 경계에 서 있는 느낌이었다.

나는 기절하기 직전의 일을 떠올려보면서 용기를 발휘했다.

"루아야."

"또 기절할 거면 부르지 마."

잔뜩 심술 난 목소리에 웃음이 나왔다. 나는 잠긴 목을 가다듬고 물었다.

"여기 어디야?"

"내 침실."

나는 어리둥절하게 눈을 들었다. 화려한 금장식을 복잡한 형식으로 박아 넣은 돔 모양의 천장이 실로 생소했다. 머리 위에서 황금 비가 쏟아지는 것 같았다. 어지러울 정도로 섬세하고 기하학적인 패턴이 곳곳에 자리 잡고 있었는데, 산호모래처럼 고운 빛깔의 흰색 암석과 황금 장식이 절묘하게 맞물려 있었다.

지나치게 화려하고, 그만큼 인상적이었다. 경이롭다기보단 황제의 침실을 열흘 만에 설계하느라 죽어났을 마법사들과 건축가들이 떠올라서 신음하지 않을 수 없었다.

"정말…… 많이 달라졌네."

루아는 대꾸하지 않았다. 나를 쳐다보려고 하지도 않아서, 나는 긴장을 참지 못하고 상체를 일으켰다. 복숭앗빛 머리카락이 부드럽게 감겨들었다. 그것을 버릇처럼 매만지면서 서서히 돌아오는 기억을 하나둘씩 곱씹으려니 궁금한 것이 한두 가지가 아니었다.

"미가엘은 어디 갔어? 알베이흐 선배도 같이 왔었는데."

"별로 알려주고 싶지 않은데."

나는 떨지 않으려고 애썼다.

"내 가발을 어디다 뒀는지도 말 안 해줄 거야?"

루아가 그제야 나를 쳐다보았다.

"그럼 나한텐 뭘 해줄 건데?"

심술궂은 도발에 나는 마찬가지로 심술궂게 등을 곧추세웠다.

루아의 손에 들린 책―언제라도 다시 들여다볼 것처럼 아직 펼쳐진 채였다―을 보고, 다시 고개를 들어 루아의 얼굴을 노려보다가 나는 충동적으로 손을 뻗었다.

옷자락이 잡히자 나는 그대로 끌어당겨서 루아의 입술에 입을 맞췄다.

손끝으로 만져보고 싶을 만큼 부드러운 입술이었다. 에로스의 미소가 깃든 것처럼 말랑거리고, 달콤했다. 이윽고 책이 침대 밑으로 떨어지는 소리가 들려서 나는 만족스럽게 입술을 뗐다. 하지만 루아는 이것으로 끝낼 생각이 없는 듯했다.

루아의 입술이 벌어졌다.

"좀 더."

소름 끼치도록 낮은 요구에 오싹한 기분마저 들었다. 내가 옷을 놓아주기도 전에, 루아가 내 턱을 붙잡고 확 당겼다. 나와 루아의 입술이 다시 급작스럽게 맞닿았는데, 이번의 입맞춤은 그전까지와는 전혀 다른 성질의 것이었다. 입술을 조금씩, 조금씩 빨아들이는가 싶더니 벌어진 틈새를 파고들어왔다. 정말로 진한 키스라, 금세 정신이 혼미해졌다.

잘못 걸렸다는 생각이 들렸을 땐 이미 늦어 있었다. 나는 다급하게 루아를 밀었다.

"잠깐만, 나 숨 막혀……."

"아직 안 끝났어."

루아의 손이 내 머리와 목을 감싸더니, 난폭하다 싶을 정도로 세게 끌어당겼다. 씻은 듯 설렘이 날아가고 당혹스러운 부끄러움만 남아서, 도저히 반항이 불가능한 격정적인 키스였다. 달아나려던 것이 무색하게 나는 세 번째로 루아와 입을 맞추고 말았다. 어찌할 바를 모르겠는 건 둘째치고 혀가 빠질 것 같았다.

오갈 데를 모르고 허공을 배회하던 손으로 나는 간신히 루아의 어깨를 붙잡았다. 루아는 자기 멋대로 실컷 입 맞추고 나서야 나를 놓아주었다.

얼얼한 입술을 건드리지도 못하고 숨을 몰아쉬는데 루아가 만족스럽다는 듯이 웃었다.

"전엔 꼬마한테 뽀뽀하는 기분이었는데."

나는 얼굴을 구겼다.

"뭐? 누가 누구한테 할 소리를!"

소리치자마자 입맞춤의 여파로 또 숨이 막혀왔다. 나는 호흡 곤란 증세에 시달리며 드러누웠다가, 이어진 루아의 말을 듣고 아예 벌떡 일어섰다.

"레이첼이 너 여기 와 있는 거 알아."

"……뭐라고?"

기겁하며 주위를 살피는 나를 루아가 웃는 듯 마는 듯한 얼굴로 바라보았다.

"네가 갑자기 쓰러져서 놀란 바람에 안 하던 짓을 하다가 들켜버렸거든."

"안 하던 짓이라니?"

나는 조마조마한 목소리로 되물었고, 루아는 슬쩍 내 시선을 피했다.

"그런 게 있어."

그런 게 도대체 뭐길래? 나는 침대에서 내려가려다 말고 신경질적인 표정을 지었다.

지금 당장 엄마가 들이닥칠까 봐 공포스럽기 이를 데 없었다. 당연하지만 나는 변명거리를 전혀 생각해두지 않았다.

"엄마 화 많이 났어?"

"글쎄."

나는 얼굴을 찡그린 채 루아의 뺨을 잡아당겼다.

"나 지금 이미 엄청 겁먹었거든?"

"나는 네가 베헤모스의 아들이랑 얼싸안고 있는 걸 두 눈 뜨고 봐야 했고 말이야."

무난하게 흘러나오는 말이라고 해서 결코 속뜻까지 무난하지 않다는 것 정도는 나도 잘 아는 바였다.

나는 슬그머니 루아의 뺨을 놓아주고는, 조그맣게 항변했다.

"얼싸안고 있진 않았어."

뭐야, 결국은 계속 지켜봤었단 거잖아? 그럼 그렇단 말이라도 한마디 해줬으면 좋았을 텐데. 나는 부루퉁하게 혀를 빼물면서도 루아의 표정 변화를 살폈다. 숨이 멎도록 입을 맞춰올 땐 언제고 얼굴색 하나 변하지 않은 모습이 무척 얄미웠다. 이젠 질투도 안 하네. 아주 여유로워지셨어.

나는 무릎을 세우고 앉아 몸을 웅크렸다. 소년에서 남자로 변해 가는 루아의 얼굴은 정말이지 봐도 봐도 모자랐다. 그동안 못 채 웠던 열흘치 몫까지 전부 봐두지 않으면 성에 차질 않을 것 같았 다. 하나도 빠짐없이, 전부 망막에 각인하고 싶었다.

루아는 내 거니까.

절로 흘러나가는 한숨을 막지 않으며 나는 가만히 물어보았다.

"나한테 실망했지?"

루아가 눈알을 굴렸다.

"그 정도로 실망했을 거라면 네가 펠레스한테 반해 있을 때 끝을 봤을걸."

순간 얼굴이 확 달아올랐다.

"그거 말고! 아니, 그것도 있긴 하지만, 어쨌든! 그……, 파우스 트 일 말이야."

나는 우물우물 중얼거렸다. 루아가 영문을 모르겠다는 듯 고개 를 갸우뚱했다.

"목매달아 죽은 놈이 뭐?"

하여간 얘는 진지해질 틈을 안 준다. 나는 떨떠름하게 말했다.

"난 내가 파우스트의 과거를 보고 왔기 때문에 네가 나를 피하는 거라고 생각했어. 내가 그에게 동정심을 품었으니까, 그건 잘못된 거니까. 아무리 그가 비참하게 살았다고 해도 그렇지, 어떻게 가 해자한테 연민을 느낄 수 있어? 이건 진짜 이상한 거잖아."

그러나 루아는 실로 자비로운 반응만 보일 뿐이었다.

"어차피 죽은 놈인데, 뭘. 마음껏 불쌍하게 여겨."

그동안의 불안이 쓸데없는 감정 낭비로 전락하는 순간이었다. 나는 기어이 얼굴을 일그러뜨렸다.

"……너 왠지 기분이 좋아 보인다? 그리고 왜 이렇게 여유를 부려? 지금 엄청 바빠야 되는 거 아니야?"

"내가 괜히 브리싱가멘을 안 보낸 줄 알아? 이제 보니 신의 사자라는 것들은 상당히 유용하더라고. 황성을 재건하는 작업에도 물론 쓸 만했지만 귀족들의 입을 닫치게 만드는 데도 큰 효과를 발휘했지. 황제의 말은 개 짖는 소리로 알아듣는 주제에 신의 사자가 하는 말이라면 진리로 섬기는 꼴이라니. 덕분에 요한 블라디미르 파우스트의 악행이 전부 까발려졌긴 한데, 뭐, 거기서 몇 가지 죄목을 더 뒤집어쓰기도 했지만 어차피 자업자득이잖아? 그래도 네가 가엾게 여겨주고 있으니 죽어서도 여한은 없을 테지."

그렇게 말하면서 루아가 몹시 상냥하게 웃었으므로, 나는 할 말을 잃어버렸다.

"오히려 나는 네가 그를 동정해줘서 차라리 다행이라고 생각해. 네가 그렇게도 인간적인 덕분에 내 죄도 조금은 가벼워질 것 같거든. 신 앞에 섰을 때 한 점의 부끄러움도 없을 수 있게 됐다 이거지. 어쨌거나 결론은 난 너한테 화난 거 전혀 없어."

파우스트를 정치적으로 훌륭하게 이용해먹었다는 말에, 신의 사자들도 대단히 효율적으로 부려먹고 있다는 말에 나는 어떤 표정을 지어야 할지 몰라 입만 벌렸다. 루아는 황제였고, 황성이 침범당한 것은 상당히 이례적인 일이었다. 교황의 비리와 반역이라는 카드를 이용하지 않는 이상 곤경에 처할 사람은 루아였으니 당연하다면 당연한 일이기는 했다. 그런데…… 동정해줘서 다행이라니? 나는 인간적이고 자기는 그렇지 않다는 건가? 아니, 그거보다 네가 그 신의 환생이잖아!

"그, 그럼 왜 그동안 찾아오지 않았던 거야?"

혼란스럽게 눈을 깜박이며 물으니 루아가 입가에 손을 올렸다.

"……너무 당기기만 하면 안 된다길래."

나는 한 번에 알아듣지 못하고 눈살을 찌푸렸다.

"뭘 당겨?"

루아가 나를 물끄러미 응시했다. 가까스로 웃음을 참는 얼굴이었다.

"로벨리안이 너를 좀 애태워보라고 하던데."

그 말뜻을 이해하느라 고개를 갸웃거리던 것도 잠시였다. 나는 들끓는 분노를 주체하지 못하고 이를 갈았다.

"걔 그냥 잘라버려. 아니, 그냥 죽여!"

하마터면 비명을 지를 뻔했다. 이게 뭐야! 진짜 억울하잖아! 루아는 아무렇지도 않은데 괜히 나 혼자 속앓이한 격이었다! 나 혼자 양심의 가책을 느끼고, 미안해하고, 이불을 뒤집어쓰고……, 으엉, 이게 뭐냐고!

창피해서 차마 루아를 쳐다볼 수도 없었다. 화끈거리는 얼굴을 들지도 못하는데 루아가 내 늘어진 머리카락을 갖고 장난을 치며 물어왔다.

"우리 결혼은 언제 할까?"

사람을 이렇게 비참하게 만들어놓고 결혼은 무슨 결혼! 나는 루아의 손에서 내 머리카락을 도로 빼앗으며 버럭 소리쳤다.

"안 해! 황성이 불바다가 된 지 얼마나 됐다고 지금 결혼이란 말이 나와?"

"황성이 망가진 거랑 결혼이랑 무슨 상관이야. 그리고 그 아카데미는 그냥 때려치우면 안 돼? 레이첼이 자꾸 아카데미 핑계를 대면서 네가 졸업할 때까지는 절대 제국에 돌아오지 않겠다고 하는데 진짜 거기 무너뜨리고 싶어서 돌아버릴 것 같아. 레이첼이 눈치 채지 않으리란 보장만 있었어도 진작 부숴버리는 건데, 하여간 빌어먹게 감은 좋아서……."

루아가 나를 제 무릎에 앉히고서 투덜거렸다. 나는 황성의 사정을 남의 집 일 논하듯이 어물쩍 넘어가려는 루아를 흘겨다가 투덜거렸다.

"나는 엄마 못 이기거든? 십 년 뒤에 결혼하기 싫으면 너도 포기해. 어차피 이 년만 더 다니면 졸업이잖아."

"이 년하고도 육 개월을 더 다니면이겠지."

정말로 루아가 불만스러워하는 듯해서, 나는 결국 표정을 풀고 키득키득 웃었다.

나는 루아의 품에 안겨들었다.

"그 뒤엔 평생을 같이 있을 건데, 뭘. 그러지 말고 여기 얘기나 좀 더 해줘. 폐하는……, 황태후 폐하는 어떠셔?"

기억을 잃어버린 마르가레테 그렌트헨은, 내가 루아 다음으로 가장 걱정하는 사람이었다.

루아의 부드러운 손이 흘러내린 내 머리카락을 귀 뒤로 넘겼다.

"아들을 지극정성으로 아끼는 어머니로 돌아왔지. 아니, 돌아왔다고 하기엔 조금 어폐가 있나. 그동안 어머님은 한 번도 나를 진심으로 사랑해준 적이 없었으니까."

무엇도 바라지 않고, 무엇도 기뻐하지 않는 목소리였다. 한 번 포기했으니 두 번 다시 희망하지 않겠다는 듯한.

나는 알 수 없는 감정에 휩싸여 루아를 똑바로 쳐다보았다.

"그렇지 않아. 폐하께선 매일 밤마다 성전으로 찾아가서 기도 드리셨는걸. 내가 직접 보고 왔어. 그 신이, 발두르가 직접 보여줬단 말이야. 너를 간절히 원하시던 폐하의 모습을. 폐하께서는 꼭 아이를 갖고 싶다고, 세상에서 가장 사랑하는 자신의 아이를 제발 만나게 해달라고……."

일그러진 과거를 되돌리는 법은 모른다. 분노와 증오를 희석하고 포기를 희망으로 변화시키는 방법 또한 나는 몰랐다. 나 자신부터가 아직 한참은 미숙한 사람이니까. 하지만 나는 루아가 나 이외의 모든 것을 저버리길 바라지도 않았다.

망막에 박혀드는 루아의 시선이 쓰라렸다. 루아가 내 머리카락에서 손을 거뒀다.

"보니, 굳이 어머님을 변호할 필요는 없어."

"하지만……."

나는 입술을 살짝 깨물었다가 놓았다.

"난 네가 행복했으면 좋겠어. 꼭 그렇게 만들어주고 싶은걸! 그리고 이건 사실이란 말이야."

그 말에 루아가 교활한 목소리로 말했다.

"지금 결혼 서약을 하자고?"

얘가 또!

"아니거든!"

당황한 나는 거의 비명을 질렀다. 아, 진짜 이게 뭐람. 꼭 행복하게 해주겠다니, 이건 그냥 청혼이나 다름없잖아!

자괴감에 몸부림치는데 루아가 미소 띤 얼굴로 덧붙였다.

"난 너 닮은 딸이 좋아."

이젠 어디까지 갈지 궁금할 정도였다. 결혼 독촉에 이어 육아 계획이라니. 어쩌면 이러다 무덤 위치까지 정해놓자고 할지도 모른다고 생각하면서 나는 은연중에 나와 루아의 특징을 고스란히 빼다 박은 아이를 상상했다. 루아를 닮으면 분명 엄청나게 사랑스러울 거였다. 나를 닮으면 눈매가 좀 사나울 것 같기도 한데, 그래도 예쁠 거야. 응, 확실히 얼굴 걱정은 없겠어. 다만 나나 루아나 성질이…….

나는 찔리는 마음을 애써 무시했다. 사실 부끄러워서 그렇지, 루아와 함께하는 미래를 계획하는 일은 좀 재밌기도 하고 설레기도 했다.

나는 금발머리의 귀여운 여자아이를 떠올리다가 고개를 갸웃거렸다.

"그러다 아들이 나오면?"

"딸일 때까지 낳으면 되지. 열 명이든, 스무 명이든."

……아니, 됐고. 그냥 전부 취소할래.

"무리야! 닥쳐!"

나는 버럭 소리 지르며 루아에게 베개를 집어 던졌다. 누굴 죽일 일 있나! 생각만 해도 전신에서 핏기가 빠져나가는 기분이었는데, 루아는 내가 던진 베개를 잡고서 기대에 찬 눈으로 나를 바라보았다.

"걔네 길러서 일 시키고 우리는 놀러 가자."

"애가 아니라 일꾼이 필요한 거냐고!"

나는 또 버럭했고, 루아는 미친 듯이 웃다가 돌연 머뭇거렸다.

"그런데 솔직히 잘 키울 자신은 없어서. 우리 부모님 꼴 나면 어떡해?"

루아의 얼굴에 그늘이 졌다. 농담처럼 가벼운 말이었지만 결코 농담이 아님을 알았으므로, 나는 두 번째로 집어 던지려던 베개를 내려놓고 단호하게 말했다.

"절대 안 그래. 나를 뭘로 보는 거야? 넌 나만 믿어."

그러자 루아가 놀랍게도 선뜻 고개를 끄덕였다.

"알았어."

사탕을 입에 물린 아이처럼 얌전한 반응이 돌아올 줄은 생각도 못 했기 때문에 나는 반쯤 미심쩍은 투로 물었다.

"……순순히 믿어주는 거야?"

루아가 당연한 사실을 묻느냐는 듯이 나를 응시했다.

"그럼 내가 너 아니면 누굴 믿어?"

내 눈이 휘둥그레졌다. 가슴이 뛰는 소리가 들릴 것만 같아서 나는 일부러 큰 소리로 대답했다.

"그, 그것도 그런가? 좋아, 그럼 앞으로 나만 믿어. 내가 책임질게!"

나는 엄마만 믿고 자신 있게 호언장담했다. 확실히 루아가 나를 믿어주는 것만큼 기쁜 일도 없었다. 육아가 결코 호락호락하지 않음을 알기에 좀 많이 걱정스럽긴 하지만, 어쨌든 먼 훗날의 일인데다가 지금부터라도 배우면 늦지 않을 테니까. 이왕 낳기로 한 거, 일도 잘하는 딸을 목표로……, 아니, 가만. 나 지금 말려든 건가? 이거 뭔가 이상한데?

루아가 감동받았다가 도로 수상해하는 나를 빤히 보더니 낮게 중얼거렸다.

"이제 발루아 그레이스가 되는 일만 남았나."

결혼만 할 수 있다면 데릴사위라도 하겠다는 듯한 태도였으므로, 나는 대놓고 어이없어했다.

"그래 이참에 아예 나라도 팔아먹지그래?"

"그건 안 돼. 땅덩어리가 너무 커서 사겠다는 사람이 없거든."

루아가 짐짓 단호하게 말하는 바람에 나는 잠시 얼이 빠져 있다가 베개를 마저 집어 던졌다.

"그게 문제가 아니잖아!"

나는 시녀들이 침실 문을 두드릴 때까지 한동안 루아와 입씨름을 계속했다.

날이 환해지자 나는 로벨리안의 시중을 받으며 목욕했다. 루아가 회의에 참석하러 간 사이 가벼운 몸치장을 하고선 엄마를 기다렸다. 알고 보니 알베이흐는 나와 같이 제국에 와 있었다. 다만 브리싱가멘에게 들킨 죄로 꼼짝없이 붙잡혀 있었는데, 그녀가 워낙 알베이흐를 반가워하는 통에 나는 끼어들 틈도 없었다. 프라가라흐는 이를 대단히 못마땅해했고 말이다.

굳이 그들 사이에 끼어들고 싶은 마음은 손톱만큼도 없었으므로, 나는 알베이흐에게 달라붙어 있는 브리싱가멘을 보는 즉시 조용히 등을 돌렸다.

나와 알베이흐는 제국에 있어선 안 될 사람이기 때문에 황제의 궁전을 벗어날 수 없었다. 덕분에 엄마는 아침 일찍 나를 찾아오자마자 심히 짜증스러워했다.

"엄마는 너를 좋은 곳에 시집보내주고 싶었는데……."

"대체 황후보다 더 좋은 자리가 어디 있다는 거야?"

엄마와 같이 돌아온 루아가 기막혀하며 투덜거렸지만 엄마는 무시했다. 엄마는 로벨리안이 준비한 최고급 홍차도 거들떠보지 않고서 내 얼굴을 뜯어보기 바빴다.

"그렇지 않아도 며칠 뒤에 돌아가려던 참이었어. 우리 공주님 얼굴이 그새 확 폈구나. 제국에 오기 전까지만 해도 잔뜩 풀 죽어 있더니."

나는 화들짝 놀라 뺨을 감쌌다.

"저, 정말? 그렇게 티 나?"

루아와 만나서 기분이 나아진 건 틀림없었지만, 선뜻 인정하기엔 역시 창피했다. 나는 나도 모르게 루아를 곁눈질했다. 루아가 자기를 너무 좋아하는 거 아니냐고 놀릴까 봐 걱정스러워서였는데 엄마가 자식 키워봤자 소용없다는 듯이 떨떠름한 표정으로 말을 이었다.

"아이만은 오후나 돼야 올 거야. 존엄하신 황제 폐하께서 어제 갑자기 의사를 불러오라더니 원로원이 뼈 빠지게 정리해 온 서류들을 필요 없다고 집어 던졌거든. 베헤모스 후작한테 짖을 줄밖에 모르는 개새끼라고 한 것도 있지만 그건 평소에 후작이 내뱉는 욕설에 비하면 아무것도 아니니까 넘어가기로 하고, 그런데 여기서 난리 칠 바엔 아들 관리나 잘하라는 말은 도대체 왜 한 거야?"

나를 보며 말하던 엄마가 별안간 루아에게로 시선을 돌렸다. 베헤모스 후작의 아들이라면 당연히 체르지안을 가리킨 것이겠다.

나는 기가 차 입을 벌렸고, 루아는 천연덕스럽게 대꾸했다.

"그런 게 있어."

"그런 게 있기는 무슨. 왜 엄한 데다 화풀이야?"

내가 루아를 노려보자 루아는 내 입에 쿠키를 물렸다.

잠깐의 티타임이 있은 후엔 엄마는 루아에게 나를 잘 챙겨달라는 부탁—사실 경고에 가까웠다—을 남긴 뒤 아빠를 따라 회의에 참석하러 갔다. 따로 보좌관을 두지 않는 아빠를 보조하느라 엄마는 무척 바쁘게 움직였다. 루아도 곧 회의실로 떠났고, 나는 제국에서 벌어지는 일들을 알기 위해 로벨리안과 대화를 주고받다가 조금 이른 점심식사를 만끽했다.

　황성의 사정이 나아졌다고 해서 바깥에서 도사리고 있는 혼란까지 수그러든 것은 아니었다. 발두르의 화신이 아닌가 싶을 정도로 막강한 성력을 지녔던 요한 블라디미르 파우스트는 역대 교황들 중 최초로 대성전에 안치되지 못한 교황으로 남았으며, 악마와 불경함의 상징으로 전락했다. 그의 시체는 거리에 던져져 수많은 사람의 발에 밟히고 새들에게 쪼아 먹히다 종국에는 황제가 보는 앞에서 불살라졌다. 나는 어떻게 메피스토펠레스가 파우스트의 비참한 최후를 묵묵히 견뎠는지 의문스러웠지만, 나중에 루아가 정교하게 본뜬 가짜 시체를 만들었다고 귀띔해준 덕분에 이해할 수 있었다. 진짜 파우스트의 시체는 메피스토펠레스가 어딘가에 숨겼다고 했다.

　내가 메피스토펠레스를 만난 건 예상보다 빨리 도착한 아빠에게 실컷 걱정 어린 꾸지람을 들은 다음이었다. 혹시라도 다른 귀족들에게 들키는 일이 없도록 가발을 쓰고 황성 이곳저곳을 구경하는데 여러 마법사한테 둘러싸인 펠레스가 보였다. 나는 그를 보자마자 다짜고짜 구석진 곳으로 끌고 갔다.

펠레스는 나를 순순히 따라오면서도 영문을 몰라 혼란스러운
얼굴이었다.

"아가씨? 머리가……."

"내 머리는 신경 쓰지 말고 잠깐 여기서 기다려!"

나는 단단히 엄포를 놓은 다음, 대답을 기다리지도 않고 루아의
침실을 향해 달려갔다. 펠레스에게 줄 것이 있어서였다.

나는 침실로 가자마자 곧장 내 가방을 찾았다. 그 안에서 평범한
장신구로 변한 녹슨 회중시계를 꺼내 주머니에 쑤셔 넣고는, 다시
펠레스가 있는 곳으로 뛰었다.

얌전히 나를 기다리고 있던 펠레스에게 나는 헉헉거리며 회중
시계를 내밀었다.

"이거…… 돌려주려고……."

숨이 턱까지 차올라서 목소리를 내는 것도 힘겨웠지만 그럭저
럭 사람 말 같기는 했다. 회중시계를 본 펠레스의 눈이 커졌다가,
다시 부드럽게 변했다.

"……고맙습니다."

그가 미세하게 떨리는 손으로 회중시계를 받았다. 그의 얼굴은
침착했고, 나로선 모를 결심으로 인해 절제되어 있었으며, 여전히
하늘의 왕처럼 아름다웠다. 잔잔한 미소를 띤 얼굴이 그저 의심스
럽기만 했다.

나는 다급하게 숨을 고르다 말고 그를 살폈다.

"당신 괜찮아?"

"걱정해주시는 겁니까?"

펠레스가 속 모를 목소리로 반문하더니, 고개를 숙여 내 손바닥에 정중하게 입을 맞추었다. 그에게 회중시계를 건넸던 그 손이었다.

"저는 그럴 만한 가치가 있는 사람이 아닙니다, 안젤리크 양. 그래도 호의에는 감사드립니다."

그리고 그는 그렇게 가버렸다.

내가 제국에 머무는 동안 파우스트가 저지른 숱한 만행들이 빠르게 수면 위로 떠올랐다. 그중에서도 행방불명됐던 사도들이 전부 죽었다는 것과, 신께 바쳐질 제물이었던 소녀들이 교황에게 이용만 당하다 죽었다는 사실은 모든 사람을 충격에 빠뜨리기에 충분했다. 얼마 지나지 않아 그 여파가 가장 최악의 방식으로 찾아왔다.

매일같이 붐비던 성전은 사람들의 발길이 뚝 끊겨 조용했고, 이 같은 일이 다시는 벌어지지 않도록 법적으로 인신공양을 금지하자는 주장이 곳곳에서 터져 나왔다. 그러나 이미 발두르의 종교는 신용을 잃었고, 사제들은 성전을 이탈했으며, 대신 온갖 사이비 교리들이 위세를 얻기 시작했다. 물론 신성왕국이었던 벨모트의 명성도 크게 추락하고 말았다. 벨모트 왕실은 어서 빨리 새로운 교황을 세워야 한다고 목소리를 높였으나, 정작 그 신이 죽고 없으니 선택받은 새 교황이 생길 리 만무했다.

파우스트가 죽고 한 달이 지났을 때, 벨모트 왕족들의 성력이 사라졌다는 소문이 퍼지기 시작했다. 이슈타르 가문이 명맥을 유지하고 있는 건 선천적으로 발두르의 은혜를 입었다는 사실이 크게 작용했으므로, 이 같은 소문은 왕권을 크게 약화시키는 데 일조했다. 빈민들 사이에선 발두르의 진노를 가라앉히려면 왕족들을 산 채로 매장해야 한다는 소리까지 나왔다.

왕실 측은 서둘러 소문을 부정하고 나섰으나 누구도 그 말을 신뢰하지 않았다. 귀족들 중 하나가 성력을 써서 증명해 보이라 항의했지만 왕가의 일원들 중 누구도 하지 못했기 때문이다.

그리고 그로부터 또 석 달이 지났을 즈음, 벨모트 왕국의 상징이자 황금의 눈이라 불리는 이슈타르 호수가 말라붙었다. 그로 인한 대혼란을 피부로도 느낄 수 있었다. 벨모트는 더 이상 신성왕국이 아니라는 낙서가 벽면에 새겨지고, 왕을 조롱하는 팻말이 사방에 꽂히기 시작했다. 수도의 치안 역시 급격하게 나빠졌는데, 급기야 왕국의 인정을 받는 아카데미까지 공격받는 일도 벌어졌다. 그 일이 있고 난 뒤 졸업을 코앞에 둔 알베이흐마저 더는 아카데미에 모습을 드러내지 않았다.

나는 아카데미 안에서도 무장한 레뮈시의 호위를 받았다. 등교하지 않는 학생들의 수가 늘어났고, 체르지안은 늘 나와 가까이 있어주었다. 그러나 상황은 계속해서 악화되기만 할 뿐이었다.

날이 갈수록 폭동이 거세지자 루아도 못마땅한 심정을 감추지 않았다.

"귀찮아서 안 되겠네."

벨모트에 몽실몽실한 솜 같은 첫눈이 내리던 밤, 루아는 나를 이슈타르 호수로 데려갔다. 황금빛으로 찬연하게 넘실거리던 물이 사라지고 없는 구덩이는 뻥 뚫린 것처럼 황폐했다. 바람이 구멍을 지나갈 때면 으스스한 소리가 들렸다. 한때는 성역이었으나 지금은 지키는 사람 한 명 없이 쓸쓸했다.

나는 내리는 눈을 맞으며 루아에게 물었다.

"무슨 좋은 생각이라도 있어?"

나와 두꺼운 천 하나를 목도리처럼 나눠 두른 루아가 바로 옆에서 시큰둥하게 중얼거렸다.

"가장 좋은 방법은 그냥 네가 제국으로 돌아오는 거지만 레이첼이 순순히 내 바람을 이루어줄 턱이 없으니……. 그렇다고 너를 이 개판인 곳에 내버려둘 수도 없고."

루아가 영 귀찮아하며 한숨을 쉬더니 턱을 올렸다. 루아의 눈에 뭔가가 슥 스쳐 지나가는 순간 심연으로 이어진 통로처럼 움푹 파인 구덩이에서 아주 이상한 소리가 나기 시작했다. 보글보글, 한 줌의 물이 거품과 함께 끓어오르는가 싶더니 걷잡을 수 없이 샘솟았다. 이제 새까맣던 구덩이는 황혼의 별을 모조리 들이부은 듯 전보다 더한 황금빛으로 반짝였다. 루아가 복원시킨 호수는 황도 12궁의 별들이 떨어졌다는 전설을 가진 과거의 호수를 대신하기에 부족함이 없었다.

무척 신비롭고, 어찌할 바 없이 성스러웠다. 황금빛 물결이 파도를 일으키며 경이로울 만큼 순식간에 범람해서 나는 신기하기만 했다.

그 물결에 조심스럽게 손을 대보는데, 한 목도리를 같이 쓴 죄로 덩달아 끌려온 루아가 얼굴을 찡그린 채 고민에 빠졌다.

"다른 건 내가 알아서 해결한다 치고, 교황은 어떡한다."

나는 물에 젖어 별빛을 띠는 손을 이리저리 뒤집어보면서 눈알을 굴렸다.

"발두르를 대신할 생각이야?"

"필요하다면."

루아는 나에게 전혀 힘든 티를 내지 않았기에 나는 심히 걱정스러웠다.

"무리하지 마."

"별로 무리하는 건 아닌데."

거짓말. 나는 전혀 믿지 않는다는 뜻을 담아 루아를 노려보았다. 루아가 웃는 낯으로 그런 나를 마주 보았다. 그 미소가 조금만 덜 매력적이었어도 제정신을 유지하기 쉬웠을 거였다.

"그러고 보니 예전에 같이 섬에 놀러 가기로 했었지? 지금 갈까?"

기억나지도 않는 옛 이야기를 아무렇지 않게 늘어놓는 바람에 나는 루아의 코를 확 잡아당겼다.

"내 걱정은 들리지도 않지?"

이참에 실컷 나무랄 생각이었는데, 이미 주위 풍경은 변해 있었다.

가장 먼저 소금기를 실은 바다 냄새가 났다. 비릿하면서도 시원한 향이었다. 초입이어도 겨울은 겨울이라 검 날을 기는 듯한 매서움까지 품고 있었는데, 그럼에도 더할 나위 없이 이색적이었다. 규칙적인 파도 소리가 들렸고, 들어왔다 나가는 검은 물결은 밤하늘을 엮어서 짠 벨벳 같았다. 발밑을 에워싸던 황금색 빛무리는 온데간데없었다.

희미했던 달이 바다 한가운데선 폭발할 듯 환했다. 낮게 내려앉은 하늘을 지배하는 유일한 천체였다. 겨울의 별자리가 머리 위를 은은하게 수놓았으며, 어둠에 잠긴 바다는 격동했다. 발에 차이는 푸른 구슬들을 보는 순간 나는 잊었던 기억을 떠올렸다. 그때 루아의 말론 푸른 진주가 무더기로 쌓여 있는 무인도라고 했었지, 아마. 잘 생각나지도 않는 옛날에 루아와 이 섬으로 놀러가기로 약속했던 적이 있기는 했었다. 하지만 그래도 이건 너무 갑작스럽잖아!

"야!"

나는 씩씩거리며 루아를 노려보았다. 어쩌면 이렇게도 제멋대로일 수가!

"보니."

"그렇게 불러도 소용없거든?"

걱정인지, 불안인지, 분노인지 모를 감정에 사로잡힌 나는 날카롭게 소리쳤다. 루아가 멀뚱멀뚱 서서 눈을 몇 번 깜박이더니, 곧

평이하게 말했다.

"나랑 같이 죽어줘."

평소와 다름없는 톤이라, 나는 한 번에 이해하지 못하고 말을 더듬었다.

"뭐, 뭐?"

지금 내가 얘한테 무슨 말을 들은 거지? 같이 죽어달라니? 설마 여기서 물에 빠져 죽자는 건가? 그럴 목적으로 데려온 거였어?

머릿속에서 의문이 끊이질 않았다. 어째서? 갑자기 왜?

혼란스럽기 이를 데 없어 바닷물과 루아를 번갈아 바라보려니 루아가 가만히 손을 뻗어왔다.

"내가 볼 수 없는 곳에서 살지 마."

몇 년을 눌러 참았다가 터진 듯한 목소리였다. 겨우겨우. 메마른 입술을 간신히 비틀어서.

내가 무조건 들어주리라 생각해서, 그런 자신감으로 솔직한 게 아니었다.

루아는 정말로 자기가 죽을 것 같아서, 미쳐버릴 것 같아서 나에게 솔직할 수밖에 없었다.

"내가 죽으면 너도 같이 죽어야 해. 나는 그랬으면 좋겠어."

그 말이 숨 쉴 틈도 없이 밀려들었다.

루아는 내가 다른 사람과 인연을 맺는 걸 무엇보다 두려워하는 아이였다. 언제라도 내가 자신을 떠날 수 있다고 생각했다. 그 불안이 가뜩이나 위태로웠던 루아의 사고를 철저히 망가뜨리고, 이

성을 훼손하기에 이르렀다. 부모의 학대로부터 시작된 이 갈망은 치료가 불가능한 성질의 흉터였다. 채워도, 채워도 끝이 없는 못이었다. 물을 부어도, 불로 지져도 소용없는 공허함이라, 루아는 내가 먼저 지치기를 바랐다. 자신은 절대로 그게 안 되니까.

루아는 내가 자신 이외의 모든 것을 무의미하게 여기길 원했다. 그렇게, 모든 절실함을 그러모아 자신만 보도록. 텅 빈 마음을 메워주도록. 다만 나에게 미움받고 싶지 않아서 그 비뚤어진 갈망을 억지로 누르고 있을 뿐이다.

나는 그것을 알기에 루아가 두렵다기보단 안쓰러웠다. 나는 너밖에 없는데, 너는 아직도 겁에 질려서는.

절반씩 돌돌 나눠서 두른 임시 목도리를 통해 하나로 연결되어 있으니 루아가 더욱 가깝게 느껴졌다. 나는 루아의 손을 마주 잡으며 태연하게 물었다.

"언제 죽을 예정인데?"

루아가 약간 머리를 기울였다.

"너한테 내가 필요 없어질 때?"

나는 코웃음을 쳤다.

"난 정말 지긋지긋하게 오래 살겠구나."

사방에 손바닥만 한 푸른 진주가 널려 있었다. 바다의 별빛을 반사한 것처럼 아름다운 은하수였다. 희미하게 빛나 섬 전체를 몽롱하게 비추었는데 마치 새벽에 감싸인 것 같은 기분이 들었다. 이런 섬이 있으리라곤 상상도 못 했는데. 루아가 이 섬의 존재를 알려주었을 때도 설마 싶어 반신반의했었다.

나는 루아의 손가락 사이마다 내 손가락을 끼워 넣어서 깍지를 끼고, 그 온기에 심취하여 천천히 섬을 둘러보았다. 깎아지른 절벽 너머에 무엇이 있을지 심히 궁금했다.

"그건 그렇고 여기, 사고 치기 딱 좋은 섬이네. 이 진주들로 성 하나 세워도 되겠다."

나는 굴러다니는 푸른 진주를 발로 툭 건드리면서 말했다.

루아가 그런 나를 지켜보며 물었다.

"여기 마음에 들어? 그럼 나중에 여기서 살까?"

나는 고개를 들었다.

"나중에 언제?"

"백 년쯤 후에?"

백 년이라. 나는 얼굴을 찡그렸다.

"그땐 이미 내가 늙어 죽었을 거라는 사실은 둘째치고 왜 하필 백 년인데?"

"그 정도면 너도 다른 거에 미련이 없을 것 같아서."

나는 루아를 빤히, 뚫어질 듯 쳐다보았다. 망막에 고스란히 루아를 새겨 넣고, 음울한 새벽빛으로 빛나는 섬 위에 못 박힌 듯 섰다.

몸이 시렸다. 난생처음 와본 공간이 기묘한 두려움을, 마주 잡은 루아의 손이 따스한 안정감을 동시에 가져다주었다. 파도 소리가 들렸고, 북쪽을 향해 거슬러 올라가는 바람이 머리칼을 흐트러뜨렸다. 바다의 푸른빛이 스며든 루아의 눈은 어찌나 색이 진한지 손에 묻어날 것 같았다.

이건 도발이었다. 한두 번 겪은 일도 아니었고, 나는 이와 비슷한 말을 들으면 늘 분노하곤 했었다. 하지만 이젠 그럴 필요가 없다. 이 섬에는 우리 둘밖에 없으니까.

다섯 살, 너와 처음 만났던 때.

열두 살, 우리의 세계가 침범당하던 순간.

부서지고, 조각조각 난도질당하고, 뜯겨서.

그리고 지금.

"참 좁다, 우리 시야는. 어릴 때랑 변한 게 없어."

서로의 눈에 서로만이 보인다. 그 시선이 올바르게 뻗어진 이상, 그 밖에 다른 것은 필요하지 않았다. 애초에 우리가 어른이 되고자 했던 이유는 서로에게서 부당하게 떨어지지 않기 위함이었으니까. 다시는 다른 이들에게 침범당하고 싶지 않아서.

그저, 그뿐이었다.

마주 잡은 손이 뻣뻣했다. 나는 웃으며 루아의 손을 꽉 잡았다. 내 손가락과 단단히 얽고는, 바람의 쌀쌀함을 빌미로 그 어깨에 머리를 묻었다.

아, 정말로 나는 무섭지 않았다. 오히려 설레기까지 했다.

"있잖아, 그럼 그때 여기다 보석으로 궁전 만들어줘. 아니다, 궁전 말고 탑으로 할까? 몇 미터까지 쌓아 올릴 수 있으려나."

가볍게 중얼거리며 나는 섬 안에 푸른 진주가 몇십만 개나 있을지 곰곰이 계산해보았다. 크기도 크고 개수도 장난이 아니라 마냥 터무니없는 꿈도 아닌 것 같다고 생각하는데 루아가 의아하다는 양 머리를 기울였다.

"……그거면 돼?"

또 이런다. 나는 입술을 삐죽였다. 루아는 거의 언제나 이랬다. 자기가 먼저 요구해놓고 막상 내가 수용하면 도리어 당황했다.

"그래, 그거면 돼. 그때가 되면 나를 붙잡아서, 여기다 가둬. 그리고 마음껏 사랑해줘."

마음껏, 네가 만족할 때까지.

내가 너에게 줄 것이 하나도 남지 않을 때까지.

"그러다 보면 우리도 언젠가 죽겠지."

아득아득 긁어모을 것조차 없어질 땐, 비로소 그럴 것이다.

나는 루아의 목에 팔을 휘어 감았다. 이토록 가까이 닿아 있으니 루아의 눈이 내 눈에 스며들 것만 같았다.

"키스할까?"

머리를 갸우뚱하며 물으니, 루아가 잠깐 머뭇거리다 고개를 끄덕였다.

"응."

나는 느릿느릿한 움직임으로, 서로가 서로의 죽음을 바라지 않아도 되는 이 순간에 시간이 멈추기를 바라며 루아에게 다가갔다.

내 입술이 루아의 입술을 부드럽게 덮었다. 나는 나만의 방식으로 루아를 사랑했고, 루아는 루아만의 방식대로 나를 사랑했다.

서로가 참 제멋대로인데 기이한 조화를 이루었다.

그렇게 우리는 만났고, 입 맞추었다. 영원을 저버리고 종말을 약속했다. 내가 네 목을 조를게. 그래야 내가 안심하고 죽을 수 있어서.

"루아야."

나는 너 없는 세상을 살아갈 수 없고, 너는 나 없는 세상을 살아 본 적이 없다. 어쩌면 나는 너의 그런 점에 더 이끌렸는지도 모르겠어. 너는 나밖에 없으니까. 내 전부를 주면 네 전부를 주니까.

"내가 너 진짜 좋아해. 많이 사랑해. 이 마음이 변하는 걸 너보다 내가 더 용납하지 못할 정도로."

새벽이 피어오르고, 세상 만민이 돌아온 이슈타르의 눈을 경배했다.

루아가 다시 입을 맞춰왔다.

열두 살,

타인의 손에 부서졌던 우리 둘만의 작은 세계는 다시 완전해졌다.

12
Wedding Party

졸업식은 지루했다. 댄스파티에 미친 망할 룸메이트 덕분에 밤을 새우다시피 한 나는 꾸벅꾸벅 조느라 졸업 행사의 대부분을 놓쳤지만, 전혀 후회스럽지 않았다. 오늘만 지나면 더는 캐리에타의 드레스를 골라주는 데 시간을 할애할 필요가 없다고 생각하니 오히려 기쁠 정도였다. 단지 나는 졸려 죽을 것 같은데 정작 캐리에타는 몹시 멀쩡해서 어이없을 뿐이지. 밤새 스무 벌도 넘는 드레스를 혼자서 갈아입은 주제에 캐리에타의 얼굴엔 활기가 돌았다.

캐리에타가 다른 여학생과 열심히 수다를 떠는 동안 샤트린 루브 알렉산드라 베니지아가 졸업생 대표로 강단에 나섰고, 세 명의 학생이 더 울음을 터뜨렸다. 다들 작별 인사를 나누기에 여념이 없었는데, 정작 대표로 뽑힌 샤트린의 표정은 썩 좋지 못했다. 필시 내 대신이라는 점이 못마땅해서일 터였다. 나는 샤트린에게 '기꺼이' 대표 자리를 양보했다.

샤트린은 졸업반이 되고서부터 나에게 전교 1등 자리를 줄곧 빼앗겨왔다. 나는 더 이상 성장하지 못하는 가련한 공작 영애가 아니었고, 그동안 당한 서러움을 잊을 만큼 착하지도 않았다. 그리고 슬슬 주위 평판도 신경 쓰기 시작하고 있었다. 모범생이 된 것은 물론이거니와 내 가문을 보고 달려드는 속물적인 사람들과도 기꺼이 어울렸다. 엄마를 따라 무도회에도 몇 번 참석했으며, 큰 행사가 열릴 땐 제국으로 가서 루아의 파트너를 하기도 했다.

나는 내일 아카시아 제국으로 돌아갈 예정이었다. 그리고 봄이 한창 무르익은 날 루아와 결혼식을 올릴 것이다. 이미 제국에선 국혼 준비가 한창이었다. 가장 뛰어난 기사들이 나를 호위했으며, 벨모트 왕실에서도 귀빈 대접을 받았다.

드디어 졸업했다는 데 대한 기쁨은 앞으로 펼쳐질 일들을 생각하면 정말 아무것도 아니었다. 지난해 여름 우리는 새 교황이 보는 앞에서 약혼식을 올렸는데, 그가 루아를 어찌나 우러르는지 루아의 약혼 상대가 내가 아니라 그인 것 같다는 착각까지 들 정도였다. 새로 즉위한 교황은 루아가 직접 성력을 주어 선발했으므로, 그에게 있어 루아는 신이나 마찬가지였다. 사람들에게 루아가 발두르의 권능을 가졌다는 사실은 발설하지 않았지만, 교황 에녹은 자처해서 황제를 칭송했다.

결혼식. 결혼식. 결혼식. 머릿속에 온통 그 생각밖엔 없었다. 졸업식 후 있을 댄스파티도 머나먼 일처럼 느껴졌다.

두려움 반, 기대 반으로 초조하게 손톱을 물어뜯는데 갑자기 학생들이 일제히 일어섰다. 나는 화들짝 놀라 덩달아 몸을 일으켰다.

"모두들 그동안 수고 많으셨습니다. 앞으로도 여러분의 앞날에 환한 빛이 가득하기를 바라며…….."

어마어마한 박수 소리 때문에 귀가 멍멍했다. 학생들이 뿔뿔이 흩어지는 모습을 멀거니 응시하고 있으려니 캐리에타가 엄청난 힘으로 나를 잡아끌었다.

"얼른 가자, 보니! 드레스 입어야지!"

나는 졸업 기념 무도회가 시작하려면 앞으로 여섯 시간은 더 있어야 한다고 말해주려다가 인파에 떠밀렸다. 캐리에타는 내 손목을 붙든 채 잘도 학생들 틈을 헤치고 나아갔다. 밖에선 몇몇 남학생이 낄낄거리며 입고 있던 교복에 마법으로 불을 붙이고 있었는데, 그중엔 키가 훤칠한 체르지안의 친구도 있었다. 그들의 교복 블라우스가 무지갯빛 불을 일으키더니 급기야 불꽃을 튀기기 시작했다.

"누구 내가 바지 태우는 거 볼 사람!"

니콜라이가 크게 소리쳤다. 그를 말리는 학생들보단 자지러지게 웃으며 환호하는 학생들의 수가 압도적으로 많았다. 그래도 다행히 니콜라이가 바지를 벗기 전에 린지 교수가 득달같이 쫓아 나왔다.

"너희! 누가 그런 식으로 마법을 사용하라고 가르쳤니!"

"에이, 재밌잖아요. 사실 전 교수님 수업을 들을 때마다 이렇게 하고 싶었어요. 하도 잠이 안 깨서."

주위에서 웃음이 터졌다. 나는 체르지안의 친구가 린지 교수를 놀리는 장면을 더 보고 싶었으나, 캐리에타는 허락하지 않았다.

"서둘러야 한다니까."

기숙사로 돌아가자마자 나는 장미수로 목욕을 하고, 값비싼 화장품을 덕지덕지 발랐다. 너무 피곤한 나머지 아카데미에서 나를 전담하는 시녀가 머리를 말려주는 사이에도 열 번은 넘게 하품을 했다. 솔직히 별로 댄스파티에 가고 싶지도 않았다. 그보단 코앞까지 들이닥친 나의 결혼식이 훨씬 걱정스러웠으므로 자꾸만 입술을 물어뜯거나 몽상에 빠졌다.

"그러다 입술이 상하겠어요."

"괜찮아."

나는 무성의하게 대꾸했다. 우려 가득한 시녀의 말도 지금은 별 세계의 것처럼 와 닿을 뿐이었다.

나는 적당히 흘러내리도록 느슨하게 틀어 올린 머리를 장미 모양의 핀으로 고정하고서 어깨가 드러나는 드레스로 갈아입었다. 요즘 벨모트에서 유행하는 드레스 스타일은 지금이 한겨울이라는 사실을 완전히 무시한 것이어서 짜증스럽기 이를 데 없었다.

파티에서 나는 체르지안과 춤을 추었고, 그의 친구들과도 한 곡씩 댄스 파트너를 했다. 체르지안은 나에게 그럴 필요가 없다고 했지만, 미래의 황후와 어떻게 감히 춤을 추냐며 도망치던 남학생들과 다르게 니콜라이는 확실히 열성적이었다.

"아가씨, 나랑도 춤추자."

니콜라이가 눈을 찡긋하며 나를 무대로 이끌었다. 그는 정말로 노는 데 목숨을 건 것처럼 굴었다. 세 곡을 추고 나서도 놓아주려고 하질 않아서 나는 그에게 계속 술을 먹였다. 처음엔 그를 취하게 만들 속셈이었는데 어느 순간부터 그가 나에게도 잔을 주더니 내가 마시지 않으면 자기도 안 먹겠다고 엄포를 놓았다. 덕분에 나는 제대로 걸을 수도 없게 된 후에야 자유를 되찾았다.

"괜찮으십니까, 아가씨?"

내가 연회장을 빠져나오자마자 레뮤시가 나를 부축했다. 나는 알게 모르게 따라붙는 사람들의 시선을 의식해 억지로라도 똑바로 걸었다. 그러면서 레뮤시에게 작게 투덜거렸다.

"나 마차 못 타. 분명 토할걸."

"적당히 드시지 그러셨습니까."

"어쩔 수 없지, 뭐."

나는 눈알을 굴리며 중얼거렸다. 내가 성장하지 못했을 때도 체르지안은 한결같이 나만을 좋아해주었으니 그의 친구들이 나를 욕하거나 이상한 소문을 퍼뜨리지 않는 것만도 기적이었다. 내가 더 높은 권력 때문에 체르지안을 버리고 루아와 혼인하는 건지도 모른다는 상상을 충분히 했을 법한데 말이다. 더군다나 체르지안은 졸업 후에 메피스토펠레스를 따라 잠시 동안 황실에서 일하기로 결정한 바였다. 본인은 부정하지만 나는 그게 나를 걱정해서라는 사실을 누구보다 잘 알고 있었다.

어깨가 훤히 드러난 드레스를 입고 겨울의 거리를 걸으려니 몸이 으슬으슬 떨렸다. 슬슬 취기가 올라오는 데다 레뮤시가 벗어준 겉옷도 얇기는 마찬가지여서 나는 걸음을 빨리했다.

고꾸라질 뻔한 위기를 몇 번이나 겪고 도착한 집이 반갑기 이를 데 없었는데, 정작 그 이후가 더 가관이었다.

"왜 이제 와?"

붉은 모피를 두른 루아가 잔뜩 따분하다는 얼굴로 시녀들보다 먼저 나를 반겨주었다. 처음엔 몹시 짜증스러워하는 듯 보였다가 곧 표정을 풀더니 나에게 제 몸만 한 뭔가를 내밀었다. 복슬복슬한 흰털을 가진 생명체였다. 피가 말라붙어 있었고, 심지어 눈까지 뜨고 있었다!

"이게 뭔 줄 알아? 내가 사냥 대회에서 잡은 거 보여주려고 아까부터 기다렸는데……."

그게 동물의, 그것도 겨울 늑대의 사체라는 걸 머리로 이해하기도 전에 나는 비명을 질렀다.

"꺄아악! 저리 치워!"

"아가씨! 폐하를 때리시면 안 돼요!"

"물건을 집어 던지는 건 더더욱 안 되고요!"

메리와 마가렛이 경악하며 나를 붙잡았지만, 나에겐 이미 또 다른 위기가 찾아온 뒤였다. 돌연 헛구역질이 올라와서 나는 황급히 입을 틀어막았다. 가뜩이나 술 때문에 미치기 직전이었는데 피 묻은 짐승의 시체까지 봤으니 속이 메슥거리다 못해 위가 뒤집어질 것 같았다.

"윽, 나 진짜 토할 것 같아!"

"빨리 아가씨를 안으로!"

사람이 아무리 노력해도 안 되는 게 있다고, 나는 결국 욕실 문 앞에서 요란하게 구토를 했다.

"전엔 사람 시체를 봐도 멀쩡하더니."

속을 진정시켜주는 약을 먹고 몸져누운 나를 한심하다는 듯이 내려다보면서 루아가 혀를 찼다. 루아는 내 요구에 의해 겨울 늑대의 사체를 밖에 던져버린 뒤 손을 열 번도 넘게 씻고 나서야 방으로 들어올 수 있었다.

나는 눈을 흘겼다.

"그땐 술을 안 마셨을 때고! 그리고 멀쩡했던 적 없거든? 난 아주 예민한 감수성을 가졌단 말이야."

"그래, 그래."

루아가 내 머리를 쓰다듬으며 건성으로 고개를 끄덕였다. 취기가 한창 올라올 시기라 그런 건지, 갑자기 심술이 났으므로 나는 루아의 손길을 피해 돌아누웠다. 이불 속에서 잔뜩 몸을 웅크리고는 자신 없이 웅얼웅얼거렸다.

"오늘은 왜 왔어? 어차피 내일 제국으로 갈 텐데."

엄마와 아빠는 내 졸업식을 잠깐 본 뒤 곧장 제국으로 가셨고, 다른 중요한 짐들도 제국에 있는 그레이스 가문의 대저택에 미리 옮겨둔 터였다.

아직도 속이 울렁거렸다. 내가 진짜 창피해서 죽겠다. 아예 이불을 머리끝까지 덮을까 고민하는데 루아가 능청스럽게 말했다.

"보고 싶어서."

나는 신경질적으로 비꼬고 싶은 걸 참았다.

"넌 긴장되지 않아?"

"뭐가?"

"그거."

차마 입에 담을 용기가 나지 않아서 어설프게 둘러 표현했더니 루아가 알아듣지 못하고 반문했다.

"그거?"

"……결혼식."

나는 아주 작게 속삭였고, 루아는 대수롭지 않다는 반응이었다.

"그다지."

정말로 상관없다는 듯한 반응이라, 일상 얘기를 하는 것처럼 무감해서 도리어 의아해진 나는 이불을 박차고 일어났다.

"정말? 별다른 감흥이 없어?"

역시 우리가 너무 오랫동안 알고 지냈기 때문일까? 우리는 이제 성인이었고, 남자와 여자였지만 정신적으론 이미 무척이나 가까운 사이였다. 다른 커플들에 비하면 설렘이 덜한 것도 어쩔 수 없다고는 생각했으므로 나 역시 외적으로 분발하지 않았던 건 아니었다. 역효과를 낳은 것이 훨씬 많아서 문제지. 저번엔 변화를 주고자 과감하게 머리카락을 어깨까지 잘라봤는데, 루아가 마음에 들지 않는다며 마법을 써서 강제로 다시 자라게 했다. 화장품을 바꾸는 것도 냄새가 달라져서 싫다고 했고, 평소 즐겨 입던 파스텔 톤의 드레스가 아닌 다른 걸 입어도 이상하다며 구박하기 일쑤였다.

루아가 내 말의 저의를 파악하느라 잠시 고개를 갸우뚱했다.

"잘 모르겠는데."

그동안 그렇게 빨리 결혼하자며 성화를 부리던 놈의 입에서 나온 말치고는 퍽 얄미웠다. 나는 눈을 치켜떴다.

"그럼 기쁘기는 해?"

"당연하지. 개만도 못한 레이첼의 표정을 볼 때마다 얼마나 재 있는데."

이 바보가……. 나는 얼굴을 찡그렸다.

"넌 정말 이상한 데서 눈치가 없어."

나는 루아를 슥 곁눈질하다가 한숨을 쉬었다. 이런 고민이 쓸데 없는 건가 싶어서였는데 내 시큰둥한 반응을 다르게 오해한 건지 루아가 미간을 찌푸리며 다가왔다.

"무슨 문제라도 있어? 아니면 나랑 결혼하기 싫어져서 그래?"

당연히 아니었으므로 나는 즉시 그렇지 않다는 뜻을 밝혔다.

"아니야. 그냥 좀…… 기분이 이상해서."

결혼을 하면 달라지는 것이 아주 많았다. 우선 내 이름부터가 그 렇다. 나는 더 이상 그레이스 가문의 공작 영애가 아니라, 윙그비 아 황족의 일원이 되는 것이다. 한 남자의 아내가 되어서, 죽을 때 까지 함께.

부모님과 떨어진다는 사실이 아직도 실감나지 않았다. 앞으론 황성이 내 집이 될 거라는 사실도 얼떨떨하긴 마찬가지였다. 약혼 식을 치를 때만 하더라도 기대되는 마음이 더 컸는데, 결혼식이 다가올수록 불안감에 집어삼켜질 것만 같았다. 나는 점점 만성 신 경증 환자로 변해가고 있었다. 그런 와중에 정작 루아는 멀쩡하기 그지없으니까 허탈하기도 하고, 얄밉기도 하고.

루아가 나를 빤히 바라보았다. 나는 침대 한쪽으로 물러난 다음

이불을 조금 걷었다.

"이리 들어와."

나는 루아가 이불 속으로 들어오자마자 기다렸다는 듯이 루아의 품에 파고들었다. 무척 익숙하고, 오로지 나만을 위해 존재하는 작은 공간이었다.

최근 몇 년 사이 루아는 급격하게 키가 자라서 이젠 메피스토펠레스보다 컸다. 열여덟 살이라 더는 성인 남자로 모습을 바꿀 필요도 없었다. 뭐, 나이도 나이인 데다 이미 지나치게 잘난 얼굴이어서 어떨 땐 한숨마저 나올 정도였다. 늘 루아를 봐온 나조차 가끔 당황할 때가 있으니 모든 여자가 루아와 사랑에 빠지는 상상을 하는 것도 무리는 아니었다. 얼마 전까지 아카데미 여학생들 사이에서 선풍적으로 유행하던 로맨스 소설의 남자주인공은 위험한 분위기를 풍기는 금발벽안의 젊은 황제였다. 내 앞에서 필사적으로 책을 숨기려는 걸 보고 어찌나 이가 갈리던지.

두근두근. 심장이 간지럽게 뛰었다. 나는 루아의 가슴에 턱을 올리고 숨을 죽였다. 루아와 마주 닿아 있으면 그냥 가만히 있는 것만으로도 금세 얼굴이 달아오르고는 했다. 결혼이란 미지의 것 때문에 가시 같은 불안이 이따금씩 머리를 들이밀었지만 서서히 손끝에서부터 번져드는 행복을 막을 도리가 없었다. 이제 루아는 온전히 내 것이었다. 공식적으로도. 하지만 역시…… 현실감이 없었다.

나에게 있어 결혼은 너무나 아득한 일이었다. 해마다 유행하는 종말론처럼 막연히 언젠간 나도 결혼하겠지, 라는 생각만 해왔을 뿐이다.

나는 변화가 두려웠다. 이 변화가 가져올 모든 것이 당황스러웠다. 이 두려움은 행복 뒷면에 단단히 자리 잡고 있는 것이어서, 나는 두 가지 감정을 동시에 느끼는 일이 잦았다.

"너 말이야, 결혼하면 나랑 하루도 빠짐없이 계속 같이 자야 되는 건 알지?"

괜히 겁먹은 나는 루아에게 그렇게 말했고, 루아는 재미있다는 투로 내 말을 따라 했다.

"하루도 빠짐없이?"

"당연하지! 난 불행한 결혼 생활을 할 생각은 추호도 없거든? 네가 정부랑 놀아나게 놔둘 생각은 더더욱 없고 말이야. 만약 어느 날 갑자기 진짜 사랑에 빠졌다면서 다른 여자를 데려오기라도 하면 무슨 수를 써서라도 그 여자를 죽여버릴 거야."

정부라니. 생각만 해도 끔찍했다. 보수적인 신의 교리에 의해 제국은 첩을 들이는 문화가 타국에 비해 덜 발달해 있었으나, 그렇다고 해서 공공연하게 애인을 만드는 귀족들이 아예 없지도 않았다.

내 머리카락을 손가락에 감던 루아가 코웃음을 쳤다.

"있지도 않은 여자를 독살하겠다는 건 둘째치고 그전에 레이첼한테 죽을 것 같은데. 이번 사냥 대회에서도 아이만을 이기게 해주려고 어디서 발견한 건지 첫날부터 동면하던 불곰을 잡아 왔는데 무겁다고 그걸 맨손으로 해체해서 실어 가던걸."

"어, 엄마가?"

나는 눈을 깜박깜박였다. 내가 보는 엄마는 늘 아름답고 우아하기만 해서 루아가 이런 얘기를 들려줄 때마다 당혹스럽기 이를 데 없었다.

"마법도 못 쓰는 주제에 그런 재주는 어떻게 부리는 건지. 그 여자가 곰이든 매든 전부 쓸어 가는 바람에 베헤모스 후작이 이를 갈더라."

입이 절로 벌어졌다. 일주일 동안 열렸던 사냥 대회는 오늘로 막을 내렸는데, 곧 다가올 국혼 예식을 기념하기 위해 황실에서 주최한 것이라 부모님도 자연스럽게 참가하게 되었다. 하지만 내가 벨모트에 있기 때문에 부모님은 의례상으로 사흘간만 참여했던 터였다.

현재 제국은 한창 축제 분위기였다. 황제가 황후를 맞이하는 건 가장 큰 행사 중 하나였으므로, 거의 반년 내내 들뜬 분위기가 가라앉지 않고 있었다.

"너도 다음 사냥 대회 땐 참석해야 할 테니까 조심하는 게 좋을걸. 후작은 황후든, 황후의 모친이든 쏴버리고도 남을 놈이니까. 왠지 다음 사냥 대회가 엄청 기다려지는 순간이었어. 둘이 공개적으로 붙어야 다른 사람들도 레이첼의 개 같은 성질을 알 텐데."

엄마의 정체가 까발려지지 않아서 심히 유감이라는 루아의 농담 섞인 말에도 나는 집중하지 못하고 신음을 흘렸다. 단 하나의 단어가 가져다주는 너무나 큰 의미 때문에.

황후.

문득 덜컥 겁이 나서 나는 움츠러들었다.

"내가 잘할 수 있을까?"

"……난 너한테 곰 잡아 오라고 시킬 생각 없는데."

루아를 향해 나는 얼굴을 찡그렸다.

"그거 말고, 황실에서의 생활 말이야."

기껏 속마음을 털어놓았더니 루아가 미소 띤 얼굴로 가볍게 대답했다.

"잘해보려고 어머님한테 직무를 배운 거 아니었어? 내 식단에 굳이 양파를 꾸역꾸역 집어넣고 말이지."

그거야 네가 다섯 살짜리 애처럼 편식이 심하니까 그렇지. 황실 주방장이 어련히 알아서 싫어하는 재료를 빼주니까 개선할 생각은 조금도 없고 말이야.

나는 루아를 노려보았다. 그동안 방학 때면 틈틈이 그렌트헨 황태후 폐하께 황실에서 해야 할 일을 배우곤 했으나 영 성에 차질 않았다.

"수업이랑 실전이랑은 전혀 다르잖아. 공작가의 후계 수업하고도 완전히 다른걸. 만약 실수하기라도 하면 어떡하지? 내가 일처리를 제대로 못 해서 황후 자격이 없다고 하면?"

구체적인 예식 일정이 잡힐 때부터 밀려들던 불안은 어느덧 내가 느낀 행복의 양만큼 불어나 있었다.

루아가 잠시 뭔가를 생각하는 듯하더니 낮은 목소리로 중얼거렸다.

"정 황후 자리가 싫으면 다른 곳으로 떠날 수도 있어."

루아가 나한테 어디론가 멀리 떠나자는 제안을 한 게 이번이 처음도 아니어서 나는 놀라지도 않고 시큰둥하게 반응했다.

"엄마랑 황태후 폐하는 어쩌고?"

"알아서 잘 사시겠지."

알아서 잘 살기는 무슨. 나는 가볍게 루아의 볼을 꼬집었다.

"진짜 갈 것도 아니면서 무책임한 소리 하기는."

내가 그 말을 장난 같은 투정 정도로 받아들이자 루아의 목소리가 낮아졌다.

"난 너만 같이 있어주면 아무 불만 없어."

저절로 눈이 깜박여졌다. 여전한……, 여전한 갈망이었다.

내가 그 뜻에 따르지 않는 이상 결코 사그라들지 않을.

힘없이 손을 내렸다. 어째서 루아의 마음이 아직도 비어 있는지 모를 일이었다. 파우스트에 대한 기억을 전부 잃어버린 그렌트헨은 이제 루아를 진심으로 아끼고 사랑했다. 물론 기억을 잃었다고 해서 그 마음이 거짓이 되는 것은 아니었다. 처음부터 그녀는 제 아이를 간절히 원하던 사람이었으니까. 이쪽이 본질이고, 오히려 파우스트의 증오에 잡아먹혔던 시절이 그녀의 가장 짙은 암흑이었다. 그렌트헨은 더 이상 마법을 써서 자신의 젊음을 되찾으려 하지도 않았다. 세월에 따라 늙어가는 자신의 모습이 마음에 든다며, 돌아가신 선황제 폐하와 재회했을 때 부끄럽지 않도록 루아를 잘 보살필 거라고 했다. 그녀는 자신이 선황제 폐하의 죽음에 일조했다는 사실마저 망각했지만 나도, 루아도 그녀의 기억을 일깨우려 하지 않았다.

돌이킬 수 없는 과거이니만큼 뒤틀림이 모조리 사라진 것은 아니었으나, 루아는 그렌트헨의 사랑도 찾았고, 나도 곁에 있다. 그렇지만 루아는 내가 만족하는 순간 이곳을 떠나겠다는 결심을 철회하지 않았다. 지금까지도 나라는 개체를 독점하고 싶어 하니 단순히 어렸을 적의 충동적인 욕심이라고만 보기엔 무리가 있다는 얘기다.

가만히 나를 바라보는 루아의 시선이 느껴졌다. 겉으로만 차분한, 가식적인 인내였다.

선뜻 받아칠 말이 떠오르지 않아서 나는 잠깐 주춤거렸다가 말을 이어갔다.

"하, 하지만 나는 잘하고 싶은걸. 넌 꼬마였을 때도 그럭저럭 훌륭한 황제 노릇을 했잖아. 다른 귀족들의 인정도 받고."

"그거야 레이첼이……."

루아가 조금 짜증스럽다는 어조로 대꾸하는가 싶더니 불쾌한 티를 역력히 드러내며 얼굴을 구겼다.

"아니, 그 얘기는 안 하는 편이 낫겠어. 그때만 생각하면 내가 너무 비참해서."

나는 눈을 가늘게 떴다.

"엄마는 다 너 잘되라고 그런 거야."

루아가 말하는 레이첼 티타니아 브라우니드 그레이스는, 사기적일 정도로 영민하지만 그만큼 폭력적이고 남을 깔아뭉개길 좋아하는 오만한 여성이었다. 내가 아는 예쁘고 자상하고 우아한 엄마와는 전혀 딴판이어서 도무지 믿어지지가 않았다. 나 역시 엄마에게 공작 가문의 차기 후계자로서 수업을 받은 적이 숱하게 있었는데, 내가 실수하더라도 부드러운 목소리로 조곤조곤 타이르기만 했지 책상을 부순다던가, 그 모자란 머리로 살 바엔 차라리 자살하라며 멱살을 잡진 않았다. 절대로!

"물론 그러시겠지."

루아가 신경질적인 한숨을 내쉬었다.

"레이첼은 네가 사랑하는 사람이라면 설령 평민이라도 혼인시켜주려고 했다더라. 아니면 아발론에서 그럴듯한 요정을 데려오든가. 뭣 하면 아예 그쪽으로 이주하는 수도 있고. 애당초 내가 덜떨어진 황태자였기 때문에 돌아가신 아버님의 명령을 받들어 나를 너와 어울리게 한 거지, 너를 황후의 자리에 올릴 생각은 처음부터 없었다고 했어."

내 눈이 휘둥그레졌다.

"엄마가…… 그렇게 말했단 말이야?"

"레이첼은 지금도 나를 안 믿어. 그 불신이 오히려 예전보다 배는 더할걸."

나는 충격을 받아서 상체를 일으켰다.

"어째서?"

루아가 하염없이 일그러질 것만 같은 눈으로 나를 응시했다.

"내가 가진 마력 때문에. 보다 정확하게는 내가 너를 해칠까
봐."

한동안은 그 말을 이해할 수가 없었다.

"……그럴 리가 없잖아."

"1퍼센트의 가능성이라도 존재한다는 사실이 못마땅한 거지."

루아가 나를 해친다니. 엄마는…… 루아가 나를 죽일 수도 있다
고 생각하는 걸까? 아주 강한 능력을 가졌으니까, 그렇게, 너무나
쉽게?

불현듯 루아가 아무렇지도 않게 사람을 죽이던 모습이 떠올랐
다. 하지만 그건 내가 아니었다.

내가 아닌데 왜 엄마는 그런 생각을?

어……, 정말로 그럴 리가 없는데.

나는 조금 멍해서 루아를 바라보았다. 루아의 눈이 커졌고, 갑
작스럽게 가슴이 답답해졌다.

루아가 나를 으스러질 듯이 세게 끌어안고서 다급하게 말했다.

"나 무서워하지 마. 절대로 안 그래."

두근두근. 방금 전까지와는 전혀 다른 의미로 가슴이 세게 뛰었
다. 그러나 나는 나를 전율시킨 이 감정이 무엇인지 추론하고 싶
지 않았다. 알고 싶지 않았다.

나는 루아를 껴안지도, 거부하지도 못한 채 숨이 멎을 것 같은

목소리를 들었다.

"내가 너 없으면 아무것도 못 한다는 거 알잖아. 응? 보니. 네가 죽으면 나도 죽어."

눈을 깜박였다. 두 번, 세 번 깜박이고 나자 떨리는 루아의 어깨가 보였다.

나는 손을 들어 루아를 안아주고는, 어색하게 머리를 쓰다듬었다. 갑자기 힘이 빠져서 내 손이 내 손 같지 않았다.

"보니."

당장이라도 울 것 같은 목소리에 생각보다는 입이 먼저 움직였다.

"괜찮아. 그냥…… 좀 놀란 것뿐이야. 난 그런 생각 한 번도 해본 적 없었는데."

"앞으로도 하지 마."

루아가 즉각 대답했다. 그러고 나서도 불안했는지 초조한 목소리로 덧붙였다.

"계속 내 옆에 있어줄 거지?"

"응, 응응."

나는 고개를 끄덕였다. 그제야 루아가 약간 안심하고 긴장을 풀었다. 나는 떨림이 멎을 때까지 루아의 머리를 쓰다듬었고, 그 품에 얌전히 안겨 있었다. 가만히, 가만히, 오래도록.

그러다 내가 먼저 지쳐 잠들려던 순간이었다.

"너는 안 돼."

속에서 기어 올라온 듯한 말이었다. 잠결에도 말에 피가 맺힌 것 같은 느낌이 들었다.

"제발 내가 무섭다고 하지 마."

나는 밀려드는 졸음을 쫓아내느라 낮게 한숨을 쉬고, 루아의 어깨에 기댔던 머리를 살짝 비틀어 뺨에 입을 맞추었다.

시간이 흘러도 아물지 않는 상처가 있다.

이미 그 흉터는 박힌 가시가 아닌, 그를 이루는 일부가 되었기에.

정오가 막 되었을 즈음 나는 식솔들과 함께 직속 게이트를 통해 제국으로 돌아갔다. 아카시아의 땅을 밟는 순간부터 본격적으로 황실 근위병들이 나를 호위하기 시작했고, 내 짐들 중 일부는 황후의 궁전으로 보내졌다. 파우스트가 황성의 절반 이상을 불살랐기 때문에 황후의 궁전은 천문학적인 비용을 들여 보수 작업을 시작했는데, 약혼식 전날에야 겨우겨우 완공되었다.

황제의 궁이 해와 빛을, 황태후의 궁이 정결과 백합을 상징한다면 내가 머물 황후의 궁전은 장미와 달을 의미했다. 필시 루아가 배려해준 것이겠지. 거의 전부를 뜯어고치면서 마냥 희었던 성의 지붕이 화사한 장미색을 머금었다. 빛이 스미면 벚꽃색 같기도 했다. 나는 내 머리카락을 닮은 황후의 궁전이 벌써부터 무척 마음에 들었다.

할 일이 산더미처럼 많았다. 낮에는 종일 황실 업무에 대해 배우고, 시간이 비는 틈틈이 다른 교양을 익혔다. 사냥 대회에서 엄청난 활약을 펼쳤다는 루아의 말이 거짓은 아니었는지 엄마가 나에게 활 쏘는 방법까지 알려주려는 바람에 나는 꼬박 사흘 동안 루아를 보지 못했다.

"비가 안 멈추네."

제국으로 돌아온 지 나흘째 저녁이 되는 날, 나는 창가에 서서 멍하니 중얼거렸다. 물안개가 낀 그레이스 가문의 정원은 촉촉한 비로 물들어 있었다. 매몰찬 폭우라기보단 금방이라도 사라질 듯 덧없는 이슬비에 가까웠다. 부슬부슬, 마치 눈물처럼 참 슬프게도 내렸다. 더군다나 지면에 닿으면 이상할 정도로 빠르게 증발해버려서, 거울 너머의 신기루 같았다.

소리 없이 새어나간 한숨이 창문을 뿌옇게 만들었다. 벌써 나흘이 지났건만 얼굴도 비추지 않는 루아에게 조금 심술이 나려고 했다. 아니, 사실 조금이 아니라 아주 많이. 가뜩이나 불안해 죽겠는데 이럴 때 신경도 안 써주다니 확실히 너무한 처사였다. 설마하니 이제 완전히 자기 게 됐다고 돌연 애정이 식었다든가, 흥미가 사라졌다는 건 아니겠지? 에이, 그럴 리가……. 그럴 리가!

나는 온갖 망상을 하며 한동안 창문에 붙어 있었다. 뿌연 유리창에 바보 멍청이 나쁜 놈이란 낙서를 주절주절 하고 있으려니 누군가가 나를 불렀다.

"보니."

응? 나는 의아해서 고개를 틀었다. 제법 친숙한 목소리로 나를 부른 건 번듯하게 잘생긴 남자였다.

비에 젖은 메피스토펠레스가 어쩐지 어두운 낯으로 복도 끝에서 나를 응시하고 있었다.

"펠레스?"

그는 한 번도 마법을 써서 무례하게 우리 집에 침입한 적이 없었으므로, 나는 당혹스러워하며 그에게 다가갔다.

"무슨 일이야?"

그늘에 잠긴 그의 녹색 눈이 이질적으로 형형하게 빛났다. 꾸역꾸역 들어찬 색이 흘러나올 것처럼 가장자리가 환한 눈이었다. 마치 하나의 움직이는 생물처럼. 풍기는 분위기만 다를 뿐이지 신의 사자들이 가진 눈은 다 이와 같이 신비스러웠다.

루아의 눈 역시.

"폐하께 문제가 생겼습니다. 가능하면 제 힘으로 해결하려고 했습니다만……."

다른 사람도 아닌 루아한테 생긴 문제라니, 한 번에 이해하기 힘든 말이었다.

나는 얼떨떨해서 입을 열었다.

"문제라니?"

펠레스가 살짝 고개를 숙였다.

"직접 확인하시는 편이 빠를 겁니다."

"잠시만 기다려."

루아와 관련된 일이라면 나는 망설일 이유가 없었다. 특히나 혼례일이 두 달 정도밖에 안 남은 지금 이 시점에선 더더욱. 나는 쿠키를 준비하던 마가렛에게 달려가 잠시 외출하겠다고 말한 다음, 늦게 되면 연락하겠다는 당부를 남긴 뒤 펠레스와 함께 이동했다. 이제는 제법 익숙한 동행이었다. 파우스트가 죽고 그가 더 이상 나를 경계하지 않았으므로 나 역시 그를 제법 믿기 시작했다.

메피스토펠레스가 나를 데려간 곳은 경비가 가장 삼엄해야 할 황제의 침실이었다. 정확히는 보안상의 이유로 백 개를 훨씬 넘는 수많은 황제의 침실 중 하나지만. 루아는 순전히 이따금씩 나를 제 방에 데려올 목적으로 황성에 결계를 펼치지 않고 있었는데, 그 점이 오히려 신의 사자들을 자유롭게 해주고 있었다. 브리도, 프라가라흐도 내키는 대로 이곳을 드나들었으니까.

나는 펠레스를 잠시 곁눈질하다가 빛이 스며든 것처럼 화려하게 흘러내리는 천을 걷고 침실 안으로 걸어 들어갔다. 그가 뒤에서 따라오는 것이 느껴졌다.

온 창문에 커튼이 드리워져 시야가 희미했다. 하나의 작은 신전처럼 고압적인 디자인으로 꾸며진 침대에서 루아는 깊이 잠들어 있었다. 신중하게 귀를 기울여보니 고르게 호흡하고 있었고, 뺨에도 미약한 생기가 감돌았다.

나는 다소 어리둥절해서 뒤를 돌아보았다.

"자고 있는데?"

그것도 아주 깊이. 내가 그렇게 덧붙이자 펠레스가 지친 기색으로 말문을 열었다.

"벌써 사흘째입니다. 도통 깨어나질 않으세요."

"……뭐?"

"단지 깊은 잠에 빠지신 것뿐이라면 차라리 다행이지요. 폐하께서는 지금 이 순간에도 엄청난 마력을 소모하고 계세요. 제국 전체에 마르지 않는 비를 내리게 하는 방법으로요. 전조도 없이 갑자기 이러시는 이유를 도통 짐작할 수 없습니다만, 혹시 당신은 아시는 게 있나요?"

나는 모른다는 뜻으로 머리를 흔들었다. 분명히…… 이상한 자연 현상이기는 했다. 족히 수십 시간을 내렸는데 바닥에 잘 고이지도 않고, 그 영향력이 제국의 끝에서 끝까지 닿을 정도였다. 어쩌면 소식이 늦게 퍼져서 그렇지, 소규모 부족들이 사는 먼 황야에까지 닿았을지도 모르겠다.

나는 창가로 달려가서 커튼을 걷었다. 창문을 확 열어젖히자 비와 스산한 바람이 쏟아져 들어왔다.

펠레스가 한숨을 내쉬었다.

"일상적인 업무야 그동안 폐하께서 미루는 것 없이 처리해주신 것도 있고, 제가 맡아서 할 수도 있는 부분이었기 때문에 아직 소문이 밖으로 새어나가진 않았습니다만, 확실히 좋지 않습니다. 베헤모스 후작이 낌새를 눈치 챈 데다가 폐하께선 한 번도 이런 식으로 방대한 마력을 흘려보낸 적이 없으셔서 육체에 큰 부담이 갈 거예요. 곧 징후가 나타날 겁니다."

떨어지는 비에 시선을 고정한 채 나는 의식적으로 입을 열었다.

"징후라면 정확히 어떤?"

"우선은 육체에 직접적인 손상이 가해지겠지요."

지나친 마력은 때론 육체에 영원한 상처를 남긴다.

나는 수명으로 대가를 치른 체르지안을 통해 그것을 뼈저리게 실감한 바였다.

속이 뒤틀렸다. 참 담담한 말이라, 나는 원망에 차서 펠레스를 돌아보았다.

"그 말은 루아가 죽는다는 거야?"

"신의 권능을 가졌으니 그렇진 않을 겁니다. 다만 새 육체를 필요로 하실지도 모르겠습니다. 발두르 님은 전에도 한 번 몸을 포기한 적이 있으니까요. 그때는 신의 육체를 버리고 그렌트헨이 품은 아이에게 깃들었습니다만……."

극도로 강한 충격에 빠진 나머지 펠레스의 말은 잘 들리지도 않았다.

새 삶. 새로운 육체.

그럼 나는? 우리, 결혼식이 얼마나 남았다고…….

"……제가 말씀드린 건 어디까지나 최악의 경우일 뿐이에요. 폐하께서 당신을 두고 가실 리가 없질 않습니까? 설령 그렇더라도 저도, 다른 사자들도 가만히 있지 않을 겁니다. 보니, 저와 다른 사자들이 아직 이곳에 머무는 건 당신 때문이기도 하다는 것을 잊지 마세요. 애초에 당신의 중재가 아니었다면 저와 프라가라흐는 한쪽이 죽을 때까지 싸웠을 테니까. 거기다 아직 폐하께서 갑자기 마력을 방출하시려는 이유도 모르겠고."

루아도 아닌 그에게 약한 모습을 보이고 싶지 않아서 나는 억지로 고개를 살짝 끄덕였다.

펠레스가 조금 안심한 목소리로 부드럽게 말했다.

"전 잠시 자리를 비워야 하니, 그동안 폐하를 부탁드립니다. 제가 자리를 비울 동안 프라가라흐가 보초를 설 겁니다. 무슨 일이 있으면 주저하지 말고 부르세요."

문 닫히는 소리가 아득하게 멀었다. 나는 비틀거리며 침대로 다가갔다. 그 앞에 무릎을 꿇고 앉아서 루아를 흔들었다.

"루아야. 일어나봐, 응?"

귤색보다 짙은 빛깔로 물든 머리카락이 부드럽게 흔들렸다. 눈꺼풀은 굳게 닫혀서 뜨일 줄을 몰랐고, 붙잡은 어깨에서 느껴지는 온기는 꺼질 듯 말 듯 희미했다. 펠레스와 이야기를 나눈 잠깐의 사이에 제법 생기가 돌았던 루아의 뺨이 창백하게 변해 있었다.

깨어나지 않는다.

영원히 잠든다.

하지만 나는 이유조차 모르고 너를.

덜컥, 두려움이 치밀었다.

"루아야. 루아야."

루아는 언제나 나를 지켜주었다. 나는 이런 경우에 익숙하지 않았다. 나는 루아를 붙잡을 수 있는 방법을 몰랐다. 마법을 사용할 줄 아는 것도 아니고, 신의 권능을 가진 것도 아니었으며, 루아가 나에게 그랬던 것처럼 항상 루아를 지켜볼 수 있지도 않았다. 나는……, 나는 이럴 때 무엇을 어떻게 해야 하는지 조금도 알지 못했다. 그저 초조하게 입술을 물어뜯는 것밖에는.

내가 도망쳐도 루아는 나를 따라잡을 수 있었지만, 루아가 도망칠 때 나는 무력했다. 그 순간 나는 세상에서 가장 쓸모없는 인간이었다. 하지만 그걸 굳이 이런 악질적인 방식으로 알려주는 너는, 정말이지 무척 잔인해서.

아, 그래. 이게 네 뜻인 이상 너는 너무나 잔인한 거야.

이 배신자. 나만 있으면 다른 건 아무것도 필요 없다더니.

어느샌가 나는 울고 있었다. 뚝뚝 떨어지는 눈물이 이불을 물들이는 것도 무시하고서 나는 입술을 깨물었다. 내가 강해졌던 건 전부 루아가 곁에 있어주었던 덕분이니 지금은 나보다 약한 사람이 없었다. 도저히 울음을 억누를 수가 없었다.

"이러지 마, 루아야. 갑자기 왜 이러는 거야? 하다못해 이유라도 알려줘야 하는 거 아니야? 무슨 일이 있었으면 나한테 말해주지 그랬어. 혼자 고민하지 말고 같이 상의했으면……."

상상하지도 못했던 두려움에 압도당해서인지 금세 눈 주변이 부어올랐다. 나는 침대 앞에서 한참을 엎드려 울었다. 절망하고, 배신감을 느끼고, 구역질 같은 모멸감에 휩싸였다. 루아가 잠들어 있는데 나는 아무것도 못 한다. 어째서 나는 이렇게도 무력한 건지 알 길이 없었다. 그러나 반대로, 그 격렬한 감정들이 나를 현실로부터 도망치지 못하게 만들었다. 나는 애처럼 울면서도 어떻게

든 머리를 굴렸다. 애초에 내가 나약하게 울기만을 바라고 펠레스
가 나를 부른 것도 아닐 터였다.

　루아가 마력을 소모하는 이유를 메피스토펠레스조차 모른다.
그건 좀 이상한 일이었다. 펠레스는 나를 제외하면 루아와 가장
가까운 사람이었으니까. 하지만 펠레스는 루아에게서 어떤 조짐
도 느끼지 못했다고 말했다.

　펠레스의 설명에 의하면 루아가 잠에 빠진 건 사흘 전이었다. 비
도 그때부터 내리기 시작했고. 어째서 루아가 나를 찾아오지 않았
는지 드디어 이해가 가는 순간이었다. 내가 제국에 온 지 나흘이
됐으니 루아는 나와 헤어지고 난 바로 다음 날부터 마력을 방출하
기 시작했단 얘기가 되니까.

　나와 헤어지고 나서…….

「레이첼은 지금도 나를 안 믿어. 그 불신이 오히려 예전보다 배는
더할걸.」

　나는 천천히 고개를 들었다. 불현듯 떠오르는 말들이 하나같이
위험하기 이를 데 없었다.

「내가 가진 마력 때문에. 보다 정확하게는 내가 너를 해칠까 봐.」

　그때 루아는 어느 때보다 불안정해 보였다. 귀가 막히고, 눈이
먼 것처럼. 당장 부서져도 이상하지 않아서 나는 내 두려움마저
삼키고 루아를 달랬다. 다행스럽게도 시간이 지나고 나선 루아도
어느 정도 진정한 터라, 나는 마음 놓고 루아의 품에서 잠들었던
바였다.

……하지만 그 안도가 거짓이었다면, 이것만큼 확실한 동기도 없으리라. 아니, 이것밖에 없었다.

"이 빌어먹을 바보가……."

　배신자가 아니라 그냥 돌아버린 게 틀림없다.

　절로 욕이 튀어나왔다. 말로만 나를 믿는다고 하지, 애 같은 면모가 아직도 남아 있었다. 평생을 사랑한다고 말해도 한 번 보인 행동에 지나치게 집착하고 의미를 두었다. 그건 나도 마찬가지였지만, 우리는 그렇게 미숙했지만 적어도 나는 이 정도로 멍청한 짓은 저지르지 않았다!

　일단 이유를 알고 나자 루아의 목표도 선명하게 눈에 보였다. 루아는 죽을 목적이었던 것이 아니라, 죽지 않을 정도로만 자신을 약화시킬 셈이었다. 내가 제 마력을 두려워하니까 그걸 없애버릴 생각인 거겠지. 그 양이 미치도록 많아서 이토록 과격한 방식을 고른 것이었다.

　뱃속이 우글거렸다. 괜히 울었던 것 같기도 하고, 안도감에 주저앉을 것 같기도 하고, 그런데 또 마냥 안심하기엔 아직 이르고. 하여튼 곱씹을수록 분노가 치밀었다.

　나는 눈물을 슥슥 닦고는 루아의 뺨을 사정없이 꼬집었다.

"진짜 안 일어나지?"

　이렇게 나오면 나도 생각이 있었다.

　나는 고풍스러운 옷장을 벌컥 열고 동화책을 찾았다. 협박이라도 해볼 생각이었다. 뭣 하면 예전에 그랬던 것처럼 확 던져버릴 수도 있고.

가죽 덮개로 감싸인 동화책은 루아의 심장을 변화시킨 것이었는데, 평소엔 내가 갖고 있었지만 이사 도중 시녀들이 잊어버리기라도 할까 봐 잠시 이곳에 숨겨둔 터였다. 그러나 말이 옷장이지 작은 방 정도의 크기였으므로, 나는 발꿈치를 들고 옷장 안으로 들어갔다. 여러 번 헛손질을 한 끝에 책 모퉁이가 잡혀서 그대로 잡아당겼더니 다른 옷들까지 끌려나오고 말았다. 그럼에도 나는 표정 한번 찡그릴 수 없었다.

동화책을 쥔 손에 잔뜩 묻은 회색 가루를 나는 아연하게 내려다보았다.

"재……?"

포스스 떨어지는 가루가 루아의 블라우스를 잿빛으로 물들였다. 그건 루아의 심장이나 마찬가지인 동화책에서 나오는 것이었다. 그것이 불도 붙지 않았는데 죽은 것처럼 저절로 타들어갔다.

너, 내 말은 들어주지도 않고 지금 무슨 짓을 하는 거야.

"일어나! 너! 지금 당장!"

나는 비틀거리는 걸음걸이로 루아에게 다가갔다. 루아의 의도가 무엇이든 간에 이건 정말로 위험한 행동이었다. 정말로.

"너 지금 안 일어나면 이 결혼식은 그냥 없었던 걸로 할 거야! 첫날밤 때 하려고 여사제한테 배워 온 것도 전부 개나 줘버릴 거고, 아예 엄마랑 같이 요정의 땅으로 가서 돌아오지도 않을 거라고!"

분에 겨워서 숨도 쉬지 않고 씩씩거리는데 소리도 없이 나타난 프라가라흐가 휘파람을 불었다.

"여사제한테 뭘 배워 왔는데? 나한테 시범 좀 보여줘도 괜찮……."

"넌 꺼져!"

나는 프라가라흐를 쳐다보지도 않은 채 소리쳤다가, 생각을 고쳐먹고 반색하며 그를 향해 고개를 돌렸다.

"아, 아니다. 너 이리 와서 한번 나 덮쳐봐. 그거 보고 열받아서 일어날 수도 있잖아."

"내 목숨이 1퍼센트도 보장되지 않는 짓은 안 해."

거들먹거리면서 놀릴 땐 언제고 막상 제안하니까 단칼에 딱 잘라 거절이었다. 나는 다가오기는커녕 오히려 뒷걸음질 치는 프라가라흐를 보며 눈알을 굴렸다.

"의외로 단호하구나, 너."

장난칠 타이밍을 잘못 잡았다는 듯, 후회하는 기색이 역력한 얼굴로 프라가라흐가 헛웃음을 흘렸다.

"가만 보면 너도 상당히 무모하단 말이지. 그러다 황제가 깨어나지 않으면?"

"당연히 깨어나지. 안 그러면 내가 칼을 꽂을 테니까."

물론 한 군데가 아니라 여기저기에. 나는 단호하게 쏘아붙였고, 프라가라흐는 턱을 쓰다듬었다. 그가 잠시 뭔가를 생각하는 듯하더니 낮은 목소리로 중얼거렸다.

"그래도 꽤 괜찮은 방법 같은데? 애초에 황제는 누가 너한테 말만 걸어도 진저리를 치잖아. 계속 저렇게 둘 수도 없는 일이니까 뭐든 한번 시도해보는 것도 나쁘진 않을 것 같아. 그럼 희생양은 누구로 한다?"

"희생양이라고?"

나는 코웃음을 쳤다. 보나마나 이 기회에 또 누군가를 골려주려는 모양이지.

신의 사자들은 더 이상 성물에 갇혀 있지 않았기에 이곳에 머무를 필요가 없었으나, 모두들 멀리 떠나지 않았다. 브리와 미가엘은 아예 황성에 자리를 잡았고, 이지스마저 루아가 발두르의 환생이라는 사실을 알고는 어느 정도 감정을 누그러뜨린 바였다. 루아는 이들을 귀찮아하면서도 쫓으려고 하진 않았다. 신의 사자가 머무는 축복받은 황성이라니, 얼마나 정치적으로 이용하기 좋은 구실인지. 신의 사자들이 귀족들 앞에 직접 나서는 일은 없었지만, 단지 있어주는 것만으로도 황제의 권위를 높이는 덴 충분했다.

깊이 잠든 루아는 이 소란에도 죽은 듯이 누워 있었다. 유령처럼 창백하고, 달처럼 희었다. 루아의 얼굴을 보고 있으니 프라가라흐의 헛소리를 들어줄 마음이 싹 사라졌는데, 갑자기 그가 목소리를 높였다.

"방금 나한테 좋은 생각이 났어."

"그 좋은 생각은 그냥 머릿속에다 처박아두고……, 야!"

허락도 없이 다짜고짜 나를 안아 올린 프라가라흐가 창문을 향해 돌진했다. 루아의 침실은 퍽 고층에 위치하고 있었던 터라 우리는 곧장 허공으로 떨어졌다.

나는 비명을 지르며 얼떨결에 들고 나온 동화책을 품에 꼭 끌어
안았다. 그는 난폭한 기세와는 다르게 제법 얌전히 착지했지만,
뚝뚝 떨어져 얼굴을 간질이는 빗방울에 놀란 나는 얼굴을 찡그렸
다.

"무슨 짓이야?"

구슬 같은 빗방울이 머리카락을 타고 굴러 떨어졌다. 차갑지만
깃털같이 가볍고, 구름에서 뜯겨 나온 솜처럼 포근했다. 꿈에서만
볼 수 있는 반짝이는 별 조각 같았다. 순간이나마 놀랐던 게 어이
없을 만큼 보드라웠다. 루아는 지금 이 비 때문에 죽어가고 있었
으니 분명 진저리치게 싫어야 마땅한데 익숙한 느낌이 들었다.

비에 젖어 멍해진 나를 보고 프라가라흐가 피식 웃었다.

"나만 믿어."

"이 세상에 너랑 나만 남는다고 해도 너를 믿는 일은 없을걸."

나는 반사적으로 그렇게 쏘아붙였지만 그는 전혀 아랑곳하지
않았다. 들은 척도 안 하더니 다짜고짜 화단에 있던 미가엘을 불
러 세웠다.

"미가엘, 이 아가씨가 너한테 검술을 배우고 싶대."

"어? 응?"

내가 언제? 당연히 금시초문이었다.

프라가라흐가 혼란에 빠진 나를 내려주었고, 미가엘이 감흥 없
는 눈으로 나를 응시했다.

"흥미 없다."

"진짜? 다른 사람도 아니고 아가씨 부탁인데 안 들어줄 거야?"

"잠깐만, 난 그런 부탁 한 적 없어!"

평소에도 나는 검을 손에 쥐느니 차라리 지긋지긋한 예절학 수업을 더 듣겠다고 생각하고는 했었다. 애초부터 재능도 없었거니와, 다른 건 전부 내 밑이어도 검술만은 실로 독보적이었던 샤트린 덕분에 그에 관한 얘기만 들어도 이가 갈렸다. 나는 졸업 직전까지 전교 1등 자리를 놓치지 않았으나, 그건 어디까지나 정식 수업에 한정된 것이었으니까. 어차피 질 게 뻔했으므로 특별 활동인 검술 수업은 수강도 한번 안 했다.

그러나 프라가라흐는 내 말을 듣지도 않고 나를 미가엘 앞으로 슬슬 떠밀었다. 그가 내 귀에다 대고 음험하게 속삭였다.

"황제를 깨우고 싶다며? 조금이라도 서둘러야 하는 거면 일단 뭐든 해봐야 하는 거 아니야? 기왕이면 네가 위험해지는 쪽으로, 황제가 싫어하는 걸 중심으로 말이지."

그 '뭐든'에 어째서 미가엘한테 검술을 배우는 게 포함되는 건데? 그게 그만큼 위험하다는 뜻인가? 그리고 어쩐지 얘, 상당히 즐기는 것 같다.

프라가라흐가 하는 말들이 하나같이 불길하기 그지없어서 절로 신경이 곤두섰다. 얼굴에 달라붙는 물방울을 손으로 훑은 뒤 나는 젖은 머리칼을 쓸어 올렸다. 물안개가 꽃처럼 피어올라 시야가 갈수록 흐려지고 있었다.

나는 실실 웃는 프라가라흐에게 한마디 해주려고 했지만, 무시하기 힘든 미가엘의 시선이 바로 앞에서 꽂히는 바람에 머뭇거리고 말았다.

"뭐, 뭐야? 왜 그런 눈으로 쳐다봐?"

미가엘의 회보라색 눈이 고요하게 일그러졌다.

"너는 안 돼."

"괜찮아, 내 검을 빌려줄 테니까."

내가 입을 벌리기도 전에 프라가라흐가 대답했다. 어처구니가 없는 소유권 주장이었다. 나는 미가엘을 검으로 따라잡을 수 있는 사람이 세상에 존재하지 않는다는 것도, 한때 프라가라흐를 봉인했던 성물이 이곳에 있어선 안 된다는 것도 알고 있었다.

"너 그 성물 아직도 교황한테 안 돌려줬었어?"

느긋하게 웃는 프라가라흐를 보며 나는 이맛살을 찌푸렸다. 브리싱가멘을 구속했던 황금 목걸이도, 이지스의 부서진 방패 조각도 지금은 대성전에 안치되어 있었다. 미가엘의 검 또한 마찬가지였으나, 루아가 바쁠 때 그가 레뮤시와 내 호위 기사 역할을 해주었으므로 교황이 '마지못해' 돌려주었다. 현 교황은 루아를 강탈한 나를 무척이나 못마땅하게 여기고 있었다. 그에게 있어 신은 루아였고 주인도, 부모도 루아였다. 솔직히 그는 루아를 너무 섬겨서 탈이었다.

프라가라흐의 얼굴이 구겨졌다.

"에녹을 말하는 거라면 난 앞으로도 만날 생각 없으니까 신경 꺼. 그놈은 우리가 황제의 발이라도 닦아줘야 한다고 생각하더군.

어찌나 열렬한 신자던지 밟아 죽이고 싶을 정도였어.”

나는 입술을 삐죽였다. 에녹이 지나치게 루아를 경배한 나머지 나와 신의 사자들을 괴롭힌다는 건 인정하지 않을 수 없는 사실이었다. 그는 루아가 타국에서 온 사절단을 맞이하러 갔을 땐 나더러 수녀원에나 들어가라는 말도 했었다. 메피스토펠레스야 제 할 일을 하니까 특별히 나무라진 않았지만, 브리와 프라가라흐에게는 특히 더 밉살맞게 굴었다.

비 내리는 밤에도 프라가라흐의 머리칼은 불타는 것처럼 선명했다. 오히려 빗물을 먹고 더욱 색이 화려해진 것 같았다. 그가 내 손에 미가엘의 검과 쌍둥이처럼 닮은 검을 쥐여주었는데, 나는 잡자마자 그 무게에 눌려 휘청거렸다.

“윽, 무거워.”

축 늘어진 검날이 물웅덩이가 진 땅을 긁었다. 나는 비틀거리며 검을 똑바로 세워보려고 노력했다. 루아의 동화책을 들어야 하기 때문에 양손을 쓰는 건 불가능했으므로 쉬운 일은 아니었다.

내가 위험해지는 쪽으로, 루아가 싫어하는 걸 중심으로라고 했지. 어쩌면…… 이 비는 루아의 마력으로 이루어진 것이니 여느 때처럼 루아가 나를 지켜보고 있는 걸 수도 있었다. 그러니까, 내가 다치는 게 보기 싫어서라도 눈을 뜰지도 몰라. 아니면 다른 남자랑 놀아나는 꼴을 보기 싫어서라도. 뭐, 아무래도 좋다. 일어나기만 해준다면.

확실히 이거라도 해보는 수밖엔 없었다.

나에게 검을 넘겨준 프라가라흐가 뒤로 두어 걸음 물러나면서 짓궂은 목소리로 말했다.

"간단하게 휘두르기만 해봐."

나는 손잡이를 세게 감싸 쥐었다가, 서늘한 감각이 손바닥을 파고드는 것 같아서 놀라 눈을 깜박였다.

이윽고 검의 무게에 휘청거리면서도 일단은 그럭저럭 들어 올리는 데 성공할 수 있었다. 하지만 문제는 그 다음이었다.

한 손으로 어설프게 검을 휘두르는 순간 검에서 빛이 나더니 미가엘의 바로 옆에 있던 화단이 박살나버렸다.

찰나의 섬광이 사라지고 남은 건 쑥대밭뿐이었다.

"야! 이게 어딜 봐서 간단한⋯⋯."

나는 잔뜩 움츠러들어서 비명을 질렀다. 공중에 튀어 올랐던 흙과 꽃잎이 우수수 떨어졌다. 내 머리 위에도 산산조각 난 꽃의 잔해가 달라붙었다. 실로 처참한 풍경이었다. 난장판이 따로 없는. 자욱한 연기가 비를 맞고 물안개에 감싸여 빠르게 옅어지고 있었지만, 그럼에도 나는 충격 때문에 숨조차 쉬지 못했다.

손을 벗어난 검이 바닥에 툭 떨어졌다. 성물이 발현한 힘의 반동으로 인해 나는 거의 넘어지기 직전이었다. 검을 잡았던 손이 화상을 입은 것처럼 얼얼했다.

두렵고 당황스러워서 나는 루아의 동화책을 품에 꼬옥 껴안았다. 빗소리가 아무리 커도 이 소란을 황성 사람들이 알아차리지 못할 턱이 없다는 사실은 둘째치고, 미가엘의 표정이 정말로 좋지 못했다. 그가 정원사였던 발두르의 사자답게 꽃을 상당히 좋아한다는 건 다른 누구보다 내가 제일 잘 알았다.

"저, 저기……, 이건 내가 실수로……."

나는 나도 모르게 뒷걸음질을 치고 있었다. 미가엘이 턱을 들었다.

"……그렇게 배우고 싶었던 거라면."

그가 즉시 나에게 검을 휘둘렀다. 사실 너무 빨라서 잘 보이지도 않았다.

"꺄악!"

정말로 죽는구나 싶었는데, 무슨 영문인지 고통은 찾아오지 않았다. 대신 프라가라흐의 불만 섞인 항의가 들려왔다.

"무슨 짓이야?"

나는 비를 맞으며 실눈을 떴고, 그러자 메피스토펠레스의 등이 보였다.

놀랄 겨를도, 안도할 겨를도 없었다. 이 상황이 어떻게 흘러갈지 도무지 모르겠으니까. 그저 당황스럽게 미친 듯이 눈을 깜박이려니 펠레스가 드물게 한심스럽다는 얼굴로 프라가라흐를 응시했다.

"저야말로 무슨 짓인지 묻고 싶습니다만. 이분은 곧 황후의 자리에 오르실 예정입니다. 지금 몇백 명의 경호원들이 이곳을 주시하고 있는지 알고는 계십니까? 당신은 지금 백 대가 넘는 화살에 몸이 꿰일 뻔했어요."

나에게 고래 뼈로 만든 우산을 씌워주며 펠레스가 한숨을 쉬었다. 아닌 게 아니라 그는 정말로 피곤해 보였다. 혹은 짜증스러워하는 것 같기도 하고. 어쨌거나 펠레스의 이런 신경질적인 모습을 보는 건 상당히 드문 경우였다.

　잠깐의 정적이 끊어질 듯 아슬아슬하게 팽팽했다. 나는 불안해서 루아의 동화책을 품속으로 숨겼고, 펠레스를 본 미가엘은 표정을 굳히며 확 등을 돌렸다. 프라가라흐도 돌연 흥미를 잃었는지 내가 떨어뜨린 검을 주워들고 물러났다. 치고받고 싸우지만 않을 뿐이지 이들은 아직도 서로를 조금씩 꺼려했다.

　"너랑 얘기하는 것보단 차라리 그편이 나았을 것 같네."

　프라가라흐가 불길을 일으키며 사라졌다. 갑자기 모든 게 부질없게 느껴지면서, 화날 기력도 없이 허탈했다. 프라가라흐를 믿은 내가 바보지. 그러나 한편으로는 나를 구해준 이가 루아가 아닌 펠레스라는 사실이 섭섭하기도 했다. 배부른 투정일지 몰라도 나는 항상 나를 구해주는 사람이 루아이길 원했으니까. 이 정도 위험으로는 꿈쩍도 안 한다는 건지, 아니면 내가 다치든 말든 상관없다는 건지 모를 일이었다.

　"……아가씨?"

　펠레스가 우산에서 빠져나와 황성의 입구 쪽으로 향하는 나를 불렀지만, 나는 걸음을 멈추지 않고 적당히 손을 흔들어 인사했다.

　"잠깐 나갔다 올게. 아니…… 공작가로 돌아가봐야겠어."

물론 거짓말이었다. 그래도 펠레스는 나를 붙잡지 않았다.

황성을 나온 나는 무작정 걸었다. 루아의 동화책은 여전히 타들어가고 있었다. 빗방울에 닿아도 그을림이 멈추지 않아서 내 절망은 더해져만 갔다. 이 비는 루아의 마력이었고, 루아의 생명이나 마찬가지였다. 프라가라흐의 주장처럼 나를 위험에 몰아넣는다고 해서 루아가 당장 깨어날 수만 있다면 나는 얼마든지 그리할 거였다. 다만 그게 완전한 해결책일지 의문이 들어 문제지. 내가 안전해졌다는 확신이 들었을 때 루아가 다시 잠들면 결국 소용없는 짓이 아닌가.

물안개가 낀 거리는 습하고 한산했다. 비 내리는 소리만이 전부였고, 앞이 거의 보이지 않았다. 나는 길이 이어지는 대로 무작정 걸었다. 원인은 나에게 있었으니, 생각할 시간이 필요했다.

달에 드리운 구름이 온 세상을 먹먹하게 만들고 있었다. 나는 황성을 중심으로 넓게 한 바퀴 돌았다. 고민을 거듭하느라 추위도, 비의 감촉도 거의 느끼지 못하는 상태였다. 머릿속에 남은 생각이라고는 어떻게든 루아를 깨워야 한다는 것뿐이었다. 안전하고, 또 확실한 방법으로. 내가 귓가에 속삭이는 말이 루아에게 전해졌다면 좋았겠지만, 지금 루아는 아무것도 듣지 못했다.

"아가씨, 안 추워?"

황성에서 가장 멀리 떨어진 길을 가로지를 때 누군가 말을 걸어왔다. 술에 취한 듯 느릿느릿하고 낮은 저음이었다.

나는 멍한 채 걷느라 그 말을 무시했다. 그러자 어깨를 잡는 손이 있었다.

"안 춥냐니까? 사람이 물어보면 대답을 해야지."

남자에게서 싸구려 독주 냄새를 비롯한 온갖 더러운 냄새가 훅 끼쳐왔다. 그는 비쩍 말랐고, 눈은 초점이 맞지 않았다. 걸친 옷은 누더기나 다름없었다.

그가 낄낄거리며 내 귀에다 대고 숨을 들이마셨다.

"너 말이야, 머리색이 상당히 독특하다? 그거 뭐야? 가발?"

"건드리지 마."

나는 머리카락을 더듬는 남자의 손을 뿌리쳤다. 그가 튀어나올 듯이 크게 뜬 눈으로 나를 보면서 바보처럼 입을 벌렸다. 약에 취한 것같이 부자연스러운 표정이었다. 그가 내 주위를 빙그르르 돌며 어눌한 발음으로 빈정거렸다.

"냄새도 신기하고…… 옷도 상당히 좋아 보인다. 야, 그 귀걸이 얼마야? 응? 그러지 말고 나눠주지 않을래? 진짜 불공평하잖아! 우린 이렇게 누더기 차림으로 돌아다니는데 너는 뭐가 그렇게 잘나서 전부 다 가졌어? 우리한테도 좀 줘봐."

그가 말하는 '우리'가 누군지는, 굳이 물어볼 필요도 없었다. 나는 포위하듯이 앞뒤에서 다가오는 남자 셋을 잠시 곁눈질하다가 동화책을 쥔 손에 힘을 실었다. 어차피 누군가가 나를 보호 및 감시하러 올 테니 두렵기는커녕 황성으로 다시 끌려갈 생각에 막막하기만 했다. 루아의 옆에서 마냥 울고 있어봤자 해결되는 것은 아무것도 없으니까. 이 비가 닿는 땅 전체가 루아의 영역이라고 봐도 무방했으므로, 차라리 움직이면서 생각하는 편이 훨씬 나았다.

남자가 내 코앞에 얼굴을 들이밀었다. 술 냄새가 지독하기 이를 데 없어서 눈살을 찌푸렸는데, 빗소리를 뚫고 어떤 소란이 귀를 파고들었다.

"아, 글쎄, 나는 싫다니까!"

바로 뒤 골목길에서부터 울려 퍼지는 여자의 고함이었다. 제법 어린 것 같았고, 투정에 가까웠다. 남자들이 일제히 소리 나는 방향으로 고개를 돌렸다. 그들은 자극에만 반응하는 짐승 같았다. 나는 그들이 게걸스럽게 웃으며 소리 난 곳으로 뛰어가는 모습을 멍하니 지켜보다가 천천히 머리를 들었다. 얼굴선을 타고 미끄러진 빗물이 붉은 입술 사이로 스며들었다.

그때 그 불만 섞인 외침이 들리지만 않았어도 나는 나에게 충분히 혼자만의 시간을 줬다고 판단한 펠레스가 돌아오기를 기다렸을 거였다.

"그놈이 어떤 놈인지 몰라서 그래? 삼 년 전에 우리 땅을 개판으로 만들어놨잖아! 그래놓고 지금껏 사과 한마디 없는데 어째서 우리가 그 자식이 결혼하는 걸 축하해줘야 해? 대체 우리가 언제부터 이렇게 비굴했던 거야?"

결혼이라는 단어에 내 고개가 자연히 돌아갔다. 이성보단 본능이 주는 경고의 신호가 더 빨랐다.

나는 여자의 고함을 좇아 남자들의 뒤를 따랐다. 그러나 모퉁이를 돌기도 전에 여자가 있을 골목길에서 순간적으로 환한 빛이 터졌다.

"악! 뭐야, 이 미친놈들은!"

여자의 큰 비명과 함께, 사람이 쓰러지는 소리가 났다. 내가 그곳에 도착했을 땐 이미 남자들은 모두 기절한 뒤였다. 이제 겨우 스물이 됐을까 싶은 여자는 그들 사이에서 빛이 번져드는 원석이 박힌 커다란 지팡이를 들고 있었다. 그녀가 알 수 없는 언어로 욕 비슷한 것 같은 단어들을 사납게 지껄이다가 다시 제국어를 사용했다.

"깜짝 놀랐네. 더러운 야만인들 같으니."

나는 그녀를 빤히 쳐다보았다. 그녀는 혼자가 아니었는데, 나를 보자마자 두 사람의 표정이 극명하게 갈렸다. 좀 더 나이 들어 보이는 조용한 여자는 얼굴을 딱딱하게 굳혔고, 큰 목소리를 가진 여자는 반색하며 아는 척을 해왔다.

"분홍색 머리카락⋯⋯. 너 요정이니? 너도 황제의 장난감이 되어주려고 끌려 온 거야?"

그들의 복식이 제국의 것과는 몹시 거리가 멀었으므로, 나는 가만히 있었다. 차분한 인상의 검은 머리 여자가 그녀에게 나직이 말했다.

"아니야, 연리. 그분이 바로 예비 황후 폐하셔."

"뭐어?"

그 여자는 정말로 목소리가 컸다. 내가 비딱하게 고개를 틀자 검은 머리 여자가 무릎을 꿇었다.

"처음 뵙겠습니다, 예비 황후 폐하. 저희는 프레이야의 딸, 북쪽 파사의 수호를 업으로 삼은 마녀 부족의 일원 라리와 연리라 합니다. 부족을 대신하여 대제국 아카시아의 황제⋅폐하와 황후 폐하의 국혼을 경하드리러 왔습니다."

마녀. 그리고 3년 전이라면 짐작 가는 일이 하나 있었다. 교황 파우스트가 살아 있었을 때, 이지스는 그를 위해 루아를 마녀의 땅으로 유인했던 적이 있었다. 내 머리카락을 미끼로 써서 말이다. 그때 루아는 이지스에게 속아 마녀의 땅 일부를 훼손시켰다고 했었다. 하지만 그들 쪽에서도 어떤 대응이 없었던 데다 내가 그곳에 없단 걸 알고 루아도 관심을 꺼버렸으니 그 뒤로 다른 접촉이 있지는 않았다. 그런데 이제 와서 황제의 결혼을 축하하기 위해 단둘이서만 왔다니 영 의심스러웠다. 루아가 그들의 영역에 침입했으니 뒤늦게라도 철두철미하게 준비해서 복수를 하러 왔다면 몰라도. 확실히 두 마녀에겐 수상한 점이 한두 가지가 아니었다.

"언니, 우리도 전에 당한 게 있는데 너무 저자세일 필욘 없잖아. 그리고 쟤가 진짜 황후인 거 맞아? 달고 다니는 시종도 하나 없고 비에 쫄딱 젖었는걸. 도대체 이 기분 나쁜 비는 언제 그치는 건지. 꼭 누구한테 감시당하는 거 같단 말이야."

연리라는 이름의 여자가 퉁퉁 부어서 소리쳤다. 그녀가 못마땅하다는 눈으로 나를 슥 훑었다. 나를 황후로 보는 눈이 전혀 아니었다.

"애, 너, 손에 들고 있는 그건 뭐니?"

깔보는 듯한 연리의 시선이 루아의 심장에 고정되어 있었다. 당연히 답할 생각은 추호도 없었다.

나는 경계하며 턱을 들었다.

"……마녀가 찾아온다는 연락은 받지 못한 걸로 아는데."

"우리가 연락하면 너네가 받아주기는 한다니?"

연리가 냉소적으로 빈정거렸다. 라리라는 여자가 그녀를 막아섰다.

"저희는 다른 마녀 부족보다도 폐쇄적인 삶을 고수하고 있으므로 따로 황실 측과 연락할 만한 수단을 갖고 있지 않습니다. 지난 일로 인연…… 이 생기지 않았더라면 이곳에 오는 일도 없었을 테지요. 그렇지 않아도 폐하께 어떻게 인사를 드려야 할지 몰라 난감했던 참이었습니다. 경비병의 말로는 저희의 신분이 확실하지 않아 황성으로 들여보내줄 수 없다고 하더군요."

연리가 얼굴을 찡그렸다.

"뭐야, 나 지금 무시당한 거야?"

"축하 인사는 필요 없으니까 여기서 나가."

나는 징징거리는 연리를 무시하고 라리에게 말했다. 그녀가 자세를 바로하며 도발적으로 맞섰다.

"저희는 황제 폐하께 직접 선물을 드린 뒤에야 돌아갈 수 있습니다만."

"그 황제가 필요 없다시니 나가라고."

이들을 황성에 들여서 좋을 게 없었다. 루아가 잠들어 있는 동안에는 더더욱.

연리가 기막히다는 듯 헛웃음을 연발했다.

"와, 여차하면 한 대 치겠다?"

나는 연리에게로 시선을 돌렸다. 기세 좋게 얕잡아 볼 땐 언제고 나와 눈이 마주치자 그녀가 주춤거리며 뒤로 물러났다.

"뭐야? 왜, 왜 그렇게 노려보는데?"

이 마녀가 정확히 몇 살인지는 몰라도 필시 제 고향 밖으로 나온 적이 손에 꼽았을 듯했다. 그렇다고 그것을 이해할 요량은 전혀 없었지만. 라리 또한 연리보다 조금 성숙해 보였을 뿐 그녀를 저지할 줄도 모르니 거기서 거기였다.

라리는 단지 감정에 호소했다.

"폐하, 인정을 베풀어주시지요. 저희는 복수하고자 돌아온 것이 아니며, 이 이상 분란을 일으키기도 바라지 않습니다. 저희가 이곳까지 걸음을 한 까닭 또한 앞으로 파사를 공격하지 말아주십사 간청하기 위함이니까요. 더욱이 황제 폐하께선 저희들의 조잡한 실력으로는 감히 해할 수조차 없을진대 어째서 이리 거부하십니까?"

그걸 지금 몰라서 묻는 건가? 눈앞의 마녀들은 황성 방문을 위해 정식 절차를 밟지도 않았으며, 무장한 채였다. 마녀의 상징인 지팡이를 감출 생각도 없거니와, 주겠다는 선물이란 것도 진짜로 가져오기는 한 건지 의심스러웠다.

내가 꿈쩍도 안 하자 뭔가를 짐작한 라리가 조심스러운 투로 덧붙였다.

"혹…… 황제 폐하께 무슨 변고라도 있으십니까? 이 비가 정상적이지 않은 힘으로 내리는 것이라는 사실은 저희도 아는 바입니다. 분명 황제 폐하께서 발현하신 능력이겠지요."

나는 라리의 말을 무시했다.

"그 선물이란 것을 나한테 보여봐."

라리의 미간이 슬쩍 찌푸려졌다.

"저희 어르신께선 이것을 황제 폐하께 보이라 하셨습니다."

"난 황후가 될 몸이잖니. 예외로 쳐."

"송구하지만 그럴 수 없습니다."

그러나 그녀는 전혀 송구해하는 얼굴이 아니었다. 나는 그녀를 물끄러미 주시했다.

"고지식하네."

"명령이니까요."

나는 그녀를 비웃었다. 누구에게서 받는지도 불확실한 명령 따위를 나는 이해해줄 처지가 못 되었다.

"허울 좋은 말로 포장하려 들지 마라. 여긴 너희 땅이 아니고, 진짜인지 아닌지도 모를 마녀의 축복을 받을 만큼 우리가 한가하지도 않아. 정 그렇게 나서고 싶으면 정식 절차를 밟고 다시 찾아오든지. 황제가 만나고 싶다고 그냥 만날 수 있는 사람이면 세상 만민이 다 황제게? 오만 부리지 마. 이곳에서 너희는 아무것도 아니다."

명백한 경계와 적의를 담아 말하자 연리가 얼굴을 일그러뜨리며 원석이 박힌 지팡이를 들었다.

"이거 진짜 짜증 나는 여자잖아. 아무도 안 보는데 조금 혼내줘도 괜찮지 않아?"

정말 아무도 안 본다고 생각하는 걸까? 다른 사람도 아니고 황제와의 결혼을 앞두고 있는 여자인데? 만일 정말로 그렇게 믿고 있는 거라면 이 마녀는 처음 예상보다 훨씬 어린 거였다. 애당초 이들은 말만 번지르르하지, 마녀 부족을 대표해서 온 것 같지도 않았다.

대응할 가치도, 기력도 없어서 나는 그저 무감하게 돌아섰다.

"펠레스, 이만 돌아갈래."

체념이 섞인 내 말이 끝나기도 전에, 약속이라도 한 것처럼 이지적인 남자가 모습을 보였다. 깔끔한 정복을 갖춰 입은 검은 머리의 미남자였다.

전혀 기척을 느끼지 못했었는지 두 마녀가 눈에 띄게 당혹스러워했다.

"어어어……?"

연리가 이상한 소리를 내며 놀라든 말든, 펠레스가 나에게 겉옷을 둘러주며 말했다.

"시간이 늦었으니 그레이스가의 저택으로 모시겠습니다. 이 귀빈들은 제가 안내해드리도록 하지요. 다만 그전에…… 계속 아가

씨를 따라오는 저것부터 우선 해결해야 할 것 같은데요."

이상할 만큼 의미심장한 목소리였다. 펠레스가 희미하게 미소 짓는 얼굴로 골목 쪽을 응시했다.

"……응?"

나는 어리둥절한 눈으로 펠레스를 따라 고개를 돌렸다. 물안개 로 둘러싸여, 골목길 모퉁이에 몸을 절반만 숨긴 것이 있었는데, 한눈에 보기에도 아주 희한했다. 투명했고, 형체를 고정하느라 쉴 새 없이 일렁거렸다. 그건 물로 이루어진 하나의 큰 덩어리였다. 또한 기이하게도 얼핏 사람의 형상을 하고 있었다.

"세상에, 저게 뭐야?"

두 마녀까지 덩달아 기겁하는 가운데 펠레스가 부드럽게 말을 이었다.

"아가씨께서 황성 밖으로 나가시는 순간부터 생겨났습니다. 처음에는 아이 정도의 크기였는데 시간이 지날수록 점점 커지더군 요."

나는 손으로 입을 가렸다. 저건 틀림없이 루아의 마력이 깃든 것 이었다. 전혀 이견이 없었다.

내가 자기를 뚫어져라 바라보는 걸 느꼈는지, 갑자기 물로 이루 어진 정체불명의 사람 형상이 모퉁이 너머로 모습을 감췄다. 그것 이 움직일 때마다 미약하게 땅이 쿵쿵거렸다.

"잠깐 기다려! 가지 마!"

메피스토펠레스도 왔겠다, 마녀들은 이제 내 신경 바깥에 있었

다. 나는 황급히 루아의 마력으로 생긴 게 분명한 그것을 따라잡
으려 뛰었다.

"거기 서!"

어째서 나를 피해 도망가는지 모를 일이었다. 그것이 뒤를 쓱 돌
아보고는 속도를 더 높였다.

나는 물 먹은 솜처럼 무거운 드레스를 걷어 올리고, 아예 구두까
지 벗어 던졌다.

"너 루아 맞지? 어떻게든 관련된 거 맞잖아!"

사방에 가득한 게 습기라 금세 숨이 턱까지 차올랐다. 벌린 입술
사이로 빗물이 스며들어서 호흡하기가 더욱 힘든 느낌이었다. 하
지만 격차가 눈에 보일 정도로 벌어지고 있는 데다가 저걸 놓치면
루아를 깨울 수 있는 방법이 영원히 사라질 것만 같아서 멈출 엄두
도 나질 않았다.

펠레스의 말처럼 그것은 시간이 지날수록 한계를 모르고 커져
갔다. 나보다 조금 컸던 것이 내가 보는 앞에서 뚜렷하게 부풀어
오르고 있으니 집채만 하게 자라는 것도 시간문제였다. 빗물을 먹
고 자라는 건지, 루아의 마력 때문인지는 확실하지 않았다. 일단
은 멈춰 세우고 보자는 심정이었는데, 가파른 언덕을 내려가다 그
만 발이 꼬여서 넘어지고 말았다.

"으……."

무릎은 얼얼했고, 뛰어오면서 가시와 돌조각이 박힌 맨발은 지
독하게 쓰라렸다. 장시간 비를 맞아 미열이 오른 얼굴도 보나마나

엉망일 게 뻔했다. 지금의 나는 전혀 예비 신부답지 못했다. 루아를 붙잡을 힘도 없었고.

다리에서 힘이 빠져 일어나는 것도 불가능했다. 이대로 루아의 흔적을 놓치는 건가 싶어서 허망하게 고개를 들었다가 나는 얼어붙고 말았다. 언제 돌아온 건지, 엎어진 내 바로 눈앞에 그것이 얼굴을 들이밀고 있었다.

나는 어떤 준비도 되지 않은 채 그것과 마주했다.

"너……."

그것은 눈도 없고 코도 없고 입도 없었다. 물로 만들어진 그림자 같았다. 혹은 인형이든가. 그러나 두려움보단 영문 모를 안도감, 그리고 걱정이 먼저였다. 덧없이 부어내리는 비와 같이, 물안개가 만든 또 하나의 신기루처럼 이것 역시 언제라도 사라질 것만 같아 두려웠다.

물로 만들어진 사람 모양의 덩어리는 숨을 쉬는 것처럼 부풀어 올랐다 작아지기를 반복했다. 나는 이것이 루아의 마력으로 인해 생겨난 것임을 확신하고 입을 열었다.

"도망치지 마. 나 정말 아무렇지 않거든. 너 하나도 안 무서워."

그것은 그저 내 말을 가만히 듣고만 있었다.

"나는 괜찮아. 그러니까 너도 억지로 변할 필요 없어."

그것을 이루는 것이 전부 물이었으므로, 맞은편의 풍경이 흐릿하게 비쳐 보였다. 나는 그것에 살짝 손을 올렸다. 사람으로 치면 심장이 있을 만한 부분을 조심조심 쓰다듬고 있으려니 부드러운 수면 위를 어루만지는 듯한 느낌이 들었다.

나는 한숨을 쉬며 눈을 감았다.

"루아야."

처음부터 지금까지 루아가 온전히 바란 것은, 겨우, 고작 나였다.

그런 주제에.

"네가 그렇게 가버리면 나는 쫓아갈 방법이 없어. 그게 얼마나 무력한 기분인 줄 알아?"

잡혀주지 않으면 잡을 수 없다. 무릎에 멍이 들고 발에 가시가 박혀도 루아가 뒤를 돌아봐주지 않으면 나는 루아를 붙잡을 수 없었다. 그러니까, 더욱, 루아가 비열하게 느껴지는 거다. 이 사실을 루아는 나만큼이나 잘 알고 있기에.

루아가 도망치면 나는 모든 걸 집어던지고 필사적으로 매달리는 것밖에는 할 수 있는 게 없었다.

나는 그것을 알고도 루아를 사랑했다.

어느샌가 비가 그쳤다. 미끈거리는 고체 같았던 물의 형상이 서서히 녹아내리면서, 신이 직접 빚은 것처럼 완벽한 사람으로 거듭나고 있었다.

가장 먼저 호박별의 빛을 띠는 선명한 금발이 보였다. 나를 애태우며 느릿하게 올라가는 눈꺼풀 아래, 시리도록 푸른 눈이 보였고, 악마가 아니라 천사의 것인 게 분명한 매혹적인 입술도 보여왔다. 참 지긋지긋하게 잘난 용모였다.

이제 보니 빗물을 받아 만든 것 같았던 특이한 생명체는 루아의 마력으로 생겨난 흔적이 아니라 루아 그 자체였었다.

나는 제 모습으로 돌아온 루아가 지극히 당연하다는 듯이 내 손을 감싸 쥘 때까지 분하다는 표정으로 울고 있었다. 흐느끼는 소리를 내기 싫어 입술을 꾹 깨물고만 있자 이윽고 완전히 눈을 뜬 루아가 천상에서 떨어진 아도니스 같은 수려한 얼굴로 나를 빤히 응시했다.

내 허리를 잡아당기며 한다는 말이 실로 가관이었다.

"굳이 결혼식까지 기다릴 거 없이 지금 사고 칠까?"

여지없는 장난이었으므로 나는 가차 없이 루아를 때렸다. 루아가 투덜거렸다.

"……꿈인 줄 알았더니."

"꿈이어도 나라면 똑같이 이랬을 거야. 어쩌면 더했을지도 모르지. 지금도 네 뺨을 후려치고 싶은 걸 간신히 참고 있으니."

나는 사납게 쏘아붙였고, 루아가 억울하다는 듯이 뻔뻔하게 말했다.

"나도 나름대로의 사정이란 게 있었어."

"그럼 그 사정이라는 개 같은 걸로 나를 납득시킬 수 있을 것 같으면 어디 말해봐."

목이라도 조를 기세로 말했더니 루아가 즉시 입을 다물었다. 나는 툭 쏘아붙였다.

"겁쟁이."

일부러 놓아주고, 그러다 내가 지쳐 쓰러질 것 같으면 구역질나는 친절을 베풀고.

"교활하기는."

너의 이런 점까지 사랑하는 내가 넘어갈 걸 뻔히 알면서 자기 멋대로 도망치고 자기 멋대로 잡혀준다.

"한 번만 더 이런 식으로 행패 부리면 결혼이고 나발이고 전부 엎어버릴 줄 알아."

단어 하나하나를 힘주어 끊어 말하자, 루아가 의미 모를 미소를 지었다.

"발 치료해줄게."

이제 와서 걱정하는 척한들 하나도 안 고맙다. 나는 코웃음을 쳤다.

"그건 나중에 해도 되니까 뒤쪽에 있는 마녀들이나 어떻게 좀 해 봐. 지들 말로는 너한테 선물을 주러 왔다는데 내가 볼 땐 시비 걸러 온 것 같았어."

확실히 어정쩡한 나이의 마녀 둘이서만 온 것도 수상하기 이를 데 없다. 어쨌든…… 적어도 한시름 덜었으니까 안심해도 되겠지.

나는 언제 타들어갔었냐는 듯 한 점의 그을림도 없이 멀쩡해진 동화책을 품에 안으며 긴장을 풀었다. 잠깐 사이에 10년은 늙은 기분이었다. 현기증 때문에 머리가 빙글빙글 돌았다. 루아가 깨어났으니 그들도 더는 어쩌지 못할 테지만, 이제 문제는 마녀들이 아니었다. 앞으로 루아가 언제 또 이런 식으로 갑자기 나를 공황

에 빠뜨릴지 모른다는 게 가장 큰 불안 요소였다. 결혼 전부터 이
렇게 피를 말려서야, 도대체…….

"보니."

루아가 순간 숨을 들이켤 정도로 낮게 나를 불렀다.

나는 가까스로 일어서며 투덜거렸다.

"그렇게 부르지 마."

아직 화난 거 안 풀렸다는 말을 하려는 찰나, 루아가 나를 뚫어
져라 응시하는 채 심히 새삼스럽다는 눈치로 말했다.

"방금 그 표정 다시 지어봐."

나는 고개를 비스듬히 기울였다.

"……무슨 표정?"

루아가 뭔가를 말하려 입을 열었다가, 다시 다물었다. 잠시 뜸
을 들이는가 싶더니 나로서는 모를 생각에 잠겨 중얼거렸다.

"만약 내가 진짜로 죽으면."

그 담담한 목소리에 나는 충격을 받았다. 루아가 내 얼굴을 힐끗
보고는 웃었다.

"그래, 그거."

전신의 피가 즉시 머리끝까지 몰렸다.

"야!"

장난도 정도껏이지, 이건 너무 도를 지나친 행동이었다!

온 동네가 떠나가라 비명을 지르는 것도 아랑곳하지 않고 루아
가 맨발인 나를 한 팔로 안아 올렸다. 내가 씩씩거리는 것마저 무

계하의 3
소꿉친구

시하며 졸린 듯 눈을 비볐다.

"아, 원래 일주일 정도는 푹 잤어야 됐는데."

무시하고 싶었고, 그래야 마땅했지만, 나는 궁금증을 참지 못하고 질문했다.

"어째서?"

"갈수록 마력이 불어나서 주체를 못 하겠어. 그렇다고 다른 곳에 쏟아부을 수 있는 것도 아니고. 따로 해소할 방법이 없으니까 영 난감해. 예전에 발두르가 왜 그렇게 정원을 만들었다가 짓밟고 다시 만드는 헛짓을 계속했는지 이제야 이해가 가. 몸 안에 쌓아 두고 있으면 자꾸 짜증이 나서."

해소되지 못한 스트레스가 묻어나오는 말에 나는 얼굴을 찡그렸다.

"그럼 미리 말해줬으면……."

"미리 말하면? 그럼 네가 나를 안 찾았을 거 아니야. 내가 왜 메피스토펠레스한테도 말을 안 했는데?"

어처구니가 없어 굳었던 것도 잠시였다. 나는 경악해서 비명을 질렀다.

"지금 그걸 말이라고 지껄여! 당장 내려놔, 이 멍청아!"

그러나 루아가 여전히 내 말을 무시했으므로 나는 메피스토펠레스가 소란을 듣고 돌아올 때까지 루아에게 발길질을 했다.

"……그러니까."

루아의 목소리가 알현실 안에서 낮게 울렸다. 새 드레스로 갈아입은 나는 루아의 옆에 앉아서 짐짓 도도하게 부채를 흔들었다.

"선물은 사양한다고. 여기까지 부득불 기어 들어온 정성만 받겠다니까. 애초에 너희가 정말 마녀라면 저주가 특기일 텐데 그 선물이 뭔 줄 알고 받아?"

루아가 나한테 맞아 부어오른 뺨을 문지르며 부루퉁하게 말했다. 저주란 단어를 들은 마녀들이 흠칫 놀랐고, 나는 어이없다는 뜻을 담아 비웃음을 흘려주곤 다리를 꼬았다.

루아를 보자마자 겁을 먹고 잔뜩 움츠러든 마녀들이 우습기도 했으나, 현재는 루아에게 느끼는 분노가 훨씬 앞섰다. 그동안 내가 걱정했던 게 얼만데 살짝 때렸다고 이제 와서 미안할 턱이 없었다. 펠레스조차 나에게 실컷 얻어맞은 루아를 보더니 그래도 싸다고 말했던 바였다.

"그건……."

라리가 짧게 신음했다. 나는 미열이 오른 얼굴을 부채로 식히면서 오만한 자태를 유지했다. 라리가 불안을 숨기지 못하고 입술을 물어뜯는 게 보였다. 알현실 특유의 싸늘하고 위압적인 분위기에 충분히 질린 듯했다.

인간 세상에 무지한 마녀 둘이라, 병사도 물리고 시녀들도 멀리 떨어져 있었지만 그럼에도 라리의 어깨는 미세하게 떨리고 있었다.

냉담한 반응이 계속되자 별 도리가 없었는지 라리가 바닥에 엎드렸다.

"폐하께서 저희를 불신하시는 것도 어찌 보면 당연합니다. 사실 정석대로라면 최소 세 분의 대마녀님과 동행했어야 합니다만, 저희 쪽에서도 반박 여론이 만만치 않은 관계로 어르신께서 저와 연리만을 은밀히 보내셨습니다. 황금과 철의 왕좌에 앉은 인간의 왕이시여, 왕들의 왕, 하늘과 지하를 통틀어 가장 높은 군주시여, 저희는 당신의 본질을 모든 악마의 왕이라 알고 있습니다. 당신의 권능이 이미 저희의 소관까지 닿은 바, 어르신께선 묵인하기 힘들다는 결론을 내렸습니다. 본디 마녀들은 인간의 사정에 간섭하지 않으나, 당신은 원하는 대로 세상을 뒤틀 수 있으니 이 자리를 빌어 감히 자비를 구합니다. 부디 저희를 심판하지 말아주소서."

루아가 발두르의 힘을 가졌다는 사실을 알고 있노라 간접적으로 시인하는 말에 나는 부채를 접었다. 이들은 루아가 비를 내리게 한 것도 짐작하고 있었다. 어쩌면 그 비 때문에 이들이 왔는지도 몰랐다.

심판이라. 루아가 낮게 중얼거리며 턱을 괴었다. 영 감흥 없는 기색이었다.

지금은 잘 쓰지 않는 옛말이 가득 섞인 공용어로 정중하게 말한 라리가 굽혔던 상체를 바로 했다.

라리가 가만히 눈을 내리깔았다. 이윽고 이어진 그녀의 행동은 일말의 망설임도 없었다.

품에서 작은 단도를 찾은 라리가 곧장 자신의 머리카락을 잘랐다.

"라리 언니!"

미리 계획했던 일은 아니었는지 잠자코 있던 연리의 얼굴이 새하얗게 질렸다. 라리의 머리카락이 순식간에 귀 밑까지 짧아졌다.

잘린 머리카락 뭉치를 내밀며 라리가 다시 머리를 조아렸다.

"마녀의 머리카락은 마력을 담은 지팡이만큼이나 귀중한 것. 폐하께선 프레이야의 설화를 아시는지요. 모든 마녀의 조상인 프레이야는 매우 아름다웠지만 문란한 성생활을 즐기다 연인에게 자궁을 뜯기고 살해당했다 합니다. 그 떨어진 자궁에서 태어난 것이 저희 마녀들이고요. 프레이야의 딸인 저희들에겐 선천적으로 아기집이 없습니다. 다만 성년이 되면 인간들이 후손을 생산하듯이 자신의 유전 인자를 가진 어린 분신을 만들 수 있는데, 그러기 위해 꼭 필요한 재료 중 하나가 바로 이 머리카락입니다. 한 뼘을 기르려면 십 년을, 분신을 만들 수 있을 만큼 기르려면 오십 년을 기다려야 하죠. 이것을 드리면 저희의 결백을 믿어주시겠습니까?"

"그런 걸로 번복할 결정이었으면 이렇게 시간 낭비할 거 없이 진작 받았겠지. 필요 없다고 했다."

놀랄 것도 없는 비정함이라 나는 무덤덤하게 입을 다물었다. 평소에도 루아는 뚜렷한 목적 없이 나 이외의 사람들에게 흥미를 갖는 법이 드물건만, 애초부터 아첨할 목적으로 찾아왔다면 더 말할 것도 없었다. 더군다나 저 연리란 마녀는 눈물까지 글썽이며 분해하고 있잖아.

"하지만……."

라리의 얼굴이 난감한 듯 흐려졌으나, 루아는 다시 부채를 흔드는 나를 천천히 곁눈질로 훑더니 음울한 목소리로 거절을 반복할 뿐이었다.

"하지만이고 뭐고, 지금 그거 받았다간 정말로 맞아 죽을걸. 갈수록 힘이 무식해지는 게 이러다 진짜 내년 사냥 대회에서 곰을 잡아 올지도 모르……."

갑자기 나는 왜 물고 늘어져? 나는 눈을 부라리며 루아의 말을 도중에 끊었다.

"그게 무슨 말씀이신지? 그리고 밤이 늦었습니다만, 폐하. 어서 침소에 들지 않으시면 내일 일정에 차질이 생길지도 몰라요."

빨리 이 자리를 벗어나고 싶어 하는 루아의 마음을 눈치 채고 나는 그렇게 말했다. 입술을 타고 흘러나간 음성이 몹시 부드러웠다. 물론, 당연히 겉으로만 나긋나긋한 제안이었다. 저 마녀들만 아니었어도 진작에 2차전을 시작했을 테니까. 하루 이틀도 아니고 사흘씩이나 언질도 없이 잠들어 있었으니 결코 그냥 넘어갈 수 없었다. 이젠 측은하기까지 한 메피스토펠레스를 위해서라도.

나야 그동안 하루도 빠짐없이 바빴으니 뒤늦게 알았다지만, 처음부터 이 상황을 알고 혼자 처리해온 펠레스는 정말로 죽으려 했다. 잠에서 깬 루아를 보고 드물게 여러 표정 변화를 보여주는 것이 신선하기도 하면서, 왠지 모를 안도감이 들었다.

나는 어느샌가 거의 완전히 펠레스를 신뢰하게 되었다. 그는 루아에게 발두르처럼 어느 날 갑자기 사라지지 말아달라는 부탁마저 남겼다.

"……더 할 얘기가 없다면 이만 끝내지. 오늘 밤은 이곳에서 머물러도 좋다."

내 말에서 채 사그라들지 않은 분노를 감지한 루아가 눈알을 굴리며 먼저 나갔다. 이제 알현실 안엔 나와 멀찍이 선 루아의 시녀, 그리고 무릎을 꿇은 마녀들만이 남아 있었다.

나는 루아를 따라 일어나면서 조소를 삼켰다. 두 마녀는 아까 보였던 당당한 태도는 온데간데없이 고개를 들지도 못하고 있었다. 뭐, 라리는 절망감으로, 연리는 분한 마음에 숙였다는 차이점이 있기는 하다. 저들이 가져왔다는 선물이 무언지 궁금하기는 했으나, 마녀가 주는 물건은 설령 음식물 쓰레기라도 위험할지 모른다는 사실은 누구나 아는 바였다.

내가 알현실 밖으로 나가려 하자 로벨리안이 기다렸다는 듯 따라붙었다. 로벨리안은 3년 전 파우스트에게 죽을 뻔했던 날 브리 덕에 목숨을 건진 이후로 나와 브리를 생명의 은인처럼 여겼다.

갑자기 연리가 벌떡 일어나선, 나가기 직전이었던 나를 매섭게 노려보았다.

"첫날밤부터 콱 소박이나 맞으라지. 내가 진짜 혼신의 힘을 다해 저주를……."

원한에 찬 속삭임이 잔뜩 신경을 곤두세우고 있는 내 귀에 들리지 않을 턱이 없었다. 손에 든 부채 손잡이가 으스러졌다. 곧바로 따라 일어선 라리가 연리의 뒤통수를 세게 쳤다.

"입 다물어, 연리! 송구합니다. 이 애가 아직 어려서 그러니 부디 자비를……. 저희를 무사히 조국으로 보내주신다면 이에 대한 사례는 반드시 하겠습니다."

나는 일그러지려는 표정을 억지로 가다듬고서 입을 열었다.

"로벨리안, 두 분께서 폐하의 호의를 거절하고 지금 바로 돌아가신다니 성문 앞까지 친절하게 마중해드리렴. 다시는 이 근처에 얼씬도 못 하게 해."

"예, 아가씨."

나는 로벨리안이 머리를 숙이는 것도, 라리가 안도의 한숨을 내쉬는 것도 무시한 채 빠른 속도로 걸어 나왔다. 저택으로 돌아갈까 하다가, 이미 새벽이 한창 무르익은 시간인 데다 공작가에 연락도 했으니 그냥 루아의 침실로 향했다.

내 방처럼 익숙한 침실에 들어가자마자 루아가 나를 보며 얼굴을 찡그렸다.

"이제 그만 상처 좀 치료하게 해주지그래?"

"어머, 싫은데. 이건 도망치던 예비 신랑을 붙잡느라 생긴 영광의 상처라서."

신경질적인 표정을 지으며 나는 구두를 벗어던졌다. 임시방편으로 소독약만 바른 발바닥이 미칠 정도로 쓰라렸다. 맨발로 빈민가를 돌아다녔으니 온갖 것이 박혀 있었는데 그중엔 못이나 돌조각 같은 건 기본이고 나무 가시나 유리조각도 있었다. 일단은 황후가 될 사람이라, 말만 하면 사제든 의원이든 치료해줬겠지만 나는 목욕하면서 직접 박힌 것들을 뽑고 소독약을 들이부었다. 물론 자학하는 취미가 아직 남아 있어서는 절대 아니었다.

침대에 걸터앉자 루아가 노골적인 짜증을 담아 내 발을 내려다보았다. 나는 무시로 일관하며 발을 레이스 치마 속으로 숨기고는 사납게 쏘아붙였다.

"다시는 그러지 마."

"뭐를?"

내가 자리에서 일어나려고 하자 루아가 재빨리 말했다.

"알았어. 다시는 안 그럴게."

나는 눈을 가늘게 떴다.

"약속해."

"약속."

순순히 고개를 끄덕이는 모양새가 마냥 수상할 따름이었다. 내가 앞으로 애만 믿고 평생을 살아가야 한다니 그저 미칠 노릇이지. 정신을 바짝 차리는 것밖엔 방법이 없었다.

나는 반쯤 체념한 채 루아의 머리를 쓰다듬었다.

"말없이 그렇게 오랫동안 잠들지 마."

"응."

"나는 너 하나도 안 무서우니까 괜한 말에 신경 쓰지 말고."

"응."

루아가 열성적으로 머리를 흔들었다. 말이라도 잘 듣는 척하면 내가 빨리 화를 풀 거라고 생각한 게 틀림없었다. 그리고 그 빌어먹을 짐작은 그럭저럭 맞아떨어지고 있었다. 확실히 나는 루아에게만큼은 오랫동안 화를 내지 못했다.

손가락 사이로 부드럽게 감겨드는 금발을 어루만지면서 나는 나직이 속삭였다.

"루아야."

내가 세상에서 가장 많이 불렀던 이름이 혀끝에서 달게 녹아내렸다.

"사랑해."

"……뭐?"

이 괘씸한 꼬마에게 두 번 말해줄 생각은 추호도 없었다. 나는 즉시 말을 돌렸다.

"그건 그렇고, 있잖아, 혹시 마녀는 그냥 말하는 것만으로도 저주를 걸 수 있어?"

충동적인 고백으로 인해 얼굴이 화끈거렸다. 나는 틀림없이 빨개졌을 얼굴을 숨기고자 애써 시선을 흐리며 루아의 머리에서 손을 뗐다. 즉석으로 떠올린 주제이긴 하지만 연리의 말이 거슬렸던 것도 사실이라 루아의 대답이 궁금하기도 했다.

루아가 기어가는 듯한 어조로 성의 없이 답했다.

"실력이 좋다면 가능은 하겠지."

그냥 보내주지 말 걸 그랬나. 나는 이맛살을 찡그렸다.

"음, 실력은 별로 좋아 보이진 않던데."

"걔네가 너한테 뭐라고 했어?"

뭐라고 하긴, 첫날밤부터 굴욕을 맛보라고 했지. 그러나 곧이곧대로 말하기도 자존심상 용납할 수 없어서 나는 어물쩍 넘겼다.

"아니, 그건 아니고…… 그냥 궁금해서."

"설령 그렇더라도 내가 있는데 무슨 걱정이야? 화난 거 풀렸으면 상처나 좀 보여줘."

나는 얼떨결에 고개를 끄덕이고는, 루아가 발에 난 상처를 치료해주는 걸 멍하니 지켜보았다. 루아의 얼굴은 조금 붉어져 있었다.

신경 쓰지 않아도 되는 거겠지?

……부디 아무 일도 없어야 할 텐데.

다행히 그 뒤로 결혼식 날까지는 순탄하게 흘러갔다. 브리가 이제 정말로 루아에게 넘어가는 거냐며 애처럼 펑펑 울어댄 것도, 프라가라흐가 괜히 펠레스에게 시비를 걸어 성벽 일부가 훼손된 것도 나는 싹 무시하고 오로지 결혼 준비에만 집중했다.

나는 혼례가 있기 열흘 전부터 루아와 결코 만나지 않았다. 결혼식 전에 신랑이 신부를 보면 불행해진다는 속설 때문이었다. 연리가 저주를 건 것도 있겠다, 이왕 결혼하는 거 처음부터 끝까지 완벽하게 처리하고 싶었으므로, 나는 이 열흘 동안만큼은 루아에게 찾아오지도 말고, 마법을 써서 감시하지도 말라고 단단히 으름장을 놓았다. 나는 펠레스에게도 엄포를 놓고 미가엘에게 희귀한 풀

꽃을 선물로 준 다음 루아를 감시시키는 짓도 서슴지 않았다. 덕분에 오늘 같은 극적인 평화를 누릴 수 있게 됐으니 미안하기는커녕 뿌듯할 뿐이었다.

"세상에나, 너무 아름다워요."

로벨리안이 감탄을 연발하며 햇살이 어린 다이아몬드 가루가 뿌려진 웨딩드레스를 입은 나를 살폈다. 나는 일그러진 미소를 지었다.

"당연하지, 엄마를 닮았으니까."

마취라도 한 것처럼 입술이 얼얼했다. 이미 내가 정신이 나갔다는 걸 알았는지 로벨리안은 혼자만의 세계에 빠져 몽롱하게 중얼거렸다.

"이날이 오기만을 얼마나 손꼽아 기다렸는지 몰라요."

나는 거울에 비친 분홍 머리 여자를 무시하려고 애쓰다 말고 얼굴을 찡그렸다.

"결혼하는 건 난데 왜 네가 더 좋아해?"

"그야 두 분께선 정말로 천생연분이잖아요! 어릴 때부터 지금껏 친밀한 사이를 유지하신 것만도 놀라운데 시간이 지나도 그 마음은 식지 않고 오히려 불타올랐죠. 황제 폐하께선 어떤 매력적인 영애가 구애해 와도 항상 일편단심으로 아가씨만 사랑하셨는걸요! 뭐, 아가씨가 워낙 인기가 많으셔서 탈이긴 했지만."

나는 눈썹을 치켜 올렸다.

"그 말인즉슨 나는 일편단심이 아니었다는 거야?"

두 손을 모으고 로망에 빠져 있던 로벨리안이 갑자기 벌떡 일어
났다.

"자, 나가실 시간이에요!"

"하여간 넌 이따 보자."

"에이, 이따간 황제 폐하와 뜨거운 밤을 보내셔야……, 알았어
요, 그만할 테니까 때리지 마세요! 발길질도 하면 안 돼요! 드레스
가 구겨진단 말이에요."

차라리 손쓸 도리 없이 구겨져서 혼례식이 미뤄졌으면 좋겠는
데. 아니, 아니지. 내가 정신 차리지 않으면 루아는 어쩌고?

나는 황급히 두려움을 털어버리고 심호흡을 했다.

이윽고 바깥에서 종소리가 울려 퍼졌다.

"정말로 가실 시간이에요."

로벨리안의 눈짓에 시녀들이 마지막으로 웨딩드레스를 점검했
다. 나는 잠시 비틀거렸다.

"괜찮으세요?"

"물론이지. 난 무정……, 아니, 멀쩡해."

혀가 멋대로 꼬였다. 나는 크게 숨을 들이켜고 햇살이 스며드는
아치형의 문을 향해 발을 내딛었다.

그 빛에 눈이 멀 것만 같았다.

봄이 절정을 맞이하는 날이었다. 꽃을 엮은 새하얀 기둥들이 일
렬로 늘어선 게 보였고, 끝없이 이어질 것 같은 붉은 융단이 보였
다. 벨벳 카펫은 내가 있는 곳에서부터 황제가 있는 곳까지 이어

져 있었다. 무척이나 하얘서 마치 빛나는 것 같은 순백의 드레스 끝단이 그 위에 풍성하게 흐트러졌다. 벚꽃향을 머금은 봄바람에 면사포가 흔들리며 홍조가 핀 뺨을 간질이고 있었다.

나는 봄의 선율에 발을 맞춰 천천히 움직였다. 복숭앗빛 머리카락은 틀어 올리지 않고 면사포와 함께 늘어뜨린 채였다. 신성왕국답게 엄격한 복식을 요구하는 벨모트와는 달리 제국은 자유로운 스타일을 중시하는 편이고, 시녀들이 독특한 색을 띤 머리카락을 길게 늘어뜨리는 것이야말로 완벽한 치장이라며 입을 모았던 탓이었다. 루아가 자연스럽게 흘러내리는 머리칼을 좋아하기도 해서 나도 군말 없이 따랐다. 눈이 내려앉은 것 같은 백금 티아라는 꽃을 엮은 화관처럼 섬세하게 머리 위를 장식했고, 도톰한 월장석 귀걸이는 내가 고개를 기울일 때마다 흔들거렸다. 혹시라도 그 사이에 화장이 잘못됐을까 봐 거울을 보고 싶어 미칠 지경이었다. 끝을 말아 올린 속눈썹의 모양이 제대로 유지되고 있는지, 장밋빛 색조는 뺨과 입술에 잘 머물러 있는지 몹시 궁금했다.

"아주 아름답구나, 내 딸."

천장이 없는 복도 끝에서 나를 기다리고 있던 아빠가 손을 내밀었다. 갑자기 눈시울이 뜨거워져서 나는 다급하게 숨을 삼켰다.

"아빠도 엄청 멋있어."

나는 울음을 참느라 거의 속삭이듯이 말하며 아빠의 손을 마주 잡았다. 입술을 깨물지 않으려 머릿속으로 국가를 되뇌어야 할 판이었다.

아빠가 스치는 것처럼 가볍게 내 이마에 입을 맞추었다.

"이 손을 잡을 수 있을 때, 그리고 넘겨줄 수 있을 때 너를 떠나보내서 다행이야."

목 안이 덴 듯 뜨거웠다. 나는 아직 아빠를 떠나보낼 준비가 되어 있지 않았다. 나는 언제까지고 준비되어 있지 않을 거였다.

나는 기어이 머리를 숙였다. 아빠의 다정한 목소리가 들렸다.

"울지 마렴, 보니."

그러나 내가 어떻게 울지 않을 수 있겠는가.

잔뜩 시야가 흐려져서 바로 앞에 있는 아빠의 모습도 잘 보이지 않았다.

"아빠는 계속 내 옆에 있어줄 거지? 나는 계속 아빠 딸이지?"

울지도 않고 웃지도 않았던 이상한 아기.

성장하지 못하는 저주에 걸렸던 소녀.

"아빠는…… 계속 내 옆에…….."

참으로 위선적이기 이를 데 없었다. 루아에게는 네가 제일 소중하다고 한 주제에, 언젠가는 나를 아무도 없는 곳으로 데려가도 좋다고 말했으면서.

"네가 원한다면 언제까지나."

사실은 어디에도 가고 싶지 않은 거잖아. 그냥, 그냥 계속 이곳에.

누구보다도 나를 먼저 사랑해준 엄마와 아빠의 옆에 언제까지고 아이인 채 남아 있고 싶었다.

"내가 원하지 않아도 옆에 있어줘."

나는 울먹이며 말했다. 아빠가 활짝 웃었다.

"그렇게 말해주니 기쁜걸. 레이첼도, 나도 네가 무척 자랑스럽단다."

한가득 고였던 눈물방울이 뺨에 떨어지기 전에 아빠가 조심스럽게 닦아주었다. 그 손길이 무척 자상해서 가슴이 아렸다. 가장 기뻐야 할 날인데, 아름다운 신부가 되는 날인데 어째서 이렇게도 슬픈 건지 도무지 모를 일이었다.

다소 진정한 나는 아빠를 붙잡고 벨벳 위를 가로질렀다. 드레스에 하나의 예술 같은 자수처럼 박힌 다이아몬드 조각들이 햇빛을 반사시키며 화사하게 빛났다. 지금 이 순간 나는 가장 아름답고 가장 화려한 여자였다. 그리고 가장 행복해야 할.

루아와 가까워지고 있단 걸 알았지만 차마 앞을 볼 수 없었다. 나는 단지 루아의 발치만 보고 걸었는데, 그러다 아빠가 멈추자 당황해서 얼어붙었다. 나는 아직 아빠의 손을 놓을 준비가 안 되어 있었다.

갑자기 모든 것이 공포로 느껴지기 시작했다. 나를 둘러싼 사람들의 숨소리 하나하나를 들을 수 있었다. 마지막 봄인 것처럼 선명했다.

내가 아빠의 팔을 붙든 채 얼어붙어 있자 아빠가 나직한 목소리로 내 정신을 일깨웠다.

"보니."

"아, 으응."

정말 가까스로, 힘겹게 아빠를 놓아주었다. 하지만 나는 두려움에 질려 있었다.

덜덜 떨리는 손을 루아가 붙잡더니, 부드러운 움직임으로 제게 끌어당기며 속삭였다.

"괜찮아."

눈을 한 번, 깜박였다. 오랜만에 듣는 루아의 음성이 달콤한 만큼 낯설었다.

"결국 네가 원하는 대로 될 거니까."

"무슨……."

"언제나처럼."

확신이 가득한……, 그렇기에 나를 단번에 안심시켜주는 목소리였다.

아, 그렇지. 루아는 항상 나보다 나한테 필요한 것을 잘 알았는걸. 그게 무엇이든.

나는 그제야 루아의 얼굴을 똑바로 마주 보았다. 그리고 아까와는 전혀 다른 의미로 현실을 의심했다. 루아는 그새 키가 더 자라 있었다.

"……그럼 식을 거행하겠습니다."

불만스러운 기색이 가득 서린 에녹의 목소리에 나는 황급히 루아에게서 눈을 돌렸다. 에녹은 역사에 길이 남을 학살자인 요한 블라디미르 파우스트 교황의 바로 다음 대 교황으로 선출되어 모든 사람의 걱정을 한 몸에 받았으나, 그 시련을 딛고 다시금 종교의 위력을 세상에 널리 알린 사람이기도 했다. 또한 무척이나 나를 싫어했다.

모든 명문가 가주들이 참석한 국혼식은 유서 깊은 절차에 맞게 순차적으로 진행되고 있었다. 루아의 광신도나 다름없는 에녹이 이따금씩 울분에 찬 눈으로 나를 노려본다는 것만 빼면, 몹시 순조로워서 감동적일 정도였다.

서로를 향한 사랑을 맹세한 뒤 서약서에 서명을 마치자 에녹이 황금으로 장식한 상자를 다른 사제로부터 건네받았다. 에녹은 안에 있던 목걸이가 멀리서도 잘 보이도록 상자를 열고 높이 들었다.

"이전 교황의 무례를 속죄하고 황제 폐하와 황후 폐하의 국혼을 진심으로 경하드린다는 뜻을 담아, 신의 축복을 받은 보배, 브리싱가멘의 성스러운 목걸이를 황후 폐하께 바칩니다. 저희 발두르의 종들은 언제까지나 황실의 안녕과 평화를 기원하겠습니다."

에녹의 못마땅하다는 신음은 사람들의 환호성에 묻혀 나와 루아에게만 간신히 들렸다. 그로서는 전혀 바라지 않았던 일일 테지만, 나는 그 덕분에 긴장을 덜고 조금 편하게 섰다. 에녹이 성물을 주기 싫어하는 티를 역력히 보여서 나는 웃음을 참느라 애를 써야만 했다.

루아가 면사포를 걷어 올리고 브리싱가멘의 목걸이를 내 목에 걸어주었다. 이제는 그저 성력이 조금 깃든 평범한 장신구일 뿐이지만 참 반가웠다.

　나는 목을 스치는 감각을 지나치게 의식하지 않으려 군중을 향해 미소를 지었다. 봄의 햇살에 물든 루아의 머리카락은 녹을 것처럼 매혹적이었으며, 닿을 듯 말 듯 살을 간질이고 사라진 손가락은 믿어지지 않게 부드러웠다. 그리고 저 시선.

　나는 두려움을 느꼈던 것도 어느샌가 까맣게 잊어버린 채 루아의 눈에 깊이 몰두하고 있었다. 이미 진작 가슴이 터지고도 남았어야 하건만, 에녹이 이를 갈고 있는 바람에 어쩐지 그를 더 골려주고 싶은 마음까지 들었다.

　"보니."

　루아가 내 이름을 불렀다. 나는 미소 띤 얼굴로 대답했다.

　"응."

　"아름다워."

　"나도 알아."

　우린 아직 갈 길이 멀다는 것도.

　이게 끝이 아니라는 것도.

　"키스할게."

　루아가 고개를 숙여왔다. 나는 눈을 감았다.

　더는 무엇도 두렵지 않아졌을 때, 우리는 부부가 되었다.

　첫날밤을 위해 내가 얼마나 많은 준비를 했는지는 굳이 일일이 열거할 필요도 없었다. 오직 이날을 위해 정말 모든 걸 갈아 넣었다고 해도 무방하니까.

결혼하고서 부부가 처음 맞는 밤의 중요성은 누군가가 일부러 알려주지 않아도 잘 아는 바였다. 그러나 성황리에 결혼식을 마친 나에게 첫날밤은 한시라도 빨리 해치워야 할 또 하나의 고비로 느껴지는 것도 사실이었다. 나는 사랑에 푹 빠진 신부라기보단 전쟁터에 나갈 군인 같은 비장함에 사로잡혀서 열심히 몸을 씻었다.

하도 문질러 발갛게 달아오른 살갗이 조금 얼얼했다. 전신을 박박 닦느라 꽃잎을 띄운 물에 한참을 앉아 있으려니 보다 못한 시녀가 나를 말렸다.

"황후 폐하, 이 이상 욕조에 몸을 담그시면 피부가 무를 거예요."

나는 눈알을 굴렸다.

"하지만 언제 어디서 이상한 냄새가 날지 모르는걸."

"이러다 폐하께서 지쳐 잠드시겠어요."

"설마."

그러나 그렇게 말하면서도 나는 왠지 모를 불안감에 슬며시 미간을 찌푸렸다. 루아는 아닌 척해도 은근히 순진한 데가 있어서 가끔씩 나를 놀라게 만들었다.

내가 머뭇거리자 시녀가 다시 한 번 나직이 종용했다.

"재스민 잎을 섞은 달맞이꽃 오일을 발라드릴 테니 어서 나오세요."

시녀들의 능숙한 조치 덕분에 빨개졌던 피부는 금세 원상태로 돌아왔다. 마사지를 받은 나는 젖은 머리를 말리고 간단하게 화장을 한 다음, 과하지 않을 만큼만 몸의 굴곡을 살려주는 레이스 잠옷을 입었다. 혼례식이 끝나자마자 황실 무도회에 참석했던 데다 장시간 목욕을 했으므로 내가 황제의 침실에 도착한 시각은 자정에 가까웠다.

"그럼 저희는 이만 물러나겠습니다."

등 뒤에서 문이 닫혔다. 나는 오늘따라 무척 낯설게 보이는 루아의 침실을 멍하니 둘러보다가 한 박자 늦게 입을 열었다.

"아, 안녕."

안녕이라니, 이렇게 부자연스러울 데가. 나는 나도 모르게 속으로 욕을 했다. 나와 마찬가지로 간편한 복장으로 갈아입은 루아가 책상 의자에서 일어서며 말했다.

"오래 걸렸네."

"그야……."

뭔가를 말하려던 것도 잠시, 갑자기 겉옷을 집어 드는 루아를 보고 나는 미간을 찌푸렸다.

"일이 생겨서 잠깐 나갔다 와야 할 것 같아. 얼굴은 보고 가려고 기다렸는데, 잠시 다녀와도 괜찮지?"

"……어?"

이런 상황은 전혀 예상하지 못했던 바라, 나는 당혹스럽게 눈을 깜박였다. 결혼하고 처음 맞이하는 밤인데 얘가 지금 나를 두고 어딜 가겠다는 거야? 그 일이라는 게 도대체 뭐길래? 심지어 얘는 긴장한 것 같지도, 기뻐하는 것 같지도 않다. 평소와 똑같았다.

말로 설명하기 힘든 감정이 뱃속에서부터 부글부글 끓는 걸 느끼며 나는 억지로 침착하게 물었다.

"펠레스나 다른 사람한테 부탁할 수는 없는 거야?"

"내가 가는 편이 가장 확실하니까."

나는 여전히 침실 문 앞에 서 있었고, 루아는 이미 겉옷을 입은 뒤였다. 나에게 어디로 가는지, 가서 무엇을 할 건지 말해줄 생각은 조금도 없어 보였다. 그나마 아직 나와 사이좋게 나눠 낀 반지는 버리지 않고 있어서 다행이라고 해야 할지.

물론…… 지극히 혼란스러웠다. 나는 루아가 왜 이러는지 단 1퍼센트도 이해할 수 없었으니까. 열흘 만에 다시 만났기 때문인지 혼인식을 올렸음에도 루아가 더 멀게 와 닿았다.

들뜨고, 초조하고, 설레고, 불안하고, 행복했던 기분이 벌써부터 나락을 향해 곤두박질치고 있었으므로 나는 입술을 꾹 깨물었다.

"언제 오는데?"

내 목소리에서 어떤 감정의 잔재를 눈치 챈 건지, 루아가 나를 빤히 응시했다.

"금방 올 거야."

나는 내가 지금 어떤 표정을 짓고 있는지도 몰랐다. 솔직히 나는 상처받았다.

"……알았어."

기분이 상한 나는 그렇게만 말하려다가 우리의 결혼이 성립된 지 아직 열두 시간밖에 지나지 않았다는 사실을 깨닫고 서둘러 덧붙였다.

"빨리 와야 해?"

"쉬고 있어."

　루아는 그렇게 말하고서 나에게 완전히 시선을 돌렸다. 문득, 아주 기이한 위화감이 들었다. 루아가 나를 바라봐주지 않고 있으니 알 수 없는 두려움이 일었다.

"나, 나도 같이 갈까?"

　이토록 용기를 발휘해본 적이 없었건만, 루아는 나를 쳐다보지도 않고 거절했다.

"너 지금 피곤하잖아. 무리할 거 없어."

　퍽 고맙게도 루아는 문을 통해 나가서 대기하고 있을 시녀들에게 나를 창피 주는 대신 이동 마법을 사용했다. 그리고, 나는, 주인이 떠나고 없는 침실에 혼자 남았다.

　복잡했던 머릿속이 어느 순간 텅 비어버렸다. 아, 이게 도대체 뭐지? 무슨 상황인 거야? 나는 반지가 끼워진 손을 내려다보고, 머리를 들어 침실을 둘러보다가 다시 반지를 들여다보았다.

　나를 공황으로 몰아넣었던 혼란스러움은 아주 서서히 가라앉았다. 한참 뒤에야 정신을 차린 나는 느릿느릿하게 침실을 가로질러 들어가, 루아가 앉았던 책상 의자에 자리를 잡았다. 루아도 없는데 혼자 침대에 드러눕고 싶지 않아서였다.

뭔가가 잘못됐다는 예감이 들었지만, 나는 깊이 생각하려 하지 않았다. 머리카락에서 풍기는 달콤한 장미향도, 전신에서 피어오르는 매혹적인 오일 냄새도 무시했다. 나는 루아가 남긴 말을 분석하고 쪼개는 것만도 벅찼으니까. 피곤한 거 아니까 쉬라는 말은 뭐고 무리할 거 없다는 말은 또 뭔지. 설마 루아는 내가 빡빡한 일정으로 지쳤을 테니까 배려라는 명목으로 자리를 피해준 건가? 제 딴엔 속 깊은 결정이라고 여기면서?

……아니, 다시 백치로 돌아간 게 아니고서야 그렇게 멍청할 리가 없는데.

나는 정말 오만 가지 생각을 하며 루아가 돌아오기를 기다렸다. 한 시간은 어찌어찌 참을성 있게 기다렸으나, 두 시간이 지나고 세 시간을 넘어서자 날이 환해지기 전까진 루아가 돌아오지 않을 것 같다는 확신이 들었다. 남색으로 물들었던 하늘이 점차 하얗게 물들어서 도저히 받아들이지 않을 수 없었다.

나는 첫날밤부터 신랑에게 외면받은 신부가 되었다.

눈을 떴을 때 나는 침대 위에 있었다. 내 발로 침대까지 걸어간 기억이 없으니 루아가 옮겨준 것 같았는데, 왔다가 또 금방 나간 건지 나는 여전히 혼자였다. 텅 빈 침대 옆자리엔 지난밤 누운 적도 없다는 듯 싸늘한 기운만이 남아 있었다.

혼자 지새운 밤이었고, 혼자 맞이한 아침이었다. 그러나 너무 어이가 없어서 화가 치민다거나 눈물이 쏟아지지도 않았다. 다만 얘가 또 무슨 꿍꿍이일지 심히 궁금할 뿐이지.

원래 우리의 결혼식은 빨라도 1년은 뒤에 치러졌어야 했다. 엄마는 내가 아카데미를 졸업한 뒤에 약혼하기를 원했고, 나도 그동안 사고 친 게 있으니 최대한 엄마 뜻에 따르고자 했었다. 뭐……, 그, 그러려고 노력하기는 했다. 루아가 매일같이 온갖 보물과 끝이 없는 재산 목록으로 나를 유혹하지만 않았어도 몇 달은 더 버텼을 거였다.

열일곱 살의 약혼, 열여덟 살의 결혼. 사실 그렇게 이른 것도, 늦은 것도 아니었다. 나는 이제 성인이었으니까. 문제는 나와 똑같이 성인이어야 할 루아가…… 이렇게…… 애처럼…….

"가만두나 봐라."

나는 이를 갈며 복수를 다짐했다.

나는 혼자 목욕했고, 혼자 옷을 입었다. 로벨리안이 내 결정을 부끄러움 탓으로 여겨주어서 차라리 다행이었다. 윙그비아 가문의 문장이 수놓인 가벼운 드레스를 차려 입고 드레스 룸을 나섰을 땐 이미 시간은 정오를 훌쩍 넘어 있었다. 첫날밤을 보낸 신부이니만큼 내 늦은 입장을 이상하게 여기는 사람은 아무도 없었다. 나는 늦은 점심을 먹으며 로벨리안을 떠보았고, 그녀는 예상외로 루아도 비교적 늦게 침실 밖으로 나왔다고 말해주었다.

그럭저럭 능숙하게 황실 업무를 도우면서도 나는 수십 번도 넘게 루아의 일정표를 확인했다. 이놈을 언제 어디서 어떻게 잡아야 할지 고민하느라 머릿속이 바빴는데, 이런 나의 행동을 다르게 해석한 로벨리안이 다른 시녀들에게 가서 제 짐작을 신나게 떠들었다.

"당연히 엄청나게 뜨거운 밤을 보내셨겠지! 두 분 모두 늦게 일어나셨거든. 곧 탄생하실 황자님께서 얼마나 귀여우실지 상상도 못하겠어."

그만 입 다물어, 로벨리안. 괜히 더 비참해질 뿐이라고! 나는 고작 기둥 하나를 사이에 두고 실컷 행복해하는 로벨리안을 울분에 차서 노려보았다. 잠시 쉬고 있던 시녀들은 내가 근처에 와 있는 줄도 모르고 과연 백 년 안에 태어나기는 할지 의문인 나와 루아의 아이를 상상하기 바빴다.

"분명 세상에서 제일 귀여운 아기님일 거야……, 확실해! 황제 폐하도, 황후 폐하도 엄청나게 아름다우시니까. 벨모트의 공주만 꼴사납게 됐지, 뭐. 감히 우리 폐하를 넘보다니 분수를 알아야지. 대륙 전체를 뒤져도 폐하처럼 잘생긴 사람은 못 찾을걸?"

"그거야 당연한 거고. 난 매일같이 폐하를 보는데도 입이 안 다물어져. 황후 폐하는 복도 많으시지."

"어렸을 때부터 쭉 이어진 사랑이라니……, 아, 정말 로맨틱하지 않아? 나도 연애하고 싶다."

"그 여드름 난 기사를 말하는 거면 아서라. 덩치만 컸지 토끼 한 마리도 못 죽이겠던걸! 난 그냥 죽을 때까지 폐하를 모시고 살 거야. 폐하를 따르다 보면 다른 남자들은 말라비틀어진 건어물로 보여서."

시녀들이 깔깔거리며 웃는 소리를 뒤로하고 나는 왔던 길을 되돌아갔다. 조금 쉴 생각이었는데 복도 맞은편에서 걸어오던 루아와 정면으로 맞닥뜨렸다.

그동안 나도 제법 키가 자랐지만 루아에 비하면 턱없이 모자랐으므로, 머리를 들어서 그를 올려다봐야 했다. 하지만 나는 섣불리 그래선 안 되었다. 그 얼굴, 그 눈을 예고도 없이 보는 순간 머릿속에 있던 생각들이 즉시 날아가버렸으니까.

확실히 루아는 너무 과도하게 잘나서 탈이었다. 차라리 발두르처럼 평범한 얼굴이었으면 좋았을 텐데. 그럼 다른 여자들도 루아를 넘보지 않았겠지. 적어도 반에 반 정도는 줄어들었을 거다.

반에 반 정도는…….

나로서도 파악하기 힘든 미묘한 감정으로 인해 굳게 다물린 입술이 선뜻 떨어지지 않았다. 루아가 제자리에 얼어붙은 나를 보며 먼저 인사를 건네왔다.

"잘 잤어?"

새삼 시녀들이 어째서 루아의 시중을 들지 못해 안달인지 알 것 같았다. 눈앞의 남자는 자신을 돋보이게 해줄 만한 풍경이나 장치가 없어도 숨이 멎도록 아름다웠으니까. 그래서 나는, 때때로 찾아드는 이런 생경한 느낌에 긴장하고는 했다. 나는 루아의 입술이 얼마나 부드러운지 알고 있었고, 이따금씩 전신의 힘이 빠질 만큼 매혹적인 미소를 짓는다는 사실도 알았지만 여전히 수줍어했다. 그리고 그건 미끈하게 빠진 루아의 손이 내 뺨에 닿을 때도 마찬가지였다.

"보니?"

루아가 걱정스럽다는 듯이 고개를 숙여와서 나는 당혹스럽게 숨을 삼켰다. 루아의 얼굴이 무척이나 가까이서 보였다. 짙은 빛깔로 물들어가는 금발은 기이하게 푸른 눈동자와 이상적인 조화를 이루었고, 곧은 코와 끝이 살짝 올라간 입술은 그 아래서 진가를 발휘했다. 완벽하다는 찬사가 부족한 게 아닌가 싶을 정도로 어느 하나 모난 구석이 없었다. 전부 다 지나치게 잘나서, 그래, 도리어 너무 훌륭한 나머지.

……그렇지, 참. 우리는 결혼했었다.

부부사이였다.

나는 루아의 좋은 점만 보고 사랑에 빠진 것이 아니었다.

한창 이야기꽃을 피우던 로벨리안과 다른 시녀들이 등 뒤에서 걸어오다 멈칫하는 소리가 들렸다. 나보다 더 흥분한 그들이 서로를 마구 떠밀며 다른 곳으로 도망치는 소리 또한 똑똑하게 들리고 있었다.

나는 어젯밤의 일을 상기하며 루아의 손을 피해 뒤로 살짝 물러났다.

"누구 덕분에 아주 잘 잤지."

나는 그렇게만 말했다. 루아가 어리둥절해서 고개를 기울였다.

"내가 뭐 잘못한 거 있어?"

얼굴이 화끈거렸다. 나는 상체를 바로 하려는 루아의 멱살을 잡아 다짜고짜 내 눈높이까지 도로 끌어내리고는 작게 소리쳤다.

"그걸 지금 말이라고 묻니? 밤새 나를 혼자 내버려뒀잖아! 신혼 첫날밤에!"

이 굴욕을, 실망감을, 서운함을 이루 말할 수 없었다. 급기야 눈앞이 뿌옇게 흐려지기 시작했다.

루아가 나를 끌어안아주며 다정하게 말했다.

"오늘은 일찍 들어갈게. 그리고 어디 안 가."

"……정말이야?"

그 목소리가 믿어지지 않게 달콤해서 나는 이 순간적인 위로에 빠지고 말았다. 평소라면 고작 이 정도로 물러나지 않았을 테지만 나는 지금 루아와 결혼한 사이였다.

루아는 나의……, 나의…….

세상에. 내가 진짜 얘랑 결혼을 한 거야. 이 애가 내 남편이라고.

나, 남편…….

갑자기 확 와 닿는 현실에 가슴이 먹먹했다. 뜨거운 것을 삼킨 것처럼 얼얼한 느낌이었다. 불처럼 격렬하면서 나른하게 기분 좋았다.

루아가 내 뺨에 입을 맞추고 나를 놓아주었다.

"이따 봐."

충격에 빠진 나는 루아가 간 뒤로도 한참을 제자리에 서 있었다.

루아와 내가 '부부'라는 사실을 실감한 뒤엔, 앞으론 예전처럼 굴어선 안 된다는 생각이 들었다. 물론 그게 쉬운 일은 절대 아니었다. 식을 올린다고 해서 하루아침에 사람이 바뀌는 건 아니니까. 나는 루아와 10년을 넘게 알았고, 그동안 우리는 친구이면서 연인이었다. 보다 어렸을 땐 내가 루아의 보호자나 다름없었기도 했고.

어쨌든 분명한 점은, 더는 우리가 '친구'이지 않다는 것이었다. 그리고 지난밤 루아의 행동은 무척 수상했다.

나는 루아와 연인 사이였을 때도 어떤 긴장감이나 설렘을 느낀 적이 드물었다. 있기야 있었지만, 다른 연인들의 관계와 우리의 관계는 근본부터 다르다는 사실을 인정하지 않을 수 없었다. 우리는 서로를 연인으로 여기기 전부터, 아주 어릴 적부터 같이 생활했고, 잠도 같이 잤다. 나는 열두 살까지 루아의 옷을 직접 갈아입혀주었으며, 루아는 내 생리 주기를 나보다 잘 알고 있었다. 그리고 우리는, 결혼식이 있기 열흘 전까지만 해도 서로를 끼고 자는 게 당연했다.

비밀 같은 건 없다. 서로를 옭아매는 것이 너무나 당연하고, 서로가 서로만을 원해야 직성이 풀렸다. 이제 와 다시 돌아가기엔 늦었으나 확실히 상대방의 존재를 지극히 당연하고 편하게 여기는 건 문제가 있었다. 루아도 가끔은 나를 보며 얼굴을 붉히지만, 어쩌면 그건 키스하고 싶을 정도의 두근거림이지, 부부생활을 할 정도의 욕망은 아닐 수도 있었다. 하루가 멀다 하고 같은 침대에서 잤으니 어색해하는 것도 무리는 아니긴 했다. 면죄부를 줄 생각은 없어도 이해는 간다. 이 느낌을 루아가 제대로 표현하지 못하는 것도 알겠어. 나는 내 정신 연령이 루아보다 못해도 세 살은 더 위라고 믿어 의심치 않고 있었다.

따라서 그날 밤에는 조금 색다른 시도를 해보기로 했다. 욕망이든 뭐든 생기게 만들면 그만이니까. 나는 어제보다 훨씬 선정적인 검은색 캐미솔을 가운 속에 입었다. 아주 짧으면서 속이 훤히 비치는, 공작새의 깃털처럼 가볍고 부드러운 것이었다.

목욕의 잔향이 남은 머리카락이 풍성하게 흐트러지며 가슴과 허리를 감쌌다. 나는 침실에 들어서자마자 주름진 캐노피에 감싸여 있는 침대부터 곁눈질했다. 루아가 저 안에 있었다. 내가 왔다는 것을 알 테니, 아마 기다리고 있는 거겠지.

루아와 당장 맞닥뜨리지 않았으므로 시간이 좀 있었다. 나는 나이트가운을 벗고, 캐미솔 차림으로 거울 앞에서 이리저리 몸을 돌려보았다. 검은색이 분홍빛 머리카락과 하얀 피부를 더 돋보이게 해주었기 때문에 자신감이 붙었다. 좋아, 할 수 있어! 오늘은 기필코 놓아주지 않을 테다. 어떤 의미로든 반드시 끝을 볼 거였다.

흡사 전쟁터에 나가는 기분이었다. 하지만 아주…… 낯간지러웠고, 싫기는커녕 잔뜩 들떴다. 어제와는 또 다른 각오였다.

크게 심호흡을 한 나는 저돌적으로 침대를 가린 우아한 캐노피를 걷어 올린 뒤, 토끼눈을 뜬 루아가 무슨 말을 하기도 전에 먼저 엄포를 놓았다.

"참고로 오늘도 도망치면 내일은 아예 발가벗고 들어올 줄 알아."

제법 놀랐는지 루아가 나를 제대로 쳐다보지도 않으면서 말했다.

"도망 안 쳐. 그러는 너야말로 괜찮은 거야? 결혼식 땐 마음이 바뀐 것처럼 보였는데."

나는 고개를 갸우뚱했다.

"내가 아빠랑 같이 입장했을 때 울어서 그래? 원래 여자는 결혼식 날 감상에 젖기 마련이야. 정말로 오만 가지 감정이 다 들었거든. 그 정도는 이해해."

"너 후회……."

"안 해."

나는 단호하게 루아의 말을 잘랐다. 그러고는 부끄러움도 잊고 속삭였다.

"너랑 결혼해서 너무 좋아."

순식간에 루아의 얼굴이 새빨개졌다.

거봐, 정신 연령은 내가 더 높은 거 맞다니까.

내가 루아를 보고 가슴이 두근거렸으면, 루아도 나를 보며 설레야 마땅했다. 그래야 공정하지. 나는 아까와는 달리 퍽 여유로운 마음가짐으로 침대에 올라갔다. 자꾸만 내 시선을 피하려 드는 루아의 바로 옆에 바짝 붙어 앉았다.

나는 버릇처럼 손가락으로 입술을 잡아당기며 가볍게 물었다.

"루아 너는 안 그래?"

귀엽게도 루아는 내 말이 끝나기도 전부터 머리를 흔들었다.

"나도 좋아."

나이를 먹었어도 루아는 여전히 루아였다. 나는 웃음을 터뜨렸다. 만족스러운 대답이긴 했지만, 아직 끝나려면 한참은 먼 밤이었다.

나는 짧은 치마 덕분에 더욱 길어 보이는 다리를 루아의 다리에 걸치며 나긋나긋한 어조로 물었다.

"있잖아, 그럼 뭐가 문제야?"

이제 루아는 아예 천장을 올려다보고 있었다.

"어머님이 그러시던데, 애 낳을 때 엄청 아프다고."

나는 살짝 미간을 찌푸렸다. 그건 웬만큼 자란 여자애라면 누구나 아는 상식 아닌가.

"그게 뭐가 어때서?"

대수롭지 않게 반문했으나, 웬만큼 자란 여자애가 아닌 루아는 오히려 나를 이상하다는 듯이 쳐다보았다.

"뭐가 어때서라니? 넌 아무렇지도 않아? 너 아픈 거 싫어하잖아."

"애초에 아픈 거 좋아하는 사람은 아무도 없거든?"

나는 코웃음을 치며 루아의 목에 팔을 둘렀다. 루아가 제게 안겨 드는 나를 마주 안지도 못하고, 내치지도 못한 채 우물우물 말했다.

"하지만 어머님은 아이를 낳고 나면 네가 완전히 나를 싫어하게 될지도 모른다고……."

아, 보나마나 뻔하지. 파우스트와의 일을 모조리 잊어버린 그렌트헨 황태후 폐하께선 아들을 엄청나게 아끼고 사랑하는 어머니로 돌아와 있었다. 또한 그녀는 아직 순진한 구석이 남은 아들의 결혼을 놀리는 데 재미를 붙이셨고. 나한테도 몇 번인가 장난을 치신 적이 있었는데 내가 능숙하게 잘 넘기자 외려 실망하셨던 터였다.

하여간 애는 진짜 귀여워서 죽겠다. 어떨 땐 피도 눈물도 없는 것처럼 굴면서 이럴 때는 또 마냥 순진무구한 아이 같았다. 어쨌든 이젠 출산의 고통을 알았으니 열 명이든 스무 명이든, 딸이 나올 때까지 무조건 낳자는 소리는 안 하겠어.

나는 웃음을 참느라 들쭉날쭉한 톤으로 말했다.

"난 아무렇지도 않아. 그리고 애가 바로 들어서는 것도 아니고. 아무튼 그런 게 걱정되면 나한테 잘해, 무작정 피하려고 하지 말고, 이 바보야."

루아가 잠시 침묵했다가 변명을 시도했다.

"어제는 진짜 일이 있었어."

"그 일이 신혼 첫날밤을 개무시할 만큼 중요한 일이었어?"

나는 가만히 눈을 올려 뜨며 나직하게 물었고, 루아는 즉시 패배를 시인했다.

"아니."

그럴 줄 알았다. 나는 루아의 목에 둘렀던 손을 올려서 황금빛이
도는 머리카락을 매만졌다.

"앞으로도 계속 내가 혼자 자게 둘 거니?"

"아니."

루아가 재빨리 고개를 가로저었다. 나는 그제야 활짝 미소를 지
었다. 서운했던 마음은 풀린 지 오래였으므로, 소리 내어 웃으며
루아의 위에 자리를 잡았다.

"넌 나만 믿어. 내가 여사제한테 진짜 끝내주는 거 배워 왔어."

나름대로 자신이 있어서 호언장담했건만, 당황한 루아가 새빨
개진 얼굴로 손을 들어 입가를 가렸다.

그리고 그날 새벽, 나는 루아가 어젯밤 멀리 갔었던 게 아니라
침실 바로 위 지붕에 있었다는 얘기를 듣고 기절하기 직전까지 웃
었다.

13

My Lord, My Queen

며칠 전부터 몸이 좀 이상했다.

"……폐하, 황후 폐하."

꾸벅꾸벅 졸던 나는 나직한 로벨리안의 부름에 겨우 눈을 떴다. 깃펜을 든 채 깜박 잠들었더니 양피지에 커다란 원 모양의 검은색 얼룩이 져 있었다.

"피곤하시면 조금 쉬세요."

온몸이 나른했다. 나는 하품이 나오려는 걸 억지로 참으며 깃펜을 손에서 놓았다. 한두 번 있던 일도 아니라 로벨리안이 손가락에 묻은 잉크를 능숙하게 닦아주면서 걱정스럽다는 눈길로 나를 보았다.

"요즘 기운이 없어 보이세요. 식사량도 적어지셨고……. 황궁의에게 한번 진찰을 받아보시는 건 어때요?"

내가 병에라도 걸렸을까 봐 걱정하는 마음은 알았지만, 나는 이미 나한테 무슨 일이 벌어졌는지 알고 있었다.

나는 고개를 가로저으며 자리에서 일어났다.

"괜찮아. 잠깐 바람 좀 쐬면 나아질 거야."

"하지만 밖엔 비가 오는데……."

"따라오지 말고 여기 있어, 로벨리안."

단호한 명령에 로벨리안이 울상을 지었다. 나는 아랑곳하지 않고 집무실을 빠져나갔다. 자꾸만 늘어지려는 발을 억지로 움직이려니 절로 한숨이 나왔다. 아직 한낮이건만 침실로 돌아가서 눕고 싶은 마음이 굴뚝같았다.

가랑비가 내리는 창 밖을 주시하다가 나는 우산을 들고 황성 바깥에 있는 야외 정원으로 향했다. 요즘 들어서 나는 특별한 이유도 없이 자주 울적해졌고, 그렇게 좋아하던 디저트도 잘 먹지 못했다. 또 하루의 거의 대부분을 멍한 상태로 보냈다. 기분을 통제하지 못해서 별것 아닌 걸로 신경질을 부리기도 했다. 그나마 루아가 곁에 있을 땐 증상이 덜해서 다행이지. 나는 아직 루아에게도, 다른 사람에게도 이것을 말할 준비가 되어 있지 않았다.

결혼식을 치른 지 반년이 조금 넘었고, 이번 달에는 월경을 하지 않았다. 그동안 한 번도 날짜를 어긴 적이 없으니 이것이 의미하는 바는 너무나 명확했다. 다만 당혹스럽고, 얼떨떨할 뿐이다. 또 엄청나게 무서웠다. 내 몸에 또 다른 생명이 깃들어 있다는 것도, 내가 곧 부모가 된다는 것도 두렵기 이를 데 없었다. 더욱이 나는 뭣도 모르고 루아에게 육아에 대해선 나만 믿으라며 큰소리를 친 전례가 있었다.

풀 내음을 잔뜩 머금은 축축한 공기가 뺨을 간질였다. 혼자서 느긋하게 정원을 거닐자 조금은 기분이 나아지는 것 같았다. 바람은 찼고, 물방울이 맺힌 꽃들은 평소보다 몽롱한 색으로 흔들렸다. 미가엘이 딱 좋아하는 흐린 풍경이었는데 아쉽게도 그는 지금 황성 밖으로 나가고 없었다.

혼란스러운 내 마음만 제외한다면, 참 평화로운 오후였다. 나는 사육제 때 연리와 라리의 무례를 사죄하러 온 대마녀가 멋대로 정원에 심어두고 간 푸른 버드나무를 떨떠름하게 주시했다. 기둥도,

이파리도 이색적인 푸른빛으로 반짝이는 커다란 나무는 주위의 관상목들과 전혀 조화를 이루고 있지 않았다. 생긴 게 독특한 만큼 잎을 달여 먹으면 중병도 씻은 듯 낫는다고는 하는데 아직 아무도 시도해보질 않아서 그 말이 진실인지는 여전히 의문이었다.

대마녀는 일전에 찾아왔던 두 마녀와는 비교조차 불가능할 정도로 우아했지만, 이미 연리가 건 최악의 저주로 기분이 몹시 상한 나는 단단히 벼르고 있었다.

"내가 저 마녀한테 가운뎃손가락을 날리면 외교적 실례가 되겠지?"

그렇게 물었던 나에게 루아는 마찬가지로 전혀 진지하지 않은 어조로 대꾸했다.

"마녀한테는 그게 욕이 아니라 칭찬의 의미일 수도 있어. 그리고 난 쟤네랑 외교할 생각 없는데."

그러나 애석하게도 욕은 욕이었다. 뜻은 몰랐을지언정 대마녀는 내가 자신에게 시비를 걸지 못해서 안달이라는 걸 눈치 채고 황급히 제국을 떠났다. 그 뒤로 황성을 찾아오는 마녀는 없었다.

차츰 정신이 드니 슬슬 배가 고파졌다. 나만 배고픈 건지, 아니면 뱃속에 있는 아기도 배가 고픈 건지 궁금했다. 내 몸에 다른 생명이 들어서 있다는 사실이 여간 신기한 게 아니었다.

"앞으론 와인에 절인 스테이크는 절대 먹으면 안 되겠다. 난 지금 연어 샐러드가 먹고 싶은데 너도 괜찮지?"

나는 듣지도 못할 아기에게 괜히 말을 걸어보며 정원을 거닐었다. 그러는 동안 무의식중에 우산을 잡지 않은 손으로 배를 만졌는데, 혹시라도 지켜보는 사람이 있을까 싶어 약간 고개를 들어보니 멀리 어슴푸레하게 사람의 형체가 보였다.

나는 확연한 검은색을 발하는 남자의 머리카락을 한눈에 알아보고 걸음을 빨리했다. 그는 우산도 없이 맨몸으로 비를 맞고 있었다.

"펠레스? 여기서 뭐 해?"

그는 놀라지도 않고 부드러운 목소리로 나를 맞이했다.

"오셨습니까."

"보는 사람도 없는데 편하게 말해."

나는 팔을 올려서 키가 큰 그에게도 우산을 씌워주었다. 미가엘이라면 비가 오든, 눈이 오든 정원에 몇 시간씩 서 있는 게 당연할 정도였지만, 펠레스의 이런 모습은 새로웠다.

가벼운 나무람에 펠레스가 희미하게 웃으며 나를 돌아보았다.

"보니."

"왜 우산도 없이 나와 있어? 그러다 감기 걸려도 난 몰라."

나는 우산을 든 손을 위로 쭉 뻗으면서 말했다. 펠레스와 나의 키 차이가 상당했으므로, 그의 머리나 어깨가 우산 끄트머리에 닿지 않으려면 나는 발꿈치를 들어야 했다.

혼자 끙끙거리는 내가 안쓰러웠는지 펠레스가 지극히 신사적인 손길로 내게서 우산을 빼앗아 들었다.

"그저…… 생각할 것이 있어서요."

나는 명백하게 내 쪽으로 한참은 더 쏠린 우산을 올려다보면서 눈알을 굴렸다. 이러면 내가 우산을 씌워준 의미가 없잖아.

"별일이네, 마법사님께서 감상에 빠지실 때도 있고."

"그러게 말이에요."

자조하는 듯한 중얼거림이 빗소리에 섞여들었다. 나는 펠레스를 빤히 쳐다보았다. 주인이 가장 총애하던 사자였고, 인간을 사랑한 악마였으며, 지금은 갈 곳을 잃어버린 남자가 눈앞에 있었다. 그러나 그의 눈은 정원에 있는 그 어떤 것도 담고 있지 않았다. 심지어 나조차도. 그는 이곳에 있으면서 이곳에 있지 않았다.

뻔하지. 그가 사색에 잠길 만한 이유라면 단 하나뿐이다.

이제 와서 이런 표정을 지을 이유라면 단 하나밖에 없었다.

"잊어."

나는 거두절미하고 그렇게 말했다. 펠레스가 한 박자 늦게 반문했다.

"……예?"

"파우스트를 생각하고 있었잖아. 잊으라고."

그 말에 펠레스가 의아함을 거두고 쓴웃음을 머금었다.

"저는 아직도 제가 이곳에 머물 자격이 있는지 의문을 갖고는 합니다."

"뭐…… 파우스트가 한 짓을 생각한다면 상당히 관대한 처분이기는 했지."

머나먼 과거가 되어버린 그날, 메피스토펠레스는 결함을 갖고 태어난 아이를 거둬들였고, 결국 사랑하게 되었다. 그뿐 아니라 펠레스는 강제로 백치가 됐던 루아에게도 손을 내밀었던 바였다. 어렸던 나에게 진실을 알려주기도 했고. 어떻게 보면 이건 그의 천성일 수도 있었다. 부족하고, 상처 입고, 망가진 아이를 내버려 두지 못하는.

파우스트가 그를 필요로 했듯이, 루아도 그를 필요로 했다. 천 번의 잘못을 저질렀어도 그전에 한 번의 자상함을 보였다면, 부모의 사랑을 받지 못했던 아이에게 어떤 형태로든 그것을 채워주었다면, 그는 그 아이에게 아주 특별한 사람이 되는 것이었다.

펠레스는 그것에 책임감을 느꼈어야 했다. 마냥 보듬고 위로해 주는 것만이 최선의 선택이지는 않다는 사실을 그는 너무 늦게 알았다.

"보니."

빗물처럼 나직한 부름이 원망스러운 만큼 친근했다.

"응?"

"당신은 오래 살아주세요. 저희 사자들도, 폐하도 두고 가지 말아주세요."

나는 눈을 깜박였다. 펠레스가 부드러운 미소를 지었다.

"이렇게 말하면 제가 너무 이기적인가요?"

"글쎄?"

고개를 갸웃거리지 않을 수 없었다. 그래도 루아가 했던 말에 비하면 훨씬 나은 것 같기는 한데. 루아는 아예 백 년 뒤엔 이곳을 떠

나서 자기랑 단둘이 고립된 섬에 틀어박히자고 했었다. 말이 백
년이지 내가 허락만 하면 지금 당장이라도 떠날지 몰랐다.

오래 살아달라니. 펠레스가 이처럼 나약한 모습을 보인 적이 없
었기에 나는 입꼬리를 올렸다. 어쩐지 그가 파우스트의 죽음을 겪
고도 제정신을 유지할 수 있었던 건 루아 덕분이지 않았나 싶었
다. 뭐, 루아 말고도 그가 돌봐야 할 사람들이 좀 많았어야지. 그
는 수명을 담보로 마력을 쌓은 체르지안도 도와주었고, 이지스가
두 번 다시 나를 괴롭히지 못하게 막아주기도 했다. 그는 사람들
틈에서 해야 할 일들이 몹시 많았다.

그를 필요로 하는 사람들이 아직 이곳에 있었다.

"그 우산 너 줄게."

나는 특별히 친절을 베풀어서 우산 밖으로 빠져나왔다. 어차피
금방 성 안으로 들어갈 거고, 나와 루아의 아기라면 엄청나게 튼
튼할 테니 비를 조금 맞더라도 문제는 없었다.

펠레스가 당황한 듯 순식간에 비에 젖은 나를 새삼스럽게 응시
했다.

"하지만 그럼 당신은……."

"난 괜찮아."

손끝에 닿자마자 녹아버리는 투명한 비였다. 나는 그 비에 감싸
여서 말했다.

"그리고 너도 괜찮을 거야, 메피스토펠레스."

확신이 담긴 목소리가 그의 귀에 여지없이 닿았다. 그가 보는 사

410　411

람마저 괴로우리만치 슬프게 얼굴을 일그러뜨렸다.

"저를 용서해주시는 겁니까?"

나한테는 그를 용서할 자격이 없었지만, 그를 용서할 수 있는 사람은 오로지 루아뿐이었지만, 지금의 펠레스는 그런 것조차 생각할 여유가 없는 듯했다.

나는 그의 간절한 표정을 보고 단호하게 딱 잘라 말했다.

"아니. 용서 못 해. 그러니까 내가 용서하고 싶은 마음이 들 때까지 여기 있어."

뭐……, 루아는 이런 말을 직접적으로 할 줄 모르니 어쩔 수 없지.

나는 나한테만 솔직하게 구는 루아를 대신하여 다시 한 번 단호한 목소리로 또박또박 말했다.

"내가 됐다고 할 때까지 여기 남아."

이건 펠레스의 소원이기도 했으나, 루아의 바람이기도 했다. 결국 우리에게는 늘 의지할 사람이 필요했으니까. 내 손을 잡고, 펠레스의 보살핌을 받던 백치 꼬마도 지금의 루아였다.

"정말 그냥 가셔도……."

"아, 글쎄, 괜찮다니까!"

나는 인상을 확 쓰고는 펠레스의 거절을 피해 도망치듯이 뛰었다. 성 내부로 이어지는 가장 가까운 입구로 향하다가 이번엔 얼떨결에 회의를 끝내고 나오던 루아와 마주쳤는데, 루아는 흠뻑 젖은 나를 보자마자 불만을 토로했다.

"지금 뭐 하는 거야?"

루아는 곧장 건물 밖으로 걸어 나왔다. 자기가 젖는 건 아랑곳하지 않고 겉옷을 벗어주더니 펠레스가 있는 방향을 못마땅한 듯 응시했다. 나는 루아가 그러거나 말거나 루아의 겉옷에 얼굴을 파묻고 코를 킁킁거렸다. 달콤한 냄새, 가장 익숙한 냄새가 났다.

기분이 좋아진 나는 루아에게 비비적거렸다.

"루아야아."

"그렇게 불러도 소용없거든? 펠레스한테 우산은 또 왜 줬는데?"

그러는 너는 왜 심술인데? 시력 자랑이나 하고. 회의 중이라 엿듣지 못했던 건지 루아의 눈은 의심으로 범벅이었다. 나는 루아에게 안겨들다 말고 부루퉁하게 입술을 삐죽였다. 나를 향한 걱정으로 가득한 루아의 얼굴을 보고 있으니 왠지 모르게 칭얼거리고 싶어졌다.

"나 연어 샐러드 먹고 싶어. 배고파."

루아가 눈을 가늘게 떴다. 더 추궁하려는 모양새라 나는 시무룩해졌다.

"진짠데……."

나지막한 한숨이 귀에 들린 것도 같았다. 잠시 동안 나를 의심스럽다는 듯 살피던 루아가 아예 내 몸을 들어 올렸다.

"알았으니까 우선 들어가자. 너 그러다 감기 걸려."

그 걱정은 아까 내가 펠레스에게 했던 말이랑 똑같았다. 어쩐지 루아와 내 말버릇이 닮아가는 것 같아서 나는 헤실헤실 웃었다.

"그럼 네가 간호해주면 되지."

루아는 못마땅한 듯 눈알을 굴리면서도 즉시 식당으로 향했다.

정말로 평화로운 오후였다.

주방장이 요리를 빨리 내와서 다행이었다. 내가 엄청난 기세로 연어 샐러드를 먹어치우는 동안, 루아는 보송보송한 천으로 직접 비에 젖은 내 머리카락을 닦아주었다. 그 모습을 보고 시녀들이 또 한 번 얼굴을 빨갛게 물들이며 자지러졌지만 나는 너무 배가 고팠던 나머지 신경 쓰지도 못했다. 급작스럽게 밀려온 허기 때문에 머리가 어질어질할 정도였다.

사려 깊게도 곧 루아는 내가 마음 편히 먹을 수 있도록 시녀들을 전부 물렸다. 그러고는 주방장으로부터 따뜻한 수프와 구운 토마토, 스테이크 따위를 더 받아 왔다. 노릇노릇한 음식 냄새가 코끝을 간질이자 어서 빨리 먹어치우지 않고 뭐 하냐며 굶주림이 뱃속에서 춤을 추었다.

나는 정말 토하기 직전까지 음식을 먹었다. 목 안으로 넘어간 뜨거운 음식들이 뱃속을 데워서 추운 감각을 모조리 잊어버리게 만들었다.

"아, 이제 좀 살겠다."

디저트로 나온 푸딩을 우물거리며 중얼거리는 말에 루아가 기막혀했다.

"누가 보면 내가 굶기는 줄 알겠네."

"아까는 음식 냄새만 맡아도 속이 메스꺼웠는데 밖에 나가니까 갑자기 막 배가 고파지는 거 있지? 입맛이 확확 바뀌는 기분이야. 이 푸딩도 오전에 먹었을 땐 진짜 맛없었는데."

역시 음식에 대한 변덕스러움도 몸이 변화하면서 생기는 증상인가 싶어 나는 고개를 갸웃거렸다.

내가 먹는 모습만 지켜보던 루아가 자리에서 일어났다.

"다 먹었으면 옷부터 갈아입어."

항상 생각하는 거지만 루아의 목소리는 무척이나 듣기 좋았다. 낮고, 어딘가 위험하게 비뚤어져 있고, 나에게 말할 때만큼은 비단을 가르는 섬세한 가위처럼 부드럽다.

그 매혹적인 음성에 취한 나는 루아가 어떤 말이든 더 해주길 기다렸지만, 루아는 필요한 말만 하고 입을 다물었다. 내 머리카락에 묻은 물기를 닦아주던 것도 멈췄다. 아예 나를 두고 먼저 식당 밖으로 나가려는 듯해서 심술이 났다.

나는 루아가 나를 쳐다봐줬으면 했다. 나에게 웃어주면서, 손을 잡아주고 안아줬으면 좋겠다는 생각이 들었다. 위로받고 싶었고 그보다 더한 사랑을 받고 싶었다. 지금 나는 정말로 어떻게 해야 할지를 몰랐으니까.

하지만 루아는 점점 멀어져가고 있었다. 그것이 서운했다. 전에는 나만 있으면 다른 건 전부 필요 없다더니, 지금 루아는 전혀 그렇지 않아 보였다. 아마 루아는 식당을 나가면 내가 옷을 갈아입었는지, 어쨌는지도 확인하지 않고 다른 곳으로 가버릴 거였다. 그럴 것만 같아 두려웠다.

그건 싫은데.

조금만, 조금만 더 같이 있고 싶다. 이 마음이 불안으로만 가득한데 이대로 헤어지고 싶지 않았다.

목이 막힐 정도로 강한 조바심을 느낀 나는 루아의 등에 대고 불쑥 소리쳤다.

"나 진주섬에 가고 싶어."

푸른 진주가 모래처럼 널린 작은 무인도는 루아가 나에게 청혼했던 곳이자, 아카시아 제국으로부터 아주 멀리 떨어진 섬이었다.

다분히 충동적인 결정에 루아가 고개를 돌렸다.

"지금?"

뜻밖이라는 기색이 역력했다. 물론 당연히 그럴 테지만, 이미 기분이 상한 나에게 그런 표정은 전혀 위로가 되지 않았다.

나는 주뼛거리며 적당한 핑계를 댔다.

"조금 다른 풍경이 보고 싶어져서. 여긴 장마철이라 계속 비만 내리니까…… 너 바쁘면 나 거기다 데려다주고 일 봐. 나중에 데려오면 되잖아."

물론 빈말이었다. 나는 루아와 '같이' 있고 싶었으므로.

"별로 안 바빠."

루아가 즉시 그렇게 말해서 나는 안도하는 한편 의문을 참지 못하고 물었다.

"그럼 왜 바로 나가려고 한 거야?"

"네가 기분이 안 좋은 것 같길래 레이첼이라도 불러오려고 했지."

어……, 정말?

당황한 내가 눈을 여러 번 깜박이려니 루아가 어리둥절해서 반문했다.

"싫어?"

"아니……, 그, 그런 건 아닌데……. 그래도 지금은 너랑 있고 싶어."

나는 뜨거워진 얼굴을 수습하지도 못하고 멍하니 중얼거렸다. 엄마와 만나게 해준다는 제안이 유혹적이지 않은 건 아니었지만, 아직 엄마에게 이 사실을 어떻게 말해야 할지도 몰랐을뿐더러 지금은 루아와 있고 싶다는 말은 진심이었다.

내 대답을 들은 루아가 다소 오만하다 싶은 웃음을 지었다.

"그럼 이리 와."

나는 홀린 것처럼 순순히 의자를 박차고 일어났고, 루아는 곧장 나를 섬으로 데려갔다.

이윽고 흥분으로 크게 뜨인 내 눈에 수평선 너머까지 펼쳐진 새파란 바다와, 구름 없는 말간 하늘이 보였다.

바다와 하늘의 색이 시릴 정도로 푸르렀다. 세기의 걸작이라고 칭해질 만한 한 폭의 그림 속에 떨어진 것 같은 느낌이었다. 훅 끼쳐오는 바다 내음이 미치도록 신선하지 않았더라면 나는 정말로 그림 속에 들어온 게 아닌지 의심했을지도 몰랐다.

새 우는 소리가 뚜렷했다. 하얀 거품이 맺힌 파도가 규칙적으로 몰아치고 있었다. 바위에 부딪힌 파도는 물보라를 일으켰고, 사방에 나뒹구는 푸른 진주를 삼켰다가 도로 뱉어내면서 반들거리게 만들었다.

생각보다 더욱 만족스러운 기분이 되어 나는 숨을 들이켰다.

"와, 따뜻하다. 비도 안 오고."

나는 구두와 흠뻑 젖은 드레스를 벗어던진 뒤, 나풀거리는 레이스가 달린 슈미즈 차림으로 바닷물 속에 뛰어들었다. 지독하게 청청한 물이었다. 어찌나 차갑고, 생생하고, 강렬하던지 등골을 타고 전율이 기어올랐다. 나는 맨발에 닿는 미끌미끌한 진주의 감촉을 만끽하면서 물 위를 마구 휘젓다가, 닦았던 게 무색하게 실컷 젖어선 루아에게로 다시 돌아갔다.

"루아야, 뗏목 만들어줘."

실로 뻔뻔하고 제멋대로인 요구였건만, 내가 엄마보다 자기와 있고 싶다고 했던 말이 퍽 마음에 들었는지 루아는 선뜻 고개를 끄덕였다. 잠시 뒤 섬 안으로 들어갔던 루아는 제법 그럴싸한 배를 만들어 왔다. 고르게 엮은 나무기둥 위에 촉촉하고 푹신푹신한 숲이끼가 깔려 있었다. 모양은 단순했지만 마법을 썼을 테니 가라앉을 염려는 없어 보였다.

숲이끼를 이용해 덮은 걸로는 부족했는지 루아가 그 위에 자신의 겉옷을 깔아주면서 말했다.

"또 원하는 거 있으면 말해."

나는 입을 모아 감탄사를 흘렸다.

"뭐든지 다 들어줄 것처럼 얘기하네."

"거의 다 들어줄 수 있어."

나는 재미있다는 투로 루아의 말을 따라 했다.

"거의라."

루아가 잠시 머뭇거리다 덧붙였다.

"난 너를 놓아줄 생각이 전혀 없거든."

그럼 그렇지. 마지막 수는 남겨두겠다는 태도에 나는 웃음을 터뜨렸다. 당연하지만 루아에게 나를 놓아달라는 부탁 같은 건 앞으로도 전혀 할 생각이 없었다.

"이럴 때 너 진짜 귀여운 거 알지?"

나는 루아의 뺨에 입을 맞추고 뗏목에 올랐다. 편하게 자리를 잡은 다음 루아를 끌어당겨 내 옆에 앉히고는, 장마철인 아카시아와는 달리 해가 쨍쨍한 진주섬의 말간 날씨를 만끽했다.

부드러운 바람, 시원한 파도 소리, 끝없이 펼쳐진 푸른 색채. 꿈같은 황홀한 섬에 부족한 것은 없었다. 나는 늘어지게 누워서 나를 둘러싼 모든 것을 아낌없이 누렸다. 곤두섰던 신경이 휴양지에 놀러 온 것처럼 금세 나른해졌다.

내가 미소를 감추지 않자 루아가 내 옆에 누우며 눈알을 굴렸다.

"기분은 좀 나아졌어?"

"글쎄."

나는 분위기를 가볍게 하고자 장난스러운 투로 말했다가, 하늘이 아닌 루아의 얼굴을 보려고 옆으로 돌아누웠다. 금빛이 드리워진 루아의 속눈썹은 가장 달콤한 색깔로 물든 채 내리깔려 있었다. 나는 백일몽에 빠진 것처럼 루아를 쳐다보았다. 그린 듯이 정교한 얼굴이 입 맞출 수 있을 만큼 가까웠다. 푸른 바다, 푸른 하늘과는 또 다른 청색이 눈앞에 있었다. 그 눈을 가만히 주시하고 있으니 내 모습이 비쳐 보였다.

뺨이 뜨거웠다. 살갗을 간질이는 햇볕도 뜨거웠고, 배는 파도에 쓸려 아무도 없는 섬 주변을 이리저리 배회했다. 이곳은 우리가 살던 곳과 완벽하게 동떨어진 세계였다. 메피스토펠레스조차 이 섬의 존재를 모르니 어떻게 보면 우리의 침실보다 더 비밀스러운 공간이었다.

나는 방금 전까지와는 완전히 다른 충동에 사로잡혀서 입을 열었다.

"루아야, 나도 네가 말하는 건 거의 다 들어줄 수 있어."

나는 루아에게 가만히 키스했다. 내 입술이 루아의 입술에 마주 닿자 뜨거워서 녹아내리는 것만 같았다. 그것은 천천히 격정적으로 변해갔다. 루아의 입술을 벌리고 들어간 혀가 끈적거렸다. 강렬하고…… 느리고…… 감미롭게. 입술에 입술이 스며드는 것 같은 감촉이 무척이나 좋아서 나는 한숨을 쉬었다.

아. 그래. 여기가 천국이 아닐 리 없지.

"조금 더 하자."

나는 나른하게 중얼거렸다.

우리가 사랑을 나누는 동안 작은 뗏목은 초승달 모양으로 구부러진 섬의 끄트머리까지 떠내려가서 이름 없는 동굴 안으로 들어갔다. 뒤늦게 주변이 어두워졌다는 사실을 깨달은 나는 젖은 머리칼을 쓸어 올리며 눈을 들었다.

사방이 어두운 푸른빛으로 일렁였다. 신비롭고, 몽환적이고, 빨려 들어갈 것 같은 기이한 청록색이었다. 매끈한 동굴 천장은 거울 저편의 또 다른 바다 같았다. 춤추는 바닷물결의 움직임을 고스란히 흡수하면서 은은한 조명처럼 푸르게 빛났는데, 그 때문에 깊은 바다 속에 들어온 것 같은 착각을 일으켰다.

쉬지 않고 바닷물이 밀어닥치는 동굴 전체가 빛나는 푸른색 일색이었다. 머리 위도, 아래도. 나와 루아의 몸에도 반사된 푸른빛이 너울거리고 있었다.

여전히 루아의 가슴에 반쯤 누운 채 나는 큰 감명을 받아 속삭였다.

"여기 봐. 진짜 예쁘다."

내가 감탄하는 와중에도 뗏목은 동굴 깊숙이 들어갔다. 나는 손으로 바닷물을 떠 올리다 까르르 웃는 소녀를 닮은 꽃들이 동굴 여기저기에 한 아름 피어 있는 걸 보았다. 정말로 이색적인 꽃이었다. 그동안 보아왔던 꽃들하고는 전혀 다른 생김새를 하고 있었다.

이제 나는 완전히 넋을 잃고 동굴을 살펴보았다. 꿈속의 세계도 이만큼 다채롭지는 않겠다. 빛이 스며든 푸른 물속, 신기루의 늪에 빠진 것 같았다. 이름 모를 꽃들은 마치 페어리 같았다. 안개에 감싸인 꽃잎 하나하나가 소녀의 머리였고 팔이었고 다리였다. 그만큼 독특하게 생긴 꽃들이었는데 흰색 혹은 연분홍색이었다. 올리브색 잎사귀는 둥근 하트 모양이었고, 줄기는 그보다 훨씬 색이 진했다.

당장이라도 꽃으로 위장한 페어리들의 웃음소리가 들려올 듯도 했다. 평생을 살면서 한 번도 본 적 없는 신기한 꽃들을 의심스럽다는 듯 노려보자 루아가 웃으며 내 허리를 감쌌다.

"그냥 봉선화야. 열대우림에서만 자라는 희귀한 종이긴 한데 네가 한눈파는 사이에 잡아먹지는 않을 테니까 안심해."

"하지만 정말 사람처럼 생겼는걸!"

볼멘소리로 투덜거리던 것도 잠시, 나는 루아의 얼굴에 내 얼굴을 들이대면서 눈을 가늘게 떴다.

"주먹만 한 진주가 널린 데다 사람처럼 생긴 꽃들이 가득 피어 있다니. 이 섬을 네가 어떻게 찾았는지 진심으로 궁금해지기 시작했어. 그리고 여긴 열대우림도 아니잖아! 심지어 동굴 속이라고!"

그러나 루아는 심히 능청스러웠다.

"나중엔 보석으로 탑도 쌓을 건데 뭘."

이 섬이 진짜 실존했던 섬이었는지마저 미심쩍어진 가운데, 정처 없이 동굴 안을 떠돌던 뗏목이 꽃밭 언저리에 부딪혀 멈췄다.

루아를 의심스럽게 보던 나는 배에서 내려 빛나는 것 같은 바닷물로 절반 정도 잠긴 환상적인 동굴을 탐험하기 시작했다. 내가 직접 이 미스터리한 섬의 실체를 밝혀볼 생각이었다.

어쨌든 무시하기 힘들 만큼 매혹적이고 아름다운 동굴이었다. 이것만은 부정하지 못하겠다. 물이 차올라 천장이 낮은 대신 동굴의 길이는 상당히 길어서 섬의 반대편까지 이어지는 듯했다. 섬의 끝과 끝을 관통하고 있었다. 이곳에서도 흙을 파헤치면 간간이 큰 진주알이 보였다.

팔을 든 치마 입은 소녀의 형상을 한 꽃—이게 봉선화의 한 종류라니 말도 안 돼!—들을 괜히 툭툭 건드려보던 나는 무른 벽면을 골라 날카로운 돌조각을 이용해 그림을 그렸다. 어설프고 서툴기 짝이 없었지만 그럭저럭 사람 같은 형상을 셋이나 완성시킬 수 있었다.

나는 로벨리안도 비웃을 정도의 낙서라는 사실을 무시하고 뿌듯하게 말했다.

"이건 너고 이건 나고 얘는 우리 아기야."

그새 조그만 바다 새들에게 둘러싸여서 다가온 루아가 얼굴을 찡그렸다. 동물과는 그레이스가에서 기르는 고양이 말고는 전혀 인연이 없는 나와 달리 루아는 제법 동물들이 따르는 편이었다. 사실 나는 이제 루아에게 어떤 비정상적인 일이 벌어져도 놀라지 않을 자신이 있었다.

"언제 태어날지도 모르는 놈을 벌써부터 그려?"

루아의 어깨에 올라앉았던 새 하나가 내 그림을 부리로 쪼려고 해서 나는 손을 휘저었다. 갈매기도 아니고 복슬복슬한 털을 가진 작은 새가 빽빽거리며 울었다.

"그렇게 오래 걸리진 않을걸? 길어야 일고여덟 달……."

"뭐?"

루아가 영문을 모르겠다는 듯 되물었다. 갑자기 심장이 미친 듯이 뛰었다.

나는 다시없을 것처럼 루아의 얼굴을 바라보았다.

지금이야, 라고 마음속의 목소리가 나에게 외쳤다.

"나 임신한 거 같아."

나는 더듬더듬 말했다. 내가 지금 무슨 표정을 짓고 있는지 알 수 없었다.

"……뭐라고?"

루아는 여전히 내 말을 이해하지 못한 것 같았다. 나는 입을 다물고 루아에게 받아들일 시간을 주었다.

하지만 루아가 당황한 건 다른 이유에서였다.

"그럼 지금 그 몸으로 비를 맞고 돌아다닌 걸로 모자라서 섬이며 바다 속이며 닥치는 대로 뛰어다녔단 말이야? 심지어 아깐 혼자서라도 여기 오겠다고……."

어이없다는 것도, 화난 것도 같은 목소리로 중얼거린 루아가 돌연 나를 일으켜 세웠다. 루아의 시선이 거의 벗은 거나 다름없는 내 옷차림을 훑었다.

나는 서서히 일그러지는 루아의 얼굴을 영문 모를 눈으로 응시했다.

"나 아무렇지도 않아."

물론 루아는 듣지도 않았다. 해변에 있어야 할 드레스를 어떻게 가져왔는지 나에게 강제로 입히고는, 자기도 구겨진 겉옷을 챙겨 입었다.

나는 드레스에 달린 리본을 잡아당기며 시무룩하게 입술을 삐죽였다.

"벌써 가? 조금 더 있고 싶은데."

"네가 멀쩡하단 걸 알기 전까지는 안 돼."

루아가 딱 잘라 말했다. 나는 서글픈 눈으로 당분간 볼 수 없을 게 분명한 아름다운 동굴을 꼼꼼히 살폈다. 아마 저 괴상하게 생긴 꽃들도 그리울 터였다.

"어차피 아파도 네가 치료해주면 될 텐데. 그리고 우리 아기는 널 닮아서 엄청 튼튼할걸?"

"그래도 안 된다면 안 되는 줄 알아."

루아는 단호했다. 결국 나는 끌려가다시피 황성으로 돌아갔다.

내가 임신했다는 사실이 의원의 진료를 통해 확정되는 순간, 그 소식은 시녀들의 입을 타고 순식간에 퍼져나갔다. 정작 나만 멀쩡한 것 같았다. 애초에 가장 최고의 삶을 누리는데 이유도 없이 생리가 멈출 턱이 없었으므로, 나는 조금씩 마음의 준비를 해왔었다. 혼자 생각할 시간이 조금도 주어지지 않는다면 정말 미쳐버렸을 테니까. 솔직히 아직도 무서웠다.

저녁식사는 늘 성찬만을 받아온 내가 놀랄 정도로 화려했다. 온갖 산해진미를 전부 가져온 듯한 모양새였다. 하지만 별로 안 바쁘다고 말했던 루아가 사실은 중요한 일정을 대거 펑크 내고 나와 놀았다는 사실이 드러나면서, 나는 펠레스에게 루아를 끌고 가라고 말한 뒤 혼자 식사를 했다.

가뜩이나 기분이 확확 바뀌는 터라 다시 우울해질 법도 했는데 나는 곧 찾아온 깜짝 손님 덕분에 완전히 행복해졌다.

그건 황후의 궁전으로 돌아와 내 침실에서 쿠키를 우물거리고 있을 때였다. 로벨리안이 갑자기 잔뜩 들떠선 손님을 모셔왔는데, 무례하다는 생각은 전혀 들지 않을 정도로 반가운 사람이었다. 나와 똑같은 빛깔의 머리카락을 늘어뜨린 우아한 여성을 보는 순간 입에서 행복한 비명이 절로 튀어나왔다.

"엄마!"

엄마는 10년 전부터 전혀 늙지 않은 것 같은 아름다운 얼굴로 나만큼이나 활짝 웃었다.

"좀 늦었지? 이것저것 챙겨 오느라."

"전혀 안 늦었어! 그런데 이것들은 다 뭐야?"

나는 엄마가 내려놓은 큰 꾸러미를 어리둥절해서 바라보았다. 엄마가 내 침대에 걸터앉더니 웃으며 말을 이었다.

"엄마가 너 가졌을 때 썼던 것들이야. 오래됐지만…… 아발론에서 직접 가져온 것들이니만큼 효과는 확실하지. 엄마는 임신 초기에 특히 잠을 설쳤거든. 나중엔 네가 발로 차는 게 너무 귀여워서 일부러 늦게까지 잠을 안 자기도 했지만 말이야. 그때 아이만이 나한테 엄청 잔소리했어."

머리를 쓰다듬는 손길이 언제나처럼 상냥했다. 나는 호기심을 갖고 꾸러미 안에서 섬세한 크리스털 장식물을 꺼내 이리저리 살펴보았다. 엄마가 가져온 것 중에는 장미색 수정으로 만든 펜듈럼(미래를 점쳐주는 추)도 있었고, 내가 결혼식 때 사용했던 면사포로 만든 드림캐처(지니고 있으면 좋은 꿈을 꾸게 해준다고 알려진 장식)도 있었다. 흥미 어린 눈으로 구경하던 나는 손가락 크기의 귀여운 걱정인형(베개 밑에 두고 자면 주인의 걱정을 가져간다는 미신이 있다)들을 보고 웃음을 터뜨렸다. 결혼식이 가까웠을 적에 내가 온갖 미신을 찾아보며 하나도 어기지 않으려고 했던 걸 아직 기억하는 듯했다.

"있잖아, 엄마는 안 무서웠어?"

나는 불쑥 그렇게 물었다. 엄마에게는 이 두려움을 숨길 필요가 없었다.

"나 계속 불안해. 내가 이 애를 열 달 동안 잘 보살필 수 있을까? 앞으로 어떻게 해야 할지 전혀 모르겠어. 루아한테는 큰소리쳤지만 사실 부모 역할을 잘할 수 있을지 확신도 없고……."

나는 엄마만큼 현명하지도 못했고 아빠처럼 마음이 넓지도 않았다. 두 분의 장점을 물려받은 건 오로지 외양뿐이었으니 주눅 들 수밖에 없었다.

엄마가 무척 다정하게 나를 끌어안으며 위로의 말을 속삭였다.

"보니, 그런 고민은 예비 엄마라면 누구나 한 번쯤 하는 생각이란다. 하지만 너는 걱정할 거 없잖니? 나랑 아이만이 언제든지 곁에 있을 거고, 존귀하신 황제 폐하께서도 염치란 게 있다면 무슨 수를 써서든 너를 안심시켜줄 테니까."

엄마를 마주 안으려던 나는 이어지는 말을 듣고 식은땀을 흘렸다.

"어, 엄마는 아직도 루아가 싫어?"

"싫어하지 않아. 다만 신뢰하지 않는 것뿐이지."

그거나 그거나. 나는 입술을 삐죽였다. 내가 이 세상에서 가장 사랑하는 두 사람의 사이가 나쁘다는 사실만큼 나를 당황시키는 것도 없었다.

"루아가 엄마한테 신뢰를 얻으려면 뭘 해야 할까?"

나름대로의 희망을 갖고 물었건만 엄마는 가차 없었다.

"그건 적어도 십 년은 더 가야 알 것 같구나."

"윽, 십 년씩이나?"

내가 얼굴을 찡그리자 엄마가 장난스럽게 내 이마를 손가락으로 툭 쳤다.

"너도 눈에 넣어서 숨기고 싶을 정도로 귀여운 딸을 낳아보면 엄마의 심정이 이해 갈 거야."

"치사해."

나는 눈을 흘겼다. 엄마가 그렇게 말하면 나는 어찌할 바 없이 넘어가기 일쑤였다.

엄마가 함박웃음을 지었다.

"아무것도 걱정할 거 없어. 너는 한 번도 혼자였던 적이 없잖
니."

가슴이 절로 뛰었다. 엄마의 말이 무척이나 듣기 좋았으므로 나
는 결국 이번에도 그냥 넘어가고 말았다.

그날 나는 장미와 벚꽃 빛깔로 물든 황후의 궁에서 엄마와 밤새
도록 수다를 떨었다. 그럼에도 피로가 쌓이지 않아 체력이 바닥나
기는커녕 다음 날엔 거의 날아다녔다. 나는 엄마와 헤어진 뒤엔
그렌트헨 황태후 폐하와 티타임을 갖고, 평소보다 절반 이상이 줄
어든 업무를 해결한 다음, 지루해서 죽으려 하는 프라가라흐와 잠
시 놀아주었다.

"이럴 줄 알았으면 미가엘이나 따라갈걸."

불같은 머리칼을 가진 프라가라흐는 황궁이 지긋지긋하게 단조
롭고 평온하다면서 투덜거렸다. 그의 도움을 받아 커다란 고목 위
에 올라간 나는 다리를 흔들며 오후의 포근한 바람을 만끽했다.

"브리랑은 좀 어때? 진전이 있어?"

나는 짐짓 순진한 표정으로 물었다. 내가 볼 땐 브리는 아직도
프라가라흐를 좋아하는 게 분명한데 말이지. 그만큼 알베이흐도
좋아하는 것 같아서 문제지만.

굵은 가지에 가볍게 걸터앉은 나와 다르게 아예 뻗어 누운 프라
가라흐가 코웃음을 쳤다.

"얼굴도 안 보여주는데 진전은 무슨. 그리고 개랑 난 아무 사이

도 아니다만."

"그래, 그래. 어차피 너희는 시간도 많으니까 천천히 해."

원래 남의 연애사만큼 재미있는 것도 없는 거랬다. 더군다나 브리고 프라가라흐고 한성질 하는 애들이니 나중에 얼마나 지지고 볶을지 실로 기대되었다.

생글생글 웃는 낯으로 말하려니 프라가라흐가 나를 곁눈질했다.

"그러는 넌? 앞으로 어쩔 셈이지?"

"뭐가?"

"어제 메피스토펠레스랑 했던 얘기 들었어. 그놈이 답지 않게 매달리던데."

나는 미간을 찌푸렸다.

"엿듣는 건 좋은 취미가 아니야, 프라가라흐."

"알 게 뭐야. 대답이나 해."

다른 누구도 아닌 프라가라흐가 내 향후 행방을 이렇게까지 궁금해할 줄은 몰랐다. 가끔씩 말을 섞긴 해도 우리가 썩 가까운 사이인 것은 아니었으니까. 그럼 브리 때문인가?

프라가라흐의 의중을 파악하느라 나는 느릿느릿하게 대답했다.

"사실 잘 모르겠어. 지금 당장 일도 걱정인데 먼 미래까지 벌써부터 결정짓기엔 너무 이르지 않아?"

나는 가벼운 투로 말했고, 프라가라흐는 그럴 줄 알았다는 듯 심드렁했다.

"거짓말이군."

"딱히 거짓말은……."

"됐다. 더 이상 할 얘기 없어."

무슨 영문인지 프라가라흐는 정말로 기분이 상한 듯했다. 그가 즉각 내 말을 자르더니, 그대로 나무에서 뛰어내렸다.

빠르게 멀어지는 그의 뒷모습을 멍하니 눈으로 좇다가 나는 문득 떠오른 사실에 기겁했다.

"야! 나는 내려주고 가야지!"

발밑이 까마득했다. 당연하지만 나는 나무 타는 법을 전혀 몰랐다. 그렇다고 3미터 아래로 떨어져서 멀쩡할 자신도 없었고. 더욱이 나는 지금 홑몸도 아닌걸! 절대 안정이 필요한 산모란 말이야!

"젠장. 역시 저놈을 믿는 게 아니었어……."

그러나 이제 와서 후회해봤자 이미 늦은 일이었다. 나는 나뭇가지를 붙잡고 훌쩍이며 루아가 나를 찾으러 올 때까지 기다렸다. 그나마 루아가 임신한 뒤로 나에게 엄청나게 주의를 기울이고 있어서 천만다행이었다. 루아는 금방 나를 데리러 왔다.

"그러게 개랑 왜 자꾸 놀아?"

나를 안고서도 가볍게 지상으로 착지한 루아가 못마땅한 기색을 역력히 드러냈다. 나는 움찔하며 나름대로의 결백을 주장했다.

"처음부터 놀려던 건 아니었어! 그냥 조금 얘기나 할까 했지."

"두 번 얘기했다간 첨탑 꼭대기까지 올라가겠네."

욱한 나는 루아의 뺨을 잡아당겼다.

"반성하고 있으니까 빈정거리지 마. 그리고 이젠 내려줘도 돼."

다리가 풀린 게 아니니 똑바로 설 수 있었으나, 루아는 버둥거리는 나를 더 세게 껴안으면서 얼굴을 찡그렸다.

"걱정하는 거야, 보니."

말은 번지르르하지. 나는 루아를 노려보면서도 더 이상 반항하지 않았다.

"프라가라흐가 왜 화를 냈는지 모르겠어. 너는 뭐 짐작 가는 거 있어?"

"그다지. 별로 알고 싶지도 않은데."

즉시 나오는 대답에 나는 어이가 없었다.

"매정하기는. 이제 그만 친해질 때도 되지 않았어? 프라가라흐도 그렇고 다른 사자들도 아직 이곳에 머무는 건 전부 너 때문이잖아."

그러나 루아는 미간을 찌푸릴 뿐, 감동받은 기미라고는 조금도 없었다.

"난 여기에 머물러달라고 부탁한 적 없어. 그리고 쟤들이 필요로 하는 건 발두르지 내가 아니야."

과연 그럴까. 나는 여지조차 주지 않으려는 루아를 뚫어져라 바라보았다. 루아는 신의 사자들이 발두르의 흔적 때문에 이곳에 머무는 거라고 생각했지만, 내가 아는 한 아직 발두르의 죽음을 받아들이지 못한 사자는 아무도 없었다.

이후로 프라가라흐는 노골적으로 나를 피해 다녔다. 내가 화해를 시도하려고 찾아가도 갑자기 도망치거나 내 부름이 안 들리는 척 무시하기 일쑤였다. 붙잡으려고 들면 마법을 써서 사라졌고, 아니면 내가 따라올 수 없는 높은 장소로 올라가버렸다. 아예 얘기할 기회조차 주질 않으니 나로서도 성질이 날 수밖에 없었다. 그 와중에 루아는 계속 헛수고라며 잔소리를 하고. 결국 나는 제 풀에 지쳐 나가떨어졌다.

입덧을 시작했을 즈음, 나는 루아를 놀리는 데 한창 재미를 붙였다. 루아는 내가 해달라는 건 뭐든지 해주었으며—이건 전에도 그랬지만 요즘은 특히 더 고분고분했다—바쁜 날을 제외하고는 직접 음식을 만들어주었다. 이건 내 입맛이 완전히 바뀌어서 주방장의 음식 솜씨가 필요 없어진 탓도 있었다.

"그게 정말 맛있어?"

잔뜩 얼굴을 구긴 루아가 빵을 씹어 먹느라 바쁜 나를 응시했다. 나는 빵에다 부드러운 마요네즈를 듬뿍 짜서 먹고 있었다. 불과 십 분 전에는 피가 배어 나오는 사슴고기를 통째로 먹어치운 참이었다.

"응응, 진짜 맛있어. 너도 먹어볼래?"

입을 우물거리면서 마요네즈가 잔뜩 발린 빵을 내밀자 루아가 질색을 했다.

"됐어. 사양할게."

배가 불러올수록 이상해진 입맛만큼 나는 이상한 꿈을 꾸기 시작했다. 꿈속에서 나는 지상 위의 천국 같은 진주섬에 있었고, 푸른 바다와 꽃들에 둘러싸여 있었다. 거기엔 루아도 있었고 나와 루아의 아이도 있었다. 너무나 사랑스러워서 거품처럼 사라져버릴까 두려운 작은 천사가. 우리 가족이 있는 꿈속의 진주섬은 삼켜질 것처럼 포근한 이불 같았다.

나는 점점 더 잠에 빠져 있는 시간이 길어졌다. 꿈속의 세계가 미치도록 달콤해서도 있지만, 그것보다는 그 꿈이 어떤 강력한 힘으로 나를 끌어당기는 듯했다. 어떨 때 나는 하루의 절반 이상을 잠들어 있었다. 산모용으로 제조한 각성제도 소용없었고 하루 종일 밖에서 돌아다니다 서서 잠들기도 했다. 루아는 몇 번이고 회복 마법을 걸어주면서 그런 나를 걱정했지만 나는 잠에서 깬 뒤에도 좀처럼 멍한 상태에서 헤어 나오지 못했다. 정신은 몽롱하고 몸은 나른하게 늘어졌다. 나중엔 식욕도 다시 사라져서 한 끼라도 제대로 먹으면 다행인 수준까지 도달했다.

비정상적으로 늘어난 내 수면량이 기어이 스무 시간을 넘어선 날, 프라가라흐는 그제야 나와 다시 말할 마음이 든 모양이었다.

"죽을 준비 하냐?"

허락도 안 받고 남의 침실에 쳐들어와서 한다는 말이 고작 그거였으나, 막 잠에서 깬 나는 멍해 있느라 인상 한번 쓰지 못했다.

"그래, 들어와도 돼."

그 무례를 에둘러 탓하려니 프라가라흐가 코웃음을 쳤다.

"이미 들어왔다."

나는 하품을 하며 창 밖을 내다보았다. 희붐하게 밝아오는 새벽에 잠이 든 것 같은데 어느새 해가 저물어가고 있었다.

"으, 정신이 멍해."

"애를 가진 게 아니라 다른 병에 걸린 거 아니냐? 황제가 요즘 죽을상이던데. 얼마 전엔 피 냄새를 풍기면서 돌아다니질 않나."

프라가라흐가 창틀에 걸터앉으며 혀를 찼다. 나는 한 번에 알아듣지 못하고 머리를 기울였다.

"피 냄새라니?"

그가 뭔가를 말하려는가 싶더니, 곧 생각을 고쳐먹은 듯 따분하게 눈알을 굴렸다.

"나야 황제가 뭘 하고 다니는지 알 바는 아니지."

"그런 주제에 꽤나 신경 쓰는 것 같은데. 그래서, 이젠 나랑 얘기할 마음이 생겼니?"

프라가라흐는 단지 나를 뚫어져라 바라보기만 할 뿐이었다. 나는 장시간의 수면으로 인해 잠긴 목을 가다듬고서, 침대 헤드보드에 비스듬히 기댄 채 이불을 목 끝까지 올려 덮었다. 잠옷 차림으로 프라가라흐와 마주하는 건 썩 현명한 선택이 아닌 것 같았다. 더군다나 아직 그는 무슨 목적을 갖고 찾아왔는지 아직 말해주지 않았다.

내가 경계를 강화하자 프라가라흐가 헛웃음을 흘렸다. 나와 신경전을 펼칠 생각은 아니었는지, 이윽고 그가 품을 뒤적여 뭔가를 찾았다. 작은 크리스털 유리병이었다. 은은한 푸른빛으로 빛나는 맑은 액체가 병 속에서 찰랑거렸다.

그가 그것을 나에게 던졌다.

"이거나 먹어."

나는 푹신푹신한 이불 위에 떨어진 크리스털 병을 미심쩍어하며 응시했다.

"이게 뭔데?"

"대마녀가 심어놓고 간 나무의 잎을 달인 거야. 마녀들에 대해서라면 이 나라에 있는 누구보다 잘 아니, 효과는 보장하지."

눈을 깜박이지 않을 수 없었다. 대마녀가 연리와 라리의 무례를 사죄하겠다는 뜻으로 황성 정원에 심어두고 간 푸른 버드나무라면 나도 알고 있었다. 대마녀는 그 나무의 잎을 달여 먹으면 어떤 중병도 씻은 듯 나을 거라고 주장했지만, 검증해보질 않았으니 확실하진 않았다. 더욱이 그 나무는 악용을 막기 위해서 루아가 황제의 자리에서 내려오는 순간 거둬 갈 것이라고 했다.

"음……."

어째서 프라가라흐가 나에게 이것을 주는지 모를 일이었다. 우리가 서로의 건강을 염려할 만큼 친한 사이는 절대 아닌데. 차라리 나는 미가엘과 더 가까웠다.

내가 선뜻 집어 들지 못하고 멀뚱멀뚱 보고만 있으니 프라가라흐가 짜증 섞인 목소리로 빈정거렸다.

"독이라도 탔을까 봐 그래?"

그건 아니지만. 나는 그의 독촉에 못 이겨 결국 유리병을 집어

들고 마개를 열었다. 이슬이 맺힌 듯 알싸한 숲의 향기가 코끝을 간질였다. 생각보다 무척 달콤한 향이었다.

슬쩍 프라가라흐를 곁눈질하다 나는 액체를 한 모금 입에 물었다. 얼음처럼 차갑고 부드러웠다. 이걸 먹고 무슨 일이 생겨도 루아가 구해주겠지. 어쨌든 프라가라흐가 나를 해칠 이유도 없고 말이다.

나는 막연한 안도감을 갖고 그것을 기어이 꿀꺽 삼켰다. 워낙 차가워서 목 안으로 넘기는 순간 오스스 소름이 돋았다.

눈을 질끈 감았다 뜨는데 어느새 다가온 프라가라흐가 내 머리를 성의 없이 툭툭 쓰다듬었다. 말이 쓰다듬는 거지, 안 아프게 때리는 듯도 했다.

"너는 오래 살아라."

들릴 듯 말 듯한 중얼거림에 나는 두어 번 눈을 깜박였다. 그가 덧붙인 말이 더욱 의미심장했다.

"아무리 못해도 천 년은 후에 죽어."

브리도, 미가엘도 아닌 프라가라흐의 입에서 나온 말이라 신기하기 이를 데 없었다. 그가 펠레스와 똑같은 소리를 할 줄 누가 알았겠는가. 애초에 그는 겉으로만 살갑게 굴었지 막상 자신의 본심을 털어놓은 적은 손에 꼽았다. 메피스토펠레스를 싫어하는 것만이 그의 진심이었고, 그가 보인 진정성의 전부였다. 그러니 나는 이 말을 주의 깊게 들어야만 했다. 하지만.

나는 장난으로 웃어넘기지도 못한 채 머뭇거렸다. 펠레스에게도 차마 말하지 못했지만, 내가 오래 산다고 해서 미래가 달라지지는 않을 거였다. 루아는 우리 둘만의 세계를 원했으니까.

오직, 둘이었다. 하나도, 셋도 아닌. 그렇기에 어쩌면 먼 훗날 나는 내 아이와도 이별해야 할지 몰랐다. 그건 필연에 의한 이별일 수도 있고, 선택에 의한 작별일 수도 있었다. 물론 루아는 나를 기다려주겠지. 이미 약속을 한 이상, 먼저 재촉하지는 않을 거다. 그저 내가 모든 미련을 털어버리는 순간이 오기를 기다리면서.

그리고 그날은 틀림없이 찾아올 거고.

"……그 말은 루아한테 하는 게 더 나을 텐데. 발두르의 환생은 내가 아니잖아?"

나는 무심결에 중얼거렸다. 하여간 이놈이나 저놈이나 루아에게 할 말을 나한테 하는 듯한 느낌이 들었다. 루아가 그렇게 말이 안 통한다고 생각하는 건가. 아니면 내가 루아를 설득할 수 있을 거라고 믿어 의심치 않는 거야?

……미안하지만 나는 전혀 중립적이지 못한데. 오히려 루아에게 완전히 치우쳐 있는걸.

사실 나는 루아가 좋다고 해도 이들과 천 년이고 만 년이고 오순도순 살고 싶진 않았다. 루아는 루아일 뿐이지, 발두르는 아니니까. 이미 충분히 많이 엮였다고 생각했다. 이들을 믿는 마음도 있었지만, 만에 하나라도 루아를 발두르의 대용품으로 보길 바라지 않는 것 또한 마찬가지였다.

어쩐지 일이 점점 꼬이는 것 같기도 하고. 신의 사자들이 이런 식으로 나와 루아에게 의지하길 원한 건 아니었는데…….

나는 소리 없이 노곤한 한숨을 쉬었다. 프라가라흐가 웃는 낯으로 너스레를 떨었다.

"나도 자존심이라는 게 있어서. 어쨌거나 우리한테는 주인이 필요해. 너희가 하인을 필요로 하듯이."

"그러니까 그 말은 루아한테 하라니까? 너흰 좀 인간적인 면으로 친해져야 할 필요성이……, 야!"

그러나 프라가라흐는 내 말을 끝까지 듣지도 않고 가버렸다.

루아는 잠시 후에 돌아왔다. 프라가라흐 덕분에 제정신을 유지하고 있던 나는 활짝 웃으며 루아에게 인사했다.

"안녕, 빨리 왔네."

일부러 안아달라고 손을 뻗었건만, 돌아오는 반응은 차갑기 그지없었다.

"빨리 왔다고? 내가 언제 나갔는지도 모르면서 그걸 네가 어떻게 아는데?"

어……. 당연히 나는 당황했다. 그리고 속상했다. 루아가 화난 이유를 모르는 건 아니었지만, 이토록 자제심을 잃은 이유를 머리로는 알고 있었지만 나는 조금 상처를 받았다. 솔직히 말하면 서럽기까지 했다. 내가 계속 자고 싶어서 자는 것도 아닌데 보자마자 다짜고짜 화부터 내면 나는 할 말이 없었다. 그러고 보니 프라가라흐가 루아에게서 피 냄새가 났다는 얘기도 했었는데.

가뜩이나 감정 조절이 힘든 시기라, 순식간에 눈물이 솟아올랐다. 우는 모습을 보여주지 않으려고 머리를 숙였는데 갑자기 몸 위로 그림자가 드리웠다.

"보니."

나는 입술을 깨물었다. 코앞까지 다가온 루아가 부드럽게 내 턱을 잡아 올렸다. 그렁그렁 맺힌 눈물로 인해 시야가 흐려졌는데 그럼에도 나는 지독하게 푸른 눈을 알아볼 수 있었다. 그 눈에 담긴 음울한 감정을.

"나한테는 네가 제일 소중해."

루아의 눈을 쳐다보기가 싫어서 나는 고개를 옆으로 비틀었다. 루아는 개의치 않고 계속 말했다. 소름 끼치게 낮고, 위험한 목소리로.

"누구보다."

이불을 그러쥔 손이 축축했다. 엎어진 유리병에서 흘러나온 액체가 손을 흠뻑 적시고 있었다.

루아는 다시 한 번 강조했다.

"내 말 알겠어? 누구보다라고 했어."

"루아……."

나는 얼굴을 조금 찡그리며 언짢게 루아를 쳐다보았다. 루아가 말하는 바가 너무나 명확히 전달돼서 문제였다.

누구보다라는 말은, 결국 우리의 아이보다도, 라는 뜻이었다.

어떻게 그런 말을 할 수가 있는 건지 나는 이해하지 못했다. 그동안 루아가 참을 만큼 참아주었다는 사실도 위로는커녕 어떤 형언하기 힘든 종류의 분노만 안겨줄 뿐이었다.

급격하게 기분이 상한 나는 루아의 손을 뿌리치려고 했다. 그러나 내 손에는 아무런 힘도 실려 있지 않았고, 심지어 푸른색의 액체가 잔뜩 묻어 끈적거렸다.

루아가 그 손을 조심스럽게 감싸 쥐면서 드러난 손목에 입술을 댔다.

"하, 하지 마."

당황한 나는 움츠러들었다. 평소 같았으면 루아를 때리는 한이 있더라도 같이 맞섰을 테지만, 지금은 힘이 하나도 없었다.

"나는 네가 아픈 게 너무 싫어. 특히나 그 이유가 나 때문이라면……."

"너 때문인 거 아니야."

나는 즉시 그 말을 잘랐다. 루아가 차라리 우는 게 나을 정도로 슬픈 표정을 지어서, 나는 아까보다 더한 충격을 받았다.

"정말이야, 루아야."

이번엔 루아가 내 시선을 피해 고개를 돌렸다. 나는 무척 의심스러워하며 루아의 코앞에 내 얼굴을 들이밀었다.

"너 설마 나랑 결혼한 걸 후회하고 있는 건 아니지?"

"아직은 아니지만 곧 있으면 그렇게 될 것 같기는 해."

루아가 느릿느릿하게 답했다. 융통성이라고는 조금도 없는 이 고집불통 같으니. 내가 이렇게 될 줄 알았으면 나랑 자지도 않았겠다.

나는 어이가 없어서 짜증스럽게 쏘아붙였다.

"사람은 원래 다 아파. 그리고 난 이제 괜찮아질 거야."

"그걸 어떻게 알아?"

몹시 비관적인 반문이었다. 나는 한숨을 내쉬며 드러누웠다.

"지금 너랑 얘기하면서 그동안 잊고 있었던 사실이 새삼스럽게 떠올랐거든. 아무래도 여러 정황 상 우리 아이는 너만큼이나 성질이 더러운 것 같아. 그렇지 않고서야 약도 소용없을 리 없지. 아으, 나 또 졸리려고 해."

"……뭐? 무슨 소리야?"

두서없이 이어지는 내 말을 루아는 조금도 이해하지 못했다. 물론 아까 한 짓이 괘씸해서 일일이 설명해주고 싶은 마음은 없었다.

루아는 내가 매일 밤 같은 꿈을 꾸고, 같은 섬에 가서, 늘 우리의 아이와 만나 논다는 걸 아직 모르고 있었다. 그 아이가 벌써부터 무의식중에 나를 꿈속으로 끌어당기는 마법을 부릴 수 있다는 것도. 아직 세상 밖으로 나오지도 못했으니 나와 소통할 만한 방법이라고는 꿈을 통하는 것밖엔 없었다.

확실히 이게 내 아이가 벌인 짓이면 앞뒤가 딱 맞아떨어졌다. 임산부의 몸에 맞게 순화한 약이기는 해도 각성제를 먹었는데 전혀 효과가 없었을뿐더러, 누구도 이 부자연스러운 증상을 설명하지 못했으니까. 단지 수면 시간이 엄청나게 길어진 것뿐이지, 육체에 다른 해를 입히는 것도 아니었다. 루아도 뭔가 눈치를 챈 것 같기는 한데 아직 확신하지는 못하는 기미였다.

나는 열심히 머리를 굴리고 있는 루아를 끌어당겨 내 옆에 눕히고는, 강제로 생각을 중단시켰다.

"괜찮아, 괜찮아. 이번엔 어떻게든 끝을 볼 테니까. 그럼 됐지? 내일부터는 다시 쌩쌩한 부인이 될게. 계속 자책할 거 아니면 얼른 굿나잇 키스 해줘."

한참을 망설이던 루아가 결국 내 재촉에 못 이겨 심히 떨떠름한 얼굴로 나에게 입을 맞췄다. 어찌나 조심스러운지 간지러워서 웃음이 배어 나오는 키스였다.

곧 나는 모종의 꿍꿍이를 품은 채 루아의 품에 안겨서 잠들었다.

나는 꿈을 꾸었다. 정신은 급속도로 나른해졌고, 어디론가 깊이 끌려갔다. 수십만 마리의 예쁜 나비가 머릿속에서 춤을 추는 듯했다. 하지만 루아의 경고가 있었으니 전처럼 마냥 행복하진 않았다.

꿈속의 진주섬은 내 심란한 기분을 반영하기라도 한 듯이 흐린 안개에 감싸여 있었다. 나는 해변에 아무렇게나 주저앉아 부루퉁하게 입술을 오므리고 있었다. 꿈에선 방긋방긋 웃기도 하고 어설프지만 자유롭게 기어 다니기도 하는 나와 루아의 아이는 그런 내가 걱정스러운 모양이었다.

천사 같은 아이가 숲의 진흙이 묻은 조그만 손으로 내 옷을 잡아당겼다. 이제 가는 거냐고, 자기랑 더 놀지 않느냐는 목소리가 귀에 들리는 것 같았다.

꿈이기에, 꿈일 수밖에 없으므로 나는 뱃속의 아이와 마주하고 있는 게 가능했다. 이게 현실이든 아니든 그것은 그리 중요하지 않았다. 아직 우리는 이런 만남을 통해야만 서로를 마주 볼 수 있었으니까. 그리고 이 아이는 신의 환생인 남자를 아빠로 두었고.

이 순수하고 영민한 아이는 그저 이렇게라도 나와 놀고 싶었던 것뿐이었다.

나는 아이를 안아 올리며 부드럽게 물었다.

"네가 그랬니?"

아이가 주뼛거리면서 내 눈치를 살폈다. 루아를 닮은 크고 말간 눈망울에 당장이라도 눈물이 고일 것만 같았다.

나는 입꼬리를 끌어올렸다.

"엄마는 아무 데도 안 가."

내 입에서 엄마라는 단어가 자연스럽게 흘러나와, 오히려 내가 더 놀랐다. 하지만 나는 미소를 거두지 않고 아이의 손바닥에 묻은 흙을 살살 털어주었다.

"그래도 나중엔 아빠랑도 많이 놀아줘야 해? 우리끼리만 노니까 아빠가 많이 삐졌어."

사실 삐졌다기보단 엄청나게 화났다는 표현이 더 어울리지만, 어쨌든 간에.

아이가 여전히 동그란 토끼눈을 뜬 채로 고개를 끄덕끄덕했다.

내 말을 알아듣기라도 한 것처럼.

　나는 경악해서 감탄했다.

　"누굴 닮아서 이렇게 귀여운지 모르겠네."

　세상에. 아무리 꿈이어도 이렇게 사랑스러운 건 반칙 아닌가? 사기 아니냐고! 나는 꺅 비명을 지르며 천사처럼 작고 소중한 아이를 껴안았다. 아이가 꼬물거리며 앙증맞은 손으로 내 얼굴을 만졌다. 조그만 입술로 계속 옹알이를 반복하면서, 자기도 인지하지 못하는 사이에 본능적으로 나를 찾았다. 당연히 이 꿈도 고의일 턱이 없었다. 하지만 그 따뜻하고 보들보들한 감촉이 그간 쌓였던 모든 피로를 씻어버리기에 충분했으므로 나는 행복하게 웃었다.

　"너무 좋다……. 이게 현실이었으면 좋겠어. 루아가 아직 너를 못 봐서 그래. 나중에 꼭 땅을 치고 후회하게 만들어주겠어."

　흥. 나는 단단히 각오했다. 나한테 했던 말을 취소하기 전까진 아예 각방을 써버릴까 진지하게 고민하는데 품에서 꼬물꼬물 움직이던 아이가 내 머리카락을 입에 물었다.

　"앗, 그거 지지야."

　그러나 머리카락을 입에서 뺐더니 이번엔 드레스에 붙은 리본을 우물거리기 시작했다.

　"그거도 먹으면 안 돼."

　내가 리본도 빼앗아 가자 아이가 나를 뚫어져라 바라보았다. 나는 아이의 입가를 닦아주면서 둥근 얼굴을 유심히 살폈다.

　"심심하니? 놀러 갈까?"

아이가 어설프게 고개를 끄덕이고는 방긋방긋 웃어서, 나는 다시 비명을 지르며 아이를 껴안았다.

하루 종일 나를 걱정하는 루아에게 미안한 마음이 들지 않는다면 거짓말이었으므로, 나는 이번이 당분간은 마지막이라는 생각으로 아이와 원 없이 놀아주었다. 이 꿈은 분명 망막이 얼얼할 정도로 달콤하지만 루아를 위해서도, 아이를 위해서도 계속 잠에만 빠져 있을 순 없었다.

현실처럼 생생한 풍경의 섬을 구석구석까지 다 돌아보고 나서 나는 아이를 부둥켜안고 부드러운 이끼숲에 드러누웠다. 나는 루아가 백 년은 더 된 사전을 들고 와서 지어준 태명으로 나직이 아이를 불렀다.

"있지, 시나야, 엄마는 이제 오랫동안 여기 있을 수 없어. 엄마는 네가 무사히 태어날 수 있도록 여러 가지 준비를 해야 하거든. 네가 무사히만 태어나준다면 엄마는 더 바랄 게 없어."

아이의 푸른 눈에 내 얼굴이 고스란히 담겼다. 시나는 나에게 뭔가를 말해주려고 쉴 새 없이 입술을 우물거렸는데 그 모습이 사무치게 사랑스러웠다.

나는 아이의 이마와 뺨에 입을 맞추고, 내 손에 비해 턱없이 작은 손을 잡았다. 자꾸만 웃음이 비어져 나왔다.

"그래도 우리는 계속 같이 있는 거야. 알지? 음, 그리고 말이야, 이렇게 마주 보고 있지 않아도 네가 살아 있다는 걸 생생하게 느낄 수 있어. 뭘 하고 싶은지, 무슨 생각을 하는지도. 어쨌든 너는 지금 내 뱃속에 있으니까. 이 사실이 정말로 경이로워서……. 그러고 보니 이제 정말로 얼마 남지 않은 것 같네. 네가 태어나면 여기만큼 좋은 곳을 잔뜩 보여줄게. 나중에 같이 여행도 다니면 좋겠다. 나도 예전에는 부모님이랑 많이 놀러 다녔는데……."

문득 머릿속을 파고드는 강렬한 기시감이 있어서 나는 숨을 들이켰다.

아, 이제야 엄마가 어떤 기분이었는지 알 것 같았다.

울지도 않고 웃지도 않았던 아이를 어떤 심정으로 사랑해주었는지, 성장하지 못하는 저주에 걸려 자학을 일삼던 그 아이를 어떤 마음으로 보듬었는지, 이제야, 비로소 온전히 이해했다.

"시나야, 나는 네가 어떤 아이든지 상관없어. 착하지 않아도 되고, 다른 아이들과 달라도 되고, 설령 장애가 있어도 그건 내가 너를 사랑하는 데 있어 어떤 문제도 되지 않아. 우리 엄마가 나를 아무런 조건 없이 사랑해줬던 것처럼, 나도 그렇게 너를 사랑해."

어렸을 때 나에게 사랑이란 건 죄의식과 죄책감을 불러일으키는 무거운 짐밖에 되지 않았었다. 그건 나를 옭아매는 불편한 것이었고, 반드시 갚아야 할 빚처럼 느껴지고는 했다. 단지 부모라는 이유로, 단지 부모이기 때문에 절대적인 신뢰와 애정을 주는 게 비정상적이고 불합리하고 이상하다는 생각마저 들었으니 그때의 내가 얼마나 마음의 문을 닫고 있었는지 짐작이 갔다.

그때의 나는 상처 입었고, 거부했고, 나를 부정하고 싶었다. 그레이스 가문이라는 웅장하고 긍지 높은 그림에 칠해진 하나의 오점이 바로 나라는 사실이 치욕스럽기 이를 데 없었다. 나는 차라리 부모님이 나를 냉대하고 버려주길 바랐었다. 그래야 내 마음이 편하니까. 그럼 나도 나를 포기할 수 있었을 테니까.

하지만 그건 부모님이 바라는 것이 절대 아니었다. 그럴 수가 없었다.

부모님이 나를 놓아주지 않았기에 지금 내가 여기에 있었다.

"참 신기해……. 몇 년 전까지만 해도 내가 이렇게 빨리 엄마가 될 줄은 몰랐는데."

나는 시나를 껴안은 채 옆으로 돌아누워서 가만히 중얼거렸다. 시나는 그저 내가 말하는 게 마냥 좋은지 배시시 웃으면서 내 입술을 자꾸만 건드렸다.

나는 부모님의 얼굴을 떠올렸고, 루아의 얼굴도 머릿속으로 그렸다. 나와 가장 가까운 사람들인데 그럼에도 항상 사무치게 그립다는 사실이 무척 신기했다.

그리고 다른 소중한 사람들. 무의식 깊이 가라앉아 있던 과거의 기억들을 하나씩 끄집어보려니 당시엔 대수롭지 않았던 만남들이 하나하나 크게 와 닿았다. 내가 나 자신을 사랑하지 못하는데도 그런 나를 이해하려고 애쓰며 사랑해주는 사람이 무척 많았다.

엄마는 내가 한 번도 혼자였던 적이 없다고 말했고, 그 말은 사실이었다.

"예전에 나는 적어도 스무 살까진 결혼하지 않을 줄 알았는데……. 루아가…… 그렇게…… 멋있어져서 나를 찾아올 줄은 몰랐지. 우리 아이가 이렇게 귀여울 줄도 몰랐고."

멍하니 중얼거리던 나는 루아를 생각하느라 갑자기 뜨거워진 얼굴을 시나의 뺨에 비비적거렸다. 가끔은 그런 생각을 해본 적이 있다. 내가 루아와 다시 만나지 않았으면 어떻게 됐을까 하는. 하지만 나에게 가장 필요한 사람이 없는 미래를 구체적으로 그려보는 건 불가능했다. 루아는 이미 나의 일부였고, 혹은 그 이상이었다.

시나가 눈물이 맺힌 내 눈을 만지려고 손을 뻗었다. 나는 그 손에 입을 맞췄다. 간지러운지 아이가 까르르 웃더니, 곧 조그만 입술을 벌려 소리 없는 하품을 했다. 둥글게 몸을 말며 나에게 붙어오기에 나는 꼭 안아주었다.

"좋은 꿈 꾸렴."

아이가 완전히 잠들 때까지 자장가를 불러주다가 나는 잠에서 깼다. 분명 상당히 오랜 시간 동안 잠들어 있었을 텐데 놀랍게도 루아가 옆에 있었다.

나는 눈을 비비며 몸을 일으켰다. 생각보다 훨씬 몸이 가뿐해서 놀라웠다. 보나마나 루아가 또 마법을 걸어줬을 테지만.

"루아야?"

내 부름에 루아가 비스듬히 고개를 돌렸다.

"이제 알겠더라. 내가 말도 안 하고 잠들었을 때 네가 왜 그런 반응이었는지."

"화 많이 났지?"

나는 불안하게 눈알을 굴리며 움츠러들었다. 루아가 한숨을 쉬더니 나를 제 무릎에 앉혔다.

"걱정했어. 네가 한 말이 무슨 뜻인지 생각해보기도 하고."

조급해하는 기색이 없는 걸 보니 그동안 내가 잠에 빠졌던 이유가 우리의 아이 때문이라는 사실을 눈치 챈 모양이었다. 그 순수한 아이에게 고의란 게 있을 리 없다는 것도.

나는 비실비실 웃었다.

"시나는 너를 진짜 많이 닮았어."

"왜 별로 좋은 쪽으로 닮았다는 말이 아닌 것 같지?"

나는 웃지 않으려고 입술을 깨물었지만, 실패했다.

"너도 시나를 보면 푹 빠질걸."

"적어도 난 이런 식으로 어머님을 괴롭히진 않았어."

"어머, 그건 모르는 일이지. 지난번에 듣기론 황태후 폐하께서도 임신하셨을 때 기묘한 꿈을 자주 꾸셨다던걸. 오래전 일이라 기억은 흐릿해도 요정인지, 천사인지 모를 아이랑 노는 꿈이었다고 하셨어. 입덧도 아주 심하셨다고 하고."

나는 미소 띤 얼굴로 답하며 루아의 입술에 짧게 키스했다. 내 키스를 받아주면서도 루아는 부정적인 태도를 보였다.

"설마."

"믿든지 말든지. 그것보다 나 배고파. 그리고 밥 먹은 뒤엔 좀 돌아다닐래."

내가 느릿느릿하게 씻는 동안 주방장이 늦은 아침을 차렸다. 나는 소화하기 쉬운 음식들로 푸짐하게 차려진 식단을 무시하고서, 생크림처럼 부드러운 마요네즈가 가득 담긴 통을 잡았다. 아예 큰 수저로 그것만 열심히 퍼먹으려니 같이 따라온 루아가 떨떠름한 얼굴로 나를 응시했다.

"도대체 어디서부터 잘못된 건지."

무시하기 힘든 중얼거림이라 순간 욱한 나는 눈을 치켜떴다.

"잘못이라니? 나 지금 완전 멀쩡하거든?"

나는 그렇게 말하면서 식탁 위에 펼쳐진 요리를 하나씩 마요네즈에 찍어 먹기 시작했다. 어떤 궁합이 제일 잘 맞을지 몰라 시험하는 거였는데, 구운 감자와 먹어도 맛있고 반듯하게 썰린 스테이크를 찍어 먹어도 맛있어서 결국 닥치는 대로 먹어치웠다.

한동안 먹는 데 집중하느라 어느 정도 배가 불렀을 즈음에야 정신이 돌아왔다. 나는 직접 내 시중을 들어주는 루아를 어리둥절한 눈으로 쳐다보았다.

"그보다 넌 계속 여기 있어도 괜찮아?"

기껏 걱정해서 한 말이었는데 루아는 그저 시큰둥했다.

"상관없으니까 먹기나 해."

나는 미간을 찌푸리며 루아의 턱을 잡고 얼굴을 이리저리 살펴보았다.

"너는 배 안 고파? 루아 너 좀 마른 것 같아."

심지어 아깐 면도도 안 했었다. 내가 걱정스럽게 쳐다보는 것이 마음에 들지 않았는지 루아가 눈을 가늘게 떴다.

"난 멀쩡해. 그리고 네가 지금 내 걱정 할 처지는 아니잖아."

"그래도 할 거야. 너도 빨리 밥 먹어. 이거 먹고 내가 일하는 거 좀 도와줄게."

나는 기어이 루아에게 스테이크 한 접시를 전부 먹이고, 루아가 잘 먹는지 매의 눈으로 주시하며 마요네즈 한 통을 다 먹어치우고 나서야 수저를 놓았다. 그런 다음엔 집무실까지 따라가서 루아의 일을 조금 도와주고, 몸에 별다른 이상이 없다는 확진을 받은 뒤에 황궁 밖으로 나와서 루아와 잠시 산책을 했다. 거기까지는 좋았다.

문제는 밤이 짙게 드리웠을 무렵에, 루아가 깊이 잠들었는데도 내 정신이 지나치게 맑다는 거였다. 아무리 애를 써도 잠이 들지를 않아서 결국 뜬눈으로 밤을 지새운 나는 루아가 일어나자마자 시무룩하게 입술을 삐죽였다.

"루아야, 나 큰일 났어."

즉시 나를 살피는 루아에게 나는 푸념을 늘어놓았다.

"나 밤 새웠어. 도저히 잠이 안 와."

과면증이 끝나자 이젠 불면증이었다.

불면증은 시나가 태어날 때까지 계속되었다. 루아는 이제 하루에 세 시간밖에 자지 못해도 전혀 피곤해하지 않는 나와 밤새도록 놀아주었다. 낮에는 일을 하고 밤에는 나와 여기저기 놀러 다니니 정작 루아가 나보다도 더 고생하는 셈이었다. 나는 그런 루아가 걱정스러웠지만, 루아는 내가 하루 종일 잠만 자는 것보다야 이편이 훨씬 낫다며 짜증 한번 내지 않았다.

우리는 거의 하루도 빠짐없이 이곳저곳을 돌아다녔다. 눈에 띄는 머리색을 바꾸고 마을 축제에도 놀러 간 적 있었는데, 여자들이 루아를 보고 미친 듯이 달려드는 바람에 마법을 써서 도망쳤던 적도 있었다. 술 취한 여자들에게 루아가 유부남이라는 사실은 전혀 중요하지 않은 듯했다.

어쨌든 그 소문—어느 소규모 마을에서 웬 남녀가 갑자기 사라졌다는 내용이었다—을 어떻게 들었는지 펠레스가 눈치 채는 바람에 우리는 한동안 인적 없는 장소만 골라 돌아다녀야만 했다.

시나가 태어난 건 세상이 완연한 초록빛으로 물든 초여름 무렵이었다. 예정일보다 두 달이나 이른 출산이라 다들 걱정했지만 시나는 무척 건강했다.

모든 사람이 입을 모아 인정할 만큼 시나는 대단히 사랑스러운 아이였다. 딸기색으로 물든 머리카락은 꿀이 묻은 것처럼 끝이 금빛으로 반짝였고, 눈은 루아와 똑같은 말간 푸른색이었다. 시나는 언제나 토끼처럼 큰 눈을 동그랗게 뜨고 있었다. 세상 모든 게 마냥 신기한지 늘 놀란 듯한 표정으로 주위를 쳐다봐서 모두가 시나를 웃게 해주지 못해 안달이었다.

백일이 다 되어가자 시나는 조그맣게 솟아오른 입술로 쉬지 않고 소리 없는 옹알이를 하며, 항상 나를 찾아 꼬물거렸다. 시나가 웬만해선 단 한순간도 내게서 떨어지지 않으려 했으므로 유모를 두는 계획도 재고해야만 했다. 또한 시나는 다른 이름으로 불러도 좀처럼 반응하지 않아서, 하는 수 없이 태명을 이름으로 정한 바였다. 별이란 뜻이라 남자아이답지 않게 귀여운 이름이긴 했지만, 시나가 워낙 사랑스러운 데다 나도 아직까지 루아를 발루아라는 이름 대신 애칭으로 부르기에 크게 신경 쓰지 않았다. 요즘 나는 좀처럼 시나의 환심을 얻지 못하는 남편을 비웃느라 즐거운 나날을 보내고 있었다.

"왜 나한테는 안 오려는 건지 모르겠네."

천 번째로 시나를 안는 데 실패한 루아가 내 품에 쏙 숨은 아기를 노려보며 투덜거렸다. 나는 쪽쪽거리며 손가락을 빠는 시나의 등을 토닥여주면서 키득거렸다.

"우선 잉크 냄새부터 없애고 와. 그거 엄청 독하거든?"

"난 아무 냄새도 안 나는데."

루아가 얼굴을 찡그렸지만, 나는 이미 루아에게서 멀찍이 떨어진 뒤였다.

"너야 하루 종일 서류 더미에 시달리니까 못 느끼는 거겠지."

나는 시나가 내 머리카락이나 옷에 붙은 레이스를 빨지 못하도록 막으며 중얼거렸다. 그러나 루아가 씻고 나왔을 때도 시나는 커다란 눈망울로 쳐다보기만 할 뿐, 안길 생각은 추호도 없는 듯했다.

또다시 거부당한 루아가 참으로 쓸데없는 승부욕에 빠져선 턱을 들었다.

"네가 그렇게 나온다면 나도 생각이 있어."

루아가 의미심장한 어조로 중얼거리더니, 별안간 화사한 복숭아색 머리카락을 아무렇게나 늘어뜨린 나로 변신했다. 단지 그뿐이면 이해라도 하지, 거기다 나를 자기 모습으로 바꿔버리기까지 해서 놀란 시나가 딸꾹질을 하기 시작했다.

강제적으로 루아의 모습이 된 나는 어이가 없어서 입을 벌렸다.

"뭐 하는 짓이야?"

"뭐 하는 짓이긴. 내가 내 애를 한번 안아보겠다는데 뭐가 문제야?"

루아가 내 얼굴을 하고, 내 목소리를 빌려 말했다. 그 나른한 표정이나 음색이 턱없이 요염해서 더욱 기가 막혔다.

"방법이 문제잖아!"

나는 황당해서 소리쳤지만, 작정한 루아는 내 말을 무시하고 혼란스럽게 토끼눈을 뜬 시나를 안아 올렸다. 시나는 처음엔 다람쥐처럼 몸을 둥글게 웅크리더니 루아가 등을 어루만지자 곧 색색거리며 긴장을 풀었다. 시나가 말랑말랑한 손으로 루아의 얼굴을 만졌다.

나는 배신감을 느꼈고, 루아는 뿌듯하게 웃었다.

"진작 이렇게 할걸."

"내 얼굴로 그딴 표정 짓지 마."

왠지 모를 유치한 패배감을 느끼며 나는 퉁명스럽게 쏘아붙였다. 내가 뱃속에 품은 시간이 얼만데 어떻게 겉모습이 바뀌었다고 바로 루아한테 가버리는지 모르겠다.

　루아는 내가 섭섭해하든 말든, 시나가 제 품에 얌전히 안겨 있다는 것만으로도 좋은 모양이었다. 어찌나 의기양양하게 웃던지 결국 나도 루아를 따라서 웃고 말았다. 확실히 루아가 이상한 데서 지극정성이기는 했다. 저번엔 소리도 없는 시나의 옹알이를 해석해보겠다고 웬 고대어 사전까지 들고 왔었는데 웃겨 죽는 줄 알았다.

　나는 시나가 루아에게 편히 안길 수 있도록 자세를 조금 교정해주었다. 이것저것 빠느라 침으로 범벅인 시나의 입가도 닦아주는데 갑자기 루아가 확 미간을 찌푸렸다. 나는 곧 그 이유를 알 수 있었다.

　"폐하, 이만 집무실로 돌아가셔야 합니다."

　펠레스가 지극히 형식적인 노크를 두어 번 하고 들어왔다. 루아가 하도 뺀질거려서 내가 다 그에게 미안할 정도였다. 물론 루아는 전혀 아랑곳하지 않았지만.

　여전히 내 모습인 채 루아가 오만하게 턱을 치켜들었다.

　"메피스토펠레스."

　나는 눈알을 굴렸고, 루아는 펠레스를 낮잡아 보며 입을 열었다.

　"이번에 확실히 말해두는데 우리 남편이 세상에서 제일 잘생겼……."

　"내 얼굴로 무슨 짓이야, 이 멍청아!"

　나는 루아의 말이 끝나기도 전부터 소리쳤다. 얼굴 전체가 견딜 수 없이 화끈거렸다. 지금 당장 본모습으로 돌아오지 않으면 가만 두지 않겠다고 말하려는데 당황한 나를 바라보던 루아가 재미있다는 듯이 빙글빙글 웃었다. 지극히 위험하게만 느껴지는 미소였다.

아니나 다를까, 루아가 홀릴 만큼 요염한 여성의 목소리로 헛소리를 했다.

"나 방금 좋은 생각이 났어. 우리 이러고 한번 해볼······."

얘가 진짜 미쳤나!

"애도 있는데 하겠냐! 없어도 안 해!"

나는 루아를 걷어찼다. 무슨 상황인지 파악한 듯 펠레스가 복잡하고 미묘한 표정을 지으며 루아의 모습을 한 나와, 내 형상을 한 루아를 번갈아 바라보았다. 나는 루아의 멱살을 잡기 직전이었다.

"······과히 보기 좋은 모습은 아닙니다만."

펠레스가 한숨을 쉬더니 루아를 데려가려던 걸 포기하고 돌아섰다.

"아, 시나 잔다."

나한테 다섯 번은 걷어차이고 나서야 마법을 해제한 루아가 신기한 듯이 제 품에서 곤히 잠든 아기를 지켜보았다. 아빠를 어색해할 땐 언제고 지금 시나는 새근새근 잘도 자고 있었다. 손가락을 입에 문 채 루아에게 완전히 기대서는 꿈속에 깊이 빠져들었다.

흔들의자에 불량하게 기대앉은 나는 말린 과일을 씹으며 웃음을 지었다.

"이제 침대에 내려놔도 돼."

팔이 아플까 봐 건넨 말이었건만 루아는 고개를 가로저었다.

"그냥 계속 안고 있을래. 또 언제 이런 기회가 찾아올 줄 알고."

"벌써 많이 친해진 것 같은데, 뭘."

루아가 원래 모습으로 돌아왔는데도 시나가 아직 루아의 품에 안겨 있다는 것이 그 증거였다. 시나는 잘 울지 않는 편이었지만 낯가림을 심하게 탔는데, 아직 나를 제외하고는 사람 얼굴을 구분하지 못해서 아침에 본 루아를 저녁이면 까먹기 일쑤였다. 최근 들어 루아의 일정이 워낙 빡빡하기도 했고. 덕분에 루아는 매일같이 시나와의 관계를 새로 시작해야만 했다. 그렇다고 일을 아예 안 하고 시나 곁에만 있을 수도 없는 노릇이라, 루아로서도 불만이 이만저만이 아니었을 터였다. 더군다나 같은 분홍색 머리라고 시나가 엄마는 무척 따랐으니 루아가 더욱 패배감을 느끼는 원인이 되고 말았다.

무슨 꿈을 꾸는지 시나는 자면서도 옹알이를 하듯 입술을 오물거렸다. 분홍빛이 감도는 하얗고 작은 얼굴이 천사처럼 사랑스러웠다. 여리고, 따뜻하고, 솜털처럼 보들보들했다. 그 감촉이 루아에겐 영 낯선 듯했다.

시나가 깨기라도 할까 걱정됐는지 루아가 긴장한 목소리로 낮게 속삭였다.

"얘 너무 작은 거 아니야?"

"지극히 정상이란다."

8개월 만에 태어났으니 시나가 또래 애들에 비해 좀 작기는 했지만, 전혀 이상은 없었다. 오히려 시나는 아주 건강하고 똑똑했다. 때로는 내가 하는 말을 전부 이해하는 것같이 느껴질 때도 있었으니까. 피치 못할 사정이 생겨 시나와 잠시 떨어져야 할 순간이 왔을 때 내가 그것을 설명하면 시나는 싫은 티를 내면서도 순순히 나를 놓아주고는 했다. 그리고 내가 돌아올 때까지 울지도 않고 로벨리안과 잘 놀았다.

루아가 슬며시 미간을 찡그렸다.

"그리고 여자애같이 생겼어."

나는 코웃음을 쳤다.

"어머, 너도 어렸을 땐 말하는 인형이었어. 그리고 딸 갖고 싶다던 사람이 누구였더라."

그러나 루아는 이미 예전부터 딸이든 아들이든 안중에도 없는 듯했다. 루아가 깊이 잠든 시나를 조심스럽게 아기용 침대에 눕히면서 눈을 깜박였다. 춤을 추듯이 내려앉은 오후의 햇살이 시나의 새하얀 뺨과 섬세한 딸기색 속눈썹을 간질였다. 루아는 시나에게서 도통 눈을 떼지 못한 채 시나가 깨지 않도록 커튼을 쳤다. 아무리 봐도 모자라다는 듯한 시선이 시나를 떠날 줄 몰랐다. 나 역시 그 경이로운 기분을 알았으므로 조용히 미소를 지었다.

"진짜 신기해. 어떻게 이렇게 작을 수 있지?"

루아가 도무지 이해 가지 않는다는 투로 나직이 중얼거렸다. 루아는 아직도 몽글몽글한 시나의 손이 자신의 손가락보다 작다는

게 충격인 것 같았다. 그래도 시나가 어떤 아기보다 예쁘고 사랑
스럽다는 사실은 부정하지 못했다. 동그란 얼굴에 오밀조밀하게
짜인 이목구비가 정교한 조각처럼 완벽했는데, 어렸을 적의 루아
와 똑같았다.

나는 자리에서 일어나 루아에게 다가갔다.

"볼 때마다 놀라는 거 지겹지도 않아?"

"전혀."

몇 시간이고 꼼짝 않고 서서 잠든 시나를 지켜볼 것만 같은 기세
라 나는 웃음을 터뜨렸다.

"시나는 자게 두고 이리 와. 정말로 우리 남편이 세상에서 제일
잘생겼는지 어디 확인 좀 해봐야겠는걸."

그 장난스러운 말에 루아가 고개를 돌렸다. 나는 루아의 손을 잡
고 끌어당겨, 내가 앉았던 흔들의자에 앉혔다. 그런 다음 루아의
무릎에 올라갔다.

루아가 반사적으로 내가 떨어지지 않게 허리를 붙잡으면서 입
을 열었다.

"보니."

"듣고 있어."

나는 루아의 이마와 뺨에 키스를 남기며 중얼거렸다. 루아가 빠
르게 눈을 깜박였다.

"이게 꿈이면 어떡하지?"

"그럴 리 없잖아."

나는 단호하게 대꾸하고서 루아의 입술에도 진하게 입을 맞췄다. 그러고는 입술과 입술 끝이 스칠 정도로 아슬아슬한 거리를 유지한 채, 낮게 눈을 내리뜨며 살짝 덧붙였다.

　"만약 그렇다면 절대로 깨지 않으면 되지."

　그제야 루아가 안심한 듯 웃었다.

　"너를 만나서 다행이야."

　나는 다시 루아의 입술을 깊이 맛보았다. 이왕 하루 놀게 된 거, 실컷 붙어 있을 셈이었다.

　루아가 다른 쪽 팔로도 나를 끌어안으면서 내 귀에다 입을 맞췄다.

　"너여서, 너라서."

　달콤한, 달콤한 목소리였다. 그대로 녹아내릴 것 같은.

　"내가 지금 이렇게 행복한 것 같아."

　전에도 듣기 좋았던 음성이 시나가 태어나고 나선 특히 더 부드러워졌다. 간지러움을 참지 못하고 숨 죽여 웃다가 나는 루아의 목을 껴안았다. 그리고 그 눈을 마주 보았다. 사실 이제 와서 루아가 얼마나 잘생겼는지 확인해볼 필요는 없었다. 매일 밤 잠들기 직전, 그리고 아침에 눈을 뜰 때마다 여실히 깨닫고는 하니까. 이 남자가 내 것이라는 사실이 어찌나 황홀한지.

　"나는 언제나 여기 있어."

　또박또박, 가슴에 스며드는 데 부족함이 없도록 나는 느릿하게 말을 이어갔다.

　"네 옆에."

"계속 곁에 있어줘."

루아가 울 것 같은 목소리로 속삭였다. 나는 망설임 없이 고개를 끄덕였다.

"언제까지나 그럴 거야."

루아가 나와 떨어질 생각이 없듯이, 나 또한 루아를 내 것이 아니라고 생각한 적이 한 번도 없었다. 지금까지도 그랬고 앞으로도 그럴 것이었다.

"뭐, 그전에 너랑 시나가 조금 더 친해져야 하겠지만."

나는 그렇게 말하고 활짝 웃었다.

확실히, 이보다 더한 해피엔딩은 없었다.

− '폐하의 소꿉친구' fin.

외전

Romantic Ballet

잠시 화장실을 다녀온 사이, 시나가 사라지고 없었다. 나는 이제 막 기어 다니기 시작한 주제에 숨바꼭질을 엄청나게 좋아하는 시나를 위해 일부러 당황한 척했다.

"어라, 우리 시나가 어디 갔지? 아무리 찾아도 안 보이네!"

그때 침대 밑의 그림자가 움직였다. 나는 회심의 미소를 지으며 침대 쪽으로 슬금슬금 다가갔다.

"우리 왕자님이 어디 숨었는지 전혀 못 찾겠는걸."

나는 언제나처럼 시나가 내 말을 알아들을 수 있게 천천히 한 음절 한 음절 끊어 말했다. 그러자 침대 아래서 불쑥 조그만 손이 튀어나왔다. 하지만 안아달라며 뻗는 손짓과는 좀 달라서 나는 의아해하며 몸을 숙였다.

시나는 침대 밑의 어두운 공간에서 잔뜩 긴장한 채 몸을 웅크리고 있었다. 물빛이 감도는 말간 눈을 어찌나 크게 떴는지 굴러 떨어질 것만 같았다.

나는 어쩔 수 없이 웃음을 터뜨렸다.

"상상의 친구랑 싸우기라도 했니?"

장난스러운 물음에 시나가 옹알이를 했다. 나에겐 천사의 속삭임 같은 소중한 소리였다. 나는 바닥에 찰싹 붙은 시나를 꺼내주는 대신 엎드려서 침대 밑으로 기어들어갔다. 워낙 큰 침대라 내가 들어갈 공간이 있어서 다행이었다. 더불어 시녀들이 열심히 청소해주는 덕분에 밑바닥에도 먼지 한 톨 없어 좋았다.

나는 시나의 옆에 바짝 붙어서 소곤소곤 속삭였다.

"왜 그래? 무슨 일이야?"

무슨 규칙인지 모를 장난에 동참하자 시나가 너무나 귀여운 손으로 침대 너머를 가리켰다. 거기엔 통통한 벌 한 마리가 있었다.

흠, 새 놀이가 아니었던 걸까. 나는 숨죽여 물었다.

"벌이 무서워서 그래?"

시나가 '벌'이란 단어에 놀란 듯 화들짝 머리를 들더니 내 품으로 숨어들었다. 나는 그런 시나가 사랑스러워 죽을 것 같다고 생각하면서 웃음을 지었다.

"누가 루아 애 아니랄까 봐. 루아도 어렸을 땐 벌이든 벌레든 엄청 무서워했는데. 특히 개미라면 아주 질색을 했지."

내 목소리를 무척 좋아하는 시나를 위해 혼잣말을 하던 나는 다섯 살 즈음, 루아와 처음 만났던 순간을 떠올렸다. 워낙 오래전 일이어서 장면 하나하나가 뚜렷하게 기억나진 않지만 루아가 개미가 무섭다며 나에게 매달리던 것만은 어제 일처럼 생생했다.

당시에 나는 루아가 천사인 줄 알았다. 아니면 엄마가 보여줬던 아발론의 그림 동화 속에 나오는 봄의 요정이라든가. 벌꿀이 스민 해바라기색 머리카락에 복숭앗빛 홍조가 핀 작은 얼굴, 꽃사슴 같은 눈망울은 나를 주눅 들게 만들기 충분했다. 지금의 시나처럼 살아 움직이는 도자기 인형 같았다. 그러나 그 신비로운 예쁨에 넋이 나갔던 것도 아주 잠깐뿐이었고, 나는 곧 우는 것밖에 모르는 루아 때문에 엄청 고생했었다. 나도 벌레라면 질색을 하는 편인데 루아가 하도 겁에 질려서 한 줄로 기어가던 개미 일가족을 홧

김에 짓밟아 죽인 기억이 아직도 났다.

"우아으."

나는 침이 범벅인 입술로 어설프게 나를 부르며 손가락으로 내 얼굴을 건드리는 시나를 토닥여주었다.

나는 절대적으로 나를 믿고 의지하고 따르는 시나에게 항상 충격을 받았다. 루아와 나는 시나를 통해 하루에도 천 번씩 경이를 느끼곤 했다. 우리는 완벽하게 준비되어 있었던 예비 부모가 아니었고, 각자 복잡한 사연이 있었다. 루아는 정확히 언제인지도 알 수 없는 어린 시절부터 모진 학대를 당했고, 나는 부모님에게 버림받지 않고자 필사적으로 매달리며 나 자신을 저주했었다. 그렇기에 시나가 무사히 태어나주고 잘 자라주는 것이 더욱 고맙고 미안했다. 이 아이에게 언제나 아름다운 것만 보여주고 싶고 훌륭한 부모이고 싶은데 서로가 상처투성이라.

좀 더, 조금만 더 이 아이에게 좋은 부모가 되고 싶었다.

아무리 노력해도 모자랐고 아무리 보듬어도 성에 차질 않았다.

"엄마가 가서 쟤 쫓아주고 올까?"

나는 시나의 헝클어진 벚꽃색 머리카락을 정돈하며 이마에 입을 맞췄다. 내가 쪽쪽쪽 키스하는 것이 좋았는지 시나가 배시시 웃었다. 그러면서도 가지 말라는 듯이 도리질을 치면서 내 드레스를 꼭 쥐는 게, 웅웅거리며 날아다니는 벌이 정말 무서운 모양이었다.

꿀벌은 시나가 겁먹은 줄도 모르고 방 안에서 마음껏 활개치고 있었다. 꽃 없이 향기만 감도는 장식장의 빈 화병에 붙었다가 침대 근처까지 날아오는 짓도 서슴지 않았다. 급기야 시나가 울음을 터뜨리려는 징조를 보여서 나는 하는 수 없이 시나를 끌어안은 채 침대 바깥으로 꾸물꾸물 기어 나왔다.

"걱정 마, 엄마가 금방 쫓아줄게!"

자리를 비울 때 로벨리안더러 시나랑 같이 있어주라고 할 걸 그랬나. 하지만 그것도 썩 현명한 선택이었을 것 같진 않은데. 나는 시나를 침대에 앉혀주며 어깨를 으쓱였다. 시나는 아이치고도 낯가림이 제법 심한 편이었다. 처음엔 루아에게도 가까이 가지 않으려 했었는데, 지금은 좀 나아졌지만 아직 로벨리안이나 다른 시녀들을 불편해했다. 울지 않는다고 그 낯섦이 사라지는 것도 아니니 나는 정말로 급한 사정이 있는 순간에만 로벨리안에게 시나를 맡겼다. 나와 단둘이 있는 게 아니면 차라리 시나는 혼자 있는 상황을 더 좋아하는 듯했다.

나는 눈물이 그렁그렁 맺힌 투명한 눈동자로 나를 뚫어져라 보는 시나를 등지고서, 호기롭게 팔을 걷어붙였다.

사실 밖으로 쫓아 보내는 것보다 죽이는 편이 빠를 것 같기는 했다.

나는 환기를 위해 열어둔 아치형의 창문을 힐끗 곁눈질하고, 아직 아무것도 모르는 채 붕붕거리며 여유를 만끽하는 꿀벌을 눈여겨보았다. 어찌 됐든 시나에게 다가가지 못하게 하는 것이 급선무였다.

잠깐의 고민을 거친 후 나는 가구를 장식했던 고급 천을 집어 들었다. 우선 천으로 덮어서 그 속에 벌을 가둘 계획이었지만―그런 다음 천을 꾹꾹 밟으면 알아서 터져 죽을 테니 실로 완벽한 해결책이 아닌가―제대로 시도해보기도 전에 시나가 울기 시작했다. 그리고 그게 어떤 신호로 작용했는지, 아니면 루아처럼 동물이 잘 따르는 시나의 특이성이 곤충한테도 적용되는 건지, 갑자기 꿀벌이 방향을 틀었다.

"야! 가면 안 돼!"

한순간이지만 나는 왜 곤충의 말을 못 해서 이런 일이 벌어졌을까 싶었다. 나는 황급히 등을 틀었으나 그보다 꿀벌이 시나를 향해 날아가는 속도가 더 빨랐다. 어쨌든 늦게라도 나는 시나를 감싸려고 손을 뻗었다.

그 찰나, 시나의 눈이 붉은빛으로 변하더니 눈앞에서 뭔가가 터졌다.

"너 뭐 하냐?"

한심하단 기색이 노골적으로 섞인 프라가라흐의 갑작스러운 타박도 내 기분을 완화시켜주진 못했다. 그가 예고도 없이 툭툭 튀어나오는 건 이미 적응되어 있던 터였다.

나는 경직된 손을 들어 벌의 체액과 파편이 묻은 얼굴을 문질렀다. 꿀벌의 잔해를 얼굴에 덕지덕지 붙인 나를 시나가 빤히 응시하고 있었다.

"애 낳더니 진짜 재밌게도 노네."

프라가라흐가 중얼거렸다.

시나의 울음소리가 황성이 떠나갈 만큼 커진 것도 무리는 아니었다.

"너는 이게 지금 재미있게 노는 걸로 보여?"

나는 사납게 쏘아붙이며 우는 시나를 달래고자 반사적으로 몸을 기울였다. 그러나 평소 같았으면 나에게 매달려야 할 시나가 오히려 질겁하며 도망쳤다.

당연히 나는 그 어느 때보다 큰 충격을 받았다.

"시, 시나야?"

"어이, 브리싱가멘! 이리 올라와봐! 진짜 흥미로운 구경거리가 있다니까?"

창문에 걸터앉은 프라가라흐가 아래를 향해 소리쳤다.

"곧 황후가 모든 벌의 씨를 말려버린다는 데 내 금고를 걸겠어."

그러더니 그가 훌쩍이는 시나를 보고 덧붙였다.

"아니면 이전 교황처럼 목매달고 자살한다든가."

저 망할 자식이 진짜!

나는 일생에 전혀 도움이 안 되는 프라가라흐에게 들고 있던 천을 집어 던졌다. 브리싱가멘이 정말 근처에 있긴 했었는지 그녀가 창문 너머에서 삐죽 머리를 내밀었다.

"보니? 무슨 일이야?"

브리싱가멘이 창턱에 앉은 프라가라흐를 넘어서 방 안으로 들어왔다. 아무렇지 않게 제 무릎 위를 넘어가는 브리싱가멘 덕에 프라가라흐의 표정이 순간 미묘해졌는데, 그건 나 또한 마찬가지였다.

시나가 내가 아닌 브리싱가멘에게 손을 벌렸다.

"어? 응?"

정황을 모르는 브리싱가멘이 연신 고개를 갸우뚱했다. 시나는 나나 루아가 아닌 사람에게 안아달라고 요구한 적이 손에 꼽았으니까.

극도로 참담한 기분에 사로잡혀 나는 씹어 뱉듯이 명령했다.

"애 울잖아. 안아줘."

그 말에 브리싱가멘이 얼떨떨한 반응을 보이면서도 시나를 안아 올렸다. 시나가 색색거리는 소리가 들렸다. 나는 질투에 휩싸여 눈 하나 깜짝하지 않았다.

브리싱가멘이 어설프게 등을 토닥이자 곧 시나가 울음을 그쳤다. 그러나 시나가 진정한 뒤에도 나를 쳐다보려고 하지 않아서, 이번엔 내가 울기 직전이었다.

내 표정이 오죽 서러워 보였으면 프라가라흐가 더 놀리지 않고 오히려 나를 달랬다.

"일단 목욕이라도 하고 오는 게 어때? 그럼 쟤가 다시 달려들 수도 있잖아."

"……애 보고 있어줄 거야?"

"지금도 브리싱가멘이 잘 보고 있잖아? 걱정 마, 걱정 마."

나는 미심쩍은 눈으로 프라가라흐를 노려보다가, 한숨을 쉬곤 돌아섰다.

"시나 좀 부탁해."

여기 더 있다간 눈물샘이 폭발할 것 같았다. 웅얼거리는 시나를 넋 놓고 바라보던 브리싱가멘이 한 박자 늦게 고개를 끄덕였다.

"아, 으응!"

나는 깨끗하게 목욕을 했다. 특히 얼굴은 시녀가 그만 됐다고 만류할 때까지 계속 씻고 나서야 만족할 수 있었다.

새 드레스로 갈아입고 시나가 있는 곳으로 갔을 때 프라가라흐는 어디로 가고 없었다. 대신 소녀의 모습을 취한 브리싱가멘이 제 품에서 꾸벅꾸벅 조는 시나를 향해 감탄을 연발하고 있었다.

"너 진짜 귀엽다. 어쩜 이렇게 사랑스럽니?"

나는 눈알을 굴렸다. 브리싱가멘이 뒷말을 덧붙이지만 않았어도 기분이 한결 나아졌을 거였다.

"부디 넌 성질머리라도 엄마랑 아빠를 닮지 마렴. 둘 다 성질 더럽기론 따를 사람이 없……."

"시나 자게 그만 떠들지?"

싸늘하기 그지없는 말에 브리싱가멘이 즉시 입을 다물었다. 나는 잠에 취해 꼬물거리는 시나의 뺨을 손끝으로 살살 어루만지며 물었다.

"프라가라흐는 어디 간 거야?"

"곤충 채집하러 간다던데? 네 남편한테 줄 거래."

그놈은 진짜 할 일도 없다. 내 얼굴이 절로 찡그려졌다.

"걘 질리지도 않고 그러네. 시나 좀 더 봐줄 수 있어?"

"물론이지. 그런데 나 시나한테 뽀뽀 한 번만 해도 돼?"

시나를 바라보는 브리싱가멘이 뽀뽀하다 못해 깨물어버릴 것 같은 표정을 짓고 있어서 나는 딱 잘라 거절했다.

"안 돼."

"너무해! 닳는 것도 아니잖아!"

"닳아."

나는 밉다며 징징거리는 브리싱가멘을 무시하고 루아를 찾아 밖으로 나왔다. 루아는 부서질 것처럼 쨍한 햇볕이 드는 야외에서 어떤 영애의 인사를 받고 있었다. 아비를 따라 황성에 첫걸음을 한 티가 역력했는데 루아를 거의 숭배하는 눈빛이었다.

순간 나는 프라가라흐를 말리러 왔다는 목적도 까맣게 잊어버렸다.

원망스러울 정도로 번듯하게 잘생긴 남자와 싱그러운 소녀라니. 나는 제비꽃 같은 화사함 그 자체인 어린 영애에게 질투를 느꼈다. 어쩌면 시나가 브리싱가멘에게 손을 뻗었을 때보다 더. 물론 나도 아직 열아홉 살이고, 루아는 신의 힘을 써서라도 나를 늙어 죽게 만들 생각이 없는 듯했지만, 모든 걸 떠나서 나는 루아에게만큼은 항상 제일 아름다워 보이고 싶은 마음이 있었다. 절대 두 번째로는 만족할 수 없었다. 그렇기에 시나를 낳고 나서도 몸매를 유지하려 부단히도 애를 썼었다.

왠지 모르게 위축되어 잠시 주저하는 사이 루아가 비스듬히 고개를 틀었다. 이미 돌아보기도 전부터 내가 이곳에 있음을 확신했던 눈치였다. 그에 불안 반, 설렘 반으로 다가가자 당황한 기색으로 나에게 정중히 예를 올린 영애가 후다닥 도망쳤다.

나는 다소 조급하게 멀어지는 영애를 눈으로 좇으며 루아에게 질문했다.

"나 혹시 살쪘어?"

"갑자기 무슨 소리야?"

"아니면 전보다 못생겨진 것 같아?"

영애의 뒷모습이 완전히 시야에서 사라지자 나는 루아에게 바짝 붙었다. 언젠가 문득 했던 생각이 다시 머리를 들이밀었다. 아예 루아와 한 몸이 되어버리면 이런 우중충한 기분에 사로잡힐 일도 없을 텐데.

"누가 뭐라고 했어?"

루아가 미세하게 젖은 기가 남은 내 머리카락을 손으로 감싸 쥐며 반문했다. 부끄러운 나머지 나는 루아의 상의에 붙어 있는 단추를 툭툭 건드렸다.

"그건 아니지만……. 아까 그 여자 예쁘더라."

"그 여자? 누구?"

나는 기껏 용기 내서 말했건만, 루아가 고개를 갸우뚱했다. 나를 놀리는 투가 아니어서 더욱 어이가 없었다.

"너한테 불과 일 분 전에 인사했던 여자 말이야. 바로 이 자리에서!"

하여간 늘 이렇다. 나는 툴툴거리며 루아와 조금 거리를 두었다. 루아는 내가 그에게 접근하는 예쁘장한 여자를 보고 질투를 느낄 때마다 안면 인식 장애라도 있는 것처럼 굴었다. 아닌 게 아니라 루아는 나나 나와 관련이 있는 사람을 제외하고는 타인의 얼굴을 잘 기억하지 않았다. 못 하는 것이 아니고 시도조차 하지 않으려 들어서 문제였다. 내가 숱하게 지적한들 루아는 나를 기억하는 것만도 충분하다며 어물쩍 넘어가버렸다.

그나마 황성을 자주 찾는 귀족들은 가문을 대표하는 문장이라도 외우고 알아봐서 다행이라고 해야 할지. 시나가 사람들의 얼굴을 자주 잊어버리고 낯가림을 심하게 타는 것도 다 루아를 닮아서일 거다. 분명해.

"보니."

루아가 부드러운 미소를 지었다. 이제 루아는 내가 자신과 대화한 여자의 외모를 신경 쓰는 게 질투 때문이라는 것을 알았다.

"내 눈에는 네가 제일 예뻐."

"지, 진짜?"

나름대로 티내지 않으려 애썼으나 목소리에선 들뜬 기색이 여실히 묻어나오고 있었다.

"다른 사람들한테도 그런 것 같아서 문제지. 좀 덜 사람같이 생겨도 괜찮을 텐데."

나는 뒷말은 듣지도 않고 수줍음에 뺨을 감쌌다. 그러고는 진한 행복감에 매료되어 중얼거렸다.

"내가 제일 예쁘다고…….”

순전히 위로해주고자 건넨 말이든 아니든 간에, 루아에게서 듣는 '예쁘다'란 말은 무척이나 나를 기쁘게 만들었다. 나는 아직도 루아의 말 한 마디 한 마디에 웃고 울었다. 아마 앞으로도 평생 그럴 것 같다.

이참에 나도 루아에게 네가 제일 멋있다고 해주려는데 허공에서 프라가라흐가 툭 튀어나왔다. 그는 커다란 자루를 들고 있었다. 그리고 나를 보자마자 얼굴을 구겼다.

"뭐야. 넌 왜 여기 있냐?"

"그러는 너야말로 왜 자꾸 루아를 괴롭히지 못해서 안달이야?"

나 역시 달갑지 않은 목소리로 쏘아붙였다. 이제 보니 프라가라흐는 곤충 채집을 하는 데 꽤나 시간을 허비한 모양이었다. 그렇다면 저 자루는 역시…….

"내가 언제 괴롭혔다고 그래? 이번엔 선물을 주러 온 거라고. 자, 이거 봐봐."

그렇게 소리치면서 프라가라흐가 자루를 열었다. 자루가 벌어지며 윤기가 도는 검은색을 띤, 무수히 많은 뭔가가 얼핏 보였다. 아예 화단의 개미굴을 통째로 털어 온 것 같았는데 본능적으로 위험을 감지했는지 루아가 재빨리 나를 안아들고 피신했다. 아예 마법을 써서 황성 안으로 이동하고는, 빠르게 주문을 읊어 결계까지 쳤다.

"너 진짜 순발력 죽인다."

나는 진심으로 감탄했다. 루아로서는 이동 마법을 쓴 것이 최선책이었을 거였다. 거기서 프라가라흐를 공격했다간 개미들도 같이 터졌을 테니까. 평소 프라가라흐를 대했던 루아의 태도를 생각하면 순식간에 계산한 행동임이 틀림없었다.

루아는 내 칭찬에도 아랑곳하지 않고 굳은 얼굴로 덩달아 딸려온 개미 몇 마리를 내려다보았다.

"갑자기 이딴 건 뭐에 쓰려고……."

"아, 그거, 얘기하자면 좀 복잡한데 어쨌든 잘 해결됐어. 시나가 나한테 약간 겁을 먹어서 속상하지만."

나는 대수롭지 않게 말하며 개미를 밟았다.

기껏 눈앞에서 사라져주게 만들었더니 나를 쳐다보는 루아의 시선이 다섯 살 때랑 똑같았다.

"있잖아, 네가 내 눈에는 더할 나위 없이 예쁘기는 한데……."

루아가 그렇게 운을 뗐다.

"너보다 예쁜 사람 찾는 것보다 무서운 사람 찾기가 더 힘들 것 같아."

나는 그 말을 무시했다.

– 'Romantic Ballet' fin.

안녕하세요! 송주희입니다.

드디어 '폐하의 소꿉친구'(이하 폐.소)가 책으로 출간되었습니다. '황제의 여자'에 이어 저의 두 번째 종이책 출간작이에요! 저보다 더 폐.소의 출간을 애타게 기다려주신 독자분들에게 부디 마음에 쏙 드는 책이길 바라봅니다. 특히 전 표지가 무지무지 예뻐서 정말 행복했다고 합니다. 폐.소에 딱 어울리는 동화 같은 표지예요.

올 한 해는 정말 폐.소에만 매진했다고 일컬어도 과언이 아니랍니다. 연초부터 시작된 카카오페이지 연재는 저에게 다시 한 번 글쓰기의 무서움을 알려줬어요. 그래도 주 5회, 독자분들과 함께 숨 가쁘게 달려온 덕분에 폐.소가 완결까지 무사히 왔지 않았나 싶습니다.

폐.소를 처음 연재하기 시작했던 게 벌써 몇 년 전이니, 기나긴 장정이었어요. 그동안 응원해주시고 지켜봐주신 독자분들에게 어떻게 감사의 말을 전해야 할지 모르겠습니다.

사실 폐.소는 무척 가벼운 마음으로 시작했던 소설이었어요. 발랄하고, 아기자기한 소꿉친구물을 써보고 싶다는 마음으로 출발

했는데 역시나 제 버릇은 남 못 준다고 제가 좋아하는 다소 어두운 소재의 설정들이 덧붙여지면서 지금과 같은 독특한 작품으로 탄생했습니다. 저는 신화에 푹 빠져 있고, 전설이나 민담 같은 이야기도 무척 좋아해요. 그렇기에 폐.소에도 물씬 섞여들어 있습니다. 독자분들이 어디부터 어디까지 눈치 채주실지 정말 기대돼요.

저는 치밀하게 설정을 짜서 그것들을 온전히 책에 표현하는 편은 아니에요. 저는 상상의 여지를 남겨두는 걸 좋아하고, 동화 같은 이야기를 추구합니다. 그것이 설령 비극적인 잔혹동화일지라도요. 아마 새로운 취향에 눈을 뜨지 않는 이상 앞으로도 계속 이와 같은 작품을 써나가지 않을까 싶습니다. 현재 출간예정작인 소설들도 동화나 신화와 관련이 깊거든요. 그중 한 작품은 아예 북유럽 신화에 등장하는 죽음의 여신이 주인공이고, 인간들의 세계가 아닌 신들의 세계를 중심으로 이야기가 펼쳐집니다. 다른 한 작품도 동화 속의 악당이 주인공이에요. 빨리 선보이고 싶은데. 더 분발해야겠어요.

어쨌든 다시 폐.소의 이야기로 돌아가자면, 보니와 루아는 마음에 깊은 상처를 가진 아이들이에요. 이 작품은 '판타지 로맨스' 소설답게 판타지와 로맨스의 비율이 비슷하지만 트라우마를 가진 두 아이의 성장담이기도 하답니다. 줄곧 벽을 치고 속앓이만 하던 보니가 서서히 루아에게 마음을 열어가며 자신의 감정을 받아들이기까지의 과정이기도 하고요. 이야기가 진행되는 내내 싸우고 투닥거리고 겨우 화해하나 싶더니 또다시 싸우길 반복하는 환장

할 커플이지만, 쓰면서도 참 얘네는 앞으로도 계속 이럴 것 같다는 생각이 들었어요. 그래도 루아보다 정신연령이 높다고 자부하는 보니가 어련히 알아서 잘하겠지만요. 보니와 루아는 앞으로도 영원히 행복할 거예요!

　아직도 폐.소가 완결났다는 사실이 실감나지 않습니다. 후기를 쓰는 지금도 많이 얼떨떨해요. 한동안 두 아이들이 너무 그리울 것 같습니다.

　여기까지 함께해주셔서 진심으로 감사드리고, 앞으로도 좋은 모습, 발전하는 모습으로 찾아뵙겠습니다. 믿고 보는 송주희가 되는 그날까지!

2015년 여름,
송주희